U0927079

生活·讀書·新知 三联书店
生活書店 出版有限公司

照见天涯

最后的老北京

肖复兴　著／绘

目录

附编

北京的树

一

论起古树来，大概老北京最多。全国乃至全世界的任何一座城市，都赶不上北京。作为一座城市，北京城的历史太悠久，自然和这座古城共生与成长的古树就众多。好多树在周口店有了猿人的时代之前就存在，树的历史比人类的历史要长久得多，北京古树多，便更是自然的事情了。

纵使在几千年的沧海桑田之中，在人为的战争和自然的灾害这样强烈的双重破坏力之下，很多古树已经消失，但毕竟树的数量比人要多，繁殖力比人要坚韧，所以存活下来的依然很多。几千年的历史，风云变幻之中，多少朝代的更迭，那么多的帝王将相，都已经灰飞烟灭，只能在历史的典册中找到他们的名字，但是，那么多的古树，却依然存活至今，绿意葱茏，这是最让人惊叹不已的都市奇观。

据说，北京如今健在的树龄在三百年以上的古树，有三万多棵。千年树龄以上的古树有多少，我不清楚，只知道其代表者，一是潭柘寺的银杏，一是景山的古槐。如果算上远郊山区，最老的树，则在昌平龙凤山下檀峪村，那里有棵三千年的老青檀，实在是让人不得不对这些古树心生景仰之情。和其他植物的不同在于，树有年轮，树的年轮便是逝去岁月最有力的证言。树的年轮，就是这座城市的年轮。

前两年，我到美国一个叫欧文的小镇，在它并不大的自然博物馆里，进门就看见立有一块树木的横切面，旁边有文字说明，并由箭头指示着树木的一道道年轮，醒目地告诉人们这个小镇的年龄和历史变迁中的事件。不知道我们北京的哪一家博物馆里，也有这样一块古树横切面，让它的年轮彰显着古老北京的年龄。我相信，那一定会让人叹为观止。

北京现在矗立在地面的建筑，比如我们的故宫或天坛，不过是明代的建筑；那些古塔古寺，比如天宁寺或法源寺，也早非辽代或唐代的，而是后代，尤其是清代重修的了。而同样屹立在地上的树木，上述那些树木的年代，都要远远早于古塔古寺。古树是活在北京城的最老的长者，年长的人类白须冉冉，年长的树木绿叶飘飘，树的生命活力远胜于人类和城市。

北京这座古城，如果说皇城与皇家园林，是它明星般的招牌；胡同四合院，是它平民化的代言；那么，这些古树，便是它存活到今天的一本打开的古书。如此三者合一，北京这座古城，才算是完整的、统一的、多维立体的。

如同北京的胡同和四合院惨遭人为的毁坏一样，北京的古树也遭遇过同样的命运。与胡同和四合院命运不尽相同的是，新中国成立之后，对于古树的保护要重视得多，投入得也多，远超过胡同和四合院。在北京所有古树的身上都挂有一枚牌子，标明古树排列有序的号码。古树的价值，似乎要高于破败的胡同和四合院。这是不少人对北京的认知和价值观。当然，这也是古树的幸运。

北京的古树惨遭人为破坏最严重的时期，是从清末开始。八国联军入侵、军阀混战、抗日战争、国共战争——经历了这几场激烈的战火，这座城里的古树遭到毁坏的状况，如同庚子之乱后慈禧太后重回此地见到的前门楼子，体量已经是被腰斩了一半，两者完全可以互为镜像。仅以天坛的古树为例，当年外国兵、国民党兵，先后驻扎在天坛里，砍伐柏树林为营盘，毫不珍惜地拿它们去烧火做饭，甚至把火车都开进了天坛。一个古木参天的天坛，可以想象被肆意蹂躏成了什么样子。

如今的天坛柏树林，不少树都是后来补栽的。当年，基辛格博士访华，到天坛参观时说：你们的天坛，我们可以花钱在美国再建一个，但这里的这些老树，我们无法再有。如果这里真正的古树没有被毁掉、全部还健在的话，他又该何等惊讶呢？

都说秦时明月汉时关，最可象征古老和对古老的想象；其实，古树才真正是古老的写照，不仅是象征，不仅是想象——古树更具有生命的气息，是活的历史。

小时候，还没有上学，父亲常带我去景山爬山，那时候，父亲总管它叫煤山，据说，它是由城西运进来的煤堆积而成的，成

1880年的北京外城墙下 TUXING 2018.5.

了故宫背后的一道屏风。每一次，父亲都会带我去观妙亭之东的山坡上，看那棵歪脖子树。站在这棵古槐树下，父亲总会对我讲古，讲李自成打进北京，打进故宫，崇祯皇帝怎么从故宫的后门逃出来，跑到景山，在这棵歪脖树上上吊自杀。然后，又会讲李自成打进北京，坐在了故宫里朝廷的龙椅上，因为是农民，没有吃过什么真正的好吃的，认为饺子是天下最好吃的，就天天吃饺子，一连吃了三七二十一天的饺子，最后，和崇祯皇帝一样，也被赶出了故宫……

每来一次景山，必到这棵歪脖子树前，必讲一次，不厌其烦，听得我耳朵都起了茧子。在民间，老树就是这样参与了历史的演绎，深化着普通人对历史的认知。在这一点上，老树本身所蕴含的历史和所演绎的故事，同京戏或评书里的历史故事演绎相似。京戏、评书、古树，我一直认为这三者是北京所独具的，是别的城市所没有的。我一直觉得，每一棵古树，都可以演绎成一段评书，甚至一出京戏。难道不是吗？达智桥胡同的杨继盛故居里，曾经有过杨继盛亲手种植的古槐树。杨继盛上书皇帝，列数当时的大奸臣严嵩的五奸十罪，被皇帝处死；杨夫人上书请求代丈夫一死，不准之后，在丈夫被处死的同一天，杨夫人在丈夫手植的那棵槐树上自缢，后人不是曾经特意编演过一出壮烈的大戏《鸣凤记》吗？

我对北京古树的认知，便是从景山这棵歪脖子树开始的，可以说，它是我的中国历史启蒙。这棵歪脖子树，在“文化大革命”中被毁。我一直不明白这究竟是什么原因，又是出于什么心理。

几百年来，它一直长在那里，没招着谁，没惹着谁，为什么要和它过不去呢？想起顺治皇帝当年看它不顺眼，认为它是一棵罪树，戏剧性地命人用锁链捆绑上它，即便如此，也没有要了它的命呀。当时，有人为此写诗："君王有罪无人问，古树无辜受锁枷。"这诗今天读来，感慨尤深。

二

以前，北京的胡同和大街上没有树，树都在皇家的园林、寺庙或私家的花园里。故宫御花园里有号称北京龙爪槐之最的"蟠龙槐"，孔庙大成殿前有被尊称为"触奸柏"的老柏树，颐和园里有老玉兰树，潭柘寺里有明代从印度移来的桫椤树，龙树寺里有明代的龙爪槐，长椿寺里有老楸树。崇效寺里的老楸树，据说年头更古，有清诗专门咏叹："老树缀红姿亦媚，斜阳如水立楸阴。"广济寺里那棵古紫桐树，据说，多年不开花，清圣祖来看时说了句"难道是铁树不成？"，第二年便就开了花……每一棵古树，都有专属于自己的故事传说，至于天坛里众多的参天古树，莫不如此。

另外，就是在坟地里，老树、古树也特别多。十三陵一带的古树，不必说了，那是在城外。城里那时也有坟地。小时候，我们常出崇文门，过当时的慕贞女中和汇文中学，再往东，有一块坟地，当时人们叫它德国坟地，那里的老树、古树也不少，在树木之间，还有一些简易游乐设施，类似儿童乐园。我们爱去那里

1957年尚未拆除的崇文门 Fuxing 2018.1.7.

玩，有种置身旷野的感觉，尤其是下雨之前，风呼呼地刮过来，昏天黑地，树木森森，有点儿恐怖，却也刺激、好玩。

后来读夏仁虎诗，有句：“梨从海氏茔前摘，枣自郎家园里来。”诗里说的海氏茔是坟地，郎家园当年也是坟地，是清朝皇家御用外国画家郎世宁的坟地。这两家的坟地，当时都有名气，其中郎家园的枣一度很出名。这两家的树，也远比德国坟地里的老树更多、更出名，毕竟德国坟地是一个废弃的坟地。

北京有了街树，应该是民国初期朱启钤当政时引进了德国槐之后的事情。这是一种洋槐，和老北京宫廷与寺庙中的古槐还是有区别的。

在那之前，除了皇家园林和寺庙，四合院里也是讲究种树的，大的院子里，可以种枣树、槐树、榆树、榆叶梅、紫白丁香或西府海棠，再小的院子里，一般也有一棵或两棵石榴树。老北京有民谚：天棚鱼缸石榴树，先生肥狗胖丫头。这是老北京四合院里必不可少的硬件。但是，老北京的院子里，是不会种松树或柏树的，人们认为那是坟地里的树；也不会种柳树或杨树，人们认为杨柳不成材。所以，如果现在你在四合院里看见这几类树，则都是后栽上的，年头不会太长。如果是桑树，便不会种在院子里，一般会种在院子最后一排房子后面的夹道里，这是有讲究的。原来我住的大院里，曾经种有两棵桑树，一棵结紫桑葚，一棵结白桑葚，都是种在后面的夹道里。

如今，到北京来，想看到真正的老树，除了皇家园林或古寺，就要到硕果仅存的老四合院了。

在南半截胡同的绍兴会馆里，前些年还能够看到当年鲁迅先生住的补树书屋前的那棵老槐树。那时，鲁迅写东西写累了，常摇着蒲扇到那棵槐树下乘凉，“从密叶缝里看那一点一点的青天，晚出的槐蚕又每每冰冷的落在头颈上”（《呐喊·自序》）。那棵槐树现在还是虬干苍劲，枝繁叶茂，起码有一百多岁了，比鲁迅先生活的时间长。

看张恨水的回忆文章，说他最初来北京时住未英胡同30号，那时，院子里有一棵两百多年的老槐树。未英胡同，以前叫喂鹰胡同，离虎坊桥很近，曾是皇帝玩鹰养虎之地，明朝就有，是一条老胡同了，胡同的院子里有一棵两百多年的老槐树，不稀奇，比鲁迅住的院子里的那棵槐树的年头还要长。只是现在这棵老槐树早就不在了，只存活在张恨水的文章里，让我们遥想当年。

在上斜街金井胡同的吴兴会馆里，还能够看到当年沈家本先生住在这里时就有的那棵老皂荚树，两人环抱才抱得过来，真粗，树皮皴裂如沟壑纵横，枝干遒劲似龙蛇腾空而舞的样子。我第一次看到它时，真有点儿惊心动魄的感觉，让我想起沈家本本人，这位清末维新变法中的修律大臣，我们法学的奠基者正直、耿直的形象，和这棵皂荚树的形象是那样地吻合。据说，在整个北京城，这是屈指可数的最粗、最老的皂荚树之一。

在府学胡同的文丞相祠里，还可以看到文天祥当年被关押在这里时亲手种的那棵枣树。年头够长的了，岁月如同一位严酷的雕塑师，将几百年来历经的每一道沧桑，都醒目地雕刻在枣树的枝干上。最为奇特的是，这棵枣树遒劲的、极尽扭曲的枝干，几乎都是朝着南面伸展着。人们据此演绎，说它和文天祥写过的“臣心一片磁针石，不指南方不肯休”的诗句相呼应。我去那里，正是冬天，枣树上的叶子尽落，主干突兀，大小枝干参差，铁骨钢筋一般在风中抖动，抖动出如铁板铜钹一样的声响，真的觉得树和人一样，也是有着强烈的感情的。

在陕西巷的榆树大院，还能够看到一棵老榆树。当年，赛金花盖的怡香院，就在这棵老榆树的前面，就是陈宗蕃在《燕都丛考》里所谓“自石头胡同西曰陕西巷榆树大院，光绪庚子时，名妓赛金花张艳帜于是”的地方。之所以叫榆树大院，就因为有这棵老榆树，是典型的地以树名。我教过的一位学生的家也住在那里，前些年，他邀请我到他家，专门去看赛金花的怡香院。他家住在二楼，站在当年赛金花住的房子的后窗前，还可以清晰地看到那棵老榆树满树的葱茏绿叶，老榆树比赛金花青春常在，仪态万千。

西河沿192号，是原来的莆仙会馆，尽管早已经变成了大杂院，后搭建起的小房如丛生的蘑菇，但院子里有棵老黑枣树，一直没舍得砍掉。在北京的四合院里，种马牙枣树的很多，但种这种黑枣树的很少。有一年夏天，我专门到那里看它，它正开着一树的小黄花，落了一地的小黄花，碎金子一般闪闪发光，真漂亮。当然，我说的是十多年前的事情了，不知道如今这棵黑枣树是否还健在。

尽管山西街如今拆得仅剩下盲肠一段，南面更是拆得光光的，矗立起高楼大厦，但甲13号的荀慧生故居还在。当年，荀慧生买下这座院子，自己亲手种下了苹果树、柿子树、枣树、海棠树、红果树多株。到果子熟了的时候，会分送给梅兰芳等人分享。唯独那柿子熟透了不摘，一直到数九寒冬，来了客人，用竹梢头从树枝头打下硬邦邦的柿子，请客人就着带冰碴儿的柿子吃下，老北京人管这叫“喝了蜜”。如今，院子里只剩下两棵树，一棵便是曾经结下无数次“喝了蜜”的柿子树，另一棵是枣树。去年秋天，我去那里，大门紧锁，进不去院子，在门外看不见那棵柿子树，只看见枣树的枝条伸出墙头，枣星星点点，结得挺多的。老街坊告诉我，前两天，刚打过一次枣。历尽风霜，枣依旧很甜。当年荀慧生在世时，也会把它们拿给街坊们分享。

离荀慧生故居不远的西草厂街88号是萧长华的故居，这里也有一株枣树，比荀慧生院子里的枣树年头还长。同荀慧生爱种果树一样，这棵枣树是萧长华先生亲手种的，前些日子去那里看，虽然院子已经一片凋零，无人再住了，但枣树居然还活着，在垃圾和乱草丛中顽强地伸展着绿色的枝叶，摇曳在今日的阳光中和昨天的回忆里。

在北京的四合院里，好像只有枣树有着这样顽强的生命力。因此，在北京的四合院里，枣树是种得最多的树种，在我的印象里，要比民谣里说的“天棚鱼缸石榴树”的石榴树多。小时候我住的四合院里，有三株老枣树，据说是前清时就有的树，别看树龄很老，每年结出的马牙枣依然很多、很甜，比现在卖的冬枣更有枣的味道。

所谓青春依旧，在院子里的树木中，大概独数枣树了。从我落生不久住进这个大院，一直到二十一岁离开大院去北大荒，每一年的秋天，打枣的日子都是我们大院里的节日。一般都是半大小子爬到树上，伸长着竹竿子打枣，小不点儿的孩子，在树下接枣。打下的枣，堆成一座小山，谁也不会私自把枣拿回家，而是端着洗脸盆，装满一盆盆的枣，挨家挨户去送枣。这样美好的传统，连同我们爬到树尖，看红红点点的枣和树叶一起晃动，恍若太阳也跟着一起晃动的情景，一直定格在我的记忆里。

我们大院的那三株老枣树，起码活了一百多年，如果不是为了缓解后来人们的住房拥挤而砍掉了，盖起了小房，起码现在还可以活着。如今，我们的大院拆迁之后，那里建起了崭新的院落，灰瓦红柱绿窗，很漂亮，不过，没有那三株老枣树，院子的沧桑历史感，怎么也找不到了。

如今，北京城的绿化越来越漂亮，无论街道两侧，还是小区四周，种植的树木越来越名目繁多，却很少见到种枣树的。大概是因为枣树虽然开花，但花如米粒一般，很小，没有什么观赏价值。再有，就是枣树容易掉洋辣子和吊死鬼那种小虫子，很有些烦人的缘故吧。这种变化，是老北京断然没有想到的，人们对于树木的价值需求和审美标准，就这样发生着变化。老北京四合院的枣树，就这样在被遗忘的失落中，越发成为过往岁月里一种有些怅惘的回忆，很有些老照片的感觉。

三

在我所见的这些树木中，最容易活的树是柳树和紫叶李，最难活的是合欢树。但是，我对合欢树最是情有独钟。

说来也许有些可笑。在我刚上小学的时候，在每天清早上学的路上，几乎都能够碰见一个三十来岁的女人迎面向我走来。我觉得她长得特别漂亮，就像我妈妈一样漂亮。那时候，我妈妈刚刚去世不久。我知道，这只是我的一种错觉，甚至是幻觉。但是，错觉也好，幻觉也罢，每天清早上学的路上，能够见到她，是我最大的愿望。

那时，那条路上种的街树就是合欢。我记得非常清楚，每年一到6月，树上便开满绯红色的花朵，绒毛细细的，很柔软的感觉，像一片红云彩似的，惹人怜爱。这时候，看着她迎面走在这片绯红色的云彩下，感觉她更漂亮了。她一定是感觉得到我在关注她，每一次和我擦肩而过的时候，她都会冲我和蔼地笑笑。真的，那时候，我特别可笑，甚至有些傻气。每一次和她擦肩而过、看到她冲我笑的时候，我都希望她能伸出手，在我的头上轻轻地抚摸一下，就像妈妈总爱摸我的头一样。

后来，我知道，她就在我们学校附近的一所小学当老师，那是一所私立小学。我痴心妄想能够转到那所小学去读书，那样就可以天天见到她，没准儿，她还能教我呢。可是，这是不可能的，家里没有钱供我去私立学校的。读中学的时候，我写过一篇作文，题目就叫《合欢》。我写了对她、对合欢树的想象。如果有什么树可以象征一个人的童年，合欢，几乎就是我的童年之树。

还有更可笑的事情。从北大荒插队回到北京，我重回我读小学的学校，因为待业在家，母校的校长好心地邀请我去代课。重新走在这条小时候走过无数次的老路上，我渴望能够像当年每天早晨上学一样，还能够见到她。但是，这样的奇迹，怎么可能会出现呢？那条老街上，我没能再见到她，合欢树，也一棵都没有了。

或许，真的是合欢树难以成活。如今北京的街树景致中，有名的是夏天南池子的槐荫夹道、秋天钓鱼台的银杏铺地，我再也没有见过哪一条街道两旁种有合欢树了。

北京最老的合欢树，我看到书中记载的，大概应数崇效寺里曾经有过的一株合欢。它为清初吏部尚书宋牧仲手植，五十年后，有合抱之粗，清诗专门写它："五十年来重俯仰，当檐一树马缨花。"马缨花，就是合欢。起码崇效寺的这棵合欢树长了五十余年。

后来，有人对我说，故宫御花园和宋庆龄故居里的合欢树，年头都挺长，长得都不错，花开的时候很好看。这是当然了，那里的树，会有人专门打理，自然比别处的好活、过得滋润了。况且，它们也不是街树，

再后来，读清诗，有说："前门辇路黄沙软，绿杨垂柳马缨花。"说明种合欢为街树，早在清时就有了。不过，我觉得，那样街头有树的情景是极个别的，我甚至怀疑那仅仅是演绎。

一直到最近，读到清竹枝词："正阳门外最堪夸，王道平平不少斜。点缀两边风景好，绿杨垂柳马缨花。"这里又一次提到在前门外的大街两旁是种着合欢树的，大概不是夸张。

又借到一本芥川龙之介写的《中国游记》，在这本书里，他两次提到合欢树。一次是从辜鸿铭家出来，朝着东单牌楼附近他住的旅店走的路上，说是"微风吹拂着街边的合欢树"；另一次是他说："合欢与槐树的大森林紧紧环绕着黄色琉璃瓦的紫禁城。"后者说明当时北京城合欢树的茂盛，前者则说明东单大街两旁当时是种着合欢树的。

还看到邓云乡的文章，说景山前街曾经的街树也是合欢。

以上便是佐证，证明合欢树在北京是有历史的，曾经一度辉煌，而且作为街树，我童年时见过的并非孤例。芥川龙之介是1921年从日本来到北京的，邓云乡说的是20世纪50年代的事，也就是说，合欢树作为街树，曾经从清末民初一直到北平和平解放

之后，存在过很长一段时间，而且是很长一段时间里的一道美丽风景。只是不知道为什么如今它被冷落在一旁。

我所见到的以合欢树作为街树的街道，除了童年时的那条小街之外，就是台基厂路。可以毫不夸张地说，在我的眼里，这是全北京城最漂亮的一条路。特别是每年6月合欢树开满一树树绯红色的绒花的时候，那景象让你感到北京城有着一种别样的色彩。那时，我家离台基厂路不远，去王府井，必要穿过台基厂路，走在这开满轻柔绒花的树下，斑驳的花影洒在身上，人就像踩在绯红的云彩上面一样，有一种梦幻的感觉。也许，这只是青春期独有的似是而非的感觉吧。

“文化大革命”时，嘈杂喧嚣之中，顾不上看合欢树了。一别北京六年，1974年，从北大荒回到北京，重住回老院，重去王府井，重走台基厂老路，才忽然发现一路的合欢树竟然荡然无存，一棵都不剩了。一下子，心里感到那样的失落，忙打听，才知道在“文化大革命”中，这一街的合欢树被砍光了，说它们开这么缠绵悱恻的花，是资产阶级的树。这让我分外吃惊。我想起景山的那棵崇祯皇帝上吊的古槐，顺治皇帝看它不顺眼，说它是“罪树”的陈年往事。莫非树之中真的有什么“罪树”吗？仅仅因为花开得漂亮，开得缠绵，就必须得是“罪树”吗？纵观北京林林总总的树木，再没有比这更荒唐的事情了。台基厂路的合欢和景山的古槐，真是一对难兄难弟，一同沉没在三百年的历史长河里。

如今，在北京，不仅街道上见不到合欢了，就是在老院子里，或在新建的小区里，也很少能见到合欢树。

十多年前的夏天，我的孩子买房子时，我看中的是小区里那片合欢树。去看房时正是夏天，满树毛茸茸的绯红色花朵，看得人赏心悦目，让我想起我的童年和少年时期难忘的合欢树，便替孩子做了主。如今，那一片合欢树，只剩下两株苟延残喘，树干被锯掉一大截儿，树枝被剪掉得更多，希望能够在抢救中救活。到了夏天，它们孤零零地开着零散的花朵，再也看不到十多年前的风光了。

离宣武门不远的校场口头条，是一条闹中取静的小胡同，这条胡同的47号，是学者也是我们汇文中学的老学长吴晓铃先生的家。他家的小院里，有两株老合欢树，不知道如今是否还活着。有一年，我特意去那里，不是为拜访吴先生，因为吴先生已经仙逝，而是为看那两株合欢树。合欢树长得很高，探出墙外，毛茸茸的粉红色花影，正斑斑点点地映衬着大门上一副吴先生手书的金文体门联“宏文世无匹，大器善为师”。那花和这字，如剑鞘相配，相得益彰，如诗如画，世上无匹。

不过，这也是十多年前的事情了，如今，不要说不知道吴先生的双棔书屋小院里那两株合欢树是否健在，就是那个小院、那条胡同是否还在，都让人隐隐地担忧了。

四

读美国人梅英东写的《再会，老北京》。梅英东在北京炭儿胡同小学做志愿者，说北京话，吃爆肚，住四合院，蹲胡同公共厕所里的蹲坑，住在那里几年。书中有一节“树的记忆”，写他和他的同事朱小姐，在2006年的初春时节一起造访椿树胡同。朱小姐是炭儿胡同小学的英语老师，椿树胡同是她童年时住过的地方。

这一节引起了我的兴趣，因为几乎同时，为写《蓝调城南》一书，我也造访过椿树胡同。椿树胡同是一条老街，这条街自明清以来，特别是从清中期到民国时期，一直香火很旺，先是赴京城当官的人来此居住，后来当官的换上了好房子之后，文人艺人络绎不绝。就我所知，雍正时的吏部尚书汪由敦在椿树三条住过，并把他的宅子命名为时晴斋。他走后，乾隆时期的诗人赵翼来此居住。另一位乾隆时期的诗人钱大昕，那时住在椿树头条写他的《潜研堂集》。民国时期，辜鸿铭住在东椿树胡同18号，一直住到终老而死。当时的京剧新星荀慧生和尚小云分别住在椿树上三条11号和椿树下二条1号。梨园宿将余叔岩住在椿树上二条，他有夜半三更吊嗓子的习惯，戏迷们为听他这一嗓子，大半夜的披着棉猴儿跑到他家院门前候着，成为小胡同里热闹非凡的一景。

我想看看2006年初春的椿树胡同，在一个外国人的眼睛里是什么样子。他重点写了一段朱小姐对这条胡同里的椿树的回忆。朱小姐回忆的不过是二十年前的椿树，这条老街椿树最盛的时候，还要再往前推几十年甚至上百年。那时候，一街的椿树到了夏日绿荫如盖，是非常漂亮的。据说，有的椿树有两人合抱之粗，这样的老树，真是老树成精了。

在朱小姐尚未开始回忆之时，梅英东先入为主地介绍了一下椿树：它的英文名字叫“天堂之树”（tree of heaven），然而中文名字叫“臭椿”，因为开花时味道刺鼻。在英文世界里，椿树也叫中国漆树，或贫民窟的棕榈树，因为它四处蔓延，什么环境都能生长。

他说得不完全对，椿树有两种，臭椿是一种，另一种是香椿。椿树也并非四处蔓延，它们长得高大粗壮。如果椿树胡同种的都是臭椿，且枝干四处蔓延，怎么会有那么多达官贵人愿意居住于此？而且，他后面写到“朱小姐熟稔于椿树的季节变换，和许多老北京人一样，她盼望着那个可以采摘嫩叶的季节”，这就更意味着这里种的不是臭椿，而是香椿才对。

亲历者的回忆，比后来者的记述，更为真切可靠。朱小姐指着一棵椿树说：“刚发芽的时候，不是绿色的，有一点发紫，又有一点发红。”这是对的，就像汪曾祺先生写过的葡萄，最初的芽苞叶边发红，然后才会变绿。不过，说2006年朱小姐指着一棵椿树，我很是怀疑，因为那时候我去椿树胡同，不要说一棵椿树也见不到了，就连那一片椿树胡同，也只剩下了东椿树胡同东边的一溜儿平房，早在1998年，那里已经建起椿树园小区了。

是朱小姐充满感情的回忆，让椿树复活：“我会爬到那棵树上面去采树叶，然后我奶奶就会把它碾碎，用来煎鸡蛋，真是太好吃了，特别的新鲜，简直跟香菜叶味道差不多，但口感要更鲜明一些。”

是啊，哪个老北京人没有吃过香椿摊鸡蛋呢？在北京开春的时节，香椿芽和鸡脖韭一样，是老北京人的时令菜肴呀。如此，香椿树才会对于如朱小姐一样的北京人那么的亲切，那么的充满难忘的回忆。在北京众多的树木中，叶子可以吃的，除了香椿，大概只有榆树了，开春时捋下榆钱做榆钱饼吃，尤其在灾荒年间，更是人们的渴望。在我的味蕾记忆里，香椿树和榆树就是这样的一对兄弟。

2006年开春，我去椿树胡同，已经是第二次了。那时，梅英东曾写到的沃尔玛超市和它旁边的一幢幢大厦已经落成。他说："这一带的胡同是我觉得北京最好看的风景，而正在被一座座大厦取而代之。老槐树舒展着枝杈，斑驳的树影就洒在每户人家灰色的墙上，四合院的墙头上，春日的花枝悄悄地探出头来。"

那时候，我也注意到一棵老槐树，但不是他笔下的那棵老槐树，因为我看到的这棵老槐树就在沃尔玛东边不远的地方，它斑驳的树影，也不是洒在四合院的灰墙上，而是摇曳在椿树园小区楼房的窗户上。难怪当他问朱小姐什么问题的时候，"却没听到回答，于是转过身去，发现她独自站在胡同的深处，抬起头，静静地看着那些大树"。

这一段写得真好，不动声色，却充满画面感，无言的感情，洋溢在画面之外。不知道梅英东是否理解此刻朱小姐心里涌动的感情。我能理解，因为我也有过同样的经历。当我重回我童年和少年时住过的老院，看到曾经伴随我成长的老枣树没有了的时候，心里涌出的感情，和朱小姐是相同的。无论什么样的老树，在我们的回忆里，都是与胡同和四合院的根脉紧密连在一起的。失去了胡同和四合院的依托，老树必定不存。

读完梅英东这一节"树的记忆"，我想起了前两年开春在北京郊区一个新社区里见到的一位老人，他家的窗前长着一棵不高

老四合院越来越少了 RuXINGT 2018.5.13.

的小香椿树，他正趴在一个人字梯上伸手摘香椿芽。我正巧路过，觉得太危险，忙跑过去帮他扶住梯子，对老爷子说："您一个人摘香椿，得小心，别摔下来！"他对我说："没事！得赶紧摘点儿摊鸡蛋吃，过两天物业一打药，就没法吃了！"老爷子摘下香椿芽，爬下梯子，谢了我之后，又对我说："现在的香椿不如以前的好吃了，原来住在城里的时候，院子里也有一棵香椿树，别看是老香椿树，开春时冒出的嫩芽摊鸡蛋，那味儿才叫窜呢！"

不用说，城里胡同和四合院的拆迁，让老爷子搬到了距城里几十公里开外。尽管也有香椿树，但他还是忍不住想起四合院里的香椿树。他不能再如朱小姐那样重回故里，静静地看着那些健在的老树，而只能回忆那些老树。

五

曾经有一段时间，我到处寻找老院子里硕果仅存的老树。树有年轮，树的年轮就是北京四合院的年轮，见证着沧桑的历史。树的枝叶、花朵和果实，最能见证北京四合院缤纷的生命。尤其是那些已经越来越少的老树，它们是老四合院的活化石。老院不会说话，老屋不会说话，迎风抖动的满树的树叶会"说话"呀。

记得写过北京四合院专著的邓云乡先生，曾以一章专门写四合院的花木。他格外注重四合院的花木，曾经打过这样一个比方，说京都十分春色，四合院的树占去了五分。他还说："如果没有一树盛开的海棠，榆叶梅，丁香……又如何能显示四合院中无边的春色呢？”

十多年过去了，曾经造访过那么多老树，说老实话，给我印象最深的，还不是上述那些树，而是一棵杜梨树。

那是十三年前的夏天，我是在紧靠着前门楼子的长巷上头条的湖北会馆里看到的这棵杜梨树。这棵树枝干参天，高出院墙好多，密密的叶子摇晃着，好像天空浮起一片浓郁的绿云。这个大院，我很熟悉，因为读中学的时候，我同班的一个同学就住在这个大院里，离我当时住的西打磨厂很近，我常找他玩。春天的时候，这棵杜梨树会开满满一树白白的花朵，煞是明亮照眼。

如今，在它的四周盖起了好多小厨房，本来宽敞的院子显得很是拥挤，但人们还是给它留下了足够的空间，让它能伸展自己的腰身。我知道，人口膨胀，住房困难，好多院子里的那些好树和老树，都被无奈地砍掉，盖起了房子。前些年，刘恒的小说《贫嘴张大民的幸福生活》被改成电影，英文的名字直译为《屋子里的树》，其中有个情节讲的是没有舍得把院子里的树砍掉，盖房子时把树盖进房子里面了。故事是虚构的，但这个细节可不是无中生有，不少院子里都曾经有过这类事情。湖北会馆里的这棵杜梨树便是一例。

那天，很巧，从杜梨树前的一间小屋里，走出来一位老太太，正是种这棵杜梨树的人。她告诉我她已经八十七岁了，不到十岁搬进这院子来的时候，她种下了这棵杜梨树。也就是说，这棵杜梨树有将近八十年的历史了。

屋里的树在北京四合院里常见 戊戌 復興

那年冬天，我旧地重游，那里要修一条宽阔的马路，湖北会馆成了一片瓦砾，但那棵杜梨树还在，清癯的枯枝，孤零零地摇曳在寒风中，虽多少有些凄凉，但毕竟还在。我想起了苏联作家柯切托夫曾经写过的一篇小说，说一座城市修路时遇到一棵老树，于是这座城市的领导和专家一起讨论要不要为了路把树砍掉。最后，为了树，路绕了一个弯。心里为这棵杜梨树庆幸，也许为了它，能够像当年扩展牛街一样，在清真寺前不远的街中心，为了一棵老树，让新修的马路绕一个弯。

那位老太太让我难忘，还在于她对我讲过这样一段话。那天我问她：您就不盼着拆迁住进楼房里去？起码楼里有空调，大夏天的住在这大杂院里，多热呀！她瞥瞥我，对我说：你没住过四合院？然后，她指指那棵杜梨树，又说：哪个四合院里没有树？一棵树有多少树叶？有多少树叶就有多少把扇子。只要有风，每一片树叶都能把风给你扇过来。

老太太的这番话，我一直记得，我觉得她说得特别好。住在四合院里，晚上坐在院子里的大树下乘凉，真的是每一片树叶都像是一把扇子，把小凉风给你送了过来，自然风和空调里制造出来的风不一样。

日子过得飞快，十三年过去了。这十三年里，偶尔，我路过那里，每次都忍不住会想起那位老太太。那棵杜梨树已经不在了，我希望老太太还能健在。如果在，她今年整一百岁了。

2017年6月至2018年3月

京城花事

一

无论老北京还是新北京，看花的最佳季节，当然是在春天。在老北京，花和树一样，一般是种在皇家园林、寺庙和四合院里。老北京人赏花，得到这三处去，皇家园林进不去的时候，到寺庙里连烧香拜佛带赏花，便是最佳选择。春节过后，过了春分，二月二十五，有个花朝日，是百花的生日，那一天，人们会到寺庙里去，花事和佛事便紧密地连在一起。因此，在皇家园林还没有开放为公园的年代，到寺庙里赏花，是很多人共同的选择。

过去，老北京坊间有个顺口溜：崇效寺的牡丹，花之寺的海棠，天宁寺的芍药，法源寺的丁香。这四句话意思是说，开春赏花，不能不去这四座古老的寺庙，那里有京城春花的代表作。那时候，到那里赏花，就跟现在年轻人买东西要到专卖店里一样，是老北京人的讲究。可以看出，老北京人赏花，讲究的是赏花要“拔出萝卜带出泥”，要连带出北京自己悠久又独特的历史和文化的味儿来。就跟讲究牡丹是贵客、芍药是富客、丁香是情客、海棠是愁客一样，每一种花要有一座古寺依托，方才剑鞘相合，鞍马相配，“葡萄美酒夜光杯”，相得益彰。

崇效寺，靠近广安门的枣林前街，以前，那里曾有枣树林一片，所以崇效寺又叫枣花寺。崇效寺的牡丹，以种植的面积铺展成片而为人赏心悦目。当然，那里的绿牡丹和黑牡丹更是名噪京城，因为那时候开绿色和黑色花瓣的牡丹，满北京只此一家，别无分店。

花之寺，龚自珍曾招饮诸友于此，他有《西郊落花歌》，序中“出丰宜门一里，海棠大十围者八九十本”，说的就是花之寺。丰宜门就是现在的右安门。花之寺的海棠在清时名气最大，晚清诗人周寿昌为之写的诗，大概可以说写的是它鼎盛时期的花容树貌：“花之寺里海棠树，老佛坐看三百年。虬舞槎枒俯高阁，燕翻红紫烂诸天。”花之寺的海棠，在五四时期的女作家凌叔华笔下有过描述，她特意将自己的小说集命名为《花之寺》，不过她笔下的，已经是花之寺走向尾声时落魄的海棠了。

不过，海棠繁盛的寺庙，不仅限于花之寺。不少寺庙里的海棠，都远胜过花之寺，比如法源寺。洪亮吉有诗：“法源寺近称海棠，崇效寺远繁丁香。”据说，乾隆末到嘉庆年间，法源寺并非以丁香，而是以海棠出名。即使到了民国，那里的海棠依然非常出名。泰戈尔和徐志摩在法源寺里的花下吟诗一夜，梁启超集宋词说：“此意平生飞动，海棠花下，吹笛到天明。”可见，到了民国时，花之寺的海棠，已经让位于法源寺。那时，法源寺的海棠已是主角。

天宁寺的芍药，和寺庙本身的历史一样悠久。作为北魏时的老寺，那里的芍药曾经名重一时。《帝京景物略》引明诗："林花飞绕客，幽鸟语应禅。"不过，芍药只是天宁寺之名花一种。清张之洞专门有《天宁寺紫藤花初开独游》长诗，不为芍药，而为紫藤，诗中有句："春事如驹不留影，藤花烂漫只俄顷……密叶张幄已交蔓，细蕊编珠犹附梗……此花虽甜幸不俗，荡魄摄心由自领。"

和天宁寺的芍药（或紫藤）相比，法源寺的丁香，一度应该更有名一些，看旧书的记载，应是清末时分。清诗形容那里的壮观景象："杰阁丁香四照中，绿荫千丈拥琳宫。"说丁香千丈之长是夸张，但簇拥在法源寺的一片丁香花海，为京城难见的景观，是吸引人们前来的主要原因。

有意思的是，这四座古寺都在宣南，应该说和那时候宣南居住的众多文化人相关，花以人名，人传花名，文人的笔，让这里的花代代相传，这四座古寺的花事，连同明清两代文人留下的诗章，便成为宣南文化的一部分。

这四座古寺的繁盛花事，一直延续到民国。从文字记载来看，上世纪20年代，泰戈尔访问北京时的重要活动，一个是和梅兰芳到开明戏院赏京戏，一个便是和徐志摩到法源寺看海棠，在此，海棠也好，丁香也罢，便和国粹京戏鼎足而立。读张中行先生的文章，知道上世纪40年代，还能看到崇效寺施"大肥"（即煮得特别烂的猪头和下水），茂盛的牡丹依然盛开于此。

珠市口老开明戏院 TuxiNG 2018.5.

如今，这四座古寺，仅存天宁寺和法源寺两寺，近些年，法源寺的丁香，名声大过天宁寺的芍药，原因在于重修法源寺之后，悯忠台旁、钟鼓楼下、念佛台前，补种有百余株丁香，盛开起来，烂烂漫漫，重现当年的胜景，并年年趁丁香花开之机，举办丁香诗会，尽管诗作的水平参差，远不如古人，却聊补古寺花事失落于当下的遗憾，再现当年有花有诗的盛况。丁香盛开的时候，法源寺花香四溢，人流如鲫，可以说，是花事繁盛的四大名寺中如今硕果仅存的一座寺庙。

二

不过，盛赞这四寺春时花事，只是一说。还有不同的说法，比如陈康祺在《郎潜纪闻》中就说过："都门花事，以极乐寺之海棠，枣花寺之牡丹，丰台之芍药，十（通'什'）刹海之荷花，宝藏寺之桂花，天宁寺之菊花为盛。"这样的说法，说明繁盛的花事，在很多寺庙都有，并非仅此前所说的崇效寺、花之寺、天宁寺、法源寺四家。但是，再怎么说，还是四大名寺繁盛的花事在民间流传更广，足见有时候别看只是顺口溜，口头的流传，抵过纸上的文字，民间口头传播力量非凡。

很有意思的是，读《天咫偶闻》，看卷九有一段写道："（御园）又西北岸极乐寺，明代牡丹最盛，寺东有国花堂，成邸所书。后牡丹渐尽，又以海棠名。树高两三丈，凡数十株。国花堂前后皆海棠，望之如七宝浮图，有光奕奕。"看，清代极乐寺的海棠繁盛之前，在明代最盛的是牡丹。这和崇效寺一样，清初以枣花名，乾隆以丁香名，光绪以后，才渐渐以牡丹名。京城花事随京城沧桑世事，一直在变化之中，便是再正常不过的事情了。

因此，到老北京寺庙里看花，确实可赏的并不局限于上述四家。说丁香，最早，在社稷坛南，曾经种有七百余丛丁香，浩浩荡荡，一起参与到对社稷的祭祀之中。在长椿寺妙光阁下有丁香一片，因为妙光阁是顾横波所建，顾横波是和董小宛、柳如是等并列的“秦淮八艳”之一，又是清初大诗人龚鼎孳的爱妾，那丁香便人带花香分外浓，有了别样的意思，趋之者若鹜。

说海棠，《行素斋杂记》中说：“崇文门外法华寺，佛殿前后，海棠数株。独殿右一株，每年春秋两番作花，亦理之不可解者。”如此一年春秋两季花开两次的海棠，成为一时之奇与之谜。《日下旧闻考》中说清明圣驾到回龙观赏海棠，想那时回龙观里的海棠，恐怕也是非常可观。

说杏花，大觉寺的杏花，也曾一时烂漫似海。

说早春赏玉兰，更有大觉寺和潭柘寺。大觉寺的玉兰是明朝的，历史之久，为京城之首，且一直延续至今；潭柘寺的玉兰一株双色，号称“二乔”，花和美人一体化，引人遐想。

但大觉寺、潭柘寺和回龙观，毕竟是在很远的郊外，而上述四座古寺则都是在今天的城中心附近。就近赏花，就跟那时候看戏一样，戏园子就在家附近，抬脚几步就到，方便了平民。再美若天仙、富贵骄奢的花，这时候都要表现得亲民一些，如同“旧时王谢堂前燕，飞入寻常百姓家”，成为京城花事的一大特色。如今回龙观的道观早已不存，此地变成一大片社区，慕名前往大觉寺、潭柘寺二寺看玉兰的人虽然不少，但更多的人还是到颐和园看玉澜堂的玉兰，毕竟去那里更方便些。

前两天去劳动人民文化宫，看到太庙大门外两株高大的玉兰。它们不像别处的玉兰只在瘦削的干枝上开几朵花，而是花开满树，一朵压一朵，密不透风，盖住了几乎所有的枝条和树干，像是涌来千军万马，又如一树洁白的纱幔迎风招展，气势不凡。心想，这两株玉兰的年头也不短了，只是来这里看玉兰的人，远不如到大觉寺、潭柘寺和玉澜堂的人多。人们大多还是慕名而愿意舍近求远。其实，看玉兰，到这里更近，人也少，格外清静，花和人各得其所，相看两不厌，应该是个不错的选择。

三

老北京的花，除了寺庙，还开在住家的院落里。这是北京人的讲究。真正讲究有花可种、可赏的，得是有权有钱、独门独户居住在那种典型四合院里的人家，这样的人家，不为官宦，起码也得家境殷实。其他讲究种花的，得是小康人家，衣袋里即使没有十足的“兵力”，起码也得有些碎银子才行。

鲁迅当年买了八道湾的房子后，在日记里记“晚庭前植丁香两株”；买了西三条的房子后，“种紫白丁香各二，碧桃一”。

张恨水买下砖塔胡同的房子时，院子里已经有了两株海棠、两株月季，但他还是到白塔寺庙会上买了牵牛、凤仙、茉莉和红花豆角回家种上。

看鲁迅和张恨水两位文人买花，可见性格差异：一个愿意种木本，一个愿意种草本。读到张恨水的女儿回忆她父亲买花的情景，我想起曾经住过的大院里的人家：平民百姓，腰包不鼓，房前隙地不多，一般也只是种些牵牛、凤仙、茉莉和夜来香；更有多户人家买来或向邻家要点儿扁豆籽种上，既可以看那蓝色的花如翩翩飞舞的蝴蝶般开在风中，还可以在扁豆熟了的时候，为家里餐桌上添一道菜，便更觉得张恨水接地气。

当然，写过《燕都丛考》一书的留日归来的陈宗蕃，也是爱花之人，又另有一番风光。他在地安门内的米粮库胡同，置地十亩，自己设计建造起了一座淑园，在他撰写的《淑园记》中，光是花木便种有桃、杏、李、栗、葡萄、苹婆、樱桃、海棠、玫瑰、蔷薇、玉簪、木槿、紫薇、芍药等，如此众多，尽管他自己说"旅京二十年，节衣缩食，薄有余禄"，但也得是有钱人家。毕竟他在官府中做事，在经济上，官员要抵过文人，即便是如鲁迅和张恨水这样的大文人。

当时，另一户殷实人家，清光绪年间的进士、晚清的翰林、民国的书法家，又是北京电灯公司的大老板——冯恕，一手务实，一手务虚，双管齐下，自然是兜里银子不少。不说别的，仅是书法已是名噪京城，流传着这样一则民谚：有匾皆有恕，无腔不学程。程，指的是程砚秋；恕，说的就是他冯恕，当时京城买卖家的匾额多是请他书写，这笔润笔的收入自是不薄。他的住所西四羊市大街71号，院子里的凌霄花，有百年历史，京城大小四合院里不乏别的名花古木，如此百年凌霄，恐怕是独此一家。

社会存在阶级或阶层的分野，现实中则有抹不去的贫富差异。赏花，便不可能一律平民化。在老北京，老舍先生写过的《柳家大院》里的那种大杂院里，连吃窝窝头都犯愁，院子里一般是没有什么花可种、可赏的。

我小时候住在前门楼子西侧的西打磨厂街上一个叫粤东会馆的大院里。这个大院要比老舍笔下的柳家大院强许多，是清朝留下的一座老宅院，占地两亩，典型的老北京的三进三出、有二道门和影壁的大院。尽管年久失修，人多且杂乱，不少花木被破坏了，但我小时候院子里还有三株老枣树和两株老丁香，那两株丁香，一株开紫花，一株开白花，春天开花的时候，一树紫色如云，一树洁白如雪。春天的时候，再破败的院子，有了花开，就让人觉得日子有些朝气和盼头。丁香花的香气，特别浓郁，每天放学，走进院子的大门，就能闻到那股子香气，直窜鼻子。即使如今几十年过去了，记忆中的那股香气依然扑面。

我们大院里那两株丁香，在“文化大革命”到来的那一年春天，是最后一次开花。那一年的“红八月”，一群女红卫兵闯进我们的大院，揪出一位新中国成立前当过舞女的女人不说，还把她的女儿一起揪了出来，让她们娘儿俩就站在家门前的丁香树下。她的女儿和我一般大，长得很漂亮，个子很高。那一群女红卫兵是初中生，个头儿都没有她高，看她那样高的个子，又总是不服气地昂着头，有一个红卫兵觉着不顺眼，从背后一脚踹上去，踢在她的小腿肚子上，冷不防，她一下子跪倒在地上，个子突然矮了半截。我实在看不下去，扭头跑出大院，一直跑到前门大街，坐上5路公

粤東会馆前院　Fuxing 2019.7.20.

共汽车，来回地坐，一直坐到天黑才回家。那一天丁香树下她突然被踹倒、跪在地上的情景，深深地刺激了我，一直到现在仍难以忘记。我们大院的丁香，总是和这样的一幕，一起浮现在我的记忆里。

那一天之后，没过多久，“破四旧”，我们大院里的那两株丁香，连同前院的影壁和后院带月亮门的院墙，一起被除掉了。

四

我小时候还没有上学时，开春时节，哪儿都不去，看花，一般到中山公园。那时，我家住前门，走着去，过前门楼子的城墙根儿，穿过天安门广场，十几分钟就到。

那时候，家长花五分钱买一张门票，带我到中山公园，为的是看牡丹。如今，哪个公园里都有牡丹，但我敢说哪一处也不像中山公园的牡丹，是出自名门，且年头最为久远，中山公园的牡丹才真正是魏紫姚黄，国色天香。崇效寺的牡丹，就是在那时候，也就是新中国成立初期，都移植到了中山公园。那个时代，新中国更重视公园的建设，崇效寺的牡丹，也算是找了个好人家。后来，中山公园发展到有牡丹一千余株，算是蔚为壮观。

这几年，再到中山公园，怎么都觉得牡丹少了许多，远不如小时候看到的景象那样壮观。或许，是我的错觉；也或许是这几年引进了郁金香，面积越来越大，喧宾夺主，遮住了牡丹昔日的风光？在我看来，再花姿别样的郁金香，也无法和风采绰约的牡丹相比，因为中山公园的牡丹曾经摇曳在历史的风中，尤其是掩映着新中国成立初期百废俱兴的时代影子。只是，如今的年轻人更愿意在郁金香前摆弄着姿势照相。

在其他的日子里，家长也常带我到中山公园来，看花是到唐花坞。在我的童年，觉得唐花坞是最漂亮的室内花园了，简直就是我的圣地，因为那时候北京还没有别的室内植物园，另外，我的见识也少，从来没有见过其他的室内花园。因此，每一次去唐花坞，都会让我兴奋，好像去参加花仙子邀请的盛会，总会给我意外的惊喜。尤其是冬天，大雪纷飞的日子里，那里温暖如春，会看到很多从来没有见过的花在争奇斗艳，真的是感到神奇无比。

北京有这么一个中山公园和公园里的唐花坞，要感谢朱启钤。

他当时任北洋政府交通部总长和内务部总长，兼任京都市政公所督办，凭着这份权力，1914年，在一个多月的时间里，就将这个皇家的园林建成了人民的公园。如果没有他，不知道北京要晚多少年才能建成这样一座公园。

当然，除了权力，还得有眼光和公心。将权力化为私利者，从古到今都大有人在。这便越发显得朱启钤难得了。当时，他向政府各部要求捐款改建这个公园，每个部都捐了一千块银圆，朱启钤一个人捐的也是这个数，足见他这个人和一般的官府之人不尽相同。

朱启钤本人不仅是官员，还是建筑家，中国营造学社就是他创建的。中山公园改建之初，他新建了一些亭台楼阁，唐花坞便是其中的第一批建筑：中间是一座八角亭，两侧呈扇面式，上铺蓝色琉璃瓦，中西合璧，分外醒目。他家有一株珍贵的昙花，高达五尺，建了这个唐花坞之后，据说，每到花期，他都会让人把昙花搬至唐花坞，供众人观赏这昙花一现的珍贵一刻。由此，从另一个侧面，见识了朱启钤这个人。

如今唐花坞前的荷花池和荷花池边上的水榭，也都是当年朱启钤主持兴建的。尽管有人批评水榭建得太偏于里面，不大显眼，发挥不了作用，但是，当年有这样的设计，为百余年后的今天留下了这样的景观，也实在是不容易了。

如今，外地游客到故宫的多，到中山公园的很少。我几次去，那里都非常清静。在北京市内所有的公园里，我最爱去中山公园，独自一个人走走，想想一墙之隔的天安门广场上的人山人海，便

东四八条叶圣陶故居 RUXING 2018.5.

更觉得这里像是远避万丈红尘之外，有别处难有的清静。

每一次来这里，我几乎都会忍不住想起小学三年级的那年夏天，我和同院住的小伙伴一起到唐花坞前的荷花池，下到池子的边上偷摘荷花和莲蓬的情景。荷花摘到了，莲蓬没有够着，再探身伸手摘莲蓬的时候，一脚打滑，落进水中，被公园的工作人员救上岸后，浑身湿淋淋的我们被带到办公室一通数落，然后家长被叫到公园来领人。这成为我童年最羞愧的一件窘事。

但是，这并没有阻挡我去中山公园的兴致，以至于后来我上了中学，还常常会自己一个人到唐花坞去看花。记得初三那年的寒假，我们学校高三的一位学长，取了一个笔名“园墙”，写了一篇散文《水仙花开的时候》，发表在当年的《北京文艺》杂志上，很是让我羡慕。他这篇散文写的就是唐花坞里的水仙花，那水仙花我也见过，好多更好看、更新鲜的花，在唐花坞里，我也见过，为什么我写不出这样漂亮的文章发表在《北京文艺》上呢？那时候，我仿照着他这篇散文的笔法，又参照着当时正流行的杨朔的散文《雪浪花》和《荔枝蜜》的写法，写了好多篇《唐花坞》，却没有一篇成功。

自从在唐花坞看花以后，我喜欢上了花。我曾经专门跑到大栅栏南口路西的公兴文具店，买过一本很精致的美术日记本，在扉页上自己题写了“花的随笔”几个艺术字，专门记述看花的笔记。那时，我已经不只是到中山公园的唐花坞看花了，哪个公园里举办花展，我都要去看。我有公交车的学生月票，每月两元钱买一张，坐车便不用再花钱了，无形中，这拓宽了我看花的半径。

记得上高一的那一年秋天，北海公园里有菊花展，我跑去看。各式各样的菊花，几百上千盆，铺铺展展，争奇斗艳，摆放在山上山下、各个角落，公园简直成了菊花的海洋。我第一次见到这样多的菊花，感到叹为观止，回家后在日记本上赶紧写笔记，自以为收获不少。

老来之后，看邓云乡老先生的书，看他在一篇文章中写北京的菊花时，说菊花是隐逸之花，然后，他写道："千百盆摆在一起，并没有什么看头，因为显示不出其风格，况且千百个'隐逸'聚在一起，那还叫'隐逸'吗？弄不好还有聚众闹事、图谋不轨的嫌疑呢？"想起自己中学时代专门跑到北海公园去看菊花展，不禁哑然失笑。

五

北京一年四季有花。菊花，是秋天的花。以前，宣武门外下斜街土地庙秋天办庙会的时候，会有从丰台花乡来的花农，挑着担子，专门来卖菊花——好花压担买，花光银留犁，成为颇为热闹的从田野而来的都市一景。丰台养菊之名，一直延续至今。乡野陶元亮式的隐逸者之菊，早已步入都市，成为大众之花。当年下斜街土地庙庙会里的花市有名，难怪朱彝尊会从海波寺街搬家到下斜街，还特意写过这样一句诗："老去逢春心倍惜，为贪花市住斜街。"

《酌中志》中记载，北京的秋天，除了赏菊之外，还有茉莉、栀子兰、桂花、秋海棠、玉簪花之赏。可见，秋天的花，虽比不上春天的花开得灿烂，但也足有一番看头，而且，秋天赏花的传统由来已久。不过，《酌中志》里所说的这些花，除了桂花、秋海棠是和菊花同时节开花之外，茉莉、玉簪，在夏末甚至更早一些就已经开花了。

夏天里的花，在北京开的品种要比秋天多，而且可以从夏天一开始绵延到整个夏季。《帝京岁时纪胜》一书说："榴花似火，家人摘以簪头；凤草飞红，绣女敲打而染指；江西蜡五色芬芳，虞美人几枝娇艳，则又为端午佳卉也。"

在这里，把这几种花统统归于端午名下，也不确切。确切地说，这几种花都是夏天里的花。石榴花，为端午的代言，一度作为女儿花，摘以簪头，应该是没有任何问题的。它是夏初之花，端午前后盛开，笼统地说花红似火，当然可以，但实际上是有红、白、紫、粉四色之分的。只不过，老北京人更喜欢那种红红的石榴花——象征着日子红火，所以，石榴树成为老北京四合院典型的标配，有民谚为人所熟知：天棚鱼缸石榴树，先生肥狗胖丫头。

其实，老四合院里，和石榴树差不多一样多的，还有夹竹桃，它和天棚、鱼缸一样，为标配。民国时有不少竹枝词写有四合院里的夹竹桃，其中一首："夹竹桃开列中庭，卷篷高覆午梦醒。鱼缸配上数尾鲤，鲜花无语亦清馨。"这是因为那时候的夹竹桃很便宜，而且开花又久。

以前，在我们的大院里，《帝京岁时纪胜》里说的这几种花都有过。凤仙花很多家都养过，或种在墙角，或种在盆里，甚至种在小碗里，很好活。在我的印象里，凤仙花、喇叭花和扁豆花，是我们大院里种得最多的花了。

江西蜡，现在好像种的人家少了，当时，我们大院里有人家专门种这种花，我一直不清楚，为什么叫江西蜡——干吗要把一种花和一个地名绑在一起呢？莫非它是来自江西的花？江西蜡，有点儿像小点儿的菊花，又比那种“满天星”的小菊花要大。花开的颜色有好几种，草本，不值钱，很好活。

在我们的大院里，除了它，养得多的还有美人蕉、鸡冠花、西番莲，都是夏天晚一些时候里开花，都不值钱，但都很好活，又都特别好看。也有人家养夹竹桃的，是种在挺大的花盆里。大人们说夹竹桃有毒，不让我们摸。当时，我也不知道这话是真的呢，还是故意吓唬我们，怕碰坏了人家的花。到了天冷的时候，人家就把夹竹桃搬进屋子里了，到来年天暖的时候再搬出来。

虞美人，名字透着几分艳丽，甚至暧昧，因为它只是养在我们大院里一位从良的老太太家里。新中国成立初期，政府把她从妓院里解救出来，她嫁给了一个建筑工人。其实，虞美人就是丽春花，并没有多么特殊，花有单瓣、重瓣两种，只是这种花有点儿难伺候，我们大院里没有别的人家养过。我一直猜想，这种花难伺候是一个原因，更主要的是大家不愿意和她一致或相似，下意识里要和她拉开点儿距离吧。自从那位老太太死后，我再也没有见过这种花。直到前几年到法国，专程去巴黎郊外吉维尼的莫奈故居参观，在莫奈花园里才又看到这种花，想起早已经逝去的那位老太太，不禁感慨命运那么凄苦的老太太，偏偏爱养这种娇艳欲滴的花。

冬天里看花，只能到唐花坞。虽然诗里说“梅花欢喜漫天雪”，但是，真正到了冬天，在北京室外，是很难见到迎着漫天大雪开放的梅花的。要看梅花，只能到唐花坞，看到的只能是梅花的盆景。

当然，这是指我小时候。自从香山植物园有了温室，自然，可以到那里看梅花。不过，那里太远，不如中山公园的唐花坞近便。前几年，我的一个中学同学，到位于龙潭湖公园西侧的北京教学植物园当园长，邀请我到那里参观，我才知道在北京的闹市里，居然也有一座闹中取静的植物园，而且里面也有一个温室，比唐花坞还要大。早在1957年它就在那里了。新中国成立初期，时任北京市市长的彭真指示，在这里辟出十一万多平方米的地方，专门给中小学生建一个植物园，让城市里的孩子们认识并接近大自然。现在大门前的“北京教学植物园”几个大字，还是彭真当年亲笔题写的。想起彭真市长，禁不住想起民国初年的朱启钤市长。如果没有这两位市长，也就没有了眼前的这个植物园和唐花坞。

如今，冬天里看梅花，又多了一个去处。

六

在北京，老院子里种海棠和紫藤的居多。我一直不明就里，为什么人们对此两种春花情有独钟。

据说，海棠最早最盛，在如今的公主坟。辽代的哪位公主死后埋葬在那里，有人在坟前种植了一片海棠，继而海棠逐渐繁殖，越来越茂盛，在每年的清明前后争奇斗艳，成为都门海棠花艳和凄美传说的独一处。

可以说，以后步入园林和四合院里的海棠，都是从公主坟来的。久负盛名的海棠有多处，其中南城有阅微草堂，相传那里的海棠为纪晓岚手植；西城有李释戡院落，在黄羊胡同，原是一座灵官古庙，有海棠两株，年头老矣，花开甚茂，李释戡将自己这个院落称为双棠馆，后来这里成了中美文化办事处。

如今，李释戡这个名字显得有些陌生，但说起齐如山来，知道的人更多些。民国时期，李和齐同为梅党，都是梅兰芳的文案，为梅兰芳写过很多新派京剧的剧本。当时，李请陈师曾为他的双棠馆题写匾额。这帧书法作品在2007年以三十万元的价格拍卖出去。在“双棠馆”三字后，陈师曾还写了几行小字：“释戡所居有海棠两株，犹吾三槐堂也。”让双棠馆和三槐堂为一副有趣的对仗，成一时的佳话。

在老北京的院落里，除讲究种植海棠之外，还有讲究种植紫藤的。紫藤和海棠不同，海棠单株而立，紫藤铺展成片，需要搭架，占更大的地方才行。所以讲究种紫藤的，大多是名人之家，尤其在宣南，似乎更多。所以，龚自珍称之为“宣南掌故花”。

宣南一带，最老、最大的一株紫藤，在给孤寺之东一户姓吕的人家。给孤寺的位置在如今珠市口之西、陕西巷南口之东。清人有诗这样形容这株紫藤：“一庭芳草围新绿，十亩藤花落古香。”说其十亩，自然是夸张，但说它是古香，却是实在的。

在宣南，仅我所知道的，就有杨梅竹斜街梁诗正（他当时任吏部尚书）的清勤堂，虎坊桥纪晓岚的阅微草堂，海柏胡同朱彝尊的古藤书屋、孔尚任的岸堂，和琉璃厂夹道王渔洋的故居，这五家的紫藤最为出名，据说这五家的紫藤都为主人当时亲手种植。“满架藤荫史局中”，“庭前十丈藤萝花”，“藤花红满檐”，“海柏巷里红尘少，一架紫藤是岸堂”，“诗人老去迹犹在，古屋藤花认旧门”这五句诗，分别是写给这五家紫藤的，也是后人遥想当年藤花盛开如锦的凭证。

好多年前，我分别造访过这五处，王渔洋旧居和孔尚任的岸堂已无处可寻，古藤书屋正被拆得七零八落，清勤堂的院落虽然破败却还健在，阅微草堂被装点一新，成了晋阳饭店。前些天，我又去了那边一趟，因修两广大街时扩道，阅微草堂大门被拆，本来藏在院子里的紫藤亮相在大街上，一架紫色花瓣翩翩欲飞，倚门卖俏，成了街上的一处盛景。杨梅竹斜街已经改造，焕然一新，只是街东口的清勤堂越发低矮破旧，老态龙钟，大门洼陷下去很多，院子里的人家搬空，院子肯定会被整修，只是不知道会不会补种一株紫藤，再现“满架藤荫史局中”的盛况。

海棠和紫藤两者皆可食，只不过，一个是食果，一个是食花。有意思的是，海棠花开得越是漂亮，结出的果越是不好吃。院子里栽的西府海棠，人们一般都不会吃，落在地上，任其烂掉，或者被小孩子捡起来玩。要吃，吃西山或怀柔、密云的海棠树结的果子——小贩挑着担，走街串巷地卖。那时候，有专门卖一种熟海棠的，毕竟再好的海棠也有一点儿酸味，用水煮熟，再加一点

2005年3月我去宋彝尊故居見到的情景

2018年復興

儿糖，味道和生海棠大不一样。我还喜欢吃用熟海棠果做成的冰糖葫芦，海棠果压得扁扁的，甜酸之中，还有一种面面的感觉，和山里红的口感不一样。

春末时分，蔷薇谢去，酴蘼开罢，紫藤是春天最后的使者了。它的花期比较长，花开之余，用花做成的藤萝饼，是老北京人的时令食品。如今，老四合院里的藤萝少见了。藤萝饼，以前在春末时遍布京城，很容易买到，并不是什么新鲜的点心——那是花的精魂另一种形式的再现。当然，也可以说人们从观花到吃花，是从浪漫主义到实用主义的转移。春天里热热闹闹的京城花事，到此落幕，最后竟被吃进肚子里，一点儿都没糟践。

七

在北京，有海棠树的四合院很多。其中有一个小院，最让我难忘，那便是前辈作家叶圣陶先生家的小院，院子里有两棵西府海棠。几乎每年春天开花的时候，叶圣陶先生都要和冰心、俞平伯等几位老友约好，到小院里一起看海棠花。一时间，这两棵海棠树很有名。

我第一次走进东四八条这座西府海棠掩映的小院，是1963年的暑假，那时我还只是一个初三的学生。那一年，北京市少年儿童征文比赛中，我的一篇作文因获奖而得到叶圣陶先生的亲自批改，我因而有幸得到先生的接见和教诲。那个下午，是其子叶至善先生站在门口迎接，因为个子高，他弯着腰，和蔼地掀开竹门帘，带我走进叶圣陶先生的客厅。这个印象很深。那时候，我不知道，是他从二十四篇作文中选了二十篇交给他父亲，其中有我的那一篇，要不我不会和这座小院结缘。

我和叶至善先生的女儿小沫同岁，同属于“老三届”，“文化大革命”中，都去了北大荒，彼此有信件往来。第一次回家探亲，我和她约好，想到她家看望她的父亲和爷爷，因还在“文革”之中，怕给两位老人带来麻烦，谁想到我们的造访竟受到了欢迎。我和我的弟弟，还有一位同学一起来到那座熟悉的小院。叶至善先生已经到河南湟川五七干校放牛去了；只有叶圣陶先生在，见到我们，很高兴，要我们每人演一个节目，老人看得津津有味。时值冬日，大雪刚过，白雪红炉，那情景真是难忘。聚会结束，叶圣陶先生还走出小院陪我们照相，就站在西府海棠前。只是那海棠已是叶枯干凋，积雪压满枝头，一片肃然。

1972年的冬天，我在北大荒得罪了生产队的头头，被发配到猪号喂猪，成天和一群“猪八戒”厮混，无所事事，一口气写了十篇散文，寄给小沫看，她转给了她的父亲。那时，叶先生刚刚从河南的干校回来，赋闲在家，认真地帮我修改了每一篇单薄的习作。由此，我们便有了整整一个冬天的信件往来，他对每篇习作都提出了具体的意见，有的还帮我一遍遍地修改，怕我看不清楚，又特意抄写一份寄给我，然后在信中写道：“用我们当编辑的行话来说，基本可以‘定稿’了。”如他所言，我将十篇中的一篇《照相》寄了出去，真的“定稿”了，发表在那年复刊号的《北方文学》上。这是我的处女作，可以说，是叶先生鼓励并具体帮助我走上了文学之路。

“四人帮”粉碎后不久，中国少年儿童出版社恢复，叶至善先生重新走马上任，着手《儿童文学》杂志复刊的时候，他曾经推荐我去那里当编辑，《儿童文学》杂志社的同志找到我，但因为我刚刚考入大学，没有去成。但那时我并不知道是叶先生推荐的我，直到很多年过去后，才知道这件事情，也才体会到他的为人，让我感动的同时，也让我感慨，因为今天这样的人已经越来越少。叶先生地位不可谓不高，但他总是这样平易近人、谦和，严于己而宽待他人，为别人着想却润物无声。在他家的墙上，曾有这样一副篆字联：“得失塞翁马，襟怀孺子牛。”此联是叶先生撰，请父亲题写的。我想这是叶家父子达观的人生态度和一生追求的境界。

叶家小院，我虽不常去，偶尔还是拜访。前些年秋天的一个下午，我去得早了些，走进那座熟悉的小院，又看见了那两株西府海棠，这两株西府海棠很有意思，叶先生说是“很通人性”。“文革”开始后，小沫、小沫的弟弟，还有先生，都先后离开了家，海棠枯萎了，后来，家人陆续回来了，它们又茂盛了起来。如今的海棠依然绿意葱茏，只是有些苍老，疏枝横斜，映出斑斑点点的阳光，在风中摇曳，似乎将往昔的岁月一并摇曳了起来，有些凄迷。

我的心里有点儿不安，生怕打扰了叶先生的午睡，小沫招呼我进屋，说：“我爸爸早就醒了，等着你呢！”叶先生从他父亲睡过的床上下来，走出卧室，伏在他家的旧餐桌上，和我交谈。坐在我对面的叶先生已经是银髯飘飘，让我恍然觉得白云苍狗，人老景老。老人的身体也已经大不如以前了。这些年，他一直疲于忙碌，编完二十五卷《叶圣陶集》，又以每天五百字的速度写父亲的回忆录，马不停蹄地整整写了二十个月，一共写了四十万字，莫说是一位八十多岁的老人，就是壮汉又如何，他实在有些太辛苦了。在这部回忆录的《自序》中，他这样写道："时不待我，传记等着发排，我只好再贾余勇，投入对我来说肯定是规模空前，而且必然绝后的一次大练笔了。"

那天，临别走出屋子，来到院子里，我和小沫在那两株熟悉的西府海棠树下站了很久，说了一会儿话。午后的阳光很温暖，能看见枝头上青青的小海棠果在阳光中闪烁。我想起叶圣陶去世之前的春天，叶至善先生陪着父亲和冰心先生一起在这个小院看海棠花的情景。那天风很大，却在冰心到来的时候停了；那天，海棠花开得很旺。

如今，海棠依旧，年年花开。叶圣陶和叶至善两位老人都已经不在了。

八

读中学的时候，非常喜欢看花，由此连带爱读有关花的书，其中对苏州前辈作家周瘦鹃很感兴趣。因为他不仅自己莳弄花木，而且是盆景专家，同时他又能把养花的体会和对花卉的介绍融为一体，写成漂亮的文字。我曾经买过他的《花花草草》等几本书，爱不释手。

想起周瘦鹃，便想起北京的文人，从五四时期起，新老几代，似乎没有一位如周瘦鹃一样，一辈子独守一隅，钟情并致力于花木的培植和书写。以前，看过老舍写的《养花》，只是只言片语；也读过郭沫若的《百花齐放》，每一朵花以一幅木刻画呈现，再配一首诗，画不错，诗却近似口号。这多少有些遗憾。大概京派文人，天子脚下，更钟情于“时代”这样宏观的主题，对这些花花草草，有些看不上眼吧。而周瘦鹃却说：“愿君休薄闲花草，万园衣冠拜下风。”

直到读到蔡省吾的《燕市货声》一书，看到书后附录中他的学生李霈为他画的肖像和为他写的传记，方知到北京居然也有和周瘦鹃一样的奇人。他比周瘦鹃要早很多年，是清末民初的人物。小传说他是清世族，八国联军入侵北京城的时候，逃城未果，不忍屈辱，于是奋不顾身，拔剑自刎，表现了高尚的民族气节。

他后来被救活，自此越发偏于爱好花木。他住在城北柏林寺，走半里地，过一石头桥，树林旷野豁然，便于隙地开辟“菜畦花圃，榜其园曰闲园。尝慕晋陶渊明，故植佳菊数百种，每当金风送爽，篱菊飘香，看花人户限穿其间，雅人深知也”。还说他一生一无所能，别无他好，唯性爱菊，“佳种恐其不传也，则研丹敷粉，坐东篱下为花写照，虽久暴风日不以为苦，积数年得工笔写真菊花百余页。即一筋之微与原花无少异。并按花名各系一诗，分为四巨册，题曰‘闲园菊谱’”。

后读《天咫偶闻》，里面有一则逸事，提到蔡省吾，便格外注意。说清末时有一个叫德续的镶黄旗人，“少无赖，习市井事，所居与蔡省吾邻。省吾教其为善，且授之书，遂为善事，及闻城破登城持刀作据守状，遂中炮死”。秉承如此善意和爱心与耐心的人，才会对花事这样倾情相投，由人及花，一样的道理，一样的心思。爱花之人，都是有爱心之人。

蔡省吾又号称闲园菊农，除写有《燕市货声》之外，还有一部《燕城花木志》。有此一书，则可以填补京城文人没有专写花木书籍的空白，也可以和周瘦鹃的《花花草草》相媲美了。稍稍有些遗憾的是，这本书太薄了些，说是书，其实只是一本很薄的小册子。他本可以写得更多些，却只是如此简约；不过，涉及的面却很广，不仅记录了花的品种，连同莳弄栽培花木的方法和应注意的细节，从选种、分根、压条、培插、粘接到暖熏，都写到了。在此之前，还未曾有过这样写京城花事的书。

人们更多地知道他的《燕市货声》。这本书又叫《一岁货声》，前些年曾经翻印出版，不少谈老北京卖货吆喝的书和文章，都少不了引用这本书中的文字。知道《燕城花木志》一书的人少些，近些年来也未曾见过这本书的出版。

因为是从心底里爱花，又有着自己不辞辛苦的亲力亲为，所以这本书写得很有意思。比如，在他的介绍中，我们常见的莲花就有十种，分为苏州白、苏州红、棉花白、莺莺唤红娘、千叶莲、品字莲、锦边睡莲等，并说这些品种“多自外省各府邸购得”。如今，北海公园每年一度的荷花大会，不知还有没有这些品种？

他说蜀葵花色有五六十种之多。论形状，有马蜂窝、一碟肉、馒头朵等；论颜色，有纯白、荤绿、浓淡红粉、深浅藕荷、紫色白边、粉色红边、深浅黄边、金红褐墨等。黑色土中花易变为紫黄色……不厌其详，格外细致。如今，北京蜀葵很多，我住的小区里就有野蜀葵自生自灭，但不知道在哪里还能看得到这样五六十种花色繁多的蜀葵？

他说石榴中有翻心石榴花，其花红白相间；有百子石榴，小盆栽，一株可得石榴十余枚；有银红色石榴，其果实最大最甜。如今，小区里种植石榴的很多，但我确实没有见过他所说的这样几种石榴。市场卖的石榴，大多不是北京本地产的，多是来自山东和云南蒙自。

他说马兰花浅蓝、藕荷两种颜色最为常见，黄色、红碧桃色、翠蓝色、上白下藕、上藕下黄、深元青色，难得一见。为求纯白和深黑如葚的两种马兰花，他要跑到南苑旧宫去买。不是花迷，谁能做得到？

还有一段文字，蔡省吾写得最为有趣："予先茔在东郊孙河花梨坎地，名马家村。蔡家坟马氏皆坟丁也。旧产一种异草，名草木笔，叶似牡丹，花艳绝似辛夷，大至二寸许，蕊中俨然如笔。坟外他处绝无，移之数次不活。庚戌春，命侄友梅傍坡处并方圆尺余连根移置盆内携归，连岁皆开，但不敢分根另置耳。又谓之草辛夷。"

这里所说的辛夷，又叫木笔花，即《楚辞》里说的"朝饮木兰之坠露兮"的木兰，属于古老的名花。所谓草辛夷也好，草木笔也好，是他自己的命名。这里所说的他的侄子友梅，是民国时期有名的京派小说家蔡友梅。如今，孙河这个地方还在，却早已不是一片坟地，成了高档社区。世事沧桑之中，想一百多年前，为了一朵野花，奔波那么老远，连挖几次回家养不活，又命自己的侄子去连根带土挖出一大片，直接装入盆中，那盆得有多大方才可以装下呀！不是"骨灰级"的爱花之人，谁可以做到？

民国时期，张江裁先生主持印制蔡省吾著作的时候，在蔡省吾线描绣像后，有张江裁的题词赞曰："静如止水，动若云行；岸然道貌，浑穆心灵；克矜水物，克谨视听；高山仰止，坚贞先生。"

想蔡省吾是当得起"坚贞先生"这样的称号，起码在对北京货声和北京花木的研究与书写方面，他起到了开先河的作用。我理解的"坚贞"，指的是对一件事长时间由始至终而非始乱终弃的坚持。蔡省吾活到七十九岁，一直钟情于此，这不是所有人都能做到的。

读蔡省吾《燕城花木志》，便想起了周瘦鹃的那句诗："愿君休薄闲花草，万园衣冠拜下风。"

2015年3月至2018年2月

北京老门联

一

我一直以为，门联特别能见老北京的特色。这种特色，形成了北京的一种别致的文化，与砖木结构的四合院建筑形态最是匹配，格外能彰显古老浓郁的京都之味。国外的城市里，即便有古老宏伟而结实的石头建筑，建筑内部有沧桑斑驳而苔藓厚重的门庭，但他们没有门联。就像他们的门庭内外有彰显着荣耀的族徽一样，北京的门联，就是那般醒目而独具风格。这个风格，便是中国的风格，更是老北京的风格。

我国其他城市里也有门联，但都不会有北京这样普遍，而且大多数城市的门联，可以说是从北京这里学过去而蔓延开的。有据可考，北京最早的门联出现在元代之初，元世祖忽必烈请大书法家赵孟頫写了这样一副门联：

日月光天德，山河壮帝居

可见门联在北京的历史之悠久。当然，这样的帝王门联，是悬挂在元大都的城门之上昭示众人的。

我这里所说的门联，是指一般人们居住的院子大门上的那种。但我相信不同位置的门联，其形态与意义，是相似的，也可以说，是一脉相承的。北京院落大门之上的门联，是忽必烈门联的变种，衍化而已，就像皇家园林可以浓缩而成四合院里的盆景，而四合院只要房子增多、宽大、堂皇，房顶的灰瓦改铺琉璃瓦，就是寺庙和皇家宫殿的变种。

门联由元世祖首创之后，我认为，最初应该不是由四合院大门起，而是由寺庙的大门始。特别是明清两代，在北京城兴建的寺庙与日俱增，寺庙大门两侧，不是有门联，就是有楹联。如今存活下来的寺庙，门联看不到了，但楹联还是随处可见的。在有限的阅读范围里，我抄录下来的曾经出现在清时寺庙的门联，有以下两处。

一处是八大胡同土地祠的门联：

不威自畏，有德而尊

一处是大兴县胡同（今大兴胡同）城隍庙的门联：

阳世奸雄违天害理皆由己，阴司报应古往今来放过谁

北京的门联能够兴起，应该和寺庙出现的门联和楹联有关，当然，更和老北京城的建筑格局有关。

老北京的建筑格局，有自己的一套整体规划。从紫禁城到左祖右社、四城九门，一直辐射开来，到密如蛛网的街道胡同、胡同里的大宅门四合院，再到四合院的门楼、影壁、屏门、庭院、走廊，连同栽种的花草树木，都是非常讲究的，是配套一体、对称均衡、相互衔接的。作为老北京最具有代表性特征的四合院，大门是给人的第一印象，就像给人看的一张脸，所以叫“门脸儿”，自然要格外重视。老北京四合院的大门，皇帝在时，是不允许涂红色的，均漆成黑色，到了民国之后，大门才有了红色。所以，现在如果看到那种古旧破损的黑漆大门，它的年头一定是足够老了，而那种鲜亮的红漆大门，大多属于后起的暴发户。

老北京四合院的大门，一般都是双开门，这不仅是为了宽敞、出入方便，更是讲究中国传统的中庸对称。这就为门联的出现和普及提供了方便，门联便也成为大门的一个独特的组成部分。这种最讲究词语和词义对仗、读音平仄和谐的门联，是我国古典诗词，特别是格律诗和寺庙园林的楹联的变体和延伸。这样的门联和左右开关的对称大门，正好剑鞘相配，一拍即合，大门开启或关合的咿呀之声，仿佛是门联自我的吟哦咏叹。

在老北京内外城里，四合院大门上，无论是王公贵族讲究的广亮式大门或金柱大门，还是普通百姓居所的蛮子门或道士门，一般都是不能没有门联的。门联内容与书写水平的高低，体现着主人身份、地位和文化水平的高低，哪怕是为了附庸风雅，也得请高手来为自己增点儿门面——你看，提到了“门面”这个词——北京人，一贯是把门和脸放在一起等同看待的。门联，对于四合院的大门，就是这样重要。正桩儿的四合院，正如西洋人穿西装一定要戴领带一样，如果大门上没有门联，一般是不可想象的。

现在，外地人和外国人看北京，看什么呢？胡同越来越少了，四合院越来越少了，大门上的门联，一般都得有百年左右的历史，随着岁月风霜的剥蚀，本来就已经所剩不多，再加上胡同和四合院的大批量拆迁，自然也就越发难以见到了。

十多年前，也就是本世纪之初，我偶然路过前门，在城南东西两侧原来的崇文、宣武两区的老街巷里，看到很多依然健在的老门联，如见故人一般惊讶并惊喜。很多老门联，在我读小学和中学的时候，就曾经见过，几十年过去了，历经时代的风云变幻，尤其是经历过“文化大革命”的“破四旧”运动，它们居然还能劫后余生，说明北京的老门联真的很多，怎么破也是破不完的。那一阵子，只要我有空，就会往这一带跑，在本子上抄录下那些被岁月剥蚀的沧桑老门联。

那时候，我有这样一个梦想，也曾经冒出过野心，不仅仅是南城，再加上东、西两城，把所有还健在的老门联都搜集起来，编成一本《老北京老门联大全》，该是多好的一件事情。后来，我发现，这个事情，我做不了，能力有限，只能寄希望于有能力、有学识的人。我能够做的，就是把我所熟悉的、我所看到的北京城南地区的老门联记录在案。

最让我悲叹的是，一路看下去、记下来，前几年曾经亲眼看见过的门联，不过几年的工夫，有的已经看不清楚了，有的索性连门带院都被夷为平地。许多你认为美好的、有价值的事物，在推土机的轰鸣声中，被当成废土垃圾一起清除，好像一切都以新建大楼的建筑面积来计算价钱了，而且还能翻着跟头一样连年翻番。其实，我们不懂得，价格不等同于价值。

二

我只能把那几年跑街穿巷所看到的一些门联，赶紧介绍给大家，有兴趣者，可以前往一观，兴许过不了多久，便再也看不见它们了——

好善最乐，读书便佳（前孙公园65号）

多文为富，和神当春（西兴隆街53号）

西园翰墨，东壁图书（冰窖斜街35号）

诗书修德业，麟凤振家声（草厂三条5号）

百年周礼乐，千载汉文章（安国南巷15号）

图书存汉魏，礼乐备周秦（永生巷43号）

忠厚培元气，诗书发异香（南芦草园12号）

宏文世无匹，大器善为师（校场口头条47号）

清华词作云霞彩，典重文成金石声（栾庆胡同14号）

绵世泽不如为善，振家业还是读书（庆隆胡同3号）

文章雅夺山川秀，华美分来日月光（潘家胡同10号）

芳草瑶林新几席，玉杯珠柱旧琴书（保安寺10号）

这几副门联，都是讲读书的。我们的祖先崇尚“万般皆下品，唯有读书高”，所以，老北京的门联里，这类居多，最多的是“忠厚传家久，诗书继世长”。上面抄录的这几副门联，写的意思是一样的，但特色不一样，要我来看，“多文为富，和神当春”写得最好。如今，讲究一个“和”字，但谁能够把“和”字当作神与春一样虔诚地看待呢？又有谁能够把文化的多少视为未来富有与否的决定性因素呢？

这么多年过去了，我还清晰地记得我在西兴隆街路北的一户门前看这副门联时的情景。院门不大，门联很小，已经斑驳脱落。正是夏天，吃晚饭的时间，一家母子端着饭碗，站在当街，儿子三十来岁，一眼认出我来，问我：“你就是老写咱们老北京的肖复兴吧？”我有些好奇，好像并未见过面，原来他是在报纸上看过我的照片。他对我说，赶紧多写写，我们这个地方马上也就拆了，不知这副门联命运会怎么样呢……

最有意思的是，“宏文世无匹，大器善为师”，是前辈学者吴晓铃先生家的门联，其内容与吴先生相匹配。“忠厚培元气，诗书发异香”，以前院子的主人是一个卖姜的，你想想，一个卖姜的，和学问家吴先生无法相比，却一样都讲究诗书，多少让现在的大小商人脸红。

而“图书存汉魏，礼乐备周秦”这副门联，是在永生巷里看到的。永生巷，以前叫黄鹤楼，盖因在胡同的西口有座二层的小木楼而已（我造访那里的时候，那座小木楼摇摇欲坠，还在）。如此称之，是那时的黑色幽默。北平和平解放以前，那里矮屋一片，是三四等妓女之娼寮丛集之地，杂居着破烂不堪的贫民窟，那里的人恐怕是连小人书都很少看，居然"图书存汉魏，礼乐备周秦"，那份追求不亚于吴先生。尽管应该允许那里也有这样的追求，但这副门联比胡同的名字黄鹤楼，更有些黑色幽默。

三

以前，买得起四合院的，一是官家，一是商家——大小商家，买大小四合院。长春堂的老板孙家有钱，买得起北芦草园的大宅院，有镂花砖雕和雀替的大门上，刻着庄重的颜体门联"国恩家庆，人寿年丰"。我的一个中学同学的父亲，是在布巷子做布生意的小老板，在草厂二条买了一个小四合院，门联只是常见的"忠厚传家久，诗书继世长"。

经营昭世界，事业宸寰球（长巷头条58号）
祥开修骏业，升立建宏图（王皮胡同40号）
及时雷雨舒龙甲，得意春风快马蹄（长巷头条20号）
恒占大有经纶展，庆洽同人事业昌（大蒋家胡同70号）

上面这四户主人都是商家，四副门联虽各自不同，但写得都直白而坦率，用的都是大词和好词。老北京，这类门联也颇多，最有代表性的莫过于"生意兴隆通四海，财源茂盛达三江"了，可以和讲究读书的门联"忠厚传家久，诗书继世长"相媲美，是老北京出现频率最高的两类门联。

“祥开修骏业，升立建宏图”和“恒占大有经纶展，庆洽同人事业昌”，将商家的字号“祥升”和“恒庆”各嵌在每联的第一个字里。这样的门联很多，关键看嵌字的水平了。

同为商家，“吉占有五福，庆集恒三多”（冰窖斜街12号），写得略好，“吉庆”也是商家的字号；“五福”即寿、富、康、德和善终；“三多”即多福、多寿、多子孙。都是世俗的吉利话，但比“骏业”和“宏图”这样的词具体了一些，心底的愿景也明朗了一些。

源头得活水，顺风凌羽翰（南柳巷35号）

源深叶茂无疆业，兴远流长有道财（南晓顺胡同16号）

道因时立，理自天开（南柳巷29号）

合聚春秋管鲍业，德祥史记货殖风（得丰西巷22号）

这四副，前两副都说到了经商之“源”，后两副都说到了经商之“道”。第一副比第二副说得要好，好在含蓄而有形象；第三副、第四副比第一副、第二副说得好，第三副门联的院子原来是一家当铺，后来做过派出所，不管干什么，都得讲究个道和理，好就好在把道和理说得与时世和天理相关，让人心服口服，有敬畏之感，不敢造次。第四副门联的人家不知做的是什么买卖，看门脸不大，院落也不大，猜想买卖也不会很大，但用典很古，便又猜想定是请人撰写的门联。用的是春秋时代管仲和鲍叔牙的典故，讲究的是重义轻利的合作精神。

再看，“定平准书，考货殖传”（东珠市口大街285号），“平准”和“货殖”均用典，货殖即经商，“货殖”一词见于《史记》，所以上述得丰西巷的门联说“德祥史记货殖风”；平准，则是汉朝时就讲究的经商时价格的公平合理，那时专门设立了平准官。虽然显得有些深奥，但讲的是经商的伦理道德。“生财从大道，经营守中和”（东八角胡同12号），说得朴素，一看就懂，讲究的同样是经商的道德，前后对比，一俗一雅，古朴兼备，见得不同的风格，却是一样的经营之道。能够将门联既做得有学问，又一语双关，道出自身的职业特点，是这类门联的上乘，也是更为常见的。

“义气相投裘臻狐腋，声名可创衣赞羔羊”（新开路4号），一看就是经营皮货买卖的，是户叫义盛号的皮货商。新开路，就在我家近旁，很多老街坊都知道这家皮货商，和同仁堂的乐家住对门。十几年前，这个小院落还在，门联清晰，也还在。如今，新开路拓宽，拆掉一大批房屋，皮货商老院未能幸免。“恒足有道木似水，立市泽长松如海”（苏家坡89号），一看就是经营木材生意的。只是门联比院落破败得还要厉害，字迹模糊不清，我趴在门板上仔细瞅了半天，才勉强辨认出来，也不知道是否准确。

从院里出来好几位老街坊，指着门联，热情地告诉我，两句的头一个字连起来，就是这家木材厂的商号。那么，木材厂就是“恒立”号，这副门联就是他们家漂亮而别致的名片。街坊又指着门旁的一扇白墙，问我“看见上面‘隆庆’那两个大字了吗？”——那原来是一家酒馆，也是这家木材厂的老板开的买卖。我心说，“恒立”和“隆庆”，还真有些对仗呢。

将门联作为自己的名片，让人一眼看到就知道院子主人是干什么的，是北京门联的一个特点、一种功能。比如卖酒的：“杜康造酒，太白遗风”；看病的：“杏林春暖，橘井泉香”；洗澡的：“金鸡未唱汤先热，玉板轻敲客远来”；剃头的：“虽为微末生意，却是顶上功夫”……

可惜的是，好多在小时候看到过的门联，如今已经难得再见。我见到的，只有北大吉巷43号的“杏林春暖人登寿，橘井宗和道有神”，那是老中医樊寿延先生的老宅。还有钱市胡同里的几副：“增得山川千倍利，茂如松柏四时春”“全球互市翰琛书，聚宝为泉裕货泉”“万寿无疆逢泰运，聚财有道庆丰盈”“聚宝多流川不息，泰阶平如日之升”，都是当年铸造银锭的小作坊。

四

在门联中，一般住户，不在意那些一语双关或者深奥的用典，着意家庭的更多。或祝福家声远播、家业发达——

河内家声远，山阴世泽长（长巷头条70号）

世远家声旧，春深奇气新（洪福胡同16号）

五云蟠吉地，三瑞映华门（珊瑚胡同13号）

颍水潆洄绵世泽，川原缭绕映春晖（草厂头条3号）

或祝福合家吉祥、太平和睦——

吉羊云拥，福鹿星临（草厂五条17号）

居安享天平，家吉征祥瑞（西打磨厂45号）

家祥人寿，国富年丰（梁家园西胡同25号）

瑞霞笼仁里，祥云护德门（兴胜胡同12号）

或期待兄弟子孙和睦、相亲相助——

慈晖永驻，棣萼联芳（花市上头条53号）

世泽渊源三恪老，德门兄弟两名齐（后兵马街7号）

子孙贤族将大，兄弟睦家之肥（北大吉巷47号）

瑞日芝兰光甲第，春风棠棣振家声（铁树斜街77号）

或希冀山光水色、朋友众多，陶冶性情——

山光呈瑞泉，秀气毓祥晖（杨梅竹斜街33号）

门阑生喜气，山水有清音（长巷三条21号）

圣代即今多雨露，人文从此会风云（群智巷53号）

林花经雨香犹在，芳草留人意自闲（草厂三条13号）

草厂三条十三号发小家门联 Ruxing 2018.6.

我要格外说一下最后一副门联。草厂三条13号这家主人的儿子是我的发小儿，读小学的时候，我常到他家玩，他自幼喜欢书法，如今是位书法家，我们一直往来不断。他家经商，但重视孩子的文化学习。这副门联虽然也是笼而统之写意式的祝福和闲适的自许，但这是一副集宋诗的门联，并非随意为之，体现了他家对的文化向往，有文人气，无商人的俗气，在这一带的门联中很显眼。我问过我的这位发小儿，这副门联出自谁的主意，又是谁的手笔。他不清楚，年头太长，得是他的祖辈了。

此外，也不乏具有明确指向的门联，这类门联多注重忠孝仁义这样的传统道德情操。

“孝悌家声传两晋，文章德业着三槐”（草厂八条8号），说的是一个“孝”字。“恩泽北阙，庆洽南陔”（草厂七条12号），《诗经》里有“南陔”，讲的还是一个“孝”字。“文章移造化，忠孝作良图”（中芦草园3号），讲了一个“孝”字，又讲了一个“忠”字。“入孝出则悌，坐言起而行”（东河漕8号），讲的依然是一个“孝”字。

“立德齐古今，藏书教子孙”（三福巷4号），说的是一个“德”字，古人所说的立德、立功、立言这“三立”，首位是立德。“传世惟清德，居家尚素风”（培英胡同37号），说的也是一个“德”字，心有清德，方才能家有素风，一个“清”字，一个“素”字，用得真好。“德心绵世泽，合志振家声”（得丰东巷29号）、“槐华衍庆，树德滋荣”（东唐街47号）、“韦修厥德，长发其祥”（南芦草园17号）、“文章华国，道德传家”（南芦草园19

号)、“江厦勋名绵旧德，山阴宗派辟新声”(西河沿154号)、“守身如执玉，积德胜遗金”(栾庆胡同11号)、“宝为贤作国桢干，恒其德涉世准绳”(前孙公园胡同19号)，讲的都是一个“德”字。在门联之中，“孝”和“德”两字，大概是出现最多的，这两个字确实是作为一般百姓心中道德与伦理的准绳的。

“安且吉兮，怀其德也”(同乐胡同21号)，将“德”字和“吉”字连在一起，心怀其德，方才可以让日子安详和吉利。“高才食旧德，流藻垂华芬”(北芦草园46号)，将“德”字和“才”字连在一起，有德有才方为高，有才无德，则华芬难垂。“厚德家声振，积善世泽绵”(栾庆胡同17号)，将“德”字和“善”字连在一起。有德才会有善，德善兼备，家声方可以清远绵延。“惟善为宝，则笃其人”(草厂五条27号)，讲的是一个“善”字。“中乃且和征骏业，义以为利展鸿猷”(廊房二条65号)，讲的是一个“义”字。“忠厚留有余地步，和平养无限生机”(草厂横胡同33号)，讲的是一个“忠”字与一个“和”字。“门前清且吉，家道泰而康”(培英胡同33号)，讲的是做人的清白。“芝兰君子性，松柏古人心”(西打磨厂58号)，讲的是心地品性。“廉俭世泽，忠厚家风”讲的是廉洁勤俭和忠厚，是普通百姓人家最朴素、最直接的愿望。

也有希望多福多寿多子孙的“大富贵亦寿考，长安乐宜子孙”(洪福胡同21号)。“寿考”即高寿，朱熹说：“文王九十七乃终，故言寿考。”这样的门联很多，“登人寿域，纳福禄林”(草厂七条3号)便也是一种。

最有意思的是，草厂五条27号的门联“惟善为宝，则笃其人”，不是刻在大门上，而是刻在大门两旁的余塞板上，很特殊，很少见。这个院子原来是湖南宝庆会馆，很深的左右两层大院，高台阶，黑大门，进大门洞，可以看见大门的后面，还挂着一块1993年的“文明标兵”的牌子，经历了这么多年，玻璃镜框还在。想一想，讲究“惟善为宝，则笃其人”的院子，应该得“文明标兵”的称号。

去年冬天，我又去了那里一次，宝庆会馆北面的胡同基本进行了整修，而宝庆会馆还是老样子，只是比以前更为破旧不堪了，余塞板上的门联也不见了。我进院子里看了看，北面的房子拆成了一片废墟，南面和西面的房子，垂垂老矣，风烛残年地立在凄清的寒风中，几位老街坊站在那里，议论着拆迁的事情。想起十几年前第一次来这里看这副门联时，正是夏日中午时分，院落安静异常，槐荫里蝉鸣如阵，能听见屋子里传出午睡的人的打鼾声。现在想来，不觉恍然如梦。

五

北京老门联中，还有一种内容是关于择邻的，说明人们在买下这个院子，或者最早买下这里的地皮盖房子的时候，是讲究择邻的。这是可以理解的一种普遍的心态和愿景，从古至今，概莫能外，所谓“千金买宅，万金择邻”。这让我们想起《孟母三迁》的古老故事。

“德门呈燕喜，仁里灿龙光”（好景胡同16号），就是这样的一副门联。好景胡同在南深沟以西，离我童年时的家很近，我小学、中学的好多同学住在那里，这副门联，我很熟悉。龙光即君子，邻居住的是君子，邻里方才为仁里，院门方才为德门。“仁里”是在老门联中常出现的词，甚至也会出现在胡同的名字中，能仁里就是其中之一，晚年的赛金花，就是凄惨地死在那里的。

“天开寿域，德洽芳邻”（东河漕30号），说的也是择邻的重要性，甚至认为选择一个好邻居，会直接影响自己的寿命。所谓芳邻，说的是有个好邻居，就像入芝兰之室，住久了，自己也跟着一起芬芳起来。“芳邻”是《颜氏家训》里的说法。芳邻、德门、仁里，三位一体，是老北京独有的特色，是老北京人向往的理想居住状态。

原来宣武门外东河沿街还在的时候，有一家的门联是“里仁为美，长发其祥”，说的也是这个意思，只不过说得更古雅一些。“里仁为美”，出自《论语》；“长发其祥”，出自《诗经》——选择一个好邻居，可以让日子长久地安康吉祥。好邻居就是这样重要，好邻居是龙光之炫目，是芝兰之芬芳，合在一起，便是孔子说的“里仁为美”。

面对这样用词典雅古朴而意思美好深远的老门联，我常叹服前人的文化修养。如今文化随着胡同一并衰落，老门联大多被弃之如履，是葬送在我们自己手里的。这常让我悲叹而无奈。

北京老门联中，也有一些看起来刺目的，甚至是我不大喜欢的。旧文化不都是尽善尽美的，那是老一代人的文化审美与认知选择。比如“永藏周鼎商彝古，宝列秦璆汉璧多”（草厂四条43号）、“翠羽明珠罗异宝，琪花瑶草衍遐龄”（陕西巷56号）。这宝贝那宝贝的，在自家珍藏着、罗列着，就是了，何必这般张扬、自吹自擂？老北京话这叫“嘚瑟”，显得他们家很“趁”。有些暴发户的感觉。再比如“龙图世泽，虎关家声”（西晓市13号）、“钟鼎勋庸大，弓裘世泽长”（锦绣头条10号）。这里都说到了“世泽”和“家声”，但是，显示的是自己显赫的世泽和非凡的家声，“龙图”“虎关”“钟鼎”“弓裘”，都是大词，有些吓人。

还有明目张胆地祈求仕途功名的——“桐为弈世承恩树，杏是春风及第花”（长巷头条16号），前一句是求官做，后一句是梦想中第，所谓“春风得意马蹄疾，一日看尽长安花”。

“笔花飞舞将军第，槐树森荣宰相家”（西河沿152号），写得更为明晰露骨，梦想是做将军和宰相，当然，这没什么不好，也是人生的一种追求。不过，我看到门楣上有难得一见的横幅“帝泽如春”（一般门联中很少有“横批”），意思更加明显，倒不遮遮掩掩，渴望的是皇上的恩泽，而不是自己的笔花、自家的槐荫。当然，不应该苛求，门联是老的，打上过去的烙印是再正常不过的，不能用新的道德标准去框架。不同的时代，不同的阶层，必然会有不同的理想和不同的追求。

在北京的老门联中，也有新一些的，尽管不多见，毕竟时代在前进。“古国文明盛，新民进化多”（草厂八条25号）、“长春麓永，泰运维新”（得丰西巷33号）则明显可以看出完全是紧跟清末民初时期的新潮步伐了。

六

遗憾的是，我所看到的，仅仅是老北京门联的一小部分，不知还有多少精彩的，已经和我失之交臂。在我有意识地专门寻找门联之前，很多门联就早已消失了。是我来得太晚了，也是我走街串巷的功夫下得还不够，会有一些漏网之鱼。况且，我仅仅走的是南城，东、西两城，肯定藏龙卧虎，还有很多精彩的老门联。

仅就我听说的，也仅就南城而言，有的老门联虽然找不到了，但是在书中尚有记载——原广渠门袁崇焕故居："自坏长城慨古今，永留毅魄壮山河"；大外廊营谭鑫培英秀堂老宅："英杰腰间三尺剑，秀士腹内五车书"；烂缦胡同东莞会馆："奥峤显辰钟故里，蓟门风雨引灵旗"；海柏胡同朱彝尊故居的古藤书屋："一庭芳草围新绿，十亩藤花落古香"；粉房琉璃街梁启超住过的新会会馆："新诗日下推新彦，会客花间话早朝"；永光寺街林琴南旧居的自撰联："扪心只有天堪恃，知足当为世所容"；宣武门外上斜街清末诗人陈衍旧居的自撰联："草堂小秀野，花市上斜街"；宣武门外下斜街清末翰林编修、兵部侍郎黄体芳旧居的自撰联："卜居雅近评花市，入直常过谏草庐"……

当然，再往前数，在曾朴的《孽海花》里，还记录着保安寺街有过的一副有名的门联"保安寺街藏书十万卷，户部员外补阙一千年"，它曾刻在当年李慈铭府的宅门上。此门联民国时还在，曾经让朱自清先生流连颇久。自然，那都是前尘往事，显得离我那样遥远了。

我最欢的是在东珠市口大街的冰窖厂胡同曾经有过的一副门联：

地连珠市口，人在玉壶心

以玉壶雅喻冰窖厂，地名对仗得如此工整和古趣，实在难得，让我一见倾心。我一连去冰窖厂胡同多次，都没有找到这副门联；也曾多方向老街坊打听，都没有打听到这副门联曾经出现在哪一家院落的大门上。所有人都对我摇头说不知道，或者说没听说过。事后，笑自已，这副门联都是猴年马月多老早的事情了，傻乎乎地还上哪儿找去呀！

有一阵子，我迷上了老门联，胡同串子似的到处乱串，像寻宝一样寻觅门联。因为我心里隐隐地感觉，这样的门联，也许快要成为“夏日里最后一朵玫瑰”了。每一次发现一副没有见过的老门联，都要兴奋一阵。那一次，偶然路过西打磨厂，这条老街，在这十几年中，我不知走过多少次，街上有人都认得我，老远就和我打招呼：“又来了！”但是，那一次，在路南的50号，我才发现有一副老门联“锦绣多财原善贾，章图集腋便成裘”。这门很小，漆皮斑驳脱落，黑乎乎的，而且，陷落下一截，整个小院凹下去，很不起眼，我一次次走过，一次次漏掉。那天，我没有带纸笔，那时也还没有时兴带照相功能的智能手机，赶紧跟路人借了一支圆珠笔记在手心上，回家抄录下来，不觉自己笑自己。

还应该补充这样几个门联，都是独眼一般的半副。

一在南柳巷林海音故居对面的51号，右边半扇门上：

香光随笔是为画禅

一在杨梅竹斜街90号，左边半扇门上：

合力经营晏子风

前者，原来的大门在另一条胡同上，这是后开的门。开了门，一时找不到门板，便随便找了一块安上，却是棒打的鸳鸯，只找到一块，另一块门板，不知飘向何方。后者，我询问住在这里的老人，他们七嘴八舌地告诉我：大院里新搬来一户，院子里已经拥挤得无房可住，只好住在大门的右边的门道上，为了把房子往外扩大一些，人家和房管局的人认识，就把右边的大门给卸了，换上了一扇小门，便只剩下了这半副门联，这么多年来，让“晏子”一人孤胆英雄一般独挡风雨。

还有一处在长巷五条路东的一个小院，只剩下半扇门，摇摇欲坠，破裂得木纹纵横，但暗红色漆皮隐隐还在，凸刻着“荆楚家风”，四个勾边颜体大字，端庄有力。院子很小，我问老街坊：那半扇门哪儿去了？老街坊摇摇头说：谁知道呀？早就没有了！他们告诉我，最早这院子住的是一户摇煤球的，不知道是摇煤球的工人还是老板，也不知道这院子是摇煤球的作坊，还是摇煤球人住的地方。

不管怎么说，摇煤球的也讲究“荆楚家风”，让我不禁想起南芦草园卖姜人家那副门联“忠厚培元气，诗书发异香”，尽管煤球和姜的味道，与诗书的异香完全不一样，但他们愿意把这几种不同的气味连接在一起，说明内心还有这样一份企盼和追求。

这就是北京的老门联，只有这样的老门联，才能够让文学样式中最典雅高级的诗，乃至更为古老而艰深的典籍，飞入寻常百姓家，迅速地接上地气，贯通血脉，成为四合院的硬件之一，成为居住在这里的人行为与思想规范的范本。起码，在我们小时候，这些司空见惯的老门联，不仅是识字的启蒙，也是传统道德礼数的启蒙。

我指着这半副残缺不全的门联，对这几位老街坊说：这家伙有些年头了，值点儿钱了，你们可看好了，别半夜让人给偷走了！他们却不在意地对我说：你要是看着好，你拿走，给我们换个新门就行!

过了几天，我路过那里，半副门联没有了，换上了两扇新门，涂着鲜红的油漆，像张着涂抹了劣质口红的两瓣嘴唇。

前些天，我路过棉花胡同，想顺便去母校戏剧学院看看，路过31号院，忽然看到门上有一副门联：总集福荫，备致家祥。后来，我重访前门，在廊房三条12号，还看到一副老门联：宝刀赠客交游广，和璧连域钟往奇。前者，我在戏剧学院读书和教书的时候，天天路过，居然没有注意到它；后者，我没少到这里来，却一度没有发现它。这么多年过去了，很多房子不是拆了，就是改建了，这两副老门联沧桑斑驳，却依然顽强地健在，也算是奇迹了。当然，也说明北京的老门联真的是多，真的是生命力强盛，这么拆，这么折腾，总还能和我们邂逅。

真的，在越来越多的四合院和胡同的拆迁下，在越来越多的高楼的挤压下，我觉得这样的老门联快要看不见了，或者说要看以后得去博物馆里看了（但愿拆掉四合院的时候这些老门联能够被博物馆收藏保存）。要看真得抓点儿紧了。在唯新是举的城市建设的思维模式下，大片的老街巷被地产商蚕食，拔地而起的高楼大厦，似乎要比四合院更有价值，却不知道没有四合院的依托，北京城便算不得北京城，没有了四合院，那些存活了一百多年的老门联，便无处寻觅。老门联同欧洲房子前的雕塑和族徽有着相似的寓意，是北京独有的身份证明呀。那上面有历史的印记，有时间剥蚀的轨迹，有风雨吹打过后留下的痕迹。我们就像狗熊掰棒子，为了伸手摘取自以为有用的东西，轻而易举地丢弃了最可宝贵的东西。

前些日子，我陪来自美国芝加哥大学的宝拉教授去大栅栏，特意去了一趟钱市胡同，窄窄的胡同里，静无一人，那几副老门联还在，只是有的已经字迹模糊了。其实，我才两三年没去那里，日月风霜的剥蚀，比想象中要快。

老北京的门联啊！

2006年4月初稿

2018年6月改毕

北京老旅馆

一

说起老北京的旅馆，在我小的时候，老人们最爱说的是东交民巷的六国饭店、崇文门内的德国饭店和前门外的第一宾馆，因为离我们的住处都很近。没错，这三家都是清末民初最有名的旅馆，而且都带有点儿洋味儿，明显地印着那个时代西风东渐的痕迹。而屹立在长安街上的北京饭店，是这三家旅馆之后的事情了。

逝者如斯，如今，这三家老饭店，除了德国饭店没有了，其余两家都还健在，虽然改换了名称，但亦不失为那个时代留给我们的最好的遗存。想当初，有人写竹枝词专唱六国饭店：“饭店直将六国称，外人情态甚骄矜。层楼已是凌云汉，更在层楼建一层。”最后一句说的是当年六国饭店刚建成不久，就嫌不够住了，又加盖了一层。当初让人叹为观止的“层楼已是凌云汉”，如今，在高楼林立的北京城，哪里还显得出来它呢？

记得小时候，我对“饭店”这一称谓，有些不解。在国外，旅馆、旅店或宾馆都称为“hotel”。莫非那时候我们称之为饭店，是管饭吗？1984年，我的中学同学王仁兴所著《中国旅馆史话》出版，我看到他在这本书中引用了元杂剧《玩江亭》、明小说《醒世恒言》、清小说《儒林外史》和《三侠五义》中的材料，考证“饭店”一词并非“hotel”的转译，自元代就有“饭店”这个词，专指住宿的旅馆。

其实，在北京旅馆业中，上述三家并不是最老的。王仁兴在他的《中国旅馆史话》一书中考证，北京最老的旅馆繁华地，在卢沟桥东西两侧，元代时，那里的旅店已是鳞次栉比。因为元大都建立之后，文化、商业发展的速度很快，南来北往的人，从陆地进京，卢沟桥是必经之地。(这样的情形一直延续到民国时期，日本侵略军就是攻打下卢沟桥后侵入的北京城。)

以后旅店业的发展，按照侯仁之先生的说法，日渐分布在更贴近城市的城郊附近。王仁兴则引用《宛署杂记》和《马可·波罗游记》，证明了侯仁之这一观点。马可·波罗在他的游记里说：“在近郊，也许离城有一点六公里远的地方，建有许多旅馆或招待骆驼商队的大客栈，为来自各地的商人提供住宿。”于是，“城郊也和城市一样繁华，也有城市内的华丽住宅和雄伟的大厦，只差没有大汗的皇宫罢了”。

早在元明两代建立起来的这种繁华的旅馆客栈，如今已经见不到了。前些天，我特意去了一趟卢沟桥，四周已是一片现代化的高楼大厦，被围拦起来需要购票入内的卢沟桥，如同城市中的一个盆景。桥东新建的簇新的宛平城，面目可疑，似乎企图将遥远的历史一步拉近在眼前，和现实热烈拥抱。

追溯历史，会馆可以说是北京近代旅馆业的前身。《城垣识略》一书记载自清入关到乾隆年间，北京城共建会馆一百八十二座，全部在城南前门大街东西两侧，其中东侧八十二座，西侧一百座。这里所说的东西两侧，东至崇文门，西至宣武门，会馆全部密集地建在如今二环以内再以内的很小的范围里，因为它们离内城近，办事方便，来自全国各地的人，无论是做生意的，还是进京赶考的，或到皇宫觐见的、到王府办事的，自然都愿意住在这样的会馆里。

到了清同治年间，此时出版的《都门纪略》一书中记载，在京的全国各地会馆和行业会馆有三百余家，这个统计数字明显不全，到了清末，统计在册的会馆实则四百余家。从乾隆到同治、光绪这一百多年的时间里，会馆数量的增加是非常明显的。这四百余家会馆，都具有和旅馆相似的职能，以各地名字命名的会馆，实际上就是当时各地驻京的招待所，便利同乡来京的住宿。一直到旅馆兴起后，会馆依然起着这样的作用，是为旅馆的一种替代和补充。

这样的传统一直延续到民国期间。刚到北京的时候，鲁迅先生住在绍兴会馆，张恨水先生住在潜山会馆，沈从文先生住在杨梅竹斜街上的酉西会馆。毛泽东最早到北京时，住的也是会馆，是烂缦胡同的湖南会馆。民国成立之后，孙中山首次来到北京时，住的还是会馆，是珠巢街的香山会馆。这些会馆，都是他们家乡的会馆。

在会馆建立前后，和会馆一样具有旅馆功能的，还有寺庙。那时候，清末重臣来京，如李鸿章、左宗棠等人，一些老派文人画家，如陈石遗、姚茫父、齐白石等人，都曾经在寺庙里住过。

到了清末民初，又出现了公寓。这些公寓没有会馆那样普遍，没有寺庙那样平易，可以接纳贫寒人士，因此，一般会建在比较清静的地方，环境刻意建造得园林化，以显其幽静雅致。最初，它们大多集中在西城阜成门内。清时有笔记记载说，这些公寓建得很漂亮，有亭台花木、假山水池，漫步在花晨月夕之下，不知门外有锱尘也。当然，这样的公寓，大多为来京花着公家银子的官员，或有钱的文人雅士所居住，比会馆和寺庙要高级、舒适许多。

只是后来这些公寓渐废，因“士夫近多喜住东城，趋朝便也。西城旧屋，日见其少，真如昌黎所谓‘一过之再过之，则为墟矣’者”。说得没错，清晚期东城贤良寺这样的大寺、名寺，成为外地进京大员愿意住的地方，便是明证。而到了民国之后，在东城出现大量公寓，如东四的大兴公寓、米市大街的北京公寓、海运仓的朝阳公寓等。五四时期，时兴教育，大学、中学冒出来很多，很多贫穷的学生和教师需要住处，于是公寓相应多了起来，而且，为适应需求，出租的价格便宜，大多建得能够简单住人即可，而非以前那样园林化般讲究。在小说和电影《青春之歌》里，从当时北大学生余永泽住的公寓，就可以看出来。

只不过，那时会馆也好，公寓也好，一般只是住人，吃饭的问题，另有附近的饭馆解决，各司其职，职能比较单一。所以，那时的会馆旁边一般都会有不错的地方风味的饭馆相配套，比如南海会馆边上有南方的老便宜坊，绍兴会馆边上有南味的广和居，像我居住过的粤东会馆，最兴盛的时候，当初附近有福寿堂、东兴居这样的大饭庄和大小饭馆。这几乎成了那时京城的一大特色。

二

“旅馆”这个名字的出现及其日渐兴盛，还是到了清末民初的时候。这是和商业的发达紧密联系在一起的。北京近代旅馆业的真正发达，以1901年前门火车站的建立为标志。火车的开通，让北京城一下子从农商时代进入了蒸汽机时代，特别让北京城南受益，由于火车站就设立在前门楼子两侧，南来北往的各地客人日渐增多，进一步促进了前门地区商业和旅店业的发展。这是聪明的商家一眼就看得出来的，旧时俗语说的是：“火车一响，黄金万两。”

交通的便利，必然增进人员的流通和货物的周转，促进商业的发展，那种以乡里为轴心的农业时代传统单一的住宿格局，那种仅仅为外地官员觐见、秀才进京赶考服务的宗旨，显然已经不适应时代发展的需要了。于是，诞生了近代的旅馆业。本来北京四百余家会馆就有三百余家在前门一带，传统因素形成的客源，还会惯性地在这一带寻找住宿。到了民国时期，前门一带这三百余家会馆，不少已经变成了大杂院，再也无法起到原来“同乡招待所”的作用，无形中为新建的旅馆提供了商机。加之火车站的建立，近水楼台先得月，旅馆在这一带一时更如雨后春笋般大增，紧靠着火车站的西河沿和西打磨厂这两条老街，成为那时的旅馆集中之地，便也就是必然的了。

早在同治年间的《都门纪略》中记载，北京有旅馆一百零七家，前门一带有六十四家。到了光绪年间，《朝市丛载》中记载，北京有旅馆一百零一家，前门一带有七十五家。可以看出，前门一带的旅馆数量明显在增加。根据他们的记载，前门一带的旅馆主要集中在西打磨厂和西河沿两条老街，分别有三十家和三十二家，各占据了前门地区旅馆总数的小一半。因我家住西打磨厂街，便关心这条老街上的旅馆，把这三十家旅馆记之如下：鸿泰店、聚泰店、德泰店、同泰店、泰昌店、会成店、太古店、悦来店、三义店、玉隆店、永兴店、全盛店、复隆店、德兴店、吉顺店、升升店、恒发店、恒和店、公和店、万福店、吉隆店、宝盛合店、中尚古店、万福西栈、新大同店、兴顺车店、保安店、永平店、万福东栈、第一宾馆。

这些旅馆，很多一直延续到民国时期，邓云乡先生小时候随家人来北京，最初住的就是兴顺车店，在西打磨厂街西口。有不少旅馆一直延续到北平和平解放之后很长一段时间。有的旅馆则变成了大杂院，比如大同店，就在我住的粤东会馆的旁边；同泰店，在我们大院东边的斜对面。这两家都是当时不小的客栈，大门很宽敞，可以进出马车。

当然，以上的记载远远不全，漏掉了很多。仅我知道的，就有西打磨厂街西口最有名的第一宾馆，还有我家西边斜对门的淑阳旅店、我家正对门的大丰粮栈、我家西边的大有店，以及东边一点儿路北的蚨隆店。前几年，蚨隆店门楣之上女儿墙上“蚨隆店”三个大字还清晰可见。至今大丰粮栈旧貌一点儿没变，只是后面的四合院已经完全拆除。淑阳旅店一直开到“文化大革命”期间，门脸很小，院子很深，一直通到后河沿。西打磨厂街上的旅馆，只要是在路北的，一般都会通到后河沿，那里有后门，便于来往商人运货进来，从前门火车站东站卸下的货物，走后河沿，很近便。这便是我们这条老街旅馆多的重要原因之一，一直到1959年北京新火车站建成之后很长一段时间，这里的旅店薪火依旧旺盛，因为客运移到了新的北京站，货车的运输，有很长一段时间，还在前门火车站。

三

前门火车站的建立，成就了前门地区的旅馆业，使其在相当长一段时间内在北京城拔得头筹。当时的代表作，是现在依然挺立在西打磨厂街西口路南的前门第一宾馆。最初，宾馆的名字里没有“前门”二字，就叫第一宾馆，这两个字带来的区别意义非常明显：有“前门”二字，只是前门地区的第一宾馆；没有这两个字，则是北京城的第一宾馆。

光绪二十七年（1901），京奉火车站（现在的前门火车站）修成，第一宾馆开业于宣统三年（1911），可以说它和前门火车站是并蒂莲。出火车站，穿过鸭子嘴，一到西打磨厂，往西一望，就能望见它，当时四层楼高的它，在西打磨厂老街的一片平房中，确实有点儿鹤立鸡群，建筑虽然没有六国饭店那样高大，但一样洋味儿十足；站在它楼上的窗前，能一眼看见火车站南侧的西式钟楼，两者遥相呼应，相看两不厌，似乎彼此有些惺惺相惜。

可以说，自八国联军入侵北京之后，国门洞开，西风东渐，这样东西合璧式样的旅馆，开始多了起来。前门第一宾馆之后，1912年，东长安街建有长安春饭店；1918年，香厂路建有东方饭店；1922年，东长安街又建中央饭店；1925年，西珠市口建有中国饭店……

有意思的是，这些当时名噪一时的饭店，如今大都已经见不到了。但是，前门第一宾馆却历尽烽火岁月，依然健在。这不能不说它的命实在是大得很。在历史变迁中，它自身拥有的故事也不少。1919年，五四运动爆发后，北洋政府逮捕了不少进步学生，那一年8月，周恩来为救学生，专门从天津来北京，就住在这家旅馆里。1949年北平和平解放前夕，共产党地下工作者搞地下活动，也是在这里住店作为掩护。无疑，这样的传奇，让它越发出名。

曾几何时，能住在这样的旅馆里，是一种时髦和荣耀。即便一百多年过去，还是四层小楼，还是中式木骨架的清代风格，但从外表已经看不出来了，因为墙体是用水泥沙子抹上的，柱子也都是水泥的四方形西式的。很长的一排墙向东延伸着，一扇扇窗户临街向北，窗前粗粗的、洋味儿依然的铁艺花栏杆也有些年头了，多少还能看出点儿当年的风光。

而且，旅馆里面还是很宽敞的。我小时候常见有三轮车甚至小汽车停靠在那里等候客人。院落和室内改观很大，已经看不到最早的青砖铺地和一厅一室的布局。不过，房间和走廊的样子，还是能看出那个时代的影子，幽暗的光线斜射进来，如果有穿着旗袍的女人袅袅婷婷地走过来，恍惚间，会疑为是上个世纪的情景，以为是电影中的张曼玉或汤唯和你擦肩而过。

四

当然，包括我们西打磨厂街在内的前门一带旅馆业的飞速发展阶段，还要数民国时期和新中国成立初期。那时的旅馆大致分为客店和货栈两类，前者专门为散客服务，后者专门为商人服务（为洋人服务的宾馆，最早是位于前门内东交民巷的会同馆，后来有了御河桥东南侧的六国饭店和长安街的北京饭店）。

货栈大多集中在我们西打磨厂老街上，它们必须有宽敞的空场，好装货停车用。货栈，当时兼有如今的物流作业功能，在北京近代旅馆业占据着大半江山，不可小视，如西打磨厂街现存的大同、太谷、大丰旧址，当年有前后门，有宽敞的货场，后门紧挨着前门火车站的货场，都是有名的货栈或粮栈。

旅馆又分几种，一种是客房讲究、服务周全的，比如位于西打磨厂街西口的前门第一宾馆，走廊轩豁，青砖铺地，一厅一室的布局；一种是鸽子笼似的，很逼仄，但价钱便宜，为下等人士居住，类似鸡毛小店。

这些旅馆，又分为管饭的和不管饭的两种。民国时期的《民社北平指南》，对此有详尽的介绍：“北平自昔为文化中心，五方杂处，商贾云集，故旅店行之营业，均甚发达。大致旅店之中，或具饭菜，或备饭而自点菜，或饭菜均不备……近年旅馆客栈等之宿膳费，间有视人为转移者，如房租定价一元，备饭而不备菜，本为各栈公例，而不必以‘管饭随饭菜’为诱惑之招徕，初莅止者，以为随饭有菜，于愿已足，甚且有鸡鱼，正庆其公道，比结账时，开来清单，于所期之价，大相悬殊，甚至骇人听闻。乃至一切菜类与鸡也鱼也，均额外计价，价目亦奇昂。”

《清稗类钞》中记载，清时“京师逆旅有二种：一则备饭不备肴，肴须客自择，别计钱，饭兼米麦而言之，无论食否，必与房资合算。一则仅租房屋无饭肴，即水钱亦须由客自给”。和那时明码标价相比，后来的店家经商之道多了狡诈，为了多赚钱，不惜手段，北京店家越发“聪明”起来。更有甚者，不仅用水要加水费，连电灯电话、冬日之煤火、夏日之电扇，都需要另加费用，真的用心无所不有其极，小算盘打得哗啦啦直响。

还有一种旅店，店小且陋，为招揽客人，迎合一些人的心理，提供特殊服务。《京华春梦录》中说：“京城逆旅，旧称曰‘店’，布置简陋，聊蔽风雨，环外城北隅，栉比皆是。而艳闾毗邻，若升官、三元等店，则均勾栏龟鸨之巢窟也……他如李铁拐斜街之同和旅馆，及樱桃斜街之华兴旅馆，则逆旅之外，兼营媒介生涯，轻薄少年，群焉趋之，莫不利市三倍焉。”这里所说的“环外城北隅”，指的就是靠近前门楼子的那几条街巷。这里所说的“媒介生涯”，说得实在太客气，其实就是皮肉生意；所列举的同和旅馆所在的李铁拐斜街，和八大胡同毗邻，近在咫尺，寻花问柳，自然方便，成为旅店的生意一种。《都门纪略》里的诗句“引见还兼乡会期，店家习气最随时，老爷无事闲游好，下处堂名我尽知”是这种生意最生动形象的写照，所谓“下处”，即妓院也。

在这一段《京华春梦录》中，还说了另一类大旅馆的景象：“近顷俗趋奢侈，故西河沿打磨厂等处，多有设置旅馆者，如中西、金台、燕台、第一宾馆者，为此中翘楚。间有丽姝赁为私舍，名之曰‘小房子’，或觅得素心，避开曲院尘嚣，而借此作高阳台者。”这里所说的在第一宾馆等豪华宾馆里租赁客房的丽姝，不就是曹禺先生的话剧《日出》里的陈白露吗？自然，这是旅店当时所做的另一种特色生意，与同和旅馆的“下处”生意分工有别。足见旅馆业的发达，和娱乐业，甚至和色情业密切相关。

在这一点上，前门一带的旅店和这里的商店、饭馆、戏园子，乃至八大胡同相互借力，水涨船高，当然，也是一荣俱荣，一损俱损。如今，前门一带商业、娱乐业、餐饮业的相继衰落，带动旅馆业无可奈何的衰落，是必然的。在前门一带，还能见得到一家像点儿样子的旅店吗？

当初这一带最高级、最现代、最昌盛的第一宾馆，如今又能怎么样呢？十几年前，电视剧《秋海棠》和《甄三》拍民国早期的外景，还专门跑到这里来拍摄。现在的第一宾馆，还立在那里，可没有了火车站里汽笛的鸣叫和浓烟的喷吐，它就像失去了背景的衬托，像是早期电影里的默片，显得死气沉沉了。前几年，改造前门大街，将西打磨厂街西口拆除，第一宾馆突兀地立在那里，门窗紧闭，空荡荡的，又让它没有了胡同的依托，没有了人气的烘托，显得孤零零的，即便从里面还能袅袅婷婷地走出来张曼玉或汤唯，也只是迟暮美人了。

五

想当初，前门一带，旅馆业是那样的发达，不仅在西河沿和西打磨厂这样两条紧靠着火车站的老街，粮食店街、珠宝市街、煤市街、观音寺街、珠市口、鲜鱼口、廊房头条、长巷头条……大小旅店，也遍布在这些大小街巷中。这样繁多的旅馆，不可能都如第一宾馆那样气派地新建而成，许多是改建的。这大概是北京旅馆业发展史中的特别景象。探求这一点很有意思，往往会拔出萝卜带出泥，带出相关的历史，让你觉得北京这座城市的道儿真是深得很。

在前门一带，不少旅馆的前身，一是镖局，一是饭庄，一是过去的银号，还有一种，是妓院。

这是因为时代的发展，特别是现代银行和火车的兴起，使旅馆的需求量增大，但相应的，有些行业却处于江河日下的趋势，原来专门为客人武装押送货物的镖局，即便是前门一带拥有过“大刀王五”的最出名的顺源镖局，也无可奈何地衰落，只好改作他用，其中一部分镖局便改成了旅店。而连年战争和由此导致的经济衰败，必然也连带着饭庄和妓院的衰败。于是，借助它们原本合适的地方，就地取材，现汤煮现面，摇身一变，成为旅馆，这是它们最便捷的求生之路。

粮食店街现在的施家胡同第一旅馆，就是原来有名的三义镖局，所谓“三义”，指专门护送山西青云店、娘子关和阳泉这三路的货物。清末改为三义客店，一直到现在还在开张营业，北平和平解放初期，政府花了一千匹白布的价格将其收购，改为招待所，“文化大革命”期间更名为向阳旅店，现在又改叫施家胡同第一旅馆。

西打磨厂的福寿堂，原来是清末建起的一家有名的老饭庄，当年前门一带的富商，如同仁堂的乐家、瑞蚨祥的孟家、马聚源的马家，宴请客人都要到那里去，才感到有排场。卢沟桥事变之后，原料运不进来，巧妇难为无米之炊，被迫倒闭，改成了旅店。

现代银行出现后，很快就取代了晚清以来兴盛一时的老银号，有些银号便改造成了旅店。如我们西打磨厂街原来的乔家大德通银号，新中国成立以后改为部队的招待所，一直存留到现在。院子北面正房是座二层木制小楼，前出廊后出厦，有高高的台阶。这是典型的山西银号的格局。前些年去那里，招待所的负责人告诉我，二楼重新装修时发现墙都是双层的，当年是为了藏钱用。这位好心的负责人还让我踩着椅子爬上他们前堂的柜台，让我看看房梁下的檐檩枋板前后两层的龙纹浮雕。

施家胡同东口里面一点儿，路北的一座三层楼，现在的施家胡同第二旅馆，由原来的裕兴中银号改造而成。当年，裕兴中是整个施家胡同里最大的一家银号。它有前后两个宽敞的天井，每个天井四周的楼上楼下各有二十多个房间，看起来，还真像是旅馆。这是因为裕兴中这样的大银号，可以安排客人及其家属居住，成为他们有吃有住有玩的地方，由此，它自身就具有了旅馆的功能，改造起来更为便当。如今，裕兴中大门两旁窗户前的铁栏杆中央各有一个小圆圈，中间镂空雕出三个篆字“裕兴中”。十几年前，我去那里时，老街坊指着楼对我说，唐山地震那年，这楼有些裂纹，附近的居民都要求拆了它，后来政府用了一百吨三角铁，把楼上下好几层给牢固下来，你看上面，现在还能看见三角铁。真是幸亏用了那么多吨的三角铁，要是真的拆了它，后悔都来不及了。

一次，我去那里，还到施家胡同第一旅馆东侧的一个小院里，想看看旅馆的外墙，进院的第一间小屋房门开着，站着一个上中学的小伙子，我问他能进屋看看吗，他侧过身子让我进去。他家的西窗正对着旅馆的外墙，还能看见旅馆的外窗和大门的一角。我忽然发现就在他家西窗下面的白墙上，用铅笔画着一幅画，我凑过去仔细看看，原来画的就是旅馆这一角的门窗和墙体。我问小伙子是他画的吗，他说是。然后，我得知，他的爸爸妈妈都是从外地来北京打工的，他在北京上中学，爱画画。他画得很不错，不仅很像，线条也非常流畅。旅馆和他家只有一墙之隔，近在眼前，却离他很远，远得如同画和现实之间的距离。

离开他家之后，我想起问，为什么他不画在纸上，而要画在墙上呢？刚才我忘记问他了。过了两年之后，我路过粮食店街的时候，在离施家胡同很近的地方，又想起了他画的那幅画，又想起了这个问题，我拐了个弯儿，进入施家胡同，想去找找那个小伙子问问。第二旅馆还在，可他住的那间小屋和那个小院都不在了。

北平和平解放之后，妓院被取缔，空了出来，肯定要改作他用。其中相当一部分渐渐成为人们居住的大杂院，一部分好些、大些的妓院，则改造成了旅馆。石头胡同的石头胡同旅馆、蔡家胡同的蔡家胡同第一旅馆、陕西巷的陕西巷旅馆，它们都在老北京的红灯区——八大胡同之内，无一不是由原来的妓院改建而成。其中陕西巷旅馆相传是当年和蔡锷将军有一段革命加爱情风流史的鼎鼎有名的小凤仙挂牌的地方，此地先是改成醉琼林餐馆，餐馆办不下去，又改成旅店。如今这些地方都还健在，里面的格局和以前大致相仿，依稀能看到当年的影子。只不过，如果要进陕西巷旅馆看看，得花两元钱的参观费，真是借历史发财的聪明法子。

前两年，我花了两元钱，专门进里面看了看，典型的民国早期妓院的格局，中间有阔大的天井，两边有楼梯，二楼有跑马回廊，回廊四周是隔开的一间间的单间，如今成了客房。整个旅馆油漆得红红的一片，阳光透过天井顶上天棚的玻璃，洒满厅堂，温暖得很，安静得很，仿佛只要老鸨站在天井中一喊，就会有好多女人挤满跑马回廊。

这让我忍不住想起二十多年前，我的一位北大荒的荒友来北京办事，住在西河沿的一家旅店里，我去那里看望，那家旅店跟陕西巷旅馆的格局一模一样，也是中间一个跑马回廊，四周隔出来一间间幽暗的小屋。显然，也是由妓院改建而成的。如今，西河沿已经拆得没有一点儿影子了，这家旅店也消失得无影无踪。

有时会想，如果把这些旅馆的故事都写出来，挂在店里的墙上，该是多么有意思。前生今世，时光错位，光影迷离，况味丛生，住一日而知百年。北京这些老旅馆，别看破旧，没准儿能够老树发新枝，让好奇的人们多一个寻思古之幽情的好去处呢。住一回这样的老旅馆，长了见识，知道了这么多和老旅馆相关的老北京的前生今世，是和住其他宾馆，尤其是新建的宾馆完全不同的感觉和体验，这店钱，花得一点儿都不冤。

幸好陕西巷旅馆、施家胡同第一旅馆、石头胡同旅馆、蔡家胡同第一旅馆、蔡家胡同第二旅馆，以及前门第一旅馆，这几家旅馆还都健在，为我们留下岁月的标本，让我们能看到旅店的变迁中历史摇摇晃晃却也丰富多彩的影子。

在前门一带，这样的老旅馆，已经没有什么外来的年轻人或外国游客愿意去住了。如今时兴的由四合院改造的新式旅店，在前门大街之西的大栅栏街区和之东的草厂街区，已经陆续出现，样子貌似从前，里面的设施完全现代化。这些人更愿意去这样的旅店，品味一下“老北京”的风味。其实，这种风味，已经不再属于老北京，而只属于今天对昨天的想象、改造和挪用。

逝去的历史，如同逝去的时间，无可追回，无法如陈年老酒那样，活色生香地斟满今天的酒杯。我只是在想，这些或新或旧的旅馆，会让前门一带风华曾经的旅馆业情何以堪？它们又会沿着历史，沿着现今，沿着未来，走向何处呢？

2018年2月

北京老饭庄

一

中国有句古语："民以食为天。"这句古语把吃饭的重要性，和天放在一起。在中国人看来，天即至高无上的神，主宰世界万物。将形而上的天，和形而下的吃连在一起，饭庄在这两者之间的位置和作用，显得很特别。

北京这样一座古都，饭庄繁华和密集的程度，以及菜品味道与品种的丰富程度，是一些世界大都市无法比拟的；北京的饭庄历史之悠久，更是世界少有。论其渊源，可以上溯到金朝。八百多年前，金海陵王1153年定北京为中都之后，便有了饭庄——那时候叫酒楼，这在《东京梦华录》一书里有记载。元明两代，北京的酒楼正经火红过一段，《马可·波罗游记》中有过描述。到了清朝，尤其到了清朝中叶以后，北京的饭庄愈发兴旺起来。清末民初，可以说是北京饭庄的鼎盛时期。

那么，就先追溯一下北京饭庄的历史，为什么到了清末民初，北京饭庄发展到了一个高峰阶段呢？原因大致有这样几个方面——

一是金元两代，少数民族进入北京，带进北京很多西域特色的食材（比如黏米黏面、胡萝卜、洋葱、番茄），特别是调味品（比如胡椒。这里的“胡”“洋”“番”字，都表明其异域属性），使得做饭的材料丰富起来。这是饭庄的根基，否则饭庄的发展就是无源之水、无本之木。

二是明朝皇帝朱棣将首都从南京迁往北平，带来了南北人口的大流动。很多官员、百姓及各种匠人，一起随皇帝来到北平，其中包括饭庄的老板和厨师，使得北平的饭庄南北汇通，菜品特色兼收并蓄，越加多样，成为集南北各种菜系之大成的地方。

三是明朝资本主义萌芽在北京（北平）渐渐明显，市场经济打破了农业社会固有的发展模式，这使得饭庄的经营如鱼得水，有了良好的发展条件和空间。特别是到清朝末年，变法于朝廷内外交错进行，八国联军打进北京城，国门打开，西洋之风吹进，人们的胃和舌尖的敏感，总是先于思想和行动的，这无形中使得饭庄中西并举。北京的西餐馆就是在那时候逐渐兴起的。1905年，北京第一家西餐馆在六国饭店里开张，位于中御河桥东南侧（这个地方现在还在，就在前门东侧半公里处）。日后，崇文门内东侧，陆续开了很多家西餐馆，因为这里紧挨着东交民巷的外国使馆和东单之东南的外国兵营和跑马场。中山公园的来今雨轩，最早也是西餐馆。北京前门外繁华热闹的老街巷，也曾经有西餐馆开风气之先。劝业场里有过裕珍园番菜馆；陕西巷里，靠近赛金花和小凤仙住所的醉琼林，是那里开设最早的一家西餐馆；大栅栏，紧靠着瑞蚨祥绸布店的二庙堂咖啡馆，也曾吸引时髦的人前去尝鲜——即使不吃西式大餐，起码可以尝尝那里的咖啡、沙氏水和西式小点心。

四是清朝灭亡前后，大量皇宫内御膳房的厨子流散宫外，为了生计，也为了施展一下厨艺，他们大多在宫外重操旧业。有钱的开大饭庄（也有官员和太监一起加盟），如什刹海的会贤堂、北海的仿膳；钱少的则开小饭馆，如一位姓苏的御厨，在后门桥附近开了一家小馆，就卖一种苏造肉，其实就是猪肉下水的大杂烩，这里的“苏”和“酥”同音，把肉炖得酥烂的意思，因为做得好，每天都有人端着盆排队去买；再差一些的，也会去给人家打工，当红案白案的师傅。如此大量的“国家队”厨子大军加入饭店的队伍之中，无形中提高了北京城饭菜的手艺、增多了品种数量，使得宫廷菜和民间有了一次大融合，叫作“旧时王谢堂前燕，飞入寻常百姓家”。可以毫不夸张地讲，那是北京餐馆厨艺最高的时候。

这样几个原因的累次叠加，北京的饭庄能有得天独厚的发展，便是理所当然的事了。

二

老北京饭庄的分类，是极其有讲究的。这里面的名堂很多，差别也很大。吃饭，到了北京人那里，便成了一门学问，甚至是一种文化。

北京的饭庄有约定俗成的规矩。夏仁虎《旧京琐记》中说："酒肆之巨者曰饭庄，皆以堂名，如庆寿、同丰是也。人家有喜庆事，则筵席、铺陈、戏剧一切包办，莫不如意。其下者曰园、馆、楼、居，为随意宴集之所。"

他说得没错，清末以来，饭庄叫"堂"的最大，所谓堂，如夏仁虎所说，既可办宴会，又可以唱堂会，饭庄里不仅有桌椅，还有舞台和空场，很是气派。不过，夏仁虎说"人家有喜庆事"到那里去，实则不止如此，因为最早的堂都是京师官吏办大型公宴或小型私宴的地方，办喜庆事，只是其一，多是公款吃喝。所以，最早的这些号为堂的大饭庄，一般都在皇城周围，靠近王府官邸。夏仁虎说的庆寿堂和同丰堂，后来已经让位于金鱼胡同的隆福堂、东皇城根的聚宝堂、西打磨厂的福寿堂、大栅栏的衍庆堂、北孝顺胡同的燕喜堂（"衍""燕"都与"宴"谐音，均为宴请之意）诸家。

当然，这只是清末民初时饭庄的格局，看《都门纪略》，同治年间，称为堂的饭庄，就已经遍布城内外了，书中记录有樱桃斜街的东麟堂、东单牌楼的庆会堂、大栅栏的东升堂、观音寺街的惠丰堂等。所以，当时有"看了三庆看四喜，吃了庆丰吃惠丰"一说，三庆和四喜都是当时的戏班子，连吃带喝带听戏一条龙，这样的传统由来已久。

它们大多靠着那些吃公款的高官显贵的一掷千金。《清稗类钞》中记载，光绪己丑、庚寅年间京官在隆福堂和聚宝堂的一次花费，便是每席位白金六两到八两。对于一般百姓，这不是一个小数目。

清时有竹枝词："公会筵开白昼间，嗷嘈丝管动欢颜。新排一曲《桃花扇》，到处哄传四喜班。"说得很清楚，既有筵席，又有堂会。这里说的四喜班，正是同光时期风靡京城的四大徽班之一。

另有编写《都门纪略》的杨静亭写过这样的诗："台光红帖印千张，喜网拉来如许长。夜半起来看天色，盼晴早到汇元堂。"足见当时的排场。汇元堂，便是当时这样的一家大饭庄，与今日的私家会所，颇有几分相似与相通之处。这样的饭庄，在京城不止于一般流传的四大堂、八大堂。《都门杂记》中记载，菜市口铁门胡同南头有文昌馆，"自此之天寿堂，俱是宴会之所皆包办南席，可搭桌演戏"。当时这样的大饭庄之多，说明公款宴请的奢靡风气之盛。

比堂略小的叫庄，也叫楼。北京以前有"八大楼"之说，包括原东安门的东兴楼、王府井的安福楼、煤市街的致美楼和泰丰楼、菜市口的鸿兴楼、和平门的春华楼、肉市街的华北楼和新丰楼。当然，这只是一种说法，所谓的"八大楼"，没有权威的统一说法，但注重的是口碑，不像现在花钱买个排行榜就可以自吹自擂。

这样的酒楼，在清同光年间已经开始时兴雅座包间。这是为了公款或私款的宴请，或为官事，或为商事，谈话方便。当时有竹枝词："饭馆俱将雅座添，间间独屋挂湘帘。人非断袖休来此，博士无言已暗嫌。"

当时，还有一种风气，便是捧戏子，这样的雅座包间，也为那些有钱有势的达官贵人看完戏后带伶人饮酒作乐提供了方便。《北平风俗类征》里说："京师宴集，非优伶不欢……结纳雏伶，

东兴楼老饭庄 RuxinG 2020.1.21.

征歌侑酒，则洋洋得意，自鸣于人。”这种做法已成为当时的时尚，有竹枝词唱道：“园馆居楼各处开，尽凭雅座好生财。每逢戏散刀砧响，客带优伶几个来。”那情景和如今的酒宴，颇有几分相似。

酒楼里出现女招待，则是民国十七年以后的事了。这应该是“客带优伶”的翻版与变奏，是餐饮业与时俱进的经营手段而已，花样翻新中，端出来的是同样秀色可餐的内容。当时，曾经有不止一首竹枝词写到这样的情景：“招待原来是女郎，酒楼到处恣寻芳。殷勤媚语樽前款，暗送鲜鱼让客尝。”如此由戏子到女招待的变化，让酒楼更上一层楼。

再次之的叫居。它们与堂很大的区别在于只办宴席，不办堂会，是一般官员或进京赶考的秀才的落脚之地，没有堂的排场，却比一般饭馆要拿得出手。清末民初北京的“八大居”即是如此。八大居包括：观音寺街的福兴居、煤市街的万兴居、大栅栏的同兴居、西打磨厂的东兴居、大栅栏的万福居、菜市口北半截胡同的广和居、西单的同和居、西四的砂锅居。其中福兴居、万兴居、同兴居和东兴居，又号称为“京城四大兴”。老北京人如今还会津津乐道，提起这“四大兴”来，必要先说福兴居的鸡丝面颇有名，光绪皇帝每次逛八大胡同（老北京的红灯区），必去那里吃鸡丝面——拿皇上为鸡丝面添作料；然后，会说起砂锅居做出的白肉有六十六个品种，地儿小人多，只卖半天座，过去老北京有句俗语“砂锅居的幌子，过午不候”，说的就是它的兴隆。说起旧来，饭馆里的吃食，成为老北京人容光焕发的面子。

前门大街上靠近鲜鱼口的都一处，虽然不叫“居”，却是这类饭馆里的拔尖儿者。说它拔尖儿，不仅是说它做的烧卖好吃，连乾隆皇帝都爱吃，并特别送给它一块虎头御匾；而且，还在于有一个传说，说它的门前地势低洼窄小，唯有门前一条甬道凸起如龙，高一尺，长三丈，被都一处称为“土龙”，成为京城一景，慕名而来的，比吃烧卖的人还要多。尽管路面因此而坑洼不平，也绝不修整，说是自己的生意兴隆，全靠这条土龙默默保佑着呢。这条土龙，也成了它的财龙。做饭馆做到这份儿上，不仅要靠菜品，也要靠传说，才会吸引食者趋之若鹜。都一处虽然从来没有进入八大居的行列，但它的名气不弱于八大居中的任何一个。

如今，一百多年过去了，八大居所剩无几，即便是残存的几家，也都是异地更貌换面而再生，能够坚持百年岿然不动，依然挺立在原地的，除了砂锅居，就得数都一处了，也算是不简单了。

三

比居再小的就是馆了，所以，在北京凡是叫饭馆的，都是一般的大众饭馆。这样的小饭馆，虽然赶不上前面说的那些大饭庄名气响，但是，它们在北京是最多的，生命力是最旺盛的，即便在世事沧桑、风云变幻之中，有些大饭庄倒闭了，它们却还像野草一样顽强地活着。

以我住过的西打磨厂这条不过一里多长的胡同为例，这样的饭馆很多，大多集中在胡同西口往里，过了鸭子嘴，路的两侧一个饭馆接着一个饭馆。因为把着西口、占据要津的是东兴居等几家大馆子，它们只能退而求其次。尽管缩在胡同里面，它们依然生意兴隆，这都依赖靠火车站近的好处了。很长一段时间，一直延续到北平和平解放之后，西打磨厂中部有很多家旅店、客栈和那些饭馆毗邻，吃住两便。下了火车，歇脚找饭辙的，一般人都愿意到这样的饭馆里来，物美价廉。而且，他们的手艺也不错，有的不比那些叫楼、叫居的差到哪儿去，甚至可能会略胜一筹。

夏仁虎《旧京琐记》里说："打磨厂之口内有三胜馆者以吴菜著名。云有苏人吴润生阁读，善烹调，恒自执爨，于是所作之肴曰吴菜。”只是，他说的这家三胜馆是清末民初的事了。实际上，在此之前，它应该是家京味的小饭馆，《都门纪略》里说，三胜馆在同治年间拿手的菜只是炒肝、熘肥肠、熘丸子、烧茄盒，并无吴菜。

比馆再小的就是二荤铺了。这种二荤铺，只卖简单的家常饭菜，为底层百姓服务。夏仁虎《旧京琐记》中说：“曰二荤馆者，率为平民果腹之地，其食品不离豚鸡，无烹鲜者，其中佼佼者，如煤市街百景楼，价廉而物美，但客座嘈杂耳。”他说的煤市街，是当时的美食一条街，大小饭馆，鳞次栉比，大可和如今的簋街相比。他所说的百景楼，属于二荤铺中大的了。

在煤市街还有一家二荤铺，和百景楼一样大，而且，比百景楼还要出名，叫同聚馆，主要以卖牛肉馅饼出名。因老板姓周，人们都习惯叫它馅饼周。这家店原来是靠沿街挑担卖馅饼起家的，办起同聚馆，依然是以大众为定位，所以，每天到了半夜，那里的生意依旧兴隆，客流不减，人称“宣南夜半高轩过，煤市街东馅饼周”。所谓煤市街东，指的是它在煤市街路东施家胡同把口处。民国期间为它写诗的不少，录其中两首：“楼号东兴未有楼，万千一食傲王侯。如今盛唱平民化，小吃争吃馅饼周。”“居住长安未足忧，平民食物尽堪求。至今煤市街前过，犹有当年馅饼周。”两首诗都强调了它的平民化。平民化，确实是这样的二荤铺重要的特色。不过，一般藏在胡同里的二荤铺，很少像百景楼和馅饼周那样开在闹市上，而且，也没有它们这么大，只是简单几个座位，但夏仁虎所说的价廉而物美、客座嘈杂，则是一样的。

那也可以说得上是这样的二荤铺独有的烟火气和人气儿。

北京还有一种只卖酒和简单的下酒菜的小馆，叫酒馆。这种酒馆，遍布大街小巷，不卖炒菜，因此，没有二荤铺那样重的烟熏火燎，却和二荤铺一样嘈杂，甚至多了一些饮酒划拳的吆喝声。

清震钧《天咫偶闻》一书说这样的酒馆有三种，并详细地介绍："一种为南酒店，所售者女贞、花雕、绍兴、竹叶青之属，肴品则火腿、糟鱼、蟹、松花蛋、蜜糕之属。一种为京酒店，则山左人所设，所售则雪酒、冬酒、涞酒、木瓜、干榨之属，而又各分清浊。清者，郑康成所谓一夕酒也。又有良乡酒，出良乡县，都中亦能造，止冬月有之。入春则酸，即煮为干榨矣。其肴品则煮咸栗肉、干落花生、核桃、榛仁、蜜枣、山楂、鸭蛋、酥鱼、兔脯之属，夏则鲜莲、藕、榛、菱、杏仁、核桃，佐以冰，谓之冰碗。别有一种药酒店，则为烧酒以花蒸成，其名极繁，如玫瑰露、茵陈露、苹果露、山楂露、葡萄露、五加皮、莲花白之属……"

我所见过的酒馆，没有震钧所说的这样繁复，大多只是小酒馆，门脸不大，几张桌子板凳，都没有油漆。大门总是敞开着，夏天一个竹门帘，冬天一个棉门帘。那情景，和北京人艺排的话剧《骆驼祥子》里那个拉洋车的潦倒老人，在风雪之夜撩开破棉布门帘进来很相似，和那些灯火辉煌的大酒楼有霄壤之别。

很多这样的小酒馆门口或门内放着一个大酒缸，酒缸上的木盖，就是放酒的桌子，人们就坐在酒缸前喝酒，一般都是地瓜烧，也就是震钧说的木瓜酒。下酒菜，也没有那样多，一般就是一盘花生豆，顶多再有一盘猪头肉，就很好了。不过，他说的咸栗肉，我倒是见过，那时候，我跟父亲去过这样的小酒馆，父亲喝酒，给我买一盘这样的栗子吃。栗子是带壳煮熟的，上面剪了一个十字口，很入味，和糖炒栗子完全不同。

人们管这样的小酒馆叫大酒缸，在我小时候住的胡同里，就有好几家，进去喝酒的一般都是下层的平民百姓。记得很清楚，有一次和父亲去小酒馆，看见一位街坊，是拉排子车的，每天收工，必要到小酒馆喝得醉醺醺的，才回家。这一天，他喝多了，在小酒馆里耍酒疯，谁也劝不住，父亲叫我赶紧回大院把他老婆找来，这才像拖死狗一样把他拖回家。

三

北京城还有一些叫斋的饭馆，所谓斋，都是点心铺升格晋级办成的饭庄。论档次和规模，是逊于堂、居、楼的。过去北京有名的致美斋是一家老店，同治年间开办，在煤市街路西，是座二层的小木楼。梁实秋在北京时常去，还专门为它写过文章。致美斋的“一鱼四吃”和萝卜丝饼，最享盛名。原来商务印书馆的辞书专家刘叶秋先生当年曾有诗赞美：“四作鱼兼烩两丝，斋名致美味堪思。”那时候，鱼是院子鱼缸里的活鱼，你选中哪一条，就当场摔死拿去做，这成了它的看家菜；萝卜丝饼则属于点心，是以前开点心铺时的保留节目。

如今，这家老店的旧址还在，却已经是人去楼空，面目皆非。前几天，孩子带着他的孩子从美国回来，我还陪着他们去过那里一次，狭窄的胡同依旧，那扇破门更破了，连关都关不上。走进院子，中间盖起了房子，只留下侧身能过的过道，两边的楼梯都已经腐朽不堪，踩上去吱吱直响，随时都有可能坍塌。楼上的房子有的已经拆空。望望凄清的院子，想起梁实秋在《雅舍小品》里写过它的大叶树长到二楼的窗户前那一片绿荫蒙蒙的样子，真是觉得恍然如梦。

我对孩子们说：以前的院子里放着一个大鱼缸，养着活鱼，你想吃哪条，跑堂的当场将鱼捞出，就地摔死，表示不会作假另换别的鱼。这叫“仪注”，好的饭馆，就讲究“仪注”。“仪注”就是待客的规矩，比如吃烤鸭，跑堂的会拿出好几只生鸭子，递给你一支细细的铁钎子，让你拿铁钎子扎扎鸭子，选择一只肉厚的。孩子望着眼前破旧不堪且拥挤得下不去脚的院子，目瞪口呆，不大相信一切曾经发生在这里。

在老北京，饭庄（包括堂）有冷饭庄和热饭庄之分。这样的传统，如今大概只有在一些私人会所里，才能依稀找到一些前朝旧影了。

所谓冷饭庄，平日不卖座，只应承大型官宴和红白喜事。凡是冷饭庄，里面必有舞台，可以唱戏，所以办堂会要找这样的地方。冷饭庄，是需要连吃带喝，外加可以听戏的。

冷饭庄，都是在很大、很气派的四合院里，而且是三进院、带抄手走廊的四合院，前面介绍的福寿堂，便是这样一家冷饭庄。福寿堂的名气大，还在于它的菜确实做得好，它是一家山东饭庄，当时，鲁菜正挟风气之先，有俗语说：“东洋的女人西洋的楼，山东的馆子福山的厨。”福山是山东的一个地名。不说别

图 帮扯手老庙的四合院 RuxinG 2018.2.

的，光是在鸡身上做文章的菜就有三十多种，这在别的饭庄是做不出来的。

它的地盘很大，颇具规模，有四五个四合院连环套着，能应承上百桌人吃饭。这在一般的饭庄里，也是不多见的。过去老北京有句谚语，叫作“头戴马聚源，身披瑞蚨祥，脚蹬内联升”，说的是大栅栏的帽店马聚源的马家、布店瑞蚨祥的孟家、鞋店内联升的赵家。这三家都是腰缠万贯的人家，办堂会、请客吃饭常常到福寿堂，据说一次瑞蚨祥的孟家办酒席，将前门附近围得水泄不通，警察都来维持秩序，唱戏请来的都是王瑶卿、杨小楼等赫赫有名的一批名角，一唱唱到第二天天亮。

福寿堂的有名，还在于它是电影在中国第一次放映的地方。光绪二十八年（1902），一个叫雷玛斯的西班牙人带着机器和胶片，就是到福寿堂的戏台放映电影，让中国人第一次见到这洋玩意儿。

可惜，福寿堂在上个世纪40年代就不办了，但那个地方现在还在，就在我小时候住过的西打磨厂那条街上，靠西头，路北。上个世纪40年代，福寿堂办不下去，一度改为旅店，北平和平解放以后，成为银行的职工宿舍。前几年我还专门去过那里一次，虽然已经变成了大杂院，但昔日风格犹存，尤其是以前庭院里的假山石和唱戏的舞台的样子还在，尽管已经是人去楼空、破败不堪，院子里一树似火的石榴花还旺盛地开着，迎风摇曳着昔日的一些影子。

去年冬天，我又去了一趟，那个院子已经完全拆光，一点儿影子都没有了。

四

我曾经不止一次走访过福寿堂和致美斋，也曾经走访过好多家大饭庄，问过自己这样一个问题：那样大、那样有名的冷饭庄，包括前面说的八大楼、八大居，为什么大多都集中在前门一带？

想一想，大概有这样几点原因：

一是明朝将首都由南京迁到北京之后，于嘉靖三十二年(1553)，在皇城之外加修了一圈共七个城门的外城。原来的前门之外已经属于郊外，近城墙的是些凌乱的人家和商家，再远就是一片田野，甚至是坟地了。修了外城之后，这一片扩展为城区，加速了城市的发展，自然，饭庄也跟着水涨船高，一起发展，甚至连当时偏僻的菜市口之外、藏在北半截胡同里的广和居都自然而然地出了名。

二是清代律令旗人之外的官府、民宅、商号、剧院一律迁出内城、搬到前门之外的外城，商号免税三年，无疑加剧了前门外一带的经济发展。而在这一带，既有繁荣的商业店铺，又有活跃的京剧戏园子，还有八大胡同的烟花柳巷，餐馆随之繁荣，是再正常不过的事了。

三是清末光绪二十七年（1901）京奉火车站在前门之东，光绪三十二年京汉火车站在前门之西，先后修通。交通的便利，进一步让这一带商业发展提速。前门一带，成为那时候的商业中心，南来北往的人、朝廷内外的人，都交叉在这里进行他们的商业活动、政治往来、私人应酬和日常生活，此间，吃饭便是必需的，

1871年前门大街五牌楼前 RWXINGT 2018.4.

饭庄自然就会“向阳花木易为春”一样，在这里密集，为各类人服务。

一时间，各类饭馆如雨后春笋，摩肩接踵地建了起来，大狗叫，小狗也叫，各有各的食客，生意兴隆，灯红酒绿，此起彼伏，都在这一带发展起来。前门大街东西两侧，大小饭店，簇拥在一起，成为京城最繁华的地段。先不说前门大街有有名的一条龙、都一处，鲜鱼口有便宜坊和专门卖黄杠子（如今这种食品已经见不着了）的天全斋，西打磨厂有东兴居和福寿堂，只看煤市街和肉市街——当时，这两条街都被称为美食一条街。

煤市街长，南北一街，集同和居、致美斋、致美楼、丰泽园，以及馅饼周、恩元居、穆家寨、普云斋、百景楼、万兴居这样的大小饭馆于一身。

肉市街很短，却不仅有以烤肉和烤鸭称雄北京的华北楼和全聚德大饭店，同时，也有卖醋熘鱼和韭菜盒子的五和楼、卖烩蹄筋和山鸡丝的东升楼、卖鸡丝卷和焖炉烧饼的天庆楼这样的小店，中间夹着广和楼，热闹非常，不亚于前门大街。住在这里的老人告诉我，前清时肉市临街，高楼林立，前面的如通三益、都一处之类的店铺，都是后来搭席棚慢慢变成的房子，把肉市给挡住了。然后，老人反问我：你想想，当初人家查家是什么人家？盖这个广和楼，能憋屈地盖在这些店铺的后面吗？老人说得有道理。读清时竹枝词，有专门唱肉市街的："高楼一带酒帘挑，笋鸭肥猪须现烧。日下繁华推肉市，果然夜夜似元宵。"这大概就是老人所说的情景吧。

如果加上大栅栏里拥挤狭窄却并不妨碍食客云集的小吃一条街——门框胡同，再加上大栅栏街上有名的河南馆老厚德福饭庄，大栅栏之西青云阁楼上楼下的那些各具特色的小饭馆，以及八大胡同中最重要的陕西巷里的西餐馆醉琼林和新华番菜馆……这样各类大小饭馆的云集，在北京城是很少见的。前门一带，真是如《都门纪略》中所写的那样："皆雕梁画栋，金碧辉煌，令人目迷五色，至肉市酒楼饭馆，张灯列烛，猜拳行令，夜夜元宵，非他处所可及也。"

看如今前门一带的沦落，这样的盛景奇观，让我既可以理解，又为之慨叹。想起去年冬天去前门，看到当年赫赫有名的号称光绪皇帝曾光临并赐皇匾的一条龙饭馆的大门前，店家站在那里，迎着冷风，挥着手大声吆喝着招揽生意，却依然是门可罗雀，让我有些恍惚，真的以为曾经辉煌的景象，只是一种虚幻、一种想象。时代发展，逝者如斯，起死回生、昔日再现，都很难了。

五

但是，那确实是曾经有过的京城餐馆最为辉煌的时刻。觥筹交错，灯红酒绿，幢幢人影，夜夜元宵，那情景，让我想起郁达夫的诗句："遥街灯火黄昏市，深巷帘栊玉女笙。"真是十分相像。那种颓废奢靡、辉煌鼎盛之中，也很有些末世景象的味道。

读那时的书里对这些饭庄餐馆的记载，光是看那时流行的菜单，就足以令人叹为观止。

清末《京华春梦录》中这样说："若泰丰楼之清炖燕菜、锅烧鸭、烩爪尖，醒春居之粉蒸肉、糟熘鱼片，致美楼之红烧鱼翅、四炸鲤鱼，致美斋之烩鸭条、红烧鱼头及萝卜丝饼，天和玉之软炸鸡、锅贴、金钱鸡，百景楼之软炸鸭腰、烩肝肠，万福居之高鸡丁，桃李园之锅烧鸭，罗汉斋之生扒鱼翅，正阳楼之烤全羊，东升楼之酱汁活鱼，小有天之炸胗肝、高丽虾仁，宾宴春之辣子鸡，浣花春之川笋汤，便宜坊之挂炉鸭，南味斋之糖醋黄鱼、虾子蹄筋，颐芗斋之红烧鱼唇、烩海参，通商饭庄之虾子笋，杏花春之熘鳝片，东兴楼之清蒸小鸡，同福馆之红焖猪蹄、四喜丸子，皆脍炙人口者也。"

民国时《旧都文物略》中这样说："北平昔为皇都，豪华素著，一饮一食，莫不精细考究；市贾逢迎，不惜尽力研求，遂使旧京饮食得成经谱，故挟烹调技者能用于各地也。平市著名食物，如月盛斋之酱羊肉，六必居之酱菜，王致和之臭豆腐，信远斋之酸梅汤，恩德元之包子，穆家寨之炒疙瘩，灶温之烂肉面，安儿胡同之烤羊肉，门框胡同之酱牛肉，滋兰斋之玫瑰饼，同和居之大豆腐，二庙堂之合碗酪，新丰楼之芝麻元宵，都一处之炸三角，正阳楼之螃蟹，东来顺之涮羊肉，西来顺之炸羊尾，兰华斋之蜜糕，金家楼之汤爆肚，便宜坊之烤鸭，致美斋之萝卜丝饼，福兴居之锅贴，虾米居之兔儿脯，聚仙居之灌肠，砂锅居之白肉，冬日之菊花锅，夏日之冰盏，均极脍炙人口，喧腾一时。"

看大小餐馆里这些令人馋涎欲滴、眼花缭乱的菜谱，可以想象当时的繁华与奢靡。和清初之时王渔洋曾经讥讽的"近京师筵席多尚异味"，还有他写过的诗"滦鲫黄羊满玉盘，菜鸡紫蟹等闲看"，简直不可同日而语了。这些菜，有的流传至今，有的则再也吃不到了，更足见当时的繁华与奢靡——起码在饮食方面，不亚于现代化的、GDP高挺的今天，令全世界瞠目。

这只是当时漫长菜单的一部分而已，那时的饭庄，好多都在将宫廷里的御膳单搬出来的同时，也将宫廷里的讲究与排场搬了出来，真的是包子有肉，还得再在褶儿上做足了文章。沉渣泛起，却以为是玉体横陈、花团锦簇，从来都是京城末世的景象，却往往被美化为传统，如果再以一些唐诗宋词，哪怕只是竹枝词做点缀，便以为就是文化，而为人津津乐道。

饭庄的堂皇，不仅在于宽敞的院子、炫目的舞台，甚至也不仅仅在于名目繁多的菜品，更在于排场。所以，只有京城才会前有满汉全席，后来又有什么红楼宴之类。不说别的，只说这排场，先看开宴前的讲究：要先上四鲜果、四干果、四蜜饯，再加八冷荤。正式开宴，讲究就更大了，上头道菜一般用大海碗盛八宝果羹，然后上燕窝、鱼翅，再加上烧整猪、烤全鸭；头道菜和下道菜之间需上中碗、大簋（带耳之盆）八味热菜，八味热菜之间需上三道点心：甜点、奶点、荤点（即饺子、春卷、烧卖之类）；最后四大汤菜、四大炒菜垫底，若是冬日，则必要加一道什锦火锅沸沸扬扬地端出。

这八味热菜是重头戏，是华彩乐章。所谓八大碗，可不是农村摆席的那种简单的八大碗，一般指的是：一清汤细做的攒丝雀，二肥炖清蒸糯米鸡鸭羹，三去甲摘盔一寸有余的烹虾仁，四苏东坡的酱油炖肉，五陈眉公的栗子焖鸡，六八宝烤猪，七挂炉烧羊，八剥皮去刺剔骨的酱糟鱼。再讲究的，正中间还要摆上对称的两大海碗，分别是参炖雏鸭和黑白鳝鱼——那便是十大碗了。

宴席上摆放的碗碟也是有讲究的，这就像人物出场的穿戴打扮需要讲究，从头到脚一身必须名牌一样。《北平风俗类征》（转引《百本张钞本》）中的记述，确实让我叹为观止：“按款式许多层序有规矩：先摆下水磨银镶轻苗的牙筷，酒杯是明世官窑的御制诗，布碟是五彩成窑层层见喜……”罗碟杯碗“则全都是宋代的花纹，童子斗鸡，足下面镌着字，原来是经过名人细品题”……如此的排场，令人眼花缭乱，虽是唱词，也足可叹为观止。如今的饭庄，如果有其中这样一套餐具，即可不用开饭庄，改开文物拍卖行就行了。

当然，这只是一种说法，各大饭庄，各有高招，难以雷同，自有看家本领。菜名起得是溢彩流光，菜肴吃得是花样迭出，餐具用得是富丽堂皇。相声里有一个非常有名的段子，叫《报菜名》；过去有一个大鼓书，叫《北平俗曲》。它们介绍了名目繁多且讲究非常的各种菜名和排场，有兴趣的话可以找来一听，真的可以大开眼界：原来我们老北京人的前辈吃饭是如此讲究，可别再一提老北京的吃的，就是豆汁、炒肝和卤煮了。

当然，如果像郭德纲这样聪明又多才多艺的艺人，能够将《报菜名》和《北平俗曲》打通融合或串烧在一起，组成一个新段子，则不仅可以让我们重温过去曾经有过的种种讲究，了解当时如此丰富的饮食文化，也能让我们看到曾经有过的世风的奢靡与腐败。对于今天，这将是有现实意义的。

北京的老饭庄，当时走到了这样一步，走到了它的鼎盛时期，也快走到了它的尾声。这是一切事物发展的规律，所谓物极必反。比它更早寿终正寝的，是清王朝。王朝灭顶，饭庄依旧存活了好长一段时间，到了日军侵入北平，很多这样讲究、这样辉煌的饭庄，开始纷纷凋零或倒闭。放翁有诗曾云：“志士凄凉闲处老，名花零落雨中看。”也可以这样看北京的这些老饭庄。

六

历史悠久的老饭庄，都有专属于自己的故事，人们可以在品味菜肴美味的同时，品味中华饮食文化，进而品味饭庄菜品百味背后更多的人生百味。

北京现存的历史最老的老饭庄，是有名的便宜坊烤鸭店。它的店铺原址在米市胡同（以前叫丞相胡同，再早叫绳匠胡同，因为严嵩曾住在这里，“绳匠”是对他这个大奸臣的贬称），靠近清末戊戌变法主将康有为曾经住过的南海会馆北面一点儿，旁边紧靠着一家棺材铺，经过那么多年的风雨剥蚀，棺材铺房檐上的雕花和刻字，居然还在。所以，前些年人们寻找便宜坊老店遗址，一般都会以这个棺材铺为地标，比较容易找一些。那时候，我常会在这里碰到好多年轻人，挎着相机，拍摄和寻访这些陈年旧物。

便宜坊老店是一座二层的木制小楼，最早开办于明永乐十四年（1416），距今有六百多年的历史了。这家老店非常有名，据说1917年，新婚的胡适先生携夫人专程到这里吃烤鸭；第二年，1918年，李大钊请后来共产党的领袖赵太炎和毛泽东吃饭，也是到这里吃的烤鸭。

便宜坊是随明朝皇帝朱棣一起从南京迁入北平的，最早只是卖熟肉的熟食店，并没有店名。南京的板鸭有名，它卖的鸭子为了适合北方人的口味，进行了改良，最后形成了独到的焖炉烤鸭的制作方法。又因为卖得便宜，所以很吸引人，食客口口相传，便把它叫成了便宜坊。这个“坊”字，带有南方特点，前面讲了，北京给饭庄起名，都会叫楼、堂、居什么的，在明清两代，叫坊的，除了便宜坊，没有第二家。

关于便宜坊的店名，也有另一说，说是杨继盛所题写的。杨继盛也是明朝人，是位历史上有名的忠臣，因上书皇帝，告当时的大奸臣严嵩的五奸十罪，得罪了严嵩，被贬斥下朝，这一天正是明嘉靖三十三年（1554），是便宜坊开店的三十六年之后。那时候，杨继盛住在校场口的达智桥胡同，离米市胡同很近，便郁郁不乐地走进便宜坊，借酒浇愁，吃到烤鸭，赞不绝口，一结账，又非常便宜，于是说道：“此店真便宜也！”店主赶紧拿来笔墨，请杨继盛书写店名，杨继盛一挥而就，写下“便宜坊”三个大字。三年之后，杨继盛被严嵩关进监狱严刑拷打、迫害致死。杨继盛死后，严嵩听说杨继盛为便宜坊题写过店名，并被制成匾额挂在便宜坊的门前，便命老板摘匾，老板被打却至死不从，从而保住了这块宝贵的匾额。当然，这都是传说，但杨继盛为便宜坊题写店名，是确有其事，这块匾额历经五百多年的沧桑，一直保存到“文化大革命”，才不幸被红卫兵砸烂。

说起便宜坊，就不能不说北京的另一家烤鸭店全聚德。全聚德比便宜坊晚很多年，是于清同治十二年（1873），在前门外的肉市胡同口开张的。这时候，便宜坊在鲜鱼口也有店，并比全聚德早十八年，是在清咸丰五年（1855）开张的。这两家店挨得非常近，全聚德的前店和便宜坊的后厨，只有一条窄小的胡同之隔。敢在便宜坊这样的百年老店前开店，而且卖的也是烤鸭，这等于打擂台，在公开叫板，没有点儿真东西是断然不行的。两家烤鸭店明争暗斗，风波迭起，我的同学何冀平写过一出话剧《天下第一楼》，专门写的是这些故事。从剧名可以看出，在两家烤鸭店的比较中，她的屁股是坐在全聚德一边的。

除了经营理念和方法不同之外，全聚德的烤鸭和便宜坊的烤鸭，制作方法有明显的区别，这个区别，牵扯到我们吃烤鸭时的选择。便宜坊是焖炉烤鸭，焖炉的炉火是封闭的，鸭子和火不直接接触。全聚德是明炉烤鸭，明炉的炉火是敞开的，鸭子就在火上面直接烤。焖炉出来的烤鸭，皮和肉绵软可口，鸭子本身的肉、油和香味都蕴含其中。明炉出来的烤鸭，鸭子本身的油都烤了出来，滴洒在火上了，所以不那么油腻，皮也格外脆。焖炉用的是秫秸（即玉米秆）之类，明炉用的则是枣木、桃木之类的果木，烤出的鸭子自然带一种果香。这两种烤鸭，各有千秋，但毕竟全聚德是属于后发制人，有它区别于便宜坊的真东西，所以，两家各有各的食客，用现在的话说就是拥有各自的“粉丝”。因此，自从清朝末年这两家店先后在前门外开店以来，尽管竞争激烈，却是水涨船高，彼此受益，卖的鸭子都非常红火。

顺便说一句，便宜坊在米市胡同的老店，在日军侵入北平期间就倒闭了，现在要想到便宜坊，鲜鱼口的就是它的老店了，只是店铺几经翻建，面目全非。全聚德的老店，一百多年一直顽强地屹立在那里，北京虽然有很多家全聚德分店，但正宗的老店在前门，而且，它引以为骄傲的是，老店前脸的一面老墙还保存完整，匾额上“全聚德”三个大字清晰依旧。我曾经私下猜想，便宜坊会不会想起自己那块杨继盛题写的老匾，想想为什么当年老掌柜的可以冒死把它保护下来，后人却眼睁睁地看着它被毁……

七

广和居是北京老饭庄八大居之一，它专门以文人菜而闻名。广和居位于城南的北半截胡同，鲁迅先生刚来北京时住在南半截胡同的绍兴会馆里，和广和居斜对面，出门抬脚就到，常常到那里去吃饭，或叫饭送到家里。

但广和居并不是因鲁迅而闻名的，是因自己的文人菜而声名远播。道光十一年（1831），就有了广和居的名字，是由一位南方来京城的士大夫投资开设的南味菜馆，因为是文人而不是纯商人经营，便先天地让它具有了文人的色彩。又因是南味菜馆，从南方各地来京的“北漂”一族，尤其是官员，便常常到这里来一尝家乡味道，平添思家怀旧之情；或是家乡来人，一起到这里宴请亲朋，一叙阔别之后的离愁别绪，间或疏通并拉拢各种关系。所以尽管这里离前门繁华的大栅栏和鲜鱼口有一段距离，在当时属于偏僻之地，但依然顾客迎门，所谓“酒香不怕巷子深”。

广和居的成名最早得益于何绍基。那时候，广和居刚开张不久，何绍基常到这里吃饭，却常常赊账，店主将何绍基的欠条装裱后悬挂堂上，因何绍基的书法非常有名，名人效应，带动得广和居也有名了起来。也有另一说，广和居的成名得益于再晚一些的清末改革派领袖之一张之洞，有夏仁虎《旧京琐记》一书记载

FUXING 2015·夏日广和居应该是这样子吧？

为证：“士大夫好集于半截胡同之广和居，张文襄在京提倡最力。”

如今，说起广和居的文人菜，还能说出的有潘鱼、曾鱼、吴鱼、韩肘、江豆腐……这里每个菜名的第一个字，都是当时有名的士大夫的姓氏，这些菜品都是由这些名人亲手传授而成名，同川菜中的东坡肉和宫保鸡丁、杭州菜宋嫂鱼羹的成名类似，成为中国饮食文化独特的一种表征：潘鱼是同治进士潘炳年，曾鱼是曾国藩，吴鱼是光绪内阁士吴闰生，韩肘是光绪名士韩朴，江豆腐是丁丑翰林江树昀……

广和居最有名的看家菜是蒸山药。做法并不复杂，不过是去皮山药加猪油和白糖、上锅蒸得烂如泥而已，看似如此简单，如今却再也做不出那种水晶一般晶莹剔透的样子。这道蒸山药得到何绍基、张之洞、樊云门的品题。这是由文人菜派生出的另一种现象，大概广和居留有的文人饮宴之后题写的诗句和楹联之多，是京城所有其他餐馆难以企及的。当时悬挂于厅堂里最有名的一副楹联是："十斗酒依金谷罚，一盘春煮玉延肥。""玉延"说的就是它的看家菜蒸山药。

广和居的关张是在1935年，那时候，兵荒马乱，食物供给困难，北平一批老饭馆相继关张。广和居旧址，一度成为京剧名演员金少山的宅子，新中国成立以后，渐渐变成了大杂院。但毕竟院子还在，雕花门楼和大门门柱上的漆皮钉子等老物件都还在，对开的两扇大门上嵌字联的前两个字"广""和"还在，影壁、门房和厨房，以及厨房房顶的气窗也都还在。十多年前，我去寻找广和居时，大杂院已经是一片废墟，老人指指这里，告诉我这就是广和居。而今，连废墟也寻不到了。

再说一家老店，叫白魁老号。白魁老号最早在清乾隆四十五年（1780）开张，以烧羊肉在北京拔得头筹。店名原来叫东广顺，比附的是当时比它更有名的东来顺。白魁是最早的店主的名字，因为烧羊肉卖得好，熟客把店主的名字叫熟了，口口相传，就把店叫成了白魁，"老号"二字是后来人添加上去的。

老北京讲究的吃，和节气相关，老话叫作"不时不食"。也就是说，到什么节气吃什么东西，和到什么节气穿什么衣服一样。农历二月二，是龙抬头之日。这一天在民俗里是接姑奶奶的日子，要把出嫁的闺女接回娘家吃一顿。这一天吃什么，老北京人是有讲究的。约定俗成的吃食之一是龙须面。吃龙须面，是要抓住龙须沾点儿福气的意思，这就离不开吃烧羊肉。

在老北京，最早卖烧羊肉的，最有名的有三家：前门的月盛斋、安定门的成三元、隆福寺的白魁老号。比拼之后，酱羊肉前两家做得出名，但要论烧羊肉这一道时令吃食，最后胜出的是白魁老号。这里固然有其做工精良、别出机杼的秘诀，比如要经过吊汤、紧肉、码肉、煮肉、煨肉和炸肉六道工序，但更重要的是它的老汤。过去做烧肉酱肉这样的菜，讲究的就是老汤。白魁老号这一锅老汤是前一年入秋之后（烧羊肉就卖到入秋之前，入秋之后，老北京人就要吃涮羊肉了），就收入大缸，密封起来，深埋在地里，经过一冬之后，保持不变味。一直到二月二龙抬头这一天才把老汤从地下取出，这一道老汤是他家的独门秘籍。因为烧羊肉做得好，每年这一天，朝廷要专门派人出宫，手捧着八个朱漆彩绘的捧盒，到白魁老号这里来取定制好的烧羊肉。皇上和太后们也要赶在二月二龙抬头这一天尝一口白魁老号的烧羊肉，白魁老号想不出名都不成。

白魁老号得益于朝廷，也毁败于朝廷。后来店家白魁不知什么原因，得罪了朝廷而被发配到新疆充军。当时，白魁老号传给了店里一个叫景福的厨师，景家后人将老店一直坚持到现在，让我们还能吃到这一口烧羊肉。以前，我常会到那里买烧羊肉回家吃，开始，买肉时还会给你点儿肉汤，回家拌面，很好吃，后来，肉汤没有了，做的烧羊肉有些咸，我便不再去了。

拥有二百三十多年历史的白魁老号，历经世事沧桑、人生冷暖、命运跌宕、悲欢离合，其中的味道比烧羊肉还要丰富，多少有点儿咸。

八

我去吃过饭的老饭庄不多，但在老饭庄里发生的和我相关的故事，还有一些。想想，也是十分有意思的事情。老饭庄像是一方舞台，腾挪转身移步换景的时候，居然和我也有了关联，虽非主角，彼时的情景却成为我记忆中的一部分，也成为老饭庄的一个小小的旁注，有趣得很，也有味得很。

我第一次走进的老饭庄，是王府井的萃华楼。它开业于1940年，相比北京真正意义上的老饭庄，远不及便宜坊历史悠久。但它属于后起之秀，而且占据王府井这样的热闹之地。那是上个世纪70年代初的冬天，当时，我在北大荒，正好回北京休探亲假，我弟弟在青海油田工作，他的一位同事，是位女工程师，来北京开会，他托她会后来家看我，顺便住我家几天，在北京玩玩。临行之前，她请我吃饭，便到了萃华楼。那时，萃华楼还在王府井的北口。

这是家山东饭馆，当时还有一家山东馆子，即京城八大楼之一的东兴楼，在东安门，离着不远，萃华楼当初开店，是瞄准着东兴楼去的，想要和它一试高低。东兴楼号称京城八大楼之首，开业于光绪二十八年（1902），萃华楼瞄准了它，可见其雄心勃勃。在民国时期，尤其是日伪占据北平的时候，能够将这样一个规模不小的饭店开起来，已是不容易，一直坚持到北平和平解放之后，坚持到“文化大革命”之中，更是不容易。1944年，也就是萃华楼开业四年之后，东兴楼就倒闭了。女工程师请我吃饭的那一年，东兴楼还没有重张旧帜（它于1983年在东直门内大街新址重新开业），在那一带，虽然东安市场里有几家饭店，但在名气和规模上，都赶不上萃华楼。萃华楼可以说是一花独放。

那天吃了什么，我全都忘记了，唯独最后上的一碗汤，记忆至今犹在。其实，只是一碗西红柿鸡蛋汤，只有几片薄薄的西红柿片，蛋花甩得淡如轻云，汤上漂浮着一片菱形的黄瓜片，也是薄薄的，近乎透明，一圈绿边分外清新醒目，一碗汤做得跟一幅水墨画一样漂亮。更要说的是，这碗汤确实好喝，味道鲜美，我以后再也未曾喝过这么鲜美的汤了。

现在想想，也许有些好笑，当时，正是数九寒冬，北京城的菜远不如现在大棚里和南方的菜那么多、那么容易买到。数九寒冬，见到如此色彩鲜艳的西红柿和黄瓜，已属于难得，更何况那汤看似跟白水一样清澈，实际是用高汤做成，家里根本做不出来，在北大荒漫长一冬天所喝的汤，都是用烂土豆或冻白菜熬的，最后用厚厚团粉拢上浓浓的芡，我们称之为“塑料汤”。我哪里喝过这样美味的汤？

大约是1973年的冬天，我从北大荒回北京探亲，假期将满，回北大荒之前，带父母到离家不远的肉市胡同里的广和剧场，看了一场京剧《红灯记》。看戏的那天晚上，下起了大雪。鹅毛般的大雪，没有阻挡住父亲看戏的热情，他和我妈相互搀扶着，跟着我来到了剧场。我特意带他们出来得早些，是想带他们先去离广和楼一步之遥的全聚德吃顿烤鸭。我和弟弟每次回京探亲的时候，都去全聚德吃烤鸭，开牙祭解馋，却没有一次带父母去吃过，顶多带回一点儿吃剩下的烤鸭片。看到父母一天天见老，我们两个儿子，又都在那么远的地方，一个在北大荒，一个在柴达木，因为心里的愧疚，很多以前自己的不是，便都像沉在水底的鱼一样，一条条地浮出了水面，每条鱼都张着嘴，咬噬着我的心。

说老实话，那一天全聚德的烤鸭，我没有吃出一点儿滋味，看着父母吃得那样香，我的心里更是发酸。那是我唯一一次带父母去全聚德。第二年，父亲就去世了。以后，我自己很少再去前门的全聚德，即使去，也是去别处的全聚德，或者索性去便宜坊。

上个世纪80年代初，春节的前夕，不是腊月三十，就是二十九，儿子刚三四岁，我们两口子带他去鲜鱼口的便宜坊吃烤鸭。这应该是他第一次吃烤鸭。

便宜坊老店还在这里，自从它从米市大街迁到这里，一直没有动窝。和老店一样，也是一座二层的木制小楼，虽然经过多次装修和粉刷，还照原样苟延残喘般立在这里。经过了那么久的岁月剥蚀，能够顽强地立在原地，真的就像是长成了一棵老树，有老根扎在过去的泥土里，有生命的枝叶摇曳在今天的时光里。

那天，我们在一楼吃饭，到了年根儿底下，街面上的人很少，店里的人更少。除了我们这一桌，店堂里只有里面的一桌坐着两个人。安静，人少，烤鸭很快就冒着热气端上来了。我们津津有味地吃着，忽然看见坐在里面那桌的一个人向我走了过来，走近一看，原来是在北大荒插队认识的一位北京知青。我们所在的农场叫大兴岛，他因娶了号称“大兴岛上一枝花”的漂亮上海女知青而闻名。回到北京之后，他早早下海，成为全中国第一批发了财的小老板。

他的创业奇迹，我早就听说了，只是回到北京后再也没有见过他。

他笑着对我说：你一进来就觉得像你，没想到，能在这儿见到你！我问他大年根儿底下的一个人跑来吃饭，怎么没带上你那“一枝花”呀？他指指坐在里面的那个人说：我这不是专门请他嘛！他，你也认识，咱们大兴岛的知青。我定睛一看，还真是，而且是我的中学同学。

听他讲完，我才明白，他专门请的这位知青，现在是一所中学的校长。这所中学，是他的母校。前些日子，他去看望他当年的班主任，发现老师还住在当年那间浅屋破房子里，学校好多老师都分了房，他这样老资格的老师却分不到房。他替他的老师打抱不平，找到了校长，对校长说，你说什么条件吧，是给学校赞助费呢，还是我捐点儿东西，或是给你个人，什么都行，就一句话，你一定得给我们老师分下住房！那年月，还是福利分房，学校不给分房，老师一点儿辙没有。我挺感动他的这份仗义，要知道，读中学时候，他是个嘎杂子琉璃球（调皮捣蛋的孩子），班主任并不怎么得意他，却偏偏是这个不得意的学生，替老师拔份！

他对我说：你来得正好，你和校长是同学，你也过去替我说说去！我跟着他一起走进里面，校长见了我挺不好意思的，红着脸说：怎么你也在这儿？我指着他对校长说：发了财的老板多的是，能像他一样，不忘自己老师的人不多，能帮你得帮他！他拉着我，要我坐下来一起喝酒，我说我都快吃完了，孩子闹着回家呢！

和他们两人告别之后，走出便宜坊，忽然听见一个脆生生的女人的声音喊着我，我回头一看，是便宜坊的一个女服务员，她招呼着我，跑到我跟前，手里提着一只刚烤得的鸭子，对我说：刚才跟您说话的那位先生，让我送给您的，并祝您春节愉快！无功受禄，这年春节，我多吃了一只烤鸭。便宜坊的烤鸭吃过多次，唯独这一次的滋味不同寻常。

我小时候住的西打磨厂中部有很多小饭馆。上个世纪70年代中期，我搬家离开这里，这些饭馆一直兴盛不衰。

离我原来的家最近的一家叫广裕饭馆，在南深沟把口路南，是家清真馆。后来读《都门纪略》，看到里面记载深沟有一家饭馆叫珍味斋，也是一家清真馆，不知道是不是它的前身。从我落生不久住在这条老街上，一直到我中学毕业，到我从北大荒插队回来的70年代中期，广裕饭馆都开在那里，一直生意不错，人流不断。想想西口东兴居那些大饭馆都早已经不见踪影，它还能挺立着，算得上是奇迹了，我对它很是难忘。

其实，除了到那里买过早点，我真正进去吃饭，只有一次。那是三年困难时期，我读初三，弟弟读小学六年级，两人正是长身体的时候，饭量大，粮食却定量，每天都吃不饱，肚子像是无底洞。广裕饭馆卖盖浇饭，不定期，高价，但不要粮票。这样的高价，对于有钱的人不算什么，而对于像我们这样经济拮据的家庭来说，一碗盖浇饭的钱也是挺金贵的。我忍不住肚子咕咕的叫唤，也忍不住盖浇饭的诱惑，那一天下午放学之后，背着家里的人，偷偷地到那里吃过一次。现在想来，其实，就是在米饭上面浇上一层拢上芡汁的海带片，里面有点儿肉渣儿，带点儿腥味而已，但当时我又饿又馋，真的感到非常好吃。

没有想到的是，我恶狼扒心一般吃着那碗盖浇饭的时候，正好被放学回家的弟弟看见。他趴在玻璃窗上往里面看，大概也是馋虫爬出来了吧。我和他四目相对，特别尴尬。那天，我做贼心虚地回到家里，生怕他会对父母讲。一连过了好几天，他都没有讲，我的一颗悬着的心，才放进了肚子里，却再也不敢独自一人去广裕饭馆了。

如今，西打磨厂老街还在，却已经是流年暗换往来路，老眼厌看南北人。广裕饭馆早已经不在了。

很多老北京的老饭馆，都已经不在了。

萃华楼和便宜坊也都搬了家，迁移新址。萃华楼的那碗西红柿鸡蛋汤，便宜坊的那座小木楼，都只在遥远的记忆里了。

2013年9月初稿

2018年3月改毕

京城的点心、面包和汽水

一

如今北京的点心铺，基本是稻香村的天下。曾经老北京那些赫赫有名且星罗棋布的点心铺，变成今天这样一个格局，实在有些令人吃惊。如此变化，说是曾经沧海难为水，一点儿不为过。

十几年前，起码在超市中还可以看见几家老字号点心铺权且栖身的专柜，现而今连这些退而求其次的柜台都很难找到了。稻香村一家独大，城区、郊区的分店四处开花，显尽风流。仅前门地区，就有好多家稻香村，抬头不见低头见，遥相呼应。北京的点心铺变成这样一种单调的格局，其中有竞争的原因，也和相关部门对老字号的政策支持相关。

在老北京，起码在上个世纪八九十年代，点心铺还并不是这样稻香村一花独放的局面。如果再往前看，就更是另一番情景。仅清末《都门纪略》一书，对当时京城的点心铺就有如下十几家的记载——

致美斋（和煤市街的致美斋是两家）：东四牌楼路东。主打油糕、福寿饼、花糕，炸食（俱系奶油）。

大来坊：宣武门外路西。主打素点心（俱系香油）。

滋兰斋：大栅栏东口路北。主打南味点心。

佩兰斋：臧家桥路南。主打水晶糕和山楂糕。

汇丰斋：西直门外桥头路南。主打山楂蜜糕。

桂馨斋：东四牌楼北路东。主打元宵、月饼、花糕、大八件（俱系香油）。

三元馆陈家：宣武门外土地庙上斜街。主打月饼。

蕙香斋：观音寺街南朱家胡同北口外路南。主打绍兴香糕。

万兴斋：户部街路东。主打烘糕干。

天馨斋刘家：鲜鱼口天福堂门首。主打红黄蜂糕。

魁宜斋孙家：梯子胡同小桥路南。主打分饼、窝窝（不懂这是两种什么点心）。

西宝斋：烂面胡同北口内路西。主打排叉、麻花。

天和果局：肉市北口路东。主打奶卷。

这十几家点心铺，大多在前门一带，只是《都门纪略》没有记载当时前门最有名的两家点心铺：正明斋和祥聚公。不过，这不能怪《都门纪略》的作者杨静亭。《都门纪略》一书是同治三年（1864）才在京城琉璃厂刻印刊本发行，正明斋那一年刚刚开业，而祥聚公的开张则是后来光绪年间的事了。

尽管这两家不是京城最老的点心铺，但从历史来看，这两家老字号的年头都要比稻香村久。稻香村是民国之后开业的，是南方点心铺开始大量入侵老北京后的新生事物。

在老北京，管点心叫饽饽，这是清兵入关之后满族人的称谓。“点心”一词，是从南方传入北京的，慢慢地，才取代了“饽饽”一词。我小时候听这两个词，总觉得“点心”比“饽饽”要好听得多，也高级得多呢（有人说“点心”是由死刑犯临刑之前吃的东西演化而来，我是体味不出这个词的腾腾杀气的）。“饽饽”这个词，总让我想起夜半时分胡同里传来的卖硬面饽饽的吆喝声，那不过只是一些比烧饼还要低一级的食物，离点心差着好几个节气。那时候的心理和浅陋的见识作怪，觉得饽饽不过是村姑，而点心可是阳春白雪的美人呢。

别的老点心铺，据说在京城还有很多，如地安门的桂英斋、东四牌楼的瑞芳斋、西单牌楼的桂香村、王府井的宝兰斋等等，但我不大熟悉；正明斋和祥聚公两家，我很熟，因为离我小时候住的地方不远。

正明斋比稻香村的历史悠久多了，它最早于清同治三年在煤市街开业，生意做得不错，于同治九年（1870）在北桥湾开了第一家分号，光绪八年（1882）在前门大街鲜鱼口西口南边路东，又开了第二家分号。据说，生意红火的时候，正明斋开过七家分号。清末民初，正明斋几乎成了京城饽饽铺的龙头。清末崇彝在《道咸以来朝野杂记》中记载：“瑞芳、正明、聚庆诸斋，此三处北平有名者。”这三处，瑞芳在东四，正明和聚庆均在前门外，后来，瑞芳和聚庆两家消失，而正明斋一直延续到北平和平解放之后很多年。

正明斋生产的是满汉点心，是清人入主京城后的产物。在京城的点心中，它应该最数正宗。也就是说，如果想吃老北京味儿的点心，起码到北平和平解放以后很长一段时间，正明斋是首选。它的蜜供在清末时分最为出名，直到后来，蜜供也一直是它的传统产品。和萨其马一样，这是典型的满族人的点心。两者做法有相似之处，都是类似江米条一样粗细大小的长方条，油炸之后，用蜜缠裹一起。如今的萨其马比蜜供显得更精致一些，也更整齐一些，是方方正正的小方块，而蜜供则是拥挤成一团、一坨，不成形。清时最初的蜜供可不是这般一堆坍塌的乱砖墙的样子。要知道，它可是满族人年节时的供品。一直到清末，这种点心都显得要比一般的点心重要，《顺天府志》专门记载说："蜜供，用面切细方条，长寸许，以蜜煎之，每岁暮祀神敬祖，用充供果。"一般会把蜜供摆成宝塔形（也可以专门订购这样宝塔形的蜜供），一左一右，供奉在神像和祖先牌位的两边。

这样的传统一直延续到民国时期，正明斋的蜜供，成为人们的首选。它的过人之处，不仅在于可以做得小如棋子（便于吃），大如小山（为了供），更在于它在蜂蜜中掺有上好的冰糖，这样的蜜供不仅色泽光亮、松软爽脆不粘牙，还耐嚼，天再热也不会往下淌蜜。据说，当年老佛爷爱吃这口，正明斋的蜜供便成为清御膳房采购的点心。现在，稻香村也卖蜜供，却是硬得掰都掰不动，得用刀背砸，然后，就是我说的一堆乱砖墙坍塌一片的样子。买过几回，未见有任何改观，便不再买了。

正明斋的杏仁干粮、盐水火烧、槽子糕、大杠炉、红白月饼，也都是颇受富贵人家和寻常百姓欢迎的点心。民国时期，袁世凯、曹锟诸路军阀，都是正明斋的常客。张学良最爱吃正明斋的杏仁干粮。名人的效应，带动那时候正明斋的生意经久不衰。

祥聚公比正明斋的年头要晚，它于光绪三十四年（1908）在石头胡同开业，取名裕盛斋。石头胡同在八大胡同地界内，客源有限。1912年，它移师繁华的前门大街路西，更名为祥聚公，牌匾由晚清名宿戴恩溥题写；几乎和前门大街路东南的正明斋面对面，没有自家的一点儿绝活，不敢这样唱对台戏。

祥聚公开业之初，以“三个五”先声夺人叫响京城，即“五斤白面，五斤香油，五斤白糖”，做出的点心自然讲究货真价实。此外，它是家清真铺，在当时的京城，清真点心铺很少，这便和正明斋又拉开了距离。它生产的桂花板糕、姜丝排叉，是典型的清真点心，回民自然常到它那里。据说，马连良先生最爱吃这两样，有一年到上海演出，春节回不来，馋这一口，便给祥聚公写信，店家赶紧把这两样点心给他寄去。这样的逸闻，坊间流传得特别快，马连良先生无疑给祥聚公做了广告，成了桂花板糕和姜丝排叉的代言人。

它的应季点心也很出名，春季的鲜花玫瑰饼和鲜花藤萝饼，曾经风靡一时。它的玫瑰是每年4月到妙峰山采摘的，它的藤萝花是从京郊各大寺庙里采集的。这时候，京城很多家点心铺都会卖鲜花玫瑰饼和鲜花藤萝饼，祥聚公对门的正明斋卖、煤市街的致美斋卖、大栅栏的滋兰斋也卖，卖得好的，还得数这几家。人们还是信奉老字号。口碑，总是从点心的质量中来，是人们用自己的口尝过之后的发言。

老北京人过年的时候讲究大小八件和细八件装盒送礼，每盒都由八种不同的点心组成，有大小和粗细之分。大八件是由分别印有“福”“禄”“寿”“喜”四字的四种点心和枣花、卷酥、核桃酥、八拉饼这四种点心组成，八块点心，正好一斤。小八件是由枣方、杏仁酥、小桃、小杏、小石榴、小柿子、小苹果、小核桃八种点心组成，八块合起来，正好半斤。细八件是由状元饼、太师饼、囊饼、杏仁酥、鸡油饼、硬皮桃、白皮饼、蛋花酥组成。在老北京，卖大、小、细八件的有许多家，祥聚公的质量和名气，要比很多家大得多。

遗憾的是，这样两家曾经在京城声名鼎盛的老字号，如今不仅威风不在，连店家都无处可寻了。记得在粉碎“四人帮”后的80年代，两家老字号都曾梅开二度，恢复店名，重张旧帜，正明斋先在前门大街旧址开业，然后又在北桥湾它的分号旧址开设了占地面积不小的正明斋食品厂，为全北京市供货。祥聚公则在鲜鱼口开设新店，请回老师傅重出江湖，又请书法家欧阳中石重新题写店名匾额。不知为什么，十几年下来，如此地无可奈何花落去，让我多少有些替它们惋惜。

记得小时候，前门大街上，没有稻香村，正明斋和祥聚公的老店，是我常去的地方。后来，三年困难时期，买点心要点心票，每月每人半斤，我爸爸让我买点心一定要去前门大街上的这两家店，说是好不容易吃点儿点心，得吃正宗的。

我读中学的时候，如果乘坐23路公交车，便要在桥湾这一站下车，然后过北桥湾，穿过芦草园和草厂三条回家。那时候，正明斋的生产车间，要不就是仓库，就在北桥湾和南芦草园交叉路口的西边，它的对面是一家副食店。每一次路过那里，总能闻到一种点心的香味，窜鼻子，逗你的馋虫。

那时候，鲜鱼口东、大众剧场西，有一家老点心铺，早就歇业变为他用，80年代祥聚公重张开业，选择的地方应该就是那里。那时候，它的店面是中式老样子，门上的垂檐板和门楣上都是鲜艳的彩绘，能让人遥想当年，一时迷离恍惚，误以为跌入前朝。

想当年，这两家点心铺还是信心满满的，却没有想到在新时代的大潮中落伍得如此迅速，统统拱手相让于稻香村。

读《北平风俗类征》，看它引民国时期的《旧都百话》说："旧都的点心铺、饽饽铺，却又喜欢标南糖、南果、南式、南味。明明是老北京的登州馆，也要挂姑苏二字。近年来……又自稻香村式的真正南味，向华北发展以来，当地的点心铺，受其压迫，消失了大半江山。现在，除了老北京逢年过节还忘不了几家老店的大八件、小八件、自来红、自来白以外，凡是场面上往来的礼物，谁不奔向稻香村、稻香春、桂香春、真稻香村、老稻香村乎？"

读到这里，不觉哑然失笑。历史似乎走了一个轮回。如今，北京的点心铺可不是仅仅像当年那样失去了大半江山，而是几乎失去了全部江山。除了中秋节前还有几家老饭店出来卖月饼，可以和稻香村做短暂的抗衡外，一年四季的点心，几乎都被稻香村包圆儿了。即使是京味老点心铺全部沦落，南味点心铺，当年还有那么多家彼此竞争，二十多年前在西单商场还曾有桂香春的点心卖，如今，却只剩下稻香村一统天下了。

想想，大小八件、蜜供、萨其马、自来红、自来白，这些可是典型的老北京点心，曾经是正明斋和祥聚公卖得红火的看家点心呀，而如今已经几乎都囊括在稻香村这个南味店里，南北两味，一勺烩了。马连良爱吃的祥聚公的桂花板糕，我未曾尝过，但张学良爱吃的正明斋的杏仁干粮，我有幸还是吃过的。可如今，桂花板糕、杏仁干粮，包括很多品种的美味点心，我们都已经吃不到了。

不仅是桂花板糕、杏仁干粮我们吃不到了，好多老北京的点心，我们都已经吃不到了。

当年佩兰斋和滋兰斋，还有花市大街的庆福斋卖的水晶糕，都很出名，我们现在还能吃到吗？那是一种南味小点心，当初有诗专门写它："绍兴品味制来高，江米桃仁软若膏。甘淡养脾疗胃弱，进场宜买水晶糕。"那可不是如今我们能吃到的如马蹄糕一样的东西，掺上点儿琼脂，只要凝结成略透明状就万事大吉的。我们现在连它的做法都不知道了。

《京师偶记》一书记载："各色环饼，用牛羊酥为之，不下二十余种，凡做全料环饼，价值三十余金。"这种气派的环饼，还能见到吗？我是连这二十余种环饼的名字都没有听过。

3月开春时节，老北京人要去妙峰山庙前迎"净心雨"，下山摘得榆树上刚刚生出的榆钱嫩芽，回家做得榆钱饼，不会做者，则去点心铺买这种应季的时令点心，如今在点心铺里还买得到它吗？

4月玫瑰和藤萝花开的时候，京城很多点心铺都会卖鲜花玫瑰饼和鲜花藤萝饼。鲜花玫瑰饼，稻香村一年四季都卖，但味道却不比以前的正明斋和祥聚公的，就是和现在东便门云腾饭店里从昆明空运来的云南鲜花玫瑰饼比，鲜花的味道也实在是差得太多了。

更不要说早好多年就已经没有了的藤萝饼了。这是最让人惋惜的事情了。邓云乡先生是藤萝饼的爱好者，他曾经为之写过诗："偶惹乡情忆饼家，藤萝时节味堪夸。自怜食指防人笑，羞解青囊拾落花。"说的是老先生离开北京思念这一口，很想拾取落在地上的藤萝花回家自己做藤萝饼呢。

藤萝饼，再也吃不到了，的确难做，如今的店家顾不上和它较劲，像正明斋或祥聚公那样，非要在藤萝花开的季节到京城各大寺庙去采集，再如此麻烦地制作。光是做馅儿，按照邓云乡先生的说法："藤萝饼的馅子，是以鲜藤萝花为主，和以熬稀的好白糖、蜂蜜，再加以果料松子仁、青丝、红丝等制成。因以藤萝花为主，吃到嘴里，全是藤萝花香味，与一般的玫瑰、山楂、桂花等是迥然不同的。"看看，仅是这材料、这工序，就够麻烦的了。

而且，藤萝饼的皮子必须是翻毛的，过去有词专门说翻毛"京都好，佳点贵翻毛"，所以为贵，是得要上好的面粉过罗筛细，用酥油和面，反复揉搓。前辈学人金云臻先生在《饾饤琐忆》一书中有对藤萝饼这种翻毛皮子的专门描述："层层起酥，皮色洁白如雪，薄如蝉翼，稍一翻动，则层层白皮，联翩而起，有如片片鹅毛，故称翻毛。"如此绝顶的翻毛，听听就让人充满想象，馋涎欲滴。可惜，这种手艺，已经没有了。更关键的是，藤萝花水分大，不好保存，又无法如玫瑰一样做成蜜饯，可以长期备用。因此，如今稻香村可以卖玫瑰饼，却没有卖藤萝饼的。

邓云乡先生说："藤萝饼是地道的北京佳点，是一种又甜、又腻、又清香的饼。而且看上去雪白，皮子一碰就碎，鲜红的印子，红白相映，看上去也是极美的。这么好的饼。多么值得人思念呢？"多么值得人思念的老北京的点心，不仅仅是藤萝饼一种，如今都已经吃不到了呀！

稻香村如今连锁店式的生产模式，属于现代化的批量生产；而老北京的点心铺，则属于农商时代的产物，前店后厂，小作坊，手工制作。两者相比，一个是机器，一个是手工；一个如用电的大锅炒菜，一个如用煤火的小炒热卖，区别明显。这或许也是正明斋和祥聚公落伍，而稻香村横刀跃马所向无敌的原因之一，却也是如今京城点心品质下降、口味单一、同质化严重而个性匮乏的原因之一。

我们当然要发展集团化、规模化的稻香村，但也要鼓励并扶持有自己个性的小规模生产的正明斋和祥聚公。两者的比翼齐飞，才能让我们尝到更多好吃的点心，让更多传统老点心流传下去。我们不希望京城的点心最后成为肯德基和麦当劳式的快餐，也不希望走遍京城的各个角落，买到的点心千篇一律，都是稻香村一个味儿。

二

比起上海，甚至天津，西餐在北京兴起的时候要晚一些。那应该是庚子年后的事，那时候的六国饭店，和其后建的北京饭店等几家有限的饭店，内设西餐厅，主要面向的是入侵北京的外国人，他们就住在东交民巷一带，抬脚就到。此外，便是清政府的达官贵人到那里尝鲜。那时有竹枝词："海外珍奇费客猜，西洋风味一家开。外朋座上无多少，红顶花翎日日来。"说的就是六国饭店的情景，红顶花翎，正是那些朝廷里的官员领风气之先。

一般人要想吃西餐，大多得就近跑到天津的起士林。至于后来的西餐厅，如中山公园的来今雨轩、东安市场的森隆和国强、廊房头条的撷英馆、东安门大街的华宫和新月、陕西巷的醉琼林和新华……都是更晚的事了。不过，西餐厅那时已是渐渐有了些气候，颇为吸引人了。当时，有竹枝词这样写道："菜罗中外酒随心，洋式高楼近百寻。门外电灯明似昼，陕西深巷醉琼林。"洋式高楼，灯红酒绿，足见非同一般。

上述这些都是西餐厅，不是纯粹的面包房。相比较西餐厅，面包房的出现，标志着面包与大众的关系更为密切了一些。猜想，西方城市里的面包房，大概就和京城里的馒头铺、切面铺、硬面饽饽铺一样普遍——从民生的角度看，卖的是大众化的食物；从文化的角度看，其形态也是大众化的。

北京第一家面包房，是比西餐厅稍晚一些出现的。1903年，法国人开的得利面包房，应该是北京第一家面包房。随后，又有了希腊人开的正昌面包房，俄国人开的石根牛奶厂，也兼卖面包。这几家面包房，和西餐厅一样，基本也都是面向住在附近外国兵营里的洋人的。从时间上看，京城这些面包房的出现，和1858年上海老德记大药房开始卖面包相比，几乎相差了半个世纪。至于后来在崇文门内大街船板胡同西口更大众化、绵延的时间更长一些的法国面包房，就应该是更晚一些的事了。

在老北京的历史上，崇文门内大街是一条面包店比较集中的街。民国期间，除了洋人开的法国面包房之外，也有中国人自己开的店。祥泰义，就是其中一家。它是从天津移师北京的，不仅卖面包，也卖洋酒和罐头等其他食品，其店员会用英语接待洋人，这在那时候的北京城，也算是一种时髦之举。这家祥泰义，一直到上个世纪80年代，还在这条老街上，我曾经到那里买过面包。

作为西式点心重头戏的面包，进入北京后的很长一段时间，主要是卖给外国人，和中式点心打擂，则没有什么气氛，拉不开阵势。一般老百姓，对面包敬而远之，是不会买的，只管它叫洋馒头。由于缺少传统的积淀，也由于北京本土点心强悍的势力，北京卖的面包，总体不如上海。西风东渐之后，清末，西餐便已纷纷在北京粉墨登场。民国时期，更多的面包房出现，东安市场、大栅栏、八大胡同，都有卖面包的地方。崇文门内大街东侧，更是相继出现华记等好几家面包房，但是，都没有形成气候。

这样的传统，倒是一直延续到北平和平解放之后，甚至到上个世纪80年代末、90年代初，这一带还出现了阿里山面包房，专卖台湾风味的新式面包，把着东单路口东侧的春明食品店，有专卖莫斯科餐厅的面包的专柜，一时都很火热。那时候，我常去这两家买面包，得跑老远的路。总体来说，北京的面包房没有上海那样多，买面包也不如上海那样方便。

对于老北京人而言，面包真正走进普罗大众的生活，毫不夸张地说，始自义利面包店。老北京人可能对曾经卖过面包的其他店铺没有任何印象，但对于义利从来都是记忆深刻的。这当然不能说明义利面包的质量就是最好的，但可以说明它的普及程度是最高的。

义利面包店号称开业于1906年，但那是在上海，并非北京，是来中国的英国海轮上一个叫詹姆斯·尼尔的苏格兰厨师，到了上海之后，开的这家面包小店。义利移师北京，是1951年的事了。经历过20世纪50年代的北京人，很多都吃过义利的面包，尤其是义利的果子面包，几乎象征着那个时代北京人对面包的认知。即使那时候义利的面包远远不可能像馒头烙饼一样成为北京人的主食，而不过只是一种点缀，但仍然可以说，义利的果子面包和北冰洋的橘子汽水，已进入北京人的集体记忆之中，成为最富有民俗特点、形象化、有滋有味的历史插图，至今依然色彩明丽，抹杀不掉。

进入北京的西点有很多，比如蛋糕、布丁、饼干、气鼓（又称泡芙）、起酥、拿破仑等等，却没有一种可以胜过义利的果子面包。尽管经过半个世纪之后，义利面包已经因地制宜改造成了适合北京人的口味，早不是英国厨子最初制作的英格兰风味了，但是，这种面包，多年来几乎一统了老北京人的口味。那时候，我读小学，学校组织春游，能买一个果子面包带去野餐，成了如今甜蜜的回忆。最有意思的是，中午野餐时，一班四十多个同学有一半带的是果子面包，面包中略带酸酸的香味，飘散在春天的田野里，是记忆中那个时代里最芬芳的气味。

那时候的果子面包，每个一角五分钱；如今超市里，最便宜的已经涨到五六元钱一个。半个多世纪过去了，义利果子面包的包装一点儿没变，满足了老北京人的怀旧情结。面包的内容基本也保持着原来的水准，只是里面的果料，尤其核桃仁，稍微少了点儿，颜色便较原来淡，大概是考虑成本吧。义利的面包有好几个品种，如果买，我还是会买果子面包。义利也出鲜果料面包，口感总觉得不如果子面包，或许是记忆中的味道过于牢固吧。

不过，想想，几十年过去了，牢固地进入北京人脑子里的义利面包，只有这种果子面包。面包无法作为北京人的主食，作为点心，又无法和老北京花样繁多的南北点心相比，也实在是够单调的。

那天，偶然间听到一张老唱片，里面有一首太平歌词，是1942年一位艺名叫“荷花女”的女孩子十六岁时的录音（她十八岁就不幸早逝）。其中一段专门唱老北京的点心，唱得情趣盎然，别开生面：“那花糕蜂糕天色冷，他勾来了大八件的饽饽动刀兵。那核桃酥到口酥亲哥儿俩，薄松饼厚松饼是二位英雄。那鸡油饼枣花儿亲姐妹，那发了饼子油糕二位弟兄。那三角弯毛二五眼，芙蓉糕粉面是自来的红。那槽子糕坐骑着一匹萨其的马，黄杠子饽饽拿在了手中。那鼓盖儿打得是如同爆豆，那有缸炉重锁是响连声。我说前边的有，推糖麻花是四尊大炮……那玫瑰饼坐上了传将令……”

这位小姑娘把这些老北京点心的名字串烧在一起，在一场战斗中，把它们纷纷拟人化，使之成为披挂上阵的各路兵马，体现了民间艺术独特的智慧和魅力。特别是她唱的“芙蓉糕粉面是自来的红”“槽子糕坐骑着一匹萨其的马”，把芙蓉糕表面的那一层粉红说成是北京的月饼“自来红”，让槽子糕骑的是北京的点心代表之一“萨其马”，巧妙地运用了转喻和谐音，让老北京人听了会心一笑。由此，我忽然想到了义利的面包，只有一员大将果子面包可以冲锋陷阵，如果也唱成一首太平歌词，如此的单枪匹马，可怎么个唱法？

如今，在北京，面包再也不是义利一枝独秀，新时期以来，特别是这十多年以来，新开的面包店有很多，而且是连锁店，遍布京城，甚至深入社区的楼群之中。年青的一代，比吃惯了点心这一口的老北京人更能接受新事物，他们会觉得点心比面包更甜、更油腻，而面包则比点心更松软、更合口。逢年过节，我看到很多年轻人会去稻香村买成盒的点心，带回家给老人吃，他们自己则更喜欢吃面包或西点。

当然，这些新面包店里卖的面包，价格一般都比义利的贵很多，这便越发彰显义利面包走的是大众路线，这也是义利在北京经久不衰的根本原因。义利没有辜负当初自己起的名字，“先义后利”，遵从的是我国古老的生意传统。大概正由于这一点，不少老北京人，愿意选择义利面包。有时候，我也会买义利面包。

几十年来，义利面包依然保持着原来的水准，这是不容易的，尤其是没有像新开的面包店那样添加那么多的香料，起码更为我所接受。年轻人容易趋新、赶潮流，不少老北京人则见异思迁，容易这山望着那山高。如今，和不少中老年人爱去的新侨三宝乐面包房相比，义利显然站在了下风头。三宝乐拥有自己的专卖店，也就是这二三十年的事，以前，它在几家超市里还设有专卖柜台，现在只独守新侨饭店前的一家小小的店铺了。别看店铺不大，却常是挤得满满当当的，人满为患。在价格上，三宝乐的面包，要比义利的贵不少；口味和水准，尤其是不断开发出来的新品种，则比义利高出一筹。

其实，在不甘落伍于时代、开创自己的新路、拓宽自己的疆域、扩张自己的经营内容和范围方面，义利一直在努力。早在1984年，义利便在西单绒线胡同开设了它的第一家西式快餐厅；1988年，义利在王府井又开设了它的第一家西餐厅。但是，两家餐厅都没有产生太大的影响，很快便被人们淡忘。去年，又在东三环开了它的第一家时尚咖啡店，一时成为"老树新花"的一则新闻。但是，说老实话，并没有形成如今新式面包房里人流如潮的局面。义利的面包，绝大多数还是蜷缩在超市的柜台里，以便宜的价格吸引老北京人。年轻人对它不大能够看上眼，而老北京人喜欢面包这一口的，毕竟有限，大多还是更喜欢老北京的点心，因此，到稻香村去的人更多。年轻人的喜新厌旧，老年人的怀旧，让义利处于一种两难的尴尬境地。

义利原来生产的产品，有糖果、饼干、巧克力等很多品种，最多的时候有七十四个品种之多。但是，经过时间的筛选和时代的变化，义利如今被人们记住并受到大众欢迎的还是面包，特别是果子面包。这真是一种奇怪的现象。是老北京人口刁吗？那么多品种的老式点心，老北京人也未曾独此钟情一种呀。

我总想，北京人口众多，虽说是众口难调，但毕竟老式点心有着悠久的历史和传统，占据了大多数人，尤其是老北京人的味蕾，一时很难让西式的面包和中式的点心平分秋色。但是，当下越来越多的人（不仅仅是年轻人）喜欢面包，也是不争的事实。每次去三宝乐买面包，都看见窄小的店铺里挤满了人，排着长长的队；有的人还在这里办了消费卡，每张卡充值五百元，足见是这里的长期客户。每当看到这样的情景，我都在感慨，接受这一口的人真是与日俱增，对于日新月异的北京城，面包房还真的有很大的发展空间；便也感慨，为什么就没有出现这样人满为患、竞相购买义利面包的场面呢？为什么义利就不能成为面包房里的“稻香村”呢？

看来，努力把自己的面包主业做好、做大、做强，恐怕比开一家或几家时尚的咖啡店更重要。面面俱到，往往容易面面不到；四面出击，往往容易失去自己的主打方向。同样主打面包，三宝乐的经验值得借鉴。三宝乐还经营蛋糕，也卖咖啡、酸奶和奶酪，但这些只是副业，绝对不是主角；主角是面包，到那里的人主要还是冲着面包去的。现烤现卖的经营模式，让人们可以尝到最新鲜的面包。十几个甚至二十几个品种，以及不断推出新品种的面包自选式经营，满足了人们不同的口味和希望不断尝新的心理。特别是三宝乐现烤现卖，尤其体现了面包不同于中式点心的特点：点心可以存放长一点儿的时间，而面包讲究的是新鲜出炉，是即时性。

如今的义利，得让面包做主角，旁枝横斜起码不该是主要的招数。义利的面包，不能再只有果子面包一花独放，回忆代替不了现实，怀旧代替不了发展，让更多更好吃、更便宜的面包走进新老北京人的视野，恐怕是当务之急。如果义利一时成不了面包房的龙头老大，变为面包房里的“稻香村”，起码应该有一个赶超的对象，便是三宝乐。

作为老北京人，我是喜新不厌旧，既喜欢吃老北京的点心，也喜欢吃面包。但是，坦率地讲，北京的面包赶不上上海，一是不如人家做得精致，二是不如人家做得好吃。记得十多年前，孙道临先生邀我到上海写一个电影剧本，我到上海时是黄昏，正赶上安徽闹水灾，孙道临先生当天下午去安徽进行慰问演出，他想得周到，怕我下飞机没有饭辙，临行前，特意买了一些面包，托人到招待所带给我。那面包虽然只是在他家旁边淮海路上普通的面包房里买的，但确实做得好吃，做得精致，虽然是装在一个盒子里，但每一个面包的包装如同艺术品，摆放在盒子里有艺术感，让人不忍下口。便想，三宝乐做得虽好吃，但实在有些粗糙，同样一种面包，大小参差，模样各异，十几个面包装进一个塑料袋里，像是在菜市场里买菜，顾不上头脚相撞，拥挤成一堆儿；义利的面包，几十年一贯制，枕头式包装，即使是为了满足人们怀旧的情感，如此以不变应万变，也实在显得有些老气横秋。

当然，你可以说这就是北京“满不吝”的豪爽性格。不过，这也让人感叹北京人不如上海人“螺蛳壳里做道场”的精心与精致。我们北京人愿意并能够在牙雕微雕上下功夫，对于面包，大概觉得不过就是一种食品而已，毕竟不是艺术品。对于老北京的点心，其实也是一样，过去讲究的是货卖一张皮，如今则有些萝卜快了不洗泥。想起我喜欢的北京的点心和面包，心里还真有些更上一层楼的期待。

三

在老北京，汽水和面包一样，都是舶来品，是在西餐和咖啡之后渐渐流行起来的。民国期间，随着好莱坞电影在京城的放映，汽水才真正走进大众的视野——是视野，一般大众是喝不起的，只能看看而已。老北京人，夏天的冷饮，更习惯喝酸梅汤，街头巷尾，到处是打着冰盏吆喝的小贩，卖着便宜的酸梅汤。

那个时候，大栅栏靠近瑞蚨祥的位置，有一家二庙堂咖啡馆(开业于1898年)，是老北京最早的咖啡馆之一。二庙堂是座二层小楼，楼上是咖啡座，楼下卖冰激凌、西式小点心等零点，其中的沙氏水、柠檬水，便是最早出现在北京的汽水。

北京一般大众真正喝得起汽水，应该是在新中国成立之后，具体来说，是在北京有了自己的“北冰洋”汽水的时候。对于北京人，“北冰洋”是一个专有名词，它指的已经不再是一个地理位置，而指的是汽水。特别是夏天，只要你说“北冰洋”，人们都明白你说的是汽水，到小卖部，人们都是说买“北冰洋”，没有人会累赘地加上“汽水”两个字。当然，这得最起码是50年代出生的人，才能领会到的一种意味所在；再晚出生的人，可能也知道它，但不会像我们这代人对它那般富于情感了。

那是一种玻璃瓶，瓶上没有纸贴的商标，瓶脖子位置上印有突兀的“北冰洋”字样，绝不可以假乱真。瓶里面装的是鲜橘子一样淡黄色的、色泽又不那么鲜艳张扬的汽水。奇怪的是，这种颜色，总在我的记忆里不褪色。我一直挺奇怪，为什么这种颜色让我总也忘不掉呢？后来，我明白了，虽然我喝过许多种颜色的汽水或别的饮料，其中也有黄颜色的，但都黄得太艳、太扎眼，便也黄得有些发假，让人觉得人工色素太多。“北冰洋”的黄，让你信任，让你觉得就像从刚刚摘下的橘子里挤出的汁水的颜色。如果说那些黄得发假的汽水有些像现在浓妆艳抹的女郎，“北冰洋”则纯朴得像邻家小妹，让你感到亲近也亲切。

在北京，“北冰洋”是本土生产历史最久的汽水了。1951年，它就有了雪山白熊图案的标志，为它起名字的人，我觉得是和翻译“可口可乐”的人一样的高手，因为那时喝汽水都是在炎热的夏天，北冰洋和夏天呈鲜明的对比，凉爽的感觉，从名字上先传递给了你。相比较而言，“可口可乐”显得更直观而实际，“北冰洋”则传递了一种意象，带来想象的空间。所以，我一直以为，如果说“可口可乐”的名字属于现实主义，“北冰洋”则属于浪漫主义。

北冰洋食品厂的历史，比“北冰洋”要长，它的前身，是北平制冰厂，位置在天桥的禄长街，这是民国以后为建新北平而修的街道，相应地，还有福长街和寿长街，取传统“福”“禄”“寿”的吉祥之意。厂子是国民党湖北督军王占元的侄子王雨生开的，应该属于官商。别看它最初只有十一个人马，却是当年北平市第一家有冷藏业务和制售人造冰的厂子。是它结束了清末民初以来靠冰窖厂储存天然冰的历史。新中国成立以后，北平制冰厂更名为北京市新建制冰厂；1954年，厂子迁到永定门外的沙子口，往安乐林路东拐一点儿就是，大门朝北；1956年，又扩建成为北京食品厂，一步一个脚印，和新中国、新北京一起成长。

我对那里非常熟悉。小时候，家里养着几只鸡，我妈总让我到沙子口买鸡麸子，我常常从它门口经过。那时候，从前门乘坐有轨电车，永定门是终点站，下车后，要走一段路到沙子口。从前门到永定门，每张车票五分钱，来回就是一角钱。每一次，我都走着去，把这车票钱攒下来，为的是买“北冰洋”汽水喝。那时，我的一个同学的父亲就在食品厂当会计，我爸爸当时是前门区税务局的小科员，正巧负责每月到食品厂会计那里收税，到那里去便是常事了。所以提起食品厂和“北冰洋”，总感到很亲切，仿佛是小时候的一个老街坊。

“北冰洋”最辉煌的时候，是五六十年代乃至七十年代前期，伴随我度过整个童年、少年和青年时期的最初时光。一角五分钱一瓶，押金五分钱，抱回家喝完后退瓶，或者，根本等不到回家，抱着瓶子，对着瓶口，咕咚咕咚地跟饮牛一样痛痛快快地一下子喝光——这是夏天里最惬意的享受。

那时，除了传统的酸梅汤，北京几乎没有别的什么饮料，作为汽水，“北冰洋”独步天下，到处都可以见到它那雪山白熊的图案和小瓶子里装满的诱人的黄颜色汽水。在五六十年代，“北冰洋”的橘子汽水和义利的果子面包是绝配，成为老北京人抹不去的一种集体记忆。

我小时候尚未拆除的永定门 FuxiNG 2018.3.

后来，它扩大了经营规模，有了两角五分钱一支的双棒奶油雪糕（北京人把它简称为“双棒”）。那是80年代我的孩子落生以后的事了。虽然“双棒”很好吃，但我总是觉得它难以超过“北冰洋”汽水；90年代，又推出一种叫作“维尔康”的新型保健饮料，生疏得像是领来的孩子，在我看来，就更难以超过“北冰洋”汽水了。

这么多年以来，“北冰洋”虽然一直还有卖的，不过，很长一段时间里，想找到它有些难，不知它藏在深街窄巷的什么地方，得考验你的诚意与耐心。在“可口可乐”大举入侵之后，其他各种品牌的饮料（最初是“健力宝”）对“北冰洋”的冲击，是强烈的，甚至是致命的（自然也有它自身的弱点和责任）。“北冰洋”好汉不提当年勇，已经无法骄傲地话当年了。

对于一座城市，创造一种独属于自己的品牌难，爱护并发展自己的品牌，同样很难，需要有眼光的努力，这是一座城市的荣誉与能力的体现。不知道其他地方如何，在德国，虽然有畅销全国的名牌啤酒，但我发现一些城市也有自己独立品牌的啤酒，而且只在本城市出售，你要是想喝这种啤酒，只能到这里来喝。我在想，若“北冰洋”也能这样该多好，你要喝这种独特味道的汽水，只有在北京才喝得到。喝“北冰洋”的汽水，即使一时赶不上同吃“全聚德”的烤鸭一样风靡，能和吃“小肠陈”的卤煮、“天兴居”的炒肝一样，成为北京的一种特色和风尚也行。

大概在北京如我一样对“北冰洋”有感情的人不少，前几年，“北冰洋”汽水抖擞精神，重整旗鼓，重新上市销售了，仅汽水的橘子味，为了保证原来的质量和口味，就要专门从四川引进原材料，着实费了一番气力和心血。又看到它瓶脖子位置上突兀而熟悉的“北冰洋”字样，又看到它淡黄的、不那么鲜艳张扬却那样明亮而熟悉的颜色，又看到它成箱成箱地摞在平板车或电动小车上，穿街走巷地运送到社区的小卖部里，心里挺为它高兴，尽管如今的成本提高了不少，再也不是一角五分钱一瓶，已经卖到四五元一瓶了。

不过，总算又可以喝到“北冰洋”汽水了。那种熟悉的淡黄色，那种熟悉的橘子味道，其实，就是童年的颜色、童年的味道。

2018年4月

北京四合院里的门窗、顶棚和瓦

一

北京的春天很短，只要柳絮杨花一飞，春天就算是过去了，夏天着急忙慌地紧跟着就跑来了。

老北京人，是很讲究节气的。立夏，是夏天到来的标志，在以往的日子里，这一天的到来，是要有一定的仪式感的。在皇宫里，立夏这一天，男的要脱下暖帽，换上凉帽；女的要摘下金簪，换上玉簪。这些都是夏天到来的象征物。人体最能感受季节的冷暖变化，而装饰品则是为变化的季节镶嵌的花边。

对于住在普通四合院里的百姓来说，立夏这一日，是要开始换窗纱、搭天棚了。清竹枝词有道："绿槐荫院柳绵空，官宅民宅约略同。尽揭疏棂糊冷布，更围高屋搭凉棚。"这里所说的"搭凉棚"，便是说立夏前后，无论官宅民宅，只要是四合院，都要在院子里搭凉棚，所谓老北京四合院讲究的"天棚鱼缸石榴树"老三样中的"天棚"；这里所说的"糊冷布"，就是要在各家的窗户前安上新的纱帘。

在没有空调的年代，凉棚和帘子是炎热的夏天的必备用品。不过，能搭得起凉棚的，得是有钱人家。清同治年间《都门杂咏》有诗专门写道："深深画阁晓钟传，午院榴花红欲燃。搭得天棚如此阔，不知债负几分钱。"说的便是少钱的人家搭这样的凉棚是要负债的。因此，对于一般人家，帘子是比凉棚更实惠，也更需要的。即使是再贫寒的人家，可以不搭凉棚，但是，窗帘和门帘，哪怕只是用便宜的冷布糊的和秫秸编的，也是要准备的。

如果说，立夏换首饰，多少还带有一点儿对这个节气形而上的象征意义，搭凉棚、换帘子、换冷布，则都是彻底的形而下了，却也是地道的民生，让夏天在刚刚到来的时候，接上了地气，热腾腾的，一步步逼近人们，让人不敢怠慢。

这样的传统，一直延续到上世纪80年代甚至90年代。那时候，不少人家用塑料线绳和玻璃珠子穿成珠串，编成帘子；还有的用旧挂历捻成一小截一小截，和炮仗里的小鞭差不多大小，用线穿起来，挂历的色彩变成了印象派的斑驳点彩，很是流行了一阵。

当然，这是只有四合院或大杂院才有的风景，人们搬进了楼房，这样的帘子渐渐被淘汰在了历史的记忆里。记得当年在天坛东门南边新建的一片简易楼里，还曾经见过有人家挂这样的帘子，那帘子悠悠随风摆动的样子，多少还有点儿老北京的风情。如今，这一带都拆迁了，时代的变化，帘子只是其注脚之一。

窗户，对于老北京人度夏而言，更重要了。没有电风扇，更没有空调，全靠窗户通风透气，让凉爽透进屋子里来。老北京，

福自天來
老北京四合院即景
戊戌

一般人家，大多不是玻璃窗，是那种花格纸窗，即使不可能家家都像有钱人家那样换成竹帘子或湘帘子，起码也要换上一层窟窿眼儿稀疏的薄薄的纱布，好让夏天的凉风透进屋里来。这种纱布，即竹枝词里说的“冷布”，那时候，我们管它叫“豆包儿布”，很便宜。

对于老北京四合院这样房屋门窗的格局，夏仁虎在《旧京琐记》里曾经给予特别的赞美：“京城屋制之美备甲于四方，以研究数百年，因地因时，皆有格局也……夏日，窗以绿色冷布糊之，内施以卷窗，昼卷而夜垂，以通空气。”他说得没错，一般的窗户都会有内外两层，只是，我小时住过的房子，和他所说的略有不同：窗户外面的一层，糊窗户纸；里面的一层，则糊冷布。糊绿色冷布的有，卷窗很少见。外面的一层窗是可以打开的，打开后，挂在窗户旁边的一个铁钩子上，旁边还有一个支架，往上一拉，窗子就支了起来，既可以挡住蚊虫，又可以让凉风长驱直入，进入屋子。如果夏夜窗户外面正好有明亮的月光，把绿叶与枝条的影子投在窗户纸和冷布上，朦朦胧胧的，影子随风变幻着好多奇怪的图案，很有一种在宣纸上画的水墨画的感觉，挺好看的呢。这是在玻璃窗上绝对看不到的景象。

前些日子，偶然读到邵燕祥先生的一则短文，题目叫《纸窗》。他说的是1951年的事。那时候，郑振铎的办公室在北海的团城上，是一排平房，郑振铎的写字台前临着一扇纸窗。邵先生去那里拜访时，郑振铎对他兴致勃勃地说起纸窗的好处——最主要的好处是它不阻隔紫外线。老人对这种老窗，才会有这样的感情。事后，燕祥回忆那一天的情景时写道："心中浮现一方雕花的窗，上面罩着雪白的纸，鲜亮的太阳光透过纸，变得柔和温煦，几乎可掬了。"将纸窗的美和好处，以及人和心情乃至梦连在一起，写得那样的柔和温煦。

对于北京的这种纸窗，燕祥还曾写到自己的另一番感受："也许明清以后的人才用纸糊窗，也才领略此中的情趣。月明三五照着花影婆娑，这是温馨的；若是霜天冷月，把因风摇晃的枯枝的影子描在窗纸上，可就显得凄厉了。"他说得真好，夏天的夜晚，月光把树和花的影子描在窗户纸上，才是美好的、温馨的，老北京这种用高粱纸糊的纸窗，才最相适配；冬天，薄薄的纸窗，是难敌朔风扑打的。其实，纸窗再怎么好，也是难抵玻璃窗的。纸窗不过是农业时代的产物而已。

后来，我读《燕京杂记》，书中提到当时有一种特殊的窗户纸叫"玻璃纸"："俗谓光明纸，用以糊窗，自内视外则明，自外视内则暗。"我没有见过这样的玻璃纸，在我们的大院里，倒是见过有钱的人家将花格纸窗换成玻璃窗。我家的窗户没有全换成玻璃的，只是在中间一块对开的杂志那样大的地方换上了玻璃，也算是跟随时代的发展吧，很有些阿Q式的自鸣得意。下雨的时候，趴在玻璃前看雨珠打在上面，又顺着玻璃窗一颗颗地滑落下来，再一滴滴前仆后继地爬上去，成为我寂寞童年里一种难忘的记忆。

后读同治年间的竹枝词："画堂春坐日迟迟，富贵人家得自宜。不待揭帘知客至，疏窗嵌得是玻璃。"不觉笑话自己当初的自鸣得意。人家早在同治年间就已经换上玻璃窗了，坐井观天的我还以为换上巴掌大的玻璃窗，就是随时代在发展呢。

我们大院没拆的时候，我回大院，看到那些花格木窗早都已经没有了，都换成了大玻璃窗。但是，每扇窗户旁边的铁钩子和支架都还在，虽然都已经锈迹斑斑，却像是沧桑的时光老人，不动声色地垂挂在那里，任其风吹日晒，是那个逝去的年代给老北京夏天留下的一点儿记忆的痕迹。我问站在旁边的年轻人：知道这是干什么用的吗？他们已是一问三不知了。

二

夏天到来的时候，除了窗帘和门帘需要更换，普通人家还要把顶棚重新糊一下。过去四合院的房内没有石灰挂顶或水泥顶，大多是秫秸秆搭的架子，用纸糊在秫秸秆上，权且当顶棚。清末《燕京杂记》里说："京师房舍，墙壁窗牖，俱以白纸裱之，屋之上以高粱秸为架，秸倒系于桁桷，以纸糊其下，谓之顶棚。"这里说得很清楚，足见这样的传统在北京由来已久。

天暖和了，糊顶棚的纸必须要换，因为过了一冬，顶棚的纸即使不坏，也差不多被屋子里用来取暖的煤球炉子烟熏火燎得发黄发黑了。而且，这种顶棚是用面粉打成糨糊糊在纸上面，常常会有耗子在上面窜来窜去，磨着牙吃那些干透的糨糊。住在这样的房子里，经常会闹耗子。"闹耗子"一词，便成为大家的口头语，常常会听街坊们相互问："你家顶棚上最近闹耗子吗？""怎么不闹呀，你没给它们下点儿耗子药呀？”那时候，我住的房子里，半夜里常听见顶棚上耗子砰砰响，响得我睡不着觉。最可怕的是，还有大个儿的耗子踩漏了顶棚，从上面掉下来，真是吓死我了。再钱紧的人家，怕闹耗子，也得赶紧把顶棚的纸给换了。

一般人认为搭凉棚是技术活儿，得请棚房里的专业师傅扛着杉篙来搭，其实，无论是糊顶棚还是糊窗户纸，一样都是技术活儿。还是《燕京杂记》里说：“不善裱者，辄有绉纹，京师裱糊匠甚属巧妙，平直光滑，仰视如板壁横悬，或间以别纸点缀为丹楹刻桷状，真如油之漆之者然。”他说的“间以别纸点缀”，我没有见过，但他说的好的裱糊匠裱糊的顶棚和窗户，平直光滑，没有一点儿皱纹，我是见过的。原来我们大院里，就住着这样一位技术高超的裱糊匠，姓曹，只要是糊窗户和糊顶棚，附近的街坊一准儿愿意找他，他糊的窗户和顶棚，真的一点儿褶子都没有，有街坊称赞道：“光滑得就像小孩儿的屁股蛋子！”

对于这种糊顶棚和窗户纸的裱糊匠（也叫裱褙匠），清末以来，很多书中都曾经给予赞美。震钧在《天咫偶闻》里说：“裱褙之工，尤妙于裱饰屋宇，虽高堂巨厦，可以一日毕事。自承尘至四壁、前窗，无不斩然一白，谓之四白落地。其梁栋凹凸处，皆随形曲折，而纸之花纹平直处如一线，无少参差，若名器之属。则世间之物，无不克肖，真绝技也。”同是清末之人，柴桑在他的《京师偶记》一书中，更是记有另一则绝技的逸闻，说是朝廷需要裱糊匠，吴郡特别送来四位，朝廷给了他们一枚细腰葫芦：“令裱其内，一人沉思良久，乃去幕入碗锋其中，令之人互摇之，使极光洁，然后用白棉纸水浸一宿，调匀灌入，即倾去俟干复灌。如是数次，然后进御破之，则彻里有纸而更无补缀之痕。”

这实在让人为之惊叹，这大概是裱糊匠最高超的技艺了。读完之后，不知为什么，我想起了我们大院的那位裱糊匠老曹。

皇上在的时候，在皇宫内务府的衙门里，专门有帘子库，就跟武器库一样，有专门管帘子库的官员，负责为宫廷和官员宅院换帘子。新中国成立以后，前辈作家叶圣陶老先生，在东四八条住的院子，就是清时帘子库的官员留下来的。现在想想，会觉得有几分好笑，居然帘子还需要官员专门管理，而且，在夏天刚刚到来的那几天，这帮管帘子的官员要上下紧忙乎一阵呢。要是没有了帘子，慈禧太后别说夏天到颐和园避暑，就是垂帘听政，还真的有点儿麻烦了呢。

普通百姓换帘子，可以自己用秫秸做一个，或者到市场上买一个竹帘子，回家自己挂上就得了。有的人手巧，或者为了省钱，糊窗户也勉强自己干了。但是，糊顶棚，只能自己到纸铺里买好糊顶棚的纸张，然后请裱糊的师傅来。架不住什么年代都是普通百姓人家多，四合院里的普通人家，都得糊窗户纸、糊顶棚，所需要的纸张自然就多，纸铺也就应运而生。如何买到又便宜又结实经使的纸，便是至关重要的事。这时候，我们大院的老曹的能耐就显示出来了。

那时候，老北京的纸铺，分为京纸铺、南纸店、纸马铺和纸庄这样四类，大都是北方人开的，大多开在城南。最开始，有京纸铺和南纸店之分；纸马铺和纸庄，是后开的。民国时期的《北平风俗类征》一书中，曾经这样介绍：“纸铺的买卖向分两种：京纸铺南纸铺的分别，南纸铺所卖的都是所用的一切纸笔墨砚，宣纸信笺，图章墨盒，时人字画等，无一不备。京纸铺卖的是本京所造的各色染纸、倭纸、银花、鞭炮、秫秸、毛头账本，与裱糊匠水马不离槽。虽都是言无二价，京纸铺专能跟裱糊匠通行作弊。”

这里说的“跟裱糊匠通行作弊”，指的是北京人必买不可的糊墙糊顶棚时打底子用的毛刀纸、后糊一层用的大粉纸和糊窗户用的高粱纸。这些纸张，虽然便宜，但因普通人家用量大，价格上即使只有几厘几分的差异，利润也很大。所以，纸铺常和裱糊匠联手玩猫腻。我们大院的老曹之所以为大家所信赖，就是因为他绝对不会玩这种猫腻。那时候，我们附近有两家纸庄，都很有名：一是敬记纸庄，一是公兴纸庄。我们离敬记更近，穿过墙缝胡同这条小胡同就到。但是，所有糊顶棚的毛刀纸、大粉纸，糊窗户的高粱纸，老曹都指定要到公兴那里买。那时，如果赶上纸糊上去又掉下来，或者刚糊上就破的时候，他总是不赖糨糊，要赖纸，会问买纸的人家：你这不是从公兴买来的吧？公兴，就是有着这样大的可信度。有时候，碰见穷户人家，他会把糊在秫秸秆上第一层的毛刀纸省下来，用他自己带来的不花钱的报纸代替。但是，最外层的大粉纸，他一定要用公兴的。

在我们那条老街，裱糊匠老曹很有名，“文化大革命”中，他却因为新中国成立前当过童子军的教官而被当成牛鬼蛇神揪斗，最后竟在自己糊过的顶棚的梁柱上上吊自杀。

三

我有时候会想，最能代表北京城古老建筑的颜色是哪一种？然后，我会肯定地回答自己，是灰色。在所有深沉的色彩之中，黑白灰三色最为重要，其中灰色不仅是过渡色，更是比黑与白凝重而明亮。如果是在阳光的照射之下，灰色会显得格外沉稳；如果是在雨天，灰色则让你的心头特别湿润而安静；如果是雪后，在皑皑白雪的映衬下，灰色不会像黑白的对比那样刺目，而是清新爽目，显得那样干净，甚至富有诗意。

老北京四合院的房顶铺的都是鱼鳞瓦，一片灰色的瓦，紧挨着一片灰色的瓦，联结成一片浩瀚的灰色，铺铺展展，犹如云雾天里翻涌的海浪，一波又一波，直涌到天边。这种由鱼鳞瓦组成的灰色，和故宫里那一片碧瓦琉璃，形成色彩鲜明的对比。虽不如碧瓦琉璃那般炫目、那般高高在上，但满城沉沉的灰色，低矮着，沉默着，无语沧桑，力量沉稳，秤砣一般压住了北京城，铁锚一样将整座城市稳定在蓝天白云之下。难怪贝聿铭先生那时来北京，特别愿意到景山顶上看北京城这些灰色的鱼鳞瓦顶，对这样的灰色情有独钟。

作为建筑师，张开济之子张永和先生，对于这些由鱼鳞瓦所呈现的灰色，有着和贝聿铭先生同样由衷的情感。这位从小在奶子胡同里长大的建筑师，对这样的鱼鳞瓦再熟悉不过，他说："我成长于一个拥有低矮地平线的城市中。从空中俯瞰，你只能看到单层砖屋顶上灰色的瓦浪向天际展开，打破这波浪的是院中洋溢着绿色的树木以及城中辉煌的金色。”

他说得真好，特别是他说的“灰色的瓦浪向天际展开”，真的是太好了。是的，那些绿色的树木和城中辉煌的金色，只有在这样一片灰色的瓦浪中，才会显示出自己的力量。而这样的力量，是在灰色的瓦浪的衬托下，才呈现，才拥有的。

在我的童年，即上世纪50年代，北京的天际线很低，不用站在景山上面，就是站在我家的房顶上，从脚下到天边，一览无余，基本上是被这些起伏的鱼鳞瓦顶所勾勒，因为那时候成片成片的四合院还在，占据了北京城的空间。如果贝聿铭先生看见这样的情景，一定会觉得这才是老北京，这里有着世界上任何一座城市都没有的色彩和力量吧？

而今，城市化的进程飞快，高楼万丈平地起，北京的天际线已经变高，而被拆掉的老城中的四合院越来越多，“灰色的瓦浪向天际展开”的壮观景象，几乎看不到了。张永和先生曾经针对二环路限高，越远的地方建筑越高，天际线与原先的皇城背道而驰的情景，说：“它不是偶然的，是被计划和预谋的。”

想想，真的很有意思，那时候，四合院平房没有如今楼房的阳台或露台，鱼鳞状的灰瓦顶，就是各家的阳台和露台，晒的萝卜干、茄子干或白薯干，都会扔在那上面；五月端午节，艾蒿和蒲剑要插在门上，也要扔到房顶，图个吉利；谁家刚生小孩，老人讲究要用葱打小孩的屁股，取“聪”的谐音，说是打打聪明，打完之后，还要把葱扔到房顶，这到底是什么讲究，我就弄不明白了。

那时候，对于我们许多孩子而言，鱼鳞瓦的灰色房顶，就是我们的乐园。老北京有句俗话，叫“三天不打，上房揭瓦”，说的就是那时我们这样的小孩子，淘得要命，动不动就跑到房顶上揭瓦玩，这是那时司空见惯的儿童游戏。我相信，老北京的小孩子，没有一个没干过上房揭瓦这样调皮的事的。

那时，我刚上小学，开始跟着大哥哥大姐姐们一起玩这种上房揭瓦的游戏。我们住的四合院，沿着一溜东厢房前的过道，走到最里面，有一个公共厕所，厕所的后山墙不高，我们就是从那里爬上房顶，弓着腰，猫似的在房顶上四处乱窜，故意踩得瓦噼啪直响，常常会有邻居大妈大婶从屋里跑出来，指着房顶大骂：哪个小兔崽子呀？把房踩漏了，留神我拿鞋底子抽你！她们骂我们的时候，我们早都踩着鱼鳞瓦跑远，跳到另一个房顶上了。

鱼鳞瓦，真的很结实，任我们成天踩在上面那么疯跑，就是一点儿也不坏。单个儿看，每片瓦都不厚，一踩会裂，甚至会碎，但一片片的瓦铺在一起，铺成一面坡顶，就那么结实。它们是一片瓦压在一片瓦的上面，中间并没有什么泥粘连，像一只小手和另一只小手握在一起，可以有那么大的力量，也真是怪事，常让那时的我好奇得百思而不得其解。

漫长的日子过去之后，大院里有的老房漏雨，房顶的鱼鳞瓦换成了波浪状的石棉瓦，或油毡和沥青抹的一整块平整的坡顶，说实在的，都赶不上鱼鳞瓦。不仅质量不如，一下大雨接着漏，也不如鱼鳞瓦好看。少了鱼鳞瓦的房顶，就如同人的头顶斑秃一般，即使戴上颜色鲜艳的新式帽子，也不是那么回事了。

十几年前，听说老院要拆，我特意回去看看，路过长巷上头条，看见那里已经拆光大半条胡同了。一辆汽车的挎斗里，装满了从房顶上卸下来的鱼鳞瓦。那些鱼鳞瓦，一层层整整齐齐地码在车上，和铺铺展展在屋顶上的景象完全不一样，尽管也呈鱼鳞状，却像是案板上待宰的一条条鱼，没有了生气，更没有灰浪翻涌着向天际展开的气势了。

我走到了那辆汽车旁，问正在搬瓦装瓦的师傅们，他们是从哪里来的。他们告诉我他们是从河北农村来的，这些瓦是他们花钱买下的。我很奇怪，拆下来的也有砖，为什么他们只买瓦呢？他们告诉我，砖碎得太多，不整齐。然后，他们指指车上的瓦，对我说：你看，这瓦多好呀，用了这么多年了，还这么结实！

我告诉他们：这可都是前清时候的鱼鳞瓦呀，一百来年了，宝贵得很呢！怎么都卖给你们了呢？

他们不再理我，忙乎着搬瓦装瓦去了。

我望着这满满一汽车的鱼鳞瓦，它们经历了一百多年的雨雪风霜，还是那样的结实、那样的好看。又有谁知道，在那些鱼鳞瓦上，曾经上演过那么多童年时代的游戏和游戏带给我们的欢乐，还曾经有过比我们的游戏和欢乐更多更沧桑的故事呢？

其实，那时在房顶上踩着鱼鳞瓦疯跑的游戏，并没有任何内容，但形式带给我们的快乐大于内容，惹得邻居大骂却又逮不着我们，便成了我们的一乐。当然，要说它带给我们最大的乐，一是秋天摘枣，一是国庆节看礼花。

那时，我们的院子里有三棵清朝就有的枣树，我们可以轻松地从房顶攀上枣树的树梢，摘到顶端最红的枣吃，也可以站在树梢上，拼命地摇树枝，让那枣纷纷如红雨般落下，噼噼啪啪地砸在房顶的瓦上，溅落在院子里。比我们小的小不点儿，爬不上树，就在地上头碰头地捡枣，大呼小叫，这可真成了孩子们的节日。

打枣一般都在中秋节前，这时候，国庆节就要到了。打完了枣，下一个节目就是迎接国庆了。

国庆节的傍晚，扒拉完两口饭，我们会溜出家门，早早地爬上房顶，占领有利地形，等待礼花腾空。那时候，即使平常骂我们最欢的大妈大婶，也网开一面，一年一度的国庆礼花，成了那一天我们上房的通行证。由于那时没有那么多的高楼，晚霞中的西山一览眼下。我们的院子就在前门东侧一点儿，前门楼子和天安门广场都看得真真的，仿佛就在眼前，连放礼花的大炮都看得很清楚。看着晚霞一点点消失，等候着夜幕一点点降临，就像等待着一场大戏上演一样，我们坐在鱼鳞瓦上，心里充满期待，也有些焦急，不住地问身边的大哥哥大姐姐：礼花什么时候放呀？

我们心里谁都清楚，让我们期待和焦急的，不仅仅是礼花点燃的那一瞬间，更是礼花放完的那一刻。由于年年国庆都要爬到房顶上看礼花，我们都有了经验，随着礼花腾空会有好多白色的小降落伞，一般国庆那一天都会有东南风，那些小降落伞便会随风飘过来。燃放礼花的那一瞬间，我们会稳稳地坐在那里，看夜空中色彩绚丽的礼花，绽放在我们的头顶。但降落伞飘来的那一刻，我们会立刻大叫着，一下子都跳了起来，伸出早已经准备好的妈妈晾衣服的竹竿，争先恐后地去够那些小小的降落伞。

当然，够得着够不着，全凭风的大小和运气了。因为那一刻，附近四合院的鱼鳞瓦顶上站满了和我们一样的孩子，在和我们一样伸着竹竿够降落伞。风如果小，就被前面院子的孩子够走了；风要是大，降落伞就会像诚心逗我们玩似的从我们的头顶飞走。记得国庆十周年时，我上小学五年级，属于大孩子了，那一天晚上，不知是天助我也，还是那一年国庆放的礼花多，降落伞飘飘而来，一个接着一个，让我轻而易举就够着一个，还挺大的个儿，成为我拿到学校显摆的战利品。

也就是从那一年以后，我没再上房玩了。也许，是认为自己长大了吧？便也就此和鱼鳞瓦告别了。一直到十几年前，重返我们的老院，又看到童年时爬过的房顶、踩过的鱼鳞瓦，才忽然发现和它们这么久没有相见了，也才发现瓦间长着一簇簇的狗尾巴草，稀疏零落，枯黄枯黄的，像是年纪衰老的鱼鳞瓦长出的苍老的胡须，心里不禁一动，有些感喟。

其实，这种狗尾巴草，童年时就曾经见过，它们一直都是这样长在瓦缝之间的。风会把土吹落在瓦缝之间，雨水一浇，让瓦缝之间存下了泥土，不过，风吹日晒，那可怜的一点点的泥土早就风干，变得很硬，不知道狗尾巴草是怎么扎下根的，一年又一年，总是长在那里，它们的生命力和鱼鳞瓦一样强而持久。

去年冬天，我路过草厂胡同一带，那里的几条胡同已经被打理一新，地面重新铺设了青砖，四合院重新改造，老房子的房顶被改造成了露台。顺着山墙新搭建的梯子爬到房顶，楼房遮挡得看不到远处了，但附近胡同里四合院房顶的灰色鱼鳞瓦，还能看得很清楚，尽管已经没有了张永和先生说的“灰色的瓦浪向天际展开”的景象，却还是让我感到亲切，仿佛又见到了童年时候的伙伴。真的，这和看惯了的各式各样的楼顶，哪怕是青岛那种漂亮的红色楼顶的感觉，是不一样的，因为这种灰色的鱼鳞瓦，才能带给我老北京实实在在的感觉，是一种家的感觉。

我还看见了眼前不远处屋顶上鱼鳞瓦之间长出的狗尾巴草，迎着瑟瑟秋风摇曳着，枯黄的颜色，和鱼鳞瓦的灰色，吟唱着二重唱。我忽然想起了余光中先生写过的一首题为《狗尾草》的小诗：

最后呢，谁也不比狗尾草更高，
除非名字上升，向星象看齐，
去参加里尔克或李白。
此外——
一切都留在草下。

在我的眼前，在那一片灰色的鱼鳞瓦前，这首诗的最后一句应该改成这样：

此外——
一切都留在瓦下。

2018年3月

上个世纪五十年代的胡同一景 RuxinGT 2018.2.

胡同里的庙

一

过去，一直有“京城八大庙”之说。这八大庙究竟是哪八座，就跟说京城饭庄有八大楼、八大居一样，从来都是众说不一。我取日本和尚小栗栖香顶之说。他于1873年从日本来中国求佛拜师，回日本后著有《北京纪事》一书。那年8月，他从上海坐船来到天津，在著名的大悲院里，见到高僧澄空，求教北京八大庙为何处，澄空告诉他，有柏林、拈华、万寿、法源、觉生、广济、贤良、广通八座。澄空高僧，从他写给小栗的信看，学问不浅，道行很深，又属于业内资深人士，和坊间的流传相比，所言应该更为可信。

这里说的拈华是拈花寺，觉生是大钟寺；万寿寺指的是哪座，我不大清楚，因为在北京叫万寿寺的有很多，有人说是西直门外的万寿寺，那是明万历时的皇家寺庙，至今还在。这八座老寺庙，如今，除贤良和广通二寺已经没有了，其余六寺依然健在，属于劫后余生的奇迹。我感到有意思的在于，其中大部分寺庙都在北京的街巷里。这恐怕更是独属于北京的奇迹。

北京到底有过多少座寺庙，如今到底剩下多少座，毁掉的那些，原址又在哪里，如今变成了什么样子……一直是笔糊涂账。这也实在是说明大小寺庙太多，难以统计齐全；历史变迁太复杂，一时难以说清；城市拆迁太频繁，很是难以摸清原委。

唐诗说："南朝四百八十寺，多少楼台烟雨中。"老北京，寺庙最多的时候，可远不止四百八十寺呀！

清乾隆十五年（1750），曾经绘制《京城全图》，上面标明城内的寺庙有一千二百七十二座。这大概是北京城内寺庙迄今可以查到的最早数据。

民国期间，由政府出面，在1928年、1936年、1947年，进行过三次寺庙普查。1928年的数据显示，城内在册的寺庙共有一千六百三十一座。也就是说，从1750年到1928年这一百七十八年间，寺庙增加了近四百座。增加的这些寺庙大多建于清晚期，那时建庙成风，而且，大多是建在胡同里巷里，包括皇族寺庙、家庙和各类小庙。

民国期间，对于北京寺庙的调查研究，最重要的一次，是在1929年国立北平研究院成立以后，而非政府搞的那三次普查。1947年的那次普查，我曾经在北京市档案馆里看到过，只是庙产和住庙和尚人数的简单统计，是和户口普查连带着一起做的。北平研究院的成立，是为了撰写《北平志》，带有明确的明史修志、文化研究目的。当时，研究院以李石曾为院长，由下属历史研究会专门做这项工作，历史研究会由吴稚晖、李宗侗、朱启钤等诸位领衔，具体走街串巷进行调查的，是当时的几位年轻人，应该记住他们的名字：姚彤章、常惠、李志广、吴世昌、张江裁、许道龄等诸位。他们运用传统与现代调查研究相结合的方法，为我们留下了一份最为翔实的宝贵资料。

几经岁月颠簸，尤其是经历了内战和“文化大革命”的动荡，这份材料劫后余生，能够完整地保存下来，真是不容易。我看到文物出版社2016年出版的《北平研究院北平庙宇调查资料汇编》的前三卷，感到叹为观止，十分钦佩他们所付出的努力。那些庙宇中碑文的拓片、实地的照片，以及精确的测绘图、翔实的考察报告，为我们后人留下了一份带有温度的宝贵资料。

根据他们的调查，1932年统计，内城六区、外城五区共有庙宇八百八十二座（其中内城五百六十四座，外城三百一十八座）。1936年，对遗漏的材料进行补充，内外城十一区共有庙宇九百三十一座（内城五百八十五座，外城三百四十六座）。这里所说的内城是指前门、宣武门、西直门到崇文门九门以内，外城是扩充到永定门、左安门、广渠门等七门之内，也就是说，现在的二环路以里，当年居然存在着将近一千座庙宇。当然，这个数字和1928年统计的一千六百三十一座相比，已经锐减。尽管这一千六百三十一座包括了郊区县里的寺庙，但不到十年的光阴，城内胡同里寺庙的锐减速度还是惊人的。

北平和平解放以后，1950年，北京文物整理委员会根据北平研究院当年整理的这份资料，也曾经进行过一次庙宇的调查，统计出来的数字是一千三百零九座。这个数字包括了郊区县，因此，不清楚城区的庙宇到底具体还剩有多少。根据1949年的统计，当时以庙宇名命名的胡同有六百零五条，占城区胡同总数的五分之一。这时候的庙宇尽管已经少了很多，但依旧有这样多的胡同和庙宇割不断前世渊源，足见庙宇和胡同关系之密切。

我感兴趣的是，从1750年到1950年这两百年来，北京城寺庙数量的变化，能够说明什么。除了郊区的那些寺庙，建立在城内大街小巷里的寺庙，如此星罗棋布，是出于什么样的社会原因和群众的心理需求？如今，两百年的时间已经过去了，这些寺庙的遗存到底藏在胡同的哪些皱褶里？还会让我们踩着它们残缺的尾巴，看到它们的头在历史深处的影子里隐隐地动吗？

也许，我回答不出这些问题，但是，我有兴趣追寻曾经藏在胡同里、如今早已经消失的老庙的记忆，踩一踩尚在的、残存的寺庙的尾巴，看看它们的头是不是还能冲着我动一动……

二

和我国传统的深山藏古寺不同，北京那么多的寺庙是藏在胡同里的。陈宗蕃在《燕都丛考》里说南城三里河一带薛家湾“东曰茶食胡同，有元帝庙，系顺天府志之元真观。自是而南曰平乐园，曰河泊厂，有地藏庵。曰南五老胡同，有白衣庵。曰黄雀胡同，有土地庙……曰石虎胡同，有永安寺。再南临三里河大街，其北有大慈庵”。又说“薛家湾有关帝庙，系明时古刹，巷前有木坊，题为‘关帝圣境’四字，仍旧时之形式也”。他所说的仅仅是南城一隅，在如今新修的两广大街地铁桥湾一站东侧，那弹丸之地，当年居然在每条胡同里，几乎都藏着一座古庙，有的庙还不小呢。而且，在民国年间，甚至在北平和平解放后的初期，很多庙依然存活在胡同里。

在老北京，有许多以寺庙的名字命名的胡同，这很能说明寺庙和胡同之间相互依存的密切关系。比如如今最有名的琉璃厂边的延寿寺街，以前有辽金时代的延寿寺；大栅栏西的观音寺街，最早有老观音寺，如今观音寺旧址还在，残破的寺门上“观音寺”的字样也还在。这样的例子可以说是数不胜数。仅看鼓楼东北处，那些密如蛛网的小胡同里，几乎鳞次栉比地有以千佛寺、净土寺、琉璃寺、法通寺、大佛寺命名的胡同，手挽着手，比肩而立。这些寺庙早就不见了，也不知道它们确切的来历，而今它们成了孤魂野鬼，游荡在这里，却鬼魂附体一般，让这些原本无名的小胡同披上自己的名字，还魂一样游荡至今。

至于柏林寺街、贤良寺街、隆福寺街、慧照寺街、舍饭寺街、法华寺街等，更可见当年是先有了这些名寺，才有的这些街道。这些胡同，颇有点儿傍大款或傍名人的感觉，至今依旧名头响亮，成为人们流连的地方。

1965年，北京经历过一次大规模的胡同改名的高潮，将所有胡同名字里的“寺”“庙”“观”“庵”等字都去掉了，有的索性彻底更名换姓，比如观音寺街改成大栅栏西街。大概是为了破除迷信吧。但是，老人们还是习惯叫它们的老名字，那些胡同里的老庙，就像他们的老街坊一样，成了他们记忆和生活的一部分，干吗要把它们去掉呢？

去掉了胡同里的那些大小寺庙，其实就不是北京胡同完整的风貌了。即使现在有些庙早已经找不到一点儿影子了，但是，胡同有了它们的名字——就像我们的父辈逝去了，我们的名字里依然带有他们的姓，提示着曾经发生的一切——这条胡同的历史便没有间断，而绵延至今。

胡同里大小寺庙的存在，是因为人们需要它们，在平淡的生活中，在艰苦的日子里，或者是在战火纷飞的动荡年代里，那里寄托着人们的一点儿希望，比如求子呀，祛病呀，祈福呀，保佑出门在外的家人平安呀，希望求学的孩子出息、做事的孩子发达、当兵的孩子早日归来呀……都是一些鸡毛蒜皮的琐事，却都关系着一家人的福祉。逢年过节，到庙里烧烧香、拜拜佛，便是大家必备的功课。胡同里就有庙，抬脚就到，就是最便当的了，是人们所希望的。

我曾经胡思乱想，这多少有些像那时候的戏园子：就在离家不远处，看戏方便。或者说，戏园子的数量毕竟还是少点儿、远点儿，这和那时候的茶馆、小酒馆、二荤铺或油盐店都在家跟前，抬脚就到，很有些相似。胡同里的这些庙，确实和人们的生活、心思、希望密切相关。

方便、实际又必要，是住在胡同里的一般人的需求——可以不必舍近求远地去深山里烧香拜佛了。否则，想不出为什么会在胡同里建那么多寺庙。胡同里哪怕是再小的庙，也会起到这样的作用，我一直觉得胡同里的寺庙，是最接地气、最生活化、最平民化的寺庙。

我曾经在北京市的档案馆里查阅八大胡同的户口档案时，发现住在那里的妓女所填写的户籍表格“信仰”一栏中，绝大多数填的都是信佛。我想，其实谈不上不信仰，所谓信仰，只是她们在底层苦涩生活中的一点儿渴求和希望，是她们能够在艰辛之中活下去的一点儿精神依托。便想，妓女尚且如此，普通人家，自然更希望能够让自己的生活有一点儿希望的光亮。寺庙里的烛光，尽管很微弱，摇曳不定，扑朔迷离，转瞬即逝，却是大家的希望之光。

因此，一条胡同里有这样一座小庙，就不是奇怪的事情。有的胡同里，甚至可以有两座小庙呢。

原来我家住在西打磨厂，我家屋后有一道院墙，院墙外面，是一条东西走向的叫作小观音阁的胡同，现在叫洪福胡同，依然存在。别看这条小胡同只有两百来米，很短，以前就有观音阁和弘福寺两座小庙。这条胡同闹中取静，靠南面的多是独门独户的小四合院，住着殷实人家，靠北面的则是小杂院，还有一条死胡同，叫作狗尾巴胡同（后改名为高博胡同），住的多是穷苦人家。两者相对而住，互不干扰，各有各的生活轨迹，往来不多，以前小庙尚在的时候，碰面多是在小庙里：进香之后，难免有所寒暄，谈得投机的，话就多些，聊的自然也多是家长里短。

这时候的小庙，成为大家的公共客厅，也是召集众人开会的场所。那时候，没有街道居委会，记得有年头，街道办大食堂，让大家不在自家开伙，都到食堂去吃饭，我们那时候的食堂是一家油盐店改造而成的，无形中，食堂就成了大家聚会的场所，吃饭时碰面便说些家长里短。在我看来，胡同里的寺庙的另一个作用，就是让大家有了一个可以彼此交流的场所。

这条胡同里有一户人家，以前是专门卖香蜡的商人家。上小学的时候，他家的一个小孩儿和我是同学。这是一个独门独户的典型小四合院，红漆大门，门上刻有门联，平常都是紧闭着。我们的学习小组，一度设在他家，那一阵子，下午放学，我必要到这里来。小院很安静、很雅致，有迎面的靠山影壁，影壁上有雕刻着瓶花的砖雕，以保佑平安。这是他家的私产，香烛店早就不开了，但香烛店是他家的祖产，是一家从清末民初就开始经营的香烛老店。我知道因为清朝皇上在北京特别爱建庙，庙多，使得清末民初卖香蜡的就跟着特多，而且香烛店多开在前门一带，后来看书，书中说当时有名的合香楼香蜡铺的主人，就住在这附近，不知说的是不是我的这位同学家。

但是，他家和寺庙的关系密切，是一定的了，之所以早年他的祖辈选择了这里的小院，大概也是看中了这条安静的胡同里曾经有两座小庙。这位同学告诉我，他家的老奶奶以前年轻的时候，特别爱去小庙里烧香拜佛。那时候，我们班有个女同学名字叫素僧，这名字当时我觉得起得特别怪——哪有一个女孩子会起个和尚般的名字呢？但她到那里去的时候，我这个同学的老奶奶特别喜欢她，总会拉着她的手笑盈盈地问这问那。后来，我知道她家信佛，怪不得和老奶奶这么投缘。

“文化大革命”时，老奶奶都快八十岁了，被揪出批斗，就跪在大门口，怀里抱着的全是蜡烛。这一幕，让我触目惊心，永远难忘。

胡同里的两座小庙早都没有了，却没有想到，小庙的香火居然袅袅不散，依然笼罩在胡同的上空和人们的头顶。

三

说起北京的寺庙，就会说起北京的庙会。北京的庙会历史很长，有人说可以上溯到辽代，更有人说自从有了庙就有了庙会，庙会和庙，二者互为依存，一起长大、变老。

庙会真正的发达时期，在明清两代，一直绵延到民国和新中国成立初期，最长到上个世纪60年代。据1930年统计的数字，那时城内的庙会有二十处，可以说是鼎盛时期。想一想，这里说的城内，指的就是二环路以内，居然有二十处庙会，实在是不少了。北京这些庙会，一年四季都有，最热闹的当数春节期间。过年时，一天去一处，从大年初一到十五，都去不过来。

这二十处庙会，最有名的是东西两城的隆福寺庙会和护国寺庙会。有诗说：“东西两庙货真全，一日能消百万钱。”足见热闹程度。除此之外，东城的雍和宫庙会和东岳庙庙会，西城的白塔寺庙会和白云观庙会，南城的蟠桃宫庙会、厂甸庙会和花市的火神庙庙会，都是过年期间人们必去的。一般而言，到了三月三，蟠桃宫庙会一结束，春节期间热热闹闹的庙会就到了尾声。

庙会是庙的衍生物，是庙和人关系变化的变奏曲。从几百年来庙会的演变，看得出人们价值观的变化。后来的庙会，即1930年那二十处热闹的庙会，已经是人头攒动，蒜瓣一般一个紧挨着一个的卖货和卖吃的的摊位，吆喝声四起，烟火缭绕，淹没了寺庙的晨钟暮鼓和香火。卖和买，玩和吃，越来越占据上风。最初庙会之中的祭祀，祈福和祝愿的原始意义，逐渐淡化而让位于商业和娱乐。前面引诗说东西两庙的庙会“一日能消百万钱”，正可说明这一点。那时候，人们往往爱说“逛庙会”，一个“逛”字，将庙会的原始意义彻底瓦解，并稀释为一种单纯的商业与游乐相结合的项目。在老北京，这个“逛”字，可不仅仅是走或兜一圈儿的意思，不会轻易用，只有“逛胡同”用了一个“逛”字，专指逛八大胡同，其中的“逛”，就是找乐子的意思。这样的演变，全世界皆然，西方的圣诞节，一样也成了商业和娱乐挟圣诞老人以行天下的日子。

那时，庙会对于我们小孩子而言，更是一个玩和吃的场所，是只看见了“会”，而看不见“庙”的。我小时候，这二十处庙会，只逛过隆福寺、蟠桃宫、白云观、厂甸和花市的庙会。留给我的印象是，隆福寺有很多卖吃的的小摊，到蟠桃宫可以看到很多杂耍，到白云观可以摸石猴玩，到花市可以见到很多像真花一样的纸花；到厂甸印象最深，因为可以买一个迎风哗啦啦响的风车，和一大长串山里红葫芦扛回家。所谓竹枝词里说的：“正月元日逛厂甸，红男绿女挤一块。山楂穿在树条上，丈八葫芦买一串。”这样丈八一长串的山里红葫芦，成了我童年庙会记忆的标识。

如今，上述的那二十处庙会，绝大多数已经不在了，曾经最为红火的东西两城隆福寺和护国寺庙会，已经彻底消失。我小时候去过的几家庙会，现在只剩下厂甸和白云观两家的庙会年年还在搞。

在老北京，厂甸和白云观，曾经被称为“上林盛举”，是那时庙会的双子星座。能够保存下来，也算不易。

不过，厂甸庙会，当初是因为有火神庙。火神庙不在了，庙会失去了依托，便徒有其名了。有一阵子，因为那里过于拥挤，出于安全考虑，将厂甸庙会移到陶然亭公园，和一年一度的龙潭湖庙会没有什么区别了，“庙”被弃置一旁，只剩下“会”。由此更可以看出庙会延续到今天内涵与外延的彻底演变——庙会只是一种借托，借水行船，为今天的娱乐和商业服务而已。庙会最后成为点缀在蛋糕最上面的那一枚鲜红的樱桃，是指日可待的。

如今，依然能够保留庙会色彩的，要数白云观了。最重要的是，此地的庙会有老庙在，说得上是真正意义上的庙会。在老北京，乃至在全中国，白云观都很有名，号称“天下第一观”。它的前身为唐朝的天长观，元朝改为太极宫，明朝改为白云观，历经战火，几度烧毁，到清康熙时重修，于屡毁屡建的百折不挠中，见证了历史的沧桑，完成了自己的凤凰涅槃。更重要的，在于白云观和成吉思汗与终南山全真派道人丘处机（又称长春真人）的一段传奇。当时，成吉思汗西征凯旋，邱处机西游取经归来，两人的相遇，是刚柔相济，是文武之合。成吉思汗召见丘处机，询问治国安邦之道，丘处机说："欲一天下者，必先在乎不必嗜杀人。"成吉思汗遂听从道士的箴言，并将其尊封为国师，入主太极宫，统领北方道教。白云观今天一切的风俗讲头，无一不和丘处机有关。可以说，白云观日后衍生出的庙会中的民俗传统，都源于丘处机，丘处机是这一切的种子。

如今，白云观还是遵从传统，讲究春节期间从正月初一到十九的"燕九节"。这个"燕九节"，以前叫作"宴丘节"，这里的"燕"和"宴"字通用，都是宴请之义，其实就是纪念丘道士的意思。这个节，旧时以正月初八的"顺星日"和正月十八夜到正月十九凌晨的"会神仙"为两次高潮。

顺星日，就是祭星日，这一天，要在神殿里点燃一百零八盏灯，两旁还要再点燃二十八星宿和七星的灯盏。灯火通明，不亚于元宵灯节，为的就是纪念丘道士。这一天，白云观引人注目的节目是清晨舍馒头，其声势规模和人头攒动的热闹劲儿，盖过了夜晚的灯火辉煌。于是，祭星，渐渐让位于施舍；祭祀的意义，让位于祈福，乃至填饱肚子。这一天，要备好提前蒸好的馒头，施舍给贫寒的游僧道士，据说，那馒头个头儿非常大，一斤一个。所以，这一天，天不亮，白云观前就会排起长龙。开始，还只限于僧人道士，后来，规矩渐破，一般百姓都可以领取大馒头了。不仅仅是饥寒交迫者，所有逛白云观的人，都想领一个大馒头，领到者，馒头可以保佑你一年平安吉祥。大馒头，是白云观散发给人们的护身符。

后来，这个传统没有了，但会神仙日尚在，不过已经成为一种游戏，原先集中在夜里等候神仙会降临的意思全无。神仙，就是丘道士。这一天，是丘道士的生日。最初宗教的纪念之义，其实早就衍化为了民俗中人们祈福的意思。这一天，如果真的能够遇见神仙，一定会大吉大利。不过，白云观庙会中“会神仙”已经成为挣钱的一项节目，民国时就有竹枝词：“才过元宵未数天，白云观里会神仙。沿途多少真人降，个个真人只要钱。”

如今，白云观庙会恢复的节目当数“窝风桥下掷铜钱”，又叫“打金钱眼”。窝风桥，是白云观里的一座石桥，如今重修，桥洞下悬挂着一枚直径三尺有余的硕大铜钱，以前，桥洞后蒲团上是端坐着一位鹤发童颜、闭目养神的老道士的。所谓“打金钱眼”，就是用真钱在桥边换币处换来小铜钱，然后将小铜钱往那枚大铜钱中间方形的钱眼里扔，如果小铜钱能够从钱眼里穿过，这一年便会过得顺利平安；如果再能够击中后面端坐的老道士，便是交上了好运，大吉大利。这当然是我们小孩子最爱玩的游戏。看当年玩过这个游戏的刘叶秋老先生在他的老书《京华琐话》里讲，由于人是站在桥上往下面的桥洞掷钱，角度的关系，很少有人能够让钱从钱眼里穿过。只有小铜钱撞击在大铜钱上，发出清脆的声音，平添了几分春意。这便是白云观里迎春的独特声音吧？

如今白云观庙会上，最让人趋之若鹜的节目，是摸石猴。在白云观山门的右上方，伸手可以够到一个不大的石猴。说是摸石猴可以“有病祛病，没病防病”。如果有病，摸石猴哪个部位，便可以药到病除一般去掉哪个部位的病。所以，石猴从头到屁股被摸得锃光瓦亮。摸石猴，成为如今白云观庙会中最引人入胜也最为人接受的节目，没摸石猴，等于没去过白云观。在时代变迁和人们的选择中，其他诸如“顺星日”“会神仙”等当年最重要的节目，逐渐淡去了色泽，而“摸石猴”则成为白云观庙会的经典。

有时候会想，无论庙会如何变化和淡化，至今仍然有庙会在，尤其是有白云观这样的庙会在，就是北京的一个奇迹。庙会真有着神奇的功能，更渗透着平常日子里难得的心情和期待。在过去的一年之中，你心里有再多的不痛快，庙会会保你消灾祛病，甚至报仇雪恨；在未来新的一年里，你想为自己或为别人祈祷福祉，庙会也会接住你的心愿，并为你保密和保佑。过去老话说是心到神知，意思是只要人到了，神就会保佑你，如此，庙会才不会仅仅沦为买和卖、吃和玩，而成为一种民俗，更是一种文化传统，乃至一种泛宗教和朴素的民间信仰。

四

北京的寺庙，在清兵入关之后开始逐渐兴旺，到清晚期达到高潮，这和那时候的皇帝爱建庙有关，上行下效，是一直的传统。皇帝建庙、修庙，并不只是出于个人的爱好，还和他的政治企图与统治策略相关，所以清朝的皇帝不仅在北京城大兴土木修庙建寺，还把寺庙修到了外面，尤其在承德修的寺庙，所谓“外八庙”，可谓富丽堂皇。

北京寺庙的下行，逐渐萧条萎缩，是在民国时期。那时，北京的人口越来越多，尤其是战乱和灾荒之后拥进来的周边农村和外地人口越来越多，北京胡同里的寺庙便开始渐渐转作他用。这在看《北平研究院北平庙宇调查资料汇编》时，可以明显地感觉到。

在那时的调查中，胡同里不少寺庙，已经全部或部分地改变了性质。比如弓弦胡同的延禧寺，明以前的老庙，明万历和清康熙年间两次重修，后来成为北平市消防第一分队。天王殿里释迦佛像和消防器材共存，相看不厌；配殿和配房成了办公室和宿舍；后殿前的空场，因地制宜地改成了消防队员的运动场。

再比如金鱼胡同的三教庵，始建于清初，后来成了北平公安局内一区第一分所，大殿是巡官室和办公室，东西配房是休息室，后院的房子是器械库和厨房、食堂。有意思的是，巡官室前，原来的两棵古槐和一块石碑还在。古树可以用来庇荫；保存石碑，是出于爱护文物吗？那石碑一面刻有一副草书对联："古庙无灯凭月照，山门不锁待云封。"这副对联写得不错，很文雅，莫非要借它显示一下警察也是有文化的吗？

雍和宫大街上九顶娘娘庙，是明嘉靖年间的老庙，部分已经成了教室，门楣上的门额更是端正地写着"九顶私立群众学校"。东城西观音寺街的文昌关帝庙，道光八年（1828）建，则全部成了学校。庙里有关帝殿三大间，配殿和配房共二十一间，都成了北京市立第三十一小学的地盘。看照片，庙门一侧已经改建成新式的校门，券式拱形西式的门和窗；大门两侧，分别写有"厉行党化教育"和"培养革命青年"的标语；女儿墙上，左右各有嵌上去的“读书”和“救国”字样。走进去，在关帝大殿正中央，挂有孙中山画像和“革命尚未成功，同志仍需努力”的标语。虽然变为了学校，但是寺庙的格局未变，房子和院子都收拾得干干净净。

德胜门附近的马相胡同里的明朝老庙关帝庙，也是在那时候变成了一所小学校。

当时，不少寺庙都被相继变成办公场所和学校。这是因为民国初年，行政管理的各种部门办公地不够用；重视教育之后，新式学校兴起，用地大大不足，荒废的寺庙就正好派上了用场。我小时候家住西打磨厂，据《顺天府志》记载，清末时西打磨厂有玉皇庙、关帝庙、铁柱宫和萧公堂四座庙。萧公堂是明万历年间建的老庙，专用于祭祀鄱阳湖神（鄱阳湖神被称为萧公），早就废掉了，民国时成了江西公所，类似我们现在的江西驻京办事处。我所在的小学校，当时叫北京市第二中心小学，位于西打磨厂东部，也是由其中的一座老庙——关帝庙或铁柱宫改建而成的。因为年头久远，谁也说不大清了。

小学校是民国晚期就有了的，我读小学是1954年，庙的大殿成了学校的礼堂，配殿是老师的一大间办公室，好多个配房，基本都保留着，成了教室，空地是一个篮球场。功能彻底改变了，但庙的格局还可以清晰地感觉到，尤其是大殿，灰砖灰瓦和带铃铛的飞檐，都显示着旧庙的风华。只是在东边新盖起了一排红砖房，作为高年级的教室，簇新得很，和西边庙的群落有意做着新旧时代的明显对比。

让我最难忘的，是四年级时在大殿里举行的新年联欢晚会。大殿是我们学校的礼堂。我和同学排练的话剧片段《枪》，是在王府井的中国儿童话剧院看完话剧《枪》后，照葫芦画瓢学来的。剧情大概是一群小孩儿打日本鬼子的故事，最后落幕之前，我要开枪，好打死日本鬼子，这时候，后台的同学要摔响一个砸炮，代替我的枪响。那天，那个同学的砸炮一连摔了好几个都不响，光看我傻傻地举着枪杆，日本鬼子听不见枪响，也没法应声倒地，惹得全场大笑不止。这次演出，成为我对大殿最后的印象，让我对它充满怀念。

还有不少的寺庙，为商业之所用。比如，东城什锦花园胡同里咸丰年间的三圣祠，成了德春堂药铺；东皇城根街上光绪年间的关帝庙，成了兴元粮店；文昌阁胡同里嘉庆年间的文昌阁，成了棚铺的堆房。堆房，就是仓库。当年，北京夏天来临时要在院子里搭棚以遮阴，所谓“天棚鱼缸石榴树”，商铺也有很多搭棚的活儿，棚铺就是专门干这种活儿的。不过，这是季节性很强的活儿，没活儿的时候，那些搭棚用的木头杆子及其他工具，要放在一个地方，一些空出来的庙就派上了用场——用此出租场地的收入补贴庙宇维持的不足。在当时，这不是一家寺庙的做法，就连隆福寺这样的大庙，也要出租一点儿地盘，维持自己日常的开销。它的前殿一度也成了仓库，一些配房则分别租给了永馨和花厂、源记号照相馆、万瀛煜记鞋店、东顺永樟木箱匣厂等商家。

有的老寺已经不在了，后人在故址旧地盖起新的建筑，如前

1929年的隆福寺山門　Ruxing 2018.3.

门之东，如今正义路南口东侧，在原来太仆寺的地方，建起了当时北京城的洋楼六国饭店。有的老寺尚在，却无力维护，被卖与他人，拆毁重建，改作他用，彻底没有了寺庙的影子，成了另外一种建筑。最典型的莫过于给孤寺，此寺和其他寺庙不同，是用琉璃瓦盖顶，琉璃瓦为皇家专用，能用这样的瓦建庙，匾额名为“皇恩给孤寺”，可见不同凡响。《燕都丛考》转《顺天时报丛谈》说：“（给孤寺）在西珠市口柳树井中路北，相传创自唐贞观时代，清顺治时重修。庚子联军入城，寺已被抢，佛像已多拆毁，并时有住户俞氏一家仰药殉难之妇女共七口，均浮厝于此。”民国初年，给孤寺转卖他人，彻底拆除，新建成一座新式剧院，就是北京当时非常有名的“第一舞台”，谭鑫培、杨小楼、王瑶卿、梅兰芳等当时所有京剧名角，都在这里粉墨登场。一座寺庙如此变迁，从香火袅袅经幡飘飘，到歌舞笙箫灯火楼台，跌宕起伏，便有了时代的沧桑况味，成为历史演变的一个注脚。

也有的寺庙多年荒废之后，留下的空地，一时无人管理，逐渐变成了一种自发的公共空间，如南柳巷的永兴寺，虽是明朝古刹，却早已不存，民国时期其周围报社云集，一时成为全北京乃至全国的新闻中心，永兴寺便适时地成了当时报纸的批发地，每天早晨，拥挤到这里来批发报纸的报贩，如鸟聚散，叫唤着飞起飞落，成为京城热闹的一景。前些年，我专程走访这里，昔日风光不再，这里成了大杂院。

胡同里的寺庙，最多的是住进了人家，如是小户人家，还能维持寺庙原有的安静，比如大马神庙胡同里的马神庙，后来成了京剧名宿王瑶卿的住宅。大多的老庙没有找到这样的好人家，住进来的不是一户两户人家，连锁反应，住进来的人家越来越多，逐渐变成了大杂院。原来我住的西打磨厂262号，靠西路南，也是一座老庙，叫观音阁，建于清咸丰年间，后来就变成了一座大杂院。老庙如今拆迁异地重建，拆迁之前，我专程去那里看，院子里盖的小房子一间挨着一间，几乎没有了落脚之地。

建于明代，清康熙和同治年间分别重修过的法华寺，是如今城东南硕果仅存的大庙，尽管山门的一部分和后殿的一部分还在，却已经彻底沦落为老舍笔下的柳家大院一样的大杂院，拥挤不堪，破败不堪，曾经闹过火灾，我几次造访那里，每一次去都不忍目睹。

靠近王府井的甘雨胡同，曾经有一座玄极观，明万历年间的老庙，民国时期就已经变为了公寓。我的一位中学同学就住在这里，大院坐北朝南，门脸不大不宽，但院子很深，是三进的大院，一进门，还有一个影壁。院子的地，既有土地也有碎砖墁地，东西两侧有房，中间南北也有房，很明显的前后几个大殿的样子，老庙的格局依稀可见。只不过，住的人家很多，新接出的小屋、盖出的小厨房，让东西两侧的房子呈犬牙交错状，没有原来的整齐。房前堆放的杂物、贴墙放的自行车和三轮排子车，拥挤在一起，像是舞台上摆出的新道具，这里已经彻底完成了从一座老庙到大杂院的转化，可以作为演出《窝头会馆》或《龙须沟》的旋转舞台。

在如今鲜鱼口对面的兴隆街（之所以说在如今的鲜鱼口对面，是因为鲜鱼口和兴隆街原来是紧紧连在一起的一条老街，前几年修东侧路时把它拦腰切成两段）路北，有一座明朝老刹，叫崇真观，《顺天府志》里说它是明司礼监太监张政舍宅建立的。正统十四年（1449），有皇帝赐额。我小时候就管这段街叫崇真观街，老人们都知道这里有这样一座老庙。民国时期，因为这里靠近鲜鱼口、大栅栏，布巷子、果子市，往来的小商小贩很多，此庙已经成了小货贩的公寓。此庙当初建得不小，小时候，我们常到这里玩，院子很空旷，常在这里放映露天电影。我们会呼朋引伴，早早就跑到这里来，一为了占座位，二为了在这里绕着大树疯跑疯玩。去年夏天，我又去过这里一次，大院还在，只是当年放映露天电影的空场没有了，拥挤的小房子，让这里彻底变成了大杂院。

我也顺便去了地铁站桥湾一带，《燕都丛考》里记载的那些胡

同，除了薛家湾尚在，茶食、平乐园、河泊厂、南五老、黄雀诸胡同，已经不复存在，胡同里的那些寺庙，更是只存在于逝去的、缥缈的岁月里了。

五

过去的庙，不仅仅是供人烧香拜佛和举办庙会。很多有名气的老庙，别看藏在胡同深处，却常是一些文人雅士招饮雅集或避难的场所，抑或是尚未出名、怀才不遇、深藏不露者的暂时栖身之地。当然，也有的庙成了外地大臣进京述职办事的行馆；甚至有政治性的密谋，也会借老庙以掩藏，如当年戊戌变法时，光绪皇帝密召谭嗣同进宫，谭嗣同奉密旨找袁世凯密议，深夜去的就是法华寺。

由此，老庙便成了比饭店更为幽静的会所，成了贫寒或受难的知识分子的免费住所，以慈善和博大的胸怀接纳着这些人，无形之中扩大了寺庙的宗教义务与职责。当然，也可以说，这就是寺庙本当的要义。从某种程度而言，香火缭绕、经幡飘荡或暮鼓晨钟的回声荡漾，并非仅是虚无缥缈的，寺庙是知识的学习和储备之地，是受难者和贫寒者的庇护之所。

寺庙里是有故事的，而且，超出了一般言情或纪实的范畴。

不知道是否有人搜集整理过北京这些藏在胡同里的寺庙与文人的故事，如果编写成一本书，将会十分有趣。它不仅能彰显寺庙别具一格的内涵，更是老北京文化另一侧面的旁注。

比如，初次来北京还不能卖出一幅画和一方治印的齐白石，便是暂且在法源寺栖身的，是和他素不相识的陈师曾，得知消息后跑到法源寺找到他，帮助他走出困境，打出天下，才有了日后的齐白石。

再比如，同治十年，为了调停李慈铭和赵㧑叔之间的矛盾，张之洞和潘祖荫雅集京都文士，便是在龙树寺。不仅有文人吟诗作赋、画家挥笔作画，还请来庆余堂的名厨掌勺做菜，饮酒佐兴。后来，张之洞还特意在龙树寺修建了蒹葭簃，成为一时之盛事。

我是在邓云乡先生的《增补燕京乡土记》一书里看到这桩陈年往事的。龙树寺，在陶然亭公园之西，紧挨着龙树寺还有一座庙，叫龙泉寺。龙泉寺是一座大庙，龙树寺是一座小庙，但因里面有一株老树龙爪槐而出名，当时，不仅张之洞，很多文人雅士，都爱到龙树寺吟啸聚会。

《燕都丛考》引《桃花圣解庵日记》：“同治十三年九月九日，游南下洼诸寺，先入龙树院，游人甚盛，无复坐处。”足见那里非一时之盛。《骨董琐记》中说：“龙树寺本唐兴诚寺，龙爪槐嘉庆中补植。”龙爪槐确实是年头不短的一棵老树。清末时，很多文人曾经到龙树寺聚会。后补课读清诗，发现很多人为它吟诗作赋。其中有这样两句：“野凫飞起暮潭空，十亩蒹葭一亩宫。”“一夜纸窗明似月，百年老树艳于花。”前者写寺庙，是被蒹葭包围，一片空旷；后者写老树，居然艳于鲜花，极尽赞美之词。

邓先生在文章中还讲了龙泉寺的一桩往事：1914年，袁世凯把章太炎先生在龙泉寺里关押了半年之久，章太炎大骂袁世凯是卖国贼，把他送来的棉被，用香烟烧出了一个个洞，以示反抗。两座毗邻的寺庙，竟然和这么多名人逸事联系在一起，简直让人想起“文化大革命”时常见的那个颇为有名的对联中的那句“庙小神通大”。

陶然亭公园没有建立时，这里地势低洼，芦苇丛生，很是荒僻。清末，两寺就已经荒废，龙泉寺成为孤儿院。陶然亭公园建立之后，尤其是北平和平解放之后，在陶然亭周围盖起了很多平房和楼房，两寺就更是被淹没在街巷之中。我小时候常去陶然亭公园玩，如果不是看了邓先生的文章，根本不知道陶然亭公园的西边一点儿，还有这样两座寺庙，更无从知道曾经发生过这样多的故事。

邓先生在这篇文章最后说："当初建陶然亭公园时，把园区往西移三四百米，把龙泉寺、龙树寺都包括在园中，把东面空地留下盖楼房该多好呢？可惜经营陶然亭公园者，不熟悉历史文化掌故，亦不注意此点，不懂保护历史古迹……"难怪邓先生会发这样的感慨，1981年，邓先生看见过变为孤儿院的龙泉寺，当时，寺庙的灰墙门楼和字都还在呢。即使为时已晚，1981年如果有一点儿邓先生所说的"保护历史古迹"的意识，也可以留下一点儿龙泉寺的遗迹，让陶然亭多一个可看之处。可是，第二年，灰墙门楼也彻底被铲平了。

北京胡同的那么多寺庙里，有一处最让我感怀，那便是藏在南城烂缦胡同里的莲花寺。这条胡同，我常常去，可是早已经见不到这座有名的老庙了。这是一座明朝古刹，清乾隆时重修后，它迎来了辉煌时期。乾隆时的文人李调元曾经有两诗写它，其中一联"楸树前庭韩句里，桃遮小径杜诗中"，另一联"雨屐送僧莲寺近，夜炉留客竹窗寒"，把这座寺庙写得有树有花有竹的，挺美。

不过，这应该是乾隆盛世时的情景，清后期，这座寺庙，连同这条烂缦胡同一起渐渐委顿。它日后的出名，不在于它的禅房花木、曲径幽深，也不在于它是明朝古刹；这样的古寺，在北京胡同里多的是，它的出名，实则和两位名人相关。

一位是清朝嘉庆年间著名的诗人洪亮吉，当时，他秉言上书嘉庆皇帝，因直陈当朝官员"以钻营为进阶，以苟且为服官之计"而获罪，先被关押在莲花寺里，后被发配到新疆伊犁。那一年秋末冬初，他在这里和亲朋好友话别，莲花寺该是一种何等萧瑟的情景……后来，全国干旱成灾，嘉庆皇帝后悔对洪亮吉的判罚，亲自写下为其平反的手谕，最后写完“钦此”二字时，天空立刻雷雨大作。这样神奇的连锁反应，无疑为莲花寺平添了一抹别样的色彩。

另一位是民国时期的教育家兼画家姚茫父。关于姚茫父和莲花寺的一段传奇，后人的记载很多，其中陈宗蕃在《燕都丛考》里记载得最为言简意赅：“烂缦胡同，顺天府志作烂面胡同……稍南有莲花寺湾（编者注：后又称莲花湾），有莲花寺，贵筑姚茫父居此二十余载，吟诗作画，名流常集。”说是名流常集，一点儿不假，不要说京城画家，就连京剧界的名角梅兰芳、王瑶卿、程砚秋等人，也常到这里找姚茫父求教，踏破了小小寺庙的门槛。寺以人名，名人效应，一下子让这莲花寺想不出名都不行。

当时是因为军阀混战，战火连天，姚茫父才避难于此。北京城大小寺庙很多，为什么独选此处？《顺天府志》中说莲花寺“寺内树木蓊郁，门径极佳”。在我看来，这大概不是其中的原因，因为《顺天府志》说的是清末时莲花寺的情景，动荡之后烽烟四起的莲花寺，已经连同它所在的胡同而越发荒凉了。

《顺天时报丛谈》说，莲花寺当时的住持，是一个叫瑞禅的和尚，他“工绘画，喜风雅，一般名流多雅集于此”。这话说得不假，晚清著名诗人陈石遗就曾在莲花寺中寓居。名流多雅集于此，形成了气味相投的气场，这才是姚茫父愿意住在莲花寺的主要原因，而且，一住竟住了长长的二十年。他自称为“莲花庵主”。后来，姚茫父作过一首题为《芳草渡》的词，其中有这样几句：“事

想象中的莲花寺 ©RUXING 2018.2.

随燕去，剩我在城南萧寺，甚巷陌畅通，荒湾似水。”萧寺，自然指的是莲花寺；荒湾，指的是莲花寺前的小胡同莲花寺湾。此地原来叫七井胡同，莲花寺出名之后，改为莲花寺湾。如今，莲花寺不存，那一片好几条小胡同，统统叫烂缦胡同了。

张江裁曾作《莲花庵记》一文，文里说：“寺所在深巷，名曰湾，曰莲花湾，省之曰莲湾，实无水，但荒凉若水耳。丙寅秋，姚师复有题莲花庵一律，以陈丈师曾所写图本合裱一册，亦旧京一段佳话也。”可惜，姚茫父的这首诗和陈师曾的这幅画，我都无从看到。总是在想，荒湾似水的一条小胡同里，一座荒凉的小庙，却曾经有过诗、有过画，还有过这样有抱负、有志气、有才华的名人的雅集，实在是让我对之充满无限的想象。

由于见识的浅陋，以前，我总以为街巷里的庙都只是些小庙而已。其实，并不是这样的，街巷里，照样存有大庙。这一点，颇有点儿像北京城里一些有名气的大饭店，也都是藏在胡同深处。可以说，这是北京胡同里的一大奇观。

以前——我在这里说的以前，其实并不太久远，是指北平和平解放之后不久——在西长安街上，如今电报大楼和西单图书大厦之间的位置，曾经有过一座双塔庆寿寺，它便是座大庙。那时候的长安街，远不如如今这样宽阔、平坦如砥，道旁也没有这么多的高楼大厦。双塔对峙，犹如双峰高耸，还是非常突出的，尤其是在夕阳映照下，站在西单牌楼那里往东看，双塔流光溢彩，分外夺目。难怪它被称作“燕京小八景”之一。《日下旧闻考》中说它“壮丽甲于京城诸寺”。

双塔寺最早建于金代章宗年间（1189—1208），如果按照这样的年头计算，它有八百多年的历史了，比故宫、天坛的年头都要久。后来，它被大火烧过，于明正统十二年（1447）、嘉靖十五年（1536）、清道光二十五年（1845），经历过三次大规模的重修。据说，当时仅是重修这座庙，便“役军民万人，费至巨万”。双塔寺规模最大时曾经占地百亩，绵延到西单牌楼一带，庙内花木繁盛，还有流泉飞瀑。

看民国时的照片，双塔寺已经萎缩严重，淹没在一片民房之中。它的山门朝南，还开在西长安街上，但山门的东侧是长安美术照相馆，一座占地面积不小的二层洋楼，西侧是一排平房店铺和一座二层的西洋小楼，这个小楼是座商行，一直斜刺进双塔之侧。双塔虽依然巍峨地伫立在民房商行之上，却像是一块茯苓夹饼里的馅儿，被紧紧地夹裹着，已经很难想象昔日的浩荡风光了。

自清末以来，双塔寺尽管驴死不倒架，依旧顽强挺立在那里，却已是夕阳西下，日渐凋败，被四周的房屋挤压得越发瘦骨嶙峋。连年的战争和腐败，朝廷有钱去修颐和园，却无力重修双塔寺。难怪1954年扩建西长安街时，人们毫不犹豫就把它拆除，让位于宽阔的长安大道了。

当年梁思成呼吁保留下双塔寺，以它为中心，建立一座街心岛式样的花园，让车辆分流于岛两侧行驶，为此还特意画出了示

上个世纪三十年代西长安街上的双塔 RUXING 2018.2.

意图。这得是懂得双塔寺历史的人，才可以明白的苦心孤诣。就像面对一个残破的陶罐，得懂得它的历史，才会明白它的价值；不懂得的，只会将它视为一个破罐子而已，盛水都嫌它漏。新的时代来临之际，辉煌耀眼的现在进行时，会让人的眼睛闪亮于当下的一切，久远的历史，已经成为落满了灰尘的一页，被毫不犹豫地迅速翻了过去。天翻地覆慨而慷的年代，百废待兴，破旧立新成为人们新的价值观，谁还在乎一座老庙？更何况是一座已经看上去并不起眼的老庙？

现在，很多人都想起来了。元代修元大都南城墙的时候，修到这里，也曾经碰到同样的问题：要不要拆掉这座双塔寺，将城墙平直地东西向修下去？元世祖忽必烈下令，城墙向南移三十步。双塔寺保留了下来。

时过境迁之后，一切于事无补，徒增人们惆怅的空叹。如今，只有双塔寺山门的石额、石像，还保存在首都博物馆里，其他的都只能从残存的照片上去怀古伤今了。

还有一座比双塔寺更大的庙，如今也见不到了，那便是京城八大庙之一贤良寺。比起双塔寺，它建得晚了好多，但是，它不仅比双塔寺大，还比双塔寺更出名。同时，比起双塔寺来，它拆得更晚些，也就是说，它留存下来的希望本来会更大些。可是，它还是被拆毁了。

贤良寺当年建在冰渣胡同里。这条胡同如今也没有了。贤良寺的位置原在今天协和医院的西北，校尉胡同小学这个地方，紧靠着金鱼胡同，后院墙对着那家花园。但是，当年为扩建金鱼胡

同而拆掉了贤良寺和那家花园。为了修路，拆掉了不少老建筑，其中包括老庙，连同如贤良寺这样的大庙都不在话下。想起鲁迅说过的“其实地上本没有路，走的人多了，也便成了路”。其实，也是拆的老建筑、老庙多了，便成了路。

当年，康熙皇帝第十三子允祥被封为怡亲王。允祥生前表示死后舍宅为寺，贤良寺，便是在怡亲王王府的基础上，于雍正十二年（1734）建立起来的。当初，雍正皇帝赐名为贤良寺，并御制碑文。碑文上有这样几句，是称赞他的弟弟的话，却很有些“醒世恒言”的味道：“淡漠于富贵，希阔于声色，崇俭约已，乐善好施……”

贤良寺之名取贤良之意，便在于此，雍正说是为“识其实也”。

贤良寺很大，内有几大殿。佛像、壁画、古树，单看照片上照壁的砖雕，就已是精美绝伦；再看大厨房有十间之阔，占据了后院整整一排房屋，便可以想象当时庙里的人有多少了。按照1930年北平研究院实地测绘的平面图，我估算了一下，它的占地面积约两千平方米。如果按照今天的地价来算，如此靠近皇城的寸土寸金之地，该是何等的价值连城啊！怡亲王能够将其捐献出去改为寺庙，确实不易，起码不是每一个亲王都能做到的。

当然，贤良寺的出名，不仅仅因其大，比它更大的寺庙，在北京有很多。它的出名，还在于当时有很多名流在这里住过，如康有为、沈子培、王病山等维新派人物，还有曾国藩、左宗棠、李鸿章等重臣。这里离朝廷近，不少外地的大臣进京述职或办事，都愿意住在这里，早朝觐见皇帝时几步道，方便得很。显然，贤良寺和烂缦胡同里的莲花寺迥然不同。如果把莲花寺比作荒芜的艺术之寺，贤良寺便成了鼎盛的政治之寺。八国联军入侵北京，李鸿章作为和洋人议和的全权大臣，应召进京，便是住在贤良寺；和洋人签下屈辱的《辛丑条约》后，死也是死在贤良寺。

当时，慈禧太后逃离京城，那桐作为留京办事大臣，协助李鸿章议和，李鸿章住在贤良寺，穿过冰渣胡同，过金鱼胡同，或直接出后门，就到了那家花园，自然方便。关键还不在于方便，洋鬼子已经霸占了整个北京城，号称只有贤良寺和那府两块地方是中国的地盘，其余都归他们管辖。贤良寺，《天咫偶闻》中说的“闲院花飞，粥鼓晨严，炉烟昼静，地无人迹，竟日苔封”的风光不再，已经是寒鸦哀号，凄凉备至。

如果贤良寺健在，便有着宗教、艺术和教育的多层意义。人们逛完了王府井之后，到这里看看花飞花谢，听听暮鼓晨钟，想想前朝旧事，起码是多了一个京城游玩流连的去处。

可惜，京城八大庙之一贤良寺没有了。

清末之后，贤良寺就已经没落，但一直到民国晚期，庙里尚住有僧人（据1929年统计，驻庙僧人有二十二位之多）。其香火不灭，部分配殿变为小学校，后来寺庙又成为民国时期北平最大的殡仪馆。一直到北平和平解放之后，学校还在，殡仪馆停办了，但遗风犹存，1955年，林徽因去世后，追悼会就是在贤良寺举办的。“文化大革命”之中，御碑、佛像、钟鼓楼被毁，但大殿、配殿还在，贤良寺大体格局还在，起码算是“瘦死的骆驼比马大”。

贤良寺一直苟延残喘到1988年。那时，扩建金鱼胡同的马路，还要在马路两旁建造新的楼堂馆舍，拆迁的轰鸣声中，贤良寺彻底寿终正寝。1990年，贤良寺连最后倒下的架子都没有了。如今，只在校尉胡同小学的东侧还有一处小院，作为最后的影子，驻留在人们的视野和记忆里。两百多年的老寺，京城八大庙之一贤良寺，就这样毁在我们自己的手里了。

不过，值得庆幸的是，京城八大庙还保留下来了柏林、法源、觉生、广济、万寿、拈花诸寺。不能说这是“缺了穿红的还有挂绿的”那般阿Q似的自我安慰，想想历经世代劫难、世事沧桑，能够保存下来这样一些古庙古寺，确实不容易。当然，也得感谢我们的祖先当初建有这样多的寺庙，仅仅在城内就有上千座之多，经得起我们上下几代这样的折腾；时过境迁之后，让我们还能走进胡同里的这些老庙古寺，闲听钟鼓荡漾，静看香火缭绕，跪拜在蒲团之上，遥想前尘往事，默思我们曾经做过的一切，敬拜我们的祖先和先贤，让我们已经油腻与蒙垢的心，稍稍得以拂拭，滤就得澄澈透明一些。

2018年1月

附记 ++++

这篇文章写完之后，借到一本北京燕山出版社出版的《北京现存祠庙建筑研究》(北京市古代建筑研究所著)。这本书没有用“寺庙”一词，而用的是“祠庙”。按照这本书的解释，“祠”和“庙”最初是两个具有独立意义的词，后来随着祠和庙都具有祭祀神、祖先的意义而逐渐互通，在郦道元的《水经注》中已经出现了祠、庙互为解释的现象。进入21世纪，“庙”一词便成了诸如祠、庙、寺、观等一切宗教场所的泛称。我只是不懂为什么这本书没有把现存的法源寺、天宁寺、潭柘寺、云居寺等诸寺包括在内。

这是2016年5月出版的一本新书。这本书中提供的北京现存祠庙的数字是四十三座(如果将这个数字和清乾隆十五年一千二百七十二座寺庙的数字相比，真让人感慨沧海桑田之变化)，应该是迄今为止最新、最准确的数字了。这四十三座祠庙包

如今国学胡同的韩公祠 LuYinG 2018.4.

括了郊区县。按图索骥，我仔细在书中挨个儿找到了城内（即明清以来传统的内外十一区）现存的共二十一座祠庙（这个数字和1936年内外十一区共九百三十一座庙宇相比，从减少的数字中可以触摸到时代发展的云谲波诡），抄之如下，立此存照：

贤良祠（地安门大街103号）、旌勇祠（旌勇里3号）、左翼忠孝祠（西堂子胡同9号）、双忠祠（外交部街37号）、文天祥祠（府学胡同63号）、于谦祠（西裱褙胡同23号）、显忠祠（即僧格林沁祠，宽街47号）、醇亲王祠（天平湖鲍家街43号）、李鸿章祠（西总布胡同27号）、孔庙（顺天府学，府学胡同65号）、关岳庙（鼓楼西大街149号）、韩公祠（国子监街国学胡同31号）、杨椒山祠（达智桥糊涂12号）、袁崇焕庙（龙潭公园内）、袁崇焕祠（东花市斜街）、潘祖荫祠（米市胡同115号）、祖大寿祠（新街口街道富国街3号）、谢叠山祠（法源寺后街3号、5号）、阎若璩祠（储库营15号）、顾亭林祠（西城报国寺前街1号）、钱氏宗祠（薛家湾39号）。

有意思的是，这二十一处祠庙，都还在胡同里面。不知道是胡同保护了它们，还是它们保护了胡同，仿佛让我们踩着胡同的尾巴，看到它们的头在动。

胡同的声音

一

说起老北京，故宫是北京的脸面，四合院是北京的骨架，胡同是北京的血脉。没有胡同这个血脉，北京城的血液则无法流通。特别是那些横七竖八、密网如织的窄小胡同，看似有些杂乱无章，其实是北京城的毛细血管，没了它们，也就没了北京城四通八达的活力。曾经在纽约的现代美术馆里，看到荷兰画家蒙德里安的一幅画作，题目叫作《百老汇爵士乐》，画的是纽约百老汇地区的街道。他别出心裁地用各种颜色的小小的色块，一块挤着一块，密集在一起，串联起这些纵横交错的街道，使之成为一条条彩色的河流，横竖贯通，既抽象，又形象。我想，北京的胡同就是这样一幅美丽的图画，如果让蒙德里安来画我们北京的胡同，那些密如蛛网一样交织在一起的胡同，会让他画得更加缤纷多姿——不是爵士乐了，得是交响乐。

所以，有人干脆称胡同是北京的魂儿。

这个比喻很好玩。不过，魂儿是看不见的，得有别样的玩意儿站出来，才能够演出一场别开生面的“还魂记”。记得小时候，有一次，我病得昏迷过去，一连几天昏睡不醒，我妈就坐在大门口，用鞋底子使劲拍打着门槛，冲着星星缀满的夜空，拉长了嗓音，一遍又一遍地叫喊着我的名字。她说，这叫“叫魂儿”。听见叫喊的声音，魂儿才能出来。

这种说法，或许有些迷信。但是，老北京胡同的魂儿，确实是和叫喊的声音紧密连在一起的。这个声音，就是胡同里的叫卖声，北京人管它叫吆喝声。稍微上了点儿年纪的北京人，谁没在胡同里听见过吆喝声呢？有了穿街走巷的小贩那些花样迭出的各种吆喝声，才让一直安静，甚至有点儿死气沉沉的胡同，一下子有了生气，就像《安徒生童话》里说的，一只手轻轻地一摸，一朵冻僵的玫瑰花就活了过来，伸展开了它的花瓣。

没有了吆喝声，胡同真的就像没有了魂儿。全是宽敞的大马路，路这边房子里的人，要到路那边的房子里去，得过长长的过街天桥，当然，就是再响亮的吆喝声，也听不见了，只剩下汽车往来奔跑的喧嚣声。

二

关于老北京胡同的吆喝声，张恨水曾经充满感情地这样写道：“我也走过不少的南北码头，所听到的小贩吆喝声，没有任何一地能赛过北平的。北平小贩的吆喝声，复杂而谐和，无论其是昼是夜，是寒是暑，都能给予听者一种深刻的印象，虽然这里面有部分是极简单的，如‘羊头肉’‘卤肥鸡’之类，可是他们能在声调上，助字句之不足。至于字句多的那一份优美，就举不胜举，有的简直就是一首歌谣。”

张恨水不是北京人，但他说得真好。没错，有的吆喝声，真的就是一首好听又上口的歌谣。

比如，过年的时候，卖年画、春联和挂钱儿的小贩的吆喝：“街门对，屋门对，买横批，饶喜字。揭门神，请灶王，挂钱儿，闹几张。买的买，捎的捎，都是好纸好颜料。东一张，西一张，贴在屋里亮堂堂；臭虫它一见心欢喜，今年盖下过年的房……”合辙押韵，朗朗上口。这里吆喝的“闹”，就是“买”的意思，他不说“买”，而是说“闹”；这里说的“过年”，不是说眼面前过春节的过年，说的是来年，是下一年，但他不这么说，而是说“过年”——都是只有老北京人听着才体会得到的亲切劲儿。

再比如，那年月火柴还没有行市，有卖火镰的小贩沿街这样吆喝他卖的火镰好使：“火绒子火石片火镰，一打就抽烟，两打不要钱——”真的像是歌谣一样，生动形象，又悦耳上口，一听就记住了。

再比如，老北京有一种卖儿童小食品糖咂麦的小贩，吆喝起来别有一番味道：“姑娘吃了我的糖咂麦，又会扎花又会纺线；小秃儿吃了我的糖咂麦，明天长短发后天扎小辫儿……”夸张，却让人感到亲切，不管是大人还是孩子听了，都能会心一笑。

再比如，冬天卖白薯的小贩也能吆喝出花儿来："栗子味儿的白糖咧——是栗子味儿的白薯咧，烫手咧，蒸化了，锅底儿，赛过糖咧，喝了蜜了，蒸透了，白薯咧，真热乎呀，白薯咧……"一个烀白薯，让他一唱三迭，愣是吆喝成了珍馐美味。

再比如，秋天卖秋果的小贩吆喝："秋咧的，海棠咧，没有虫儿的咧；黑的咧，糖枣咧，没有核儿的咧……"用最简单却又最形象的语言，突出了海棠和黑枣的优点。

再比如，夏天卖酸梅汤的小贩吆喝："又解渴，又带凉，又加玫瑰，又加糖，不信您就闹一碗尝一尝！"小贩手里打着小铜板做的冰盏，就跟说快板书一样，颇有些自得其乐的意思。

还有卖油条的小贩的吆喝，更是绝了："炸了一个脆咧，烹得一个焦咧，像个小粮船儿的咧，好大的个儿咧，锅里炸的果咧，油又香咧，面又白咧，扔在锅里就漂起来咧，白又胖咧，胖又白咧，赛过了烧鹅的咧——一个大个儿的油炸果咧！"极尽夸张，用了各种比喻，在语文课上，可以作为教孩子修辞方法的范例了。

由于年龄的限制，这些吆喝声，我没听到过，真的太遗憾了。这几个例子，都是从光绪年间蔡省吾的《一岁货声》中看到的。

在这本老书中，还有这样一种吆喝，让我格外感兴趣，是卖盆的："卖小罐哟，喂猫的浅哟，舀水的罐哟，澄浆的盆啊啊哦……"引我兴趣的，在于这样的吆喝声后，还有一段注解："（卖盆的小贩）一边学老鸹打架，先叫早，后争窝，末请群鸦对

谈嬉笑、怒骂中，有解和意。无不笑者。”这样，吆喝声就更为丰富了，卖盆的一边敲打着各种盆，发出不同的声响，一边学着老鸹的叫声，一会儿叫得慢，一会儿叫得快，一会儿叫得急，一会儿叫得响，一会儿是一只老鸹叫得清亮，一会儿是一群老鸹叫得乱成一团。吆喝中夹带着民间艺术，简直就是口技，没有点儿能耐的，还真的卖不了这些看似简单的盆。所以，有俗话说是，卖盆的，满嘴是词儿（瓷儿）！

这些歌谣一样美丽动听的吆喝声，随着胡同的消逝，也消逝殆尽了。

当然，也有的吆喝声，只听见声音婉转悠扬地在胡同里荡漾，却听不出吆喝的是什么。《燕京杂记》里说："京师荷担卖物者，每曼声婉转动人，听闻者有发语数十字而不知其卖何物者。"不过，即便是这样，那声音也足够好听的了，轻轻撞在寂静胡同里的灰墙上，让墙好像琴弦一样，也能发出悦耳的声音，会说话、会唱歌似的。况且，毕竟有听得懂的人，那些专门买这类小贩货物的人，对这样的声音耳熟能详，是知音呢。

我听到的吆喝声，从小时候，一直延续到上个世纪70年代末。那时候，听到最多的是剃头师傅伴随着唤头声响的吆喝声，还有手里摇着用麻绳穿起来的长长一串铁片，或是吹着一把小铜号，叫喊着"磨剪子咧——戗菜刀"的吆喝声。所谓戗菜刀，是给刀开刃。每每听到这样的叫喊，我们一帮孩子就会站在院子里，模仿着磨剪子师傅的样子，一手捂着耳朵，齐声吆喝起来："磨剪子咧——戗菜刀"，故意和磨剪子的师傅比赛谁的嗓门儿高。那是我们在找乐儿，这吆喝声，也是我们的童谣。

有时候，我们会跑出院子，看着他们，听他们旁若无人的吆喝声。《燕京杂记》里说："呼卖物者，高唱入云，旁观唤买，殊不听闻，惟以掌虚覆其耳无不闻者。"还真是这样，小贩吆喝的时候，都会用一只手捂着自己的一个耳朵。我至今不大明白为什么非要这样做，那是吆喝时的一种必须连带的动作吗？是一种范儿吗？

那时候，听到的吆喝声，还有卖馄饨的、卖硬面饽饽的、卖羊头肉的、卖小金鱼的、卖冰棍儿的。特别是卖冰棍儿的吆喝声，会一直坚持到最后胡同里的吆喝声彻底消失。它们是我听到的最后的吆喝声，如同音乐会终曲最后的定音鼓或小号声渐渐远去，当时并没有什么感触，现在想起来，有些忧郁的感觉，却又无可追回。

那时候，卖冰棍儿的推着小推车，有的老太太卖冰棍儿，索性把她家的婴儿推车推了出来，是那种藤条编的小推车。没有冰柜，冰棍儿都是装在大号敞口的暖水瓶里，再在外面裹上层棉被。“冰棍儿——败火，红果冰棍儿，三分一根儿！”声音短促、沙哑、有力，成了我最熟悉也最亲切的吆喝声。我们胡同里卖冰棍儿的基本都是老太太，即使她们掉了牙、豁了缝儿的嘴巴吆喝出来的声音再含混不清，我们也能一耳朵就听出来是卖冰棍儿的来了，伸手冲着家长要完钱，一阵风似的跑出院子。

还有一些吆喝声，比如“锔锅锔盆锔碗——”“钢种锅换底——”，也会经常在胡同里响起。我虽不爱听，这却是我妈爱听的吆喝声。我家一个带笼屉的蒸馒头的钢种锅，就是在这样的小贩手里换了一个底，一直使到我妈妈去世后。

而只要一听到“有破烂的——我买！有破铺陈烂衣服的——我买！有废铜烂铁的——换钱！”，一辈子节省的我妈肯定会冲我喊：“打鼓儿的来了，快把咱家那些破烂东西拿出去卖！”后来，“打鼓儿的”不时兴叫了，我妈就与时俱进地改叫“喝破烂的”了，一直叫到街道上有了废品收购站。

70年代后期，还有木匠扛着工具在胡同里吆喝：“打桌椅板凳，打大衣柜咧……”在《一岁货声》中，这类木匠连同他们的吆喝声，是放在“工艺”一栏里，归入工艺人行列里，和一般的小商小贩有区别。《一岁货声》这样写他们的吆喝声，和我听到的不尽一样：“收拾桌椅板凳！”这里说的“收拾”，更多指的是“修理”的意思。在后面特别注明：“在行者，背荆筐，带小家具者，会雕刻其器，统括二十八宿。其外行者，背板匣。”这里说的“带小家具”，我以为应该是“带小工具”之误。这里说的在行者与外行者，很像齐白石说的他年轻当木匠时有小器作和大器作之分。一个“背荆筐”，一个“背板匣”，将这种区分表现得很形象。

那时候，我插队回北京不久，从北大荒带回来不少黄檗罗木。那是当地老乡送我的，他对我说：“回去结婚时好打大衣柜用。”他们替我想得很周到，那时候，买什么都需要票证，大衣柜更是紧俏的商品。听见木匠的吆喝声，我跑了出去：是个外地来京的木匠，背着个简单的背包，里面装着锯斧凿刨等简单的工具。我把他请进院子，让他给我打了一个大衣柜、一个写字台，一连干了几天的活儿。

记得很清楚，那木匠一边打大衣柜，一边对我说：“你这木料可够好的，这可都是部队用来做枪托的料呢，打大衣柜可有点儿糟尽材料了！”我告诉他，着急准备结婚用，要不也舍不得用。那时候，流行一个顺口溜：“抽烟不顶事儿，冒沫儿（指喝啤酒）顶一阵儿，要想办点儿事，还得大衣柜儿。”这个大衣柜打好了，一直到结完婚，都有孩子了，柜门还没安上玻璃。买玻璃得要票，我弄不到票。

三

我对胡同里的吆喝声没有研究，但对这样一些吆喝声特别感兴趣：

卖花生——“芝麻酱味儿的”，卖烤白薯——“栗子味儿的”，卖萝卜——“赛梨味儿”，卖甜瓜——“冰激凌味儿”，卖西瓜——“块儿大，瓤儿高，月饼馅儿的咧！”，要不就是“管打破的西瓜，冰核儿的咧！”，要不就是“斗大的西瓜，船大的块儿，青皮红瓤，杀口的蜜呀！”，还有这样吆喝的——“块儿大呀，瓤就多，错认的蜜蜂儿去搭窝，亚赛过通州的小凉船的咧！”。

这样的吆喝声，真的体现了吆喝的艺术，它们绝不做梗着脖子青筋直蹦的直白的喊叫，而总能恰如其分地找到和他们所要卖的东西相对衬、相和谐的一种比喻，透着几分幽默，又透着一丝狡黠，让自己所卖的东西一下子活灵活现，吸引众人。

尤其是卖西瓜的。那时候，哪个街头巷尾，不站着个卖西瓜的小贩，要想吸引人们到自家的摊子前买瓜，吆喝声就得与众不同：你说是月饼馅儿的一个甜，我就说是带冰核儿的一个凉；你说是蜜一般的甜，我就说是蜜蜂跑到我的西瓜里错搭了窝——更甜，还得特别再加上一句，我的西瓜块儿大得赛过了小凉船，而且，是从通州来的小凉船。这里说的是大运河从通州流过来，一直流到大通桥下（如今的东便门角楼下）的情景，是带有指向性的具体场景，也是那时候的人耳熟能详的情景，这才会让人感到亲切，如在目前。

那时候，站在胡同里，不买西瓜，光看他们耍着芭蕉扇，亮开了大嗓门儿地吆喝，也非常有趣。这是那时候我听到的胡同里的演唱会，个个嘴皮子赛得过如今的郭德纲。

这样的吆喝声，除了《一岁货声》，在其他书中，只要是看见了，我就赶忙记下来，做了大量的笔记。我觉得这应该属于民间艺术的一种，是吆喝声中的高级形式，是研究老北京文化不可或缺的一种带有声音的注脚。

比如卖菜的小贩：卖韭菜的喊“野鸡脖儿的盖韭咧——”，卖菠菜的喊“火芽儿的菠菜咧——”，卖大白萝卜的喊“象牙白的萝卜咧，辣来换咧——”。

小贩们不会只是单摆浮搁地喊出菜名，总要给所要卖的蔬菜前面加一个修饰语，就像往头上加一顶漂亮的帽子。如果只是吆喝菜名，也得像侯宝林相声里说的“茄子扁豆架冬瓜，胡萝卜卞萝卜白萝卜水萝卜带嫩秧的小萝卜……”式的贯口，一口气吆喝出来，如水银泻地。

比如卖桃的小贩，同样不会只是吆喝“卖桃咧，谁买桃咧——”，而是要吆喝“玛瑙红的蜜桃咧——”“大叶白的蜜桃呀——”“鹦鹉嘴的鲜桃哎——”“王母娘娘的大蟠桃咧——”“一汪水儿的大蜜桃，酸咧肉咧还又换咧……”

即便只是简单的“五月鲜”嫩玉米，小贩也得这样吆喝才行：“活了秧儿的嫩咧，十里香粥的热的咧——”即便只是一个小小的甜瓜，小贩也得这样吆喝才行：“甘蔗味儿的，旱秧的，白沙蜜的，好吃咧——”即便只是很普通的马牙枣，小贩也得特别地吆喝说："树熟的大红枣咧——"强调他的枣绝对不是捂红的。

哪怕只是一碗豆腐脑，小贩也要加上一句："宽卤的豆腐脑，热的呀——"一个"宽"字，一个"热"字，把他家的豆腐脑好的地方，言简意赅地说得突出又恰当，吆喝得抑扬顿挫，那么的诱人。

哪怕是冬天里到处都在卖的糖葫芦，小贩们都会这样叫喊："冰糖葫芦，刚蘸得的——"让你听得出"冰糖"和"刚蘸得"，是他突出要的效果。

哪怕只是清一色的关东糖，小贩也得把自家的糖夸上一番："赛白玉的关东糖哟——"这夸得有点儿过分，关东糖带有浅浅的奶黄色，哪里会赛过白玉的白呢？但是，他的夸张，会让你会心一笑，即使不走过去买，也佩服他真能想出来这样的比喻，把一根稻草说成金条一样，把一块关东糖说成了汉白玉，夸得它那样的溜光水滑。

卖的哪怕是小小的樱桃，再笨拙的小贩，也会加上一个修饰词："带把儿的樱桃咧——"想到齐白石画的那些鲜艳欲滴的樱桃，哪一个不是带把儿的呢？你就得佩服这些小贩的审美心理，是和齐白石一样的。一个"带把儿"的樱桃，就像是带露折花一样，水灵灵的，那么的可爱。

我真的对这样的吆喝声充满兴趣，对这些小贩很是佩服。他们不仅将货声吆喝得那样悠扬悦耳，还让吆喝的词语那样有琢磨的嚼劲儿。要让胡同里有魂儿，所要求的元素有多种，不可否认的是，吆喝声是其中重要的一种。可以设想，在以往的岁月里，如果缺少了这样丰富多彩的吆喝声，胡同里只有风声雨声、倒泔水的哗哗声、老娘们儿吵架的詈骂声，该是一种什么样的成色，该少了多少精神气儿，如今的老人们又该少了多少怀旧色彩的回忆……

四

这样的吆喝声，让胡同一下子色彩明亮了起来、生动了起来，也让我想起童年和少年时代住在胡同里的时候，听到的那些虽然今天已经少了很多却依然时而能听到的吆喝声。那声音，是那样的动听、难忘。那时候的胡同，好像没有那么多脚步匆匆的人，更没有那么多的车辆穿行，不要说汽车，就连自行车都很少。胡同里安静得很，那些吆喝声才会传得远，而且像是唱歌一样，显得那么悠扬好听。

记得那时候有打糖锣的小贩，打着小铜锣，老远就能听见，一声声，清脆悦耳，让人心动；紧接着听见的便是他的叫唤声，那声音更像是伸出了小手，招呼着我们一帮小孩子跑出院子，簇拥到他的担子前，听他接着唱歌一样的吆喝。我记不住他都吆喝什么了，后来看到民国时有北平俗曲《打糖锣》，里面这样唱道："打糖锣的满街的叫唤，卖的东西听我念念：买我的酸枣儿咧，炒豆儿咧，玉米花儿咧，小麻子儿咧，冰糖子儿咧，糖瓜儿咧……纸扇子儿，沙燕儿，风琴的纸风筝儿，压腰的葫芦儿花棒儿……"

我见到的打糖锣的，嘴里唱的没有那么复杂，卖的东西也没有那么多样，不过是一些我们小孩子爱玩的洋画、玻璃弹球之类简单的东西。曲子里唱的那些吃的有的倒是有，至今留给我印象最深的是酸枣面，一种像黄土的东西，用手一捏就能捏成粉末，吃进嘴里，酸酸的感觉，我特别喜欢吃，冲水后，便是我那时的饮料。

后来，看到清末民间艺人绘制的《北京民间风俗百图》，其中有一幅就是《打糖锣》。图中有几行小字说明："其人小本营生，所卖者糖、枣、豆食、零星碎小玩物，以为哄幼孩之悦者也。"和我小时候见到的打糖锣的所卖的东西相差无几，看来这样的传统由来已久。画面上打糖锣的人，身前摆着一个很大的筐，元宝形，里面是一个个小方格子，每个格子里放着不同的零星碎小玩物。我没有见过这样的元宝形筐子，觉得挺新奇。再后来，读《清稗类钞》，书上说清末民初时兴这种元宝形的筐子，连卖煤球的装煤球都用这种筐子。

我见到的打糖锣的小贩，是背着一个担子，一头一个小木箱，一个木箱里装的是这些吃的、玩的，一个木箱上放着一个薄木头板做的圆圆的转盘，你花几分钱，可以转一次，转盘停下来，转盘的指针指向一个格子，这个格子里有什么东西，你就可以拿走什么，但是，如果格子是空的，你就等于白转了。这个游戏，让我们小孩子每一次转时都瞪大了眼睛，不错眼珠儿地看着，充满期待，却总是转到空格子的时候多，不知道小家雀儿怎么会斗得过老家贼呢。

长大以后，读泰戈尔的小说《喀布尔人》，看到那个来自喀布尔的小贩，每天摇晃着拨浪鼓，同样吆喝着走街串巷，是那样的辛苦；看到小贩为了生活而不得不背井离乡的那种辛酸和思念自己小女儿的那种心碎，心里很感动。想起自己小时候见过的那些打糖锣的小贩，其实和这位喀布尔人一样，都是生活在最底层的贫苦人，自有人生的苦涩与艰辛；想起曾经认为“小家雀儿怎么会斗得过老家贼”，便心怀歉意。吆喝声中，含有人世间的辛酸，不是小孩子能够懂得的；吆喝声中，那凄凉的声调和无尽的韵味，更是小孩子难以体会到的。

还有一种卖煮海棠的小贩，一边吆喝着“海棠，煮熟的，面乎的，好吃的海棠果儿咧——”，一边慢悠悠地走来：挎着一个小竹篮子，篮子里放一个小盆，用白毛巾盖着，盆里全是煮熟的海棠，几分钱，买一小碗，那海棠还带着热乎气，面乎乎的，没有生海棠的涩味和酸味，很好吃。长大以后，再没有吃过这样煮熟的海棠，当然，也再没有听到过卖熟海棠的吆喝声。似乎从来没有见过对卖熟海棠的吆喝声的记载。多少弱小的东西，就这样被忽略、被遗忘，好像它们从来没有存在过一样。好多声音，也是一样，就像被我们随手抛弃的一张废纸，彻底消逝在遗忘的风中。

还有一种东西，我很小的时候，也见小贩吆喝着卖过，是干菠菜。冬天，小贩挎着个竹篮，里面放着一把一把的干菠菜，别看菠菜干干的，一点儿水分都没有了，但菠菜头儿上的那一点儿红根儿还在，格外暖心。这种干菠菜是过春节时包素馅饺子用的。

那时候过年，是必要包一些素馅饺子吃的，和天津人包素馅饺子必要用红粉皮一样，北京人必要用干菠菜。小时候，见我妈听见吆喝着卖干菠菜的，必要走出大院，亲自挑一小捆，她说好的干菠菜，没有什么土，用水发出来湛青汪绿，包出的饺子好吃，比肉馅的还香！

如今，即使过年包素馅饺子，也没有必要用干菠菜了。自然，我妈所说的发干菠菜这样一道程序，如今也见不着了。所谓发干菠菜，和水发海带一样，是将干菠菜泡在清水里，慢慢地让干菠菜舒展开腰身，干菠菜就会像新鲜的菠菜一样，真的就湛青汪绿了，头儿上的那一点儿红，就像过年的时候我妈点在馒头上的一点儿胭脂红一样，更加红了。我和弟弟都是在我妈发干菠菜的同时，把我爸买来的冻酸梨也泡在水里，看是冻酸梨外面那一层冰壳出来得快，还是我妈的干菠菜绿得快，成了那时候过年的一种游戏。

现在，我猜想，这样用干菠菜包素馅饺子的传统，其实是物质匮乏时代的传统，并非如我妈说的真的比肉馅的还香。包素馅饺子，真正讲究的是要用韭菜的。那时候，过年期间，韭菜即使有，也属于棚子菜，会贵得出奇，一般人家谁买得起？权且用干菠菜代替，也能让象征着春天到来的那一点点绿，出现在家里的餐桌上。这多少有些像再苦再穷的杨白劳，过年也得给闺女买一条红头绳。便也明白了，无论卖东西的小贩，还是买东西的人家，都是贫寒人，都是为了生计——一个为生计而奔波，一个为生计而节省。

还有卖花的吆喝声，格外悠扬好听，不过，我不会特意跑出院子去凑热闹，一般都是大院里的大姑娘小媳妇，爱去买点儿纸花或绒花，插在发髻上；要不就是一些爱侍弄花草的老人，买盆鲜花，放在自家的门前或窗台上养。后来读清诗，有这样一首绝句："颇忆前年上巳后，小椿树巷经旬栖。殿春花好压担卖，花光浮动银留犁。"诗里写的是小椿树胡同挑担卖花的情景。民国时，有人作诗"一担生意万家春"，说的也是挑担卖花，可见这一传统延续了下来。

在老北京，卖花的时节，除了春天，还有夏天。夏天，主要卖茉莉花、晚香玉和白玉兰。前辈剧作家翁偶虹先生曾有一篇文章《消夏拾趣》，将这种卖花情景及叫卖的货声记述得颇为详尽："贩者负长方竹筐，内置小铜匣多具，碎冰块置于四周，匣内窨白玉兰及茉莉花朵。另有散朵晚香玉和玉簪花窨于湿袋。更有'马知了儿'（夏蝉）裹以桑叶，杂塞筐隙。货声清澈动听，一连串地喊出：'买玉兰花来晚香玉，指甲草来茉莉花！'最后还饶上一句'听叫儿的知了儿！'。"不过，翁先生说这些小贩是在清晨叫卖；我小时候，叫卖却是在晚间，而且，管白玉兰都叫"瓣儿兰"，一般也没有卖指甲草的，因为指甲草很容易种，在我们的大院里，种指甲草的人家很多。

柴桑《京师偶记》里面有这样一条记载："千叶榴花，其大如茶杯，园户人家摘入掷筐中，与玉簪并卖。但听于街头卖花声便耳心醉。"如此大朵的石榴花，我是没有见过的，也没有见过这样卖花的，即便有，我们院子的大姑娘小媳妇也不会买的，因为院子里的石榴树5月花开的时候，随便摘几朵插在头发上就行，何必再花那冤枉钱呢？不过，他说的听见街头卖花声就耳朵和心一并醉了的情景，还是让人那么的向往。卖花声，大概是所有吆喝声，尤其是那些带有凄凉或哀婉调子的吆喝声中，一抹难得的亮色。

这都是卖鲜花的。卖纸花、绒花的，是不会挎筐挑担的，一般都会在胳臂肘子里夹着一个包袱皮，或夹着一个小纸匣子，里面一层层的，夹着各种假花，吆喝着，调门儿似乎也没有卖鲜花的那样高。他们专门卖给那些爱美的姑娘媳妇。有竹枝词说："内城多少娇儿女，通草为花插满头。"可见这曾经是一种风尚。

我对这些假花没有任何兴趣，读中学的时候，每天上学要穿过花市大街，街两旁有好多专门做通草花的、卖绒花的店铺，见天地和它们打照面。虽然诗中美化它们"纸花裁剪草名通，着手生春傲化工"，心里总是觉得它们再怎么像真的，也是假花。还是喜欢真花，只是当时家里没有闲钱，让我买过一盆哪怕是再便宜的草茉莉之类的鲜花。但是，看《燕京岁时记》里说"四月花时，沿街叫卖，其韵悠扬，晨起听之，最为有味"，还是挺向往的，尽管我从没有听过这样悠扬的卖花晨曲。

五

吆喝声，尽管里面有不少美好的韵味在，但在时过境迁之后怀旧情绪的泛滥中，很容易被美化。毕竟吆喝声不是音乐不是诗，是底层人为生活而奔波发出的声音，内含人生况味，和诗人笔下“小楼一夜听春雨，深巷明朝卖杏花”，以及《天咫偶闻》里记载的皇上八月隔墙听到吆喝声而写下的诗句“黄叶满街秋巷静，隔墙声唤卖酸梨”并不一样。

读到的很多关于吆喝声的诗句中，有这样两首，让我心里为之一动。一首是夏仁虎的《旧京秋词》，其中“可怜三十六饽饽，霜重风凄唤奈何”一句，让我感动。下面还有一句注解：“夜闻卖硬面饽饽声，最凄婉。”起码这里面触摸到了吆喝声中人生的无奈与辛酸的痛点。一首是一位不如夏仁虎出名、叫金煌的人写的《京师新乐府》中的《卖饽饽》：“卖饽饽，携柳筐，老翁履弊衣无裳，风霜雪虐冻难耐，穷巷踽立如蚕僵。卖饽饽，深夜唤，二更人家灯火灿，三更四更睡味浓，梦中黄粱熟又半……”那寒夜里吆喝着卖饽饽的老人凄凉的情景，让我感动。

想想那时候的胡同，无论什么时候，哪怕是数九寒天，哪怕是深更半夜，也是少不了一两声吆喝声的，就像京戏里突然响起的一两声“冷锣”，即使你住在深宅大院里，这声音也能隐隐约约地传到你的耳朵里，轻轻地，却也沉沉地在你的心里头一震。在那些物质贫乏、天气寒冷的夜晚，那吆喝声，诗意是让位于夏仁虎所说的“凄婉”和金煌所言的“难耐”的。人生中沉重的那一部分，世事苍凉的那一部分，往往弥散在夜半风寒霜重，甚至风雪交加时这样的吆喝声中。

记得张爱玲曾经写过每天天黑时分一位卖豆腐干老人的吆喝声，她是这样说的：“他们在沉默中听着那苍老的呼声渐渐远去。这一天的光阴也跟着那呼声一同消失了。这卖豆腐干的简直就是时间老人。”张爱玲说的是上海弄堂里的吆喝声，北京胡同里的吆喝声也是一样的，半夜里那一声声的吆喝声渐渐消失的时候，一天的光阴也就过去了。那些不管是凄清的还是昂扬的、低沉的还是婉转的吆喝声，都是胡同里的时间老人，见证着胡同的沧桑。

还看过一篇民国时期的文章，作者是一位在战争年代里被迫离开北京、流落异乡的北京人。深夜里，他听见了如同时间老人一样的吆喝声，只是和张爱玲说的不同，不是卖豆腐干的吆喝声，而是卖花生的吆喝声：“至于北风怒吼，冻雪打窗的冬夜，你安静地倒在厚轻的被窝里，享受温柔的幸福，似醒似睡中，听到北风里夹来一声颤颤抖抖的声音：‘抓半空儿多给，落花生……’那时你的心头要有一个怎样的感觉呢？”

面对夜里的吆喝声，他的感受，和张爱玲是那样的不同。张的感受更多是客观的、冷静的，而他则是感性的，充满着感情。特别是在远离北京、听不到熟悉的吆喝声的时候，这种吆喝声，更加让人怀念，更加撩人乡愁。

无论是夏仁虎笔下卖硬面饽饽的吆喝声，还是张爱玲笔下卖豆腐干的吆喝声，或是最后那位无名者笔下卖半空儿落花生的吆喝声，对于从农耕时代步入城市化初始阶段以来诞生的吆喝之声，听者和吆喝者的意味是不尽相同的。特别是在寒冷的深夜，在荒寂的胡同，在漂泊的乱世，那些吆喝之声，更多了几分凄清，甚至凄凉，含有对人生无尽的感喟，也含有对世事无奈的慨叹。那是逝去的那个时代里飘荡在北京胡同上空的画外音，或是一丝无家可归的游魂。

最让我感慨并心动的，还有另外一种叫卖声。那是与其他叫卖声完全不同的声音，是民国时期一位姓李的卖报老人，每天清晨穿街走巷卖报，以敲打更用的梆子之声，代替一般的叫卖声。打更，最多是打五下梆子，因为五更之后，天便亮了。这位李老汉却每一次要打六下，而且，最后一下，敲打梆子最重，发出的声音最响。旁人问他何故，他说："八国联军进北京欺负咱们，咱们还在睡大觉，五更不醒，六更还不醒吗？我就是要大家快点儿醒来，看看今天的报纸吧！"普通人的爱国之情，令人感动，成为当时北京一景，也成为北京叫卖声绝无仅有的最为别致特殊的一种。

如今，这样的吆喝声几近于无，让人们对它连同对不断消逝的胡同的怀念之中，夹带着更多的乡愁。那种画外音，只可以模拟，而不可以再生；只徒有其声，而难得其魂。

关于北京胡同的吆喝声，把它们作为一门独有的学问，真正做过一些系统研究的，我所知道的，只有两个人。一位是近代的蔡省吾，他的《一岁货声》是对此梳理研究的开山之作。周作人曾称赞道："夜读抄《一岁货声》，深深感到北京生活的风趣……自有其一种丰富的温润的空气。"一位是现代的翁偶虹，翁先生对老北京的这些吆喝声情有独钟，他曾经极富感情地说："听惯了每天清晨即兴直到子夜仍不息止的串巷货声，交错喧阗，不觉其厌，反觉其美。"他认为这些吆喝声"声调音腔是美的，是智慧的创造，大多数是诞生在苦难的生活中，从一个新的角度，展示了一幅解放前北京劳动人民生活的广阔画卷，意境深远”。

在蔡省吾的基础上，翁先生进行了深入的研究和收集，以“流动性的十二月货声”和“长年性的串巷货声”分门别类，所录胡同里的吆喝声多达到三百六十八种，比蔡省吾所录有的一百余种吆喝声，多出了约两百种。这是非常不容易的，是对北京的胡同和与之连根生长的吆喝声饱含感情，并舍得花费气力，才可以做到的。因为这样的学问，不是高居在上、仅仅从典籍之中得来的，而是要远至江湖，深入民间。一般学问家，或不屑于做，或根本做不来。

关于北京胡同的吆喝声，把它们上升为艺术的，我所知道的，也只有两个人。一位是侯宝林，一位是焦菊隐。侯宝林将以前从不登大雅之堂的胡同吆喝声，第一次编成了相声段子，让世人所知，并让人们惊叹吆喝声之美。焦菊隐在排演话剧《龙须沟》时，带领演员到胡同里收集那时已经日渐稀少的吆喝声，并将这些吆喝声动人心弦地运用在《龙须沟》和日后的《茶馆》里，让这些含有人生辛酸之味的吆喝声，不仅成为剧中人物心情的衬托，同时也成为这两部京味话剧中不可缺少的京味艺术的一种演绎，成为话剧重要的画外音，成为一种可以缅怀前世、抚慰人心的动人音乐。

蔡省吾在《一岁货声》的自序中说：“虫鸣于秋，鸟鸣于春，发其天籁。”他是将这些街头里巷的吆喝声视作天籁之声的。可以说，侯宝林和焦菊隐两位先生，深谙蔡先生其中三昧，将这种天籁之声，不止于纸面，而搬到舞台，使之成为一种艺术。可以说，这是北京独有的一种艺术。

在这篇序中，蔡省吾还说：“一岁之货声中，可以辨乡味，知勤苦，纪风土，存时令，自食于其力而益人于常行日用间者，固非浅鲜也。”

这一番话，对于一百多年后的我们，依然有着现实的意义。他道出了胡同里的吆喝声的文化内涵与情感价值，起码包括怀旧的乡愁、前辈的辛劳、风土人情和节气时令民俗的钩沉这样四部分。尽管随着时代的大踏步前进、胡同的大量消失，这种农耕时代诞生的吆喝之声，已经消逝殆尽，但是，如果我们认同蔡省吾一百多年以前对吆喝之声的论述，那么，起码他所说的这四点，依然可以让我们存有对吆喝之声的一份认知和情感，以及一些对它们深入研究的兴趣。其意义与价值，“固非浅鲜也”，我们应像珍惜历史文化遗产一样，珍视并珍存它们。它们曾经是胡同的声音，也是我们曾经的声音，或者说是历史的一种特别的回音。

前几年，曾经有臧鸿等老人，经多年的积累，专门吆喝，有人为之录音，制作成唱盘，让大家，尤其让那些根本没有听到过吆喝声的年轻人，见识一下丰富多彩的吆喝声。也有不少老人穿着过去的服装，挑担携篮，春节期间，在庙会上做吆喝的表演。说老实话，有一时之热闹，也有一时之价值，但听着总不是过去那些吆喝声的全须全尾、原汁原味。想想也就释然了，毕竟是在庙会上，不是在胡同里。缺少了胡同的依托，吆喝声像是剑失去了鞘、葡萄美酒失去了夜光杯一般，颇有些像北京城缺少了胡同的依托便没了魂儿一样：少了那么一点儿魂儿，便如同没根的蒲公英一样，四处乱飘，迷途一般，不知所终。

2018年3月

胡同的名字

一

从明张爵的《京师五城坊巷胡同集》，到清朱一新的《京师坊巷志稿》，再到民国陈宗蕃的《燕都丛考》，然后到由政府部门编写的2007年出版的《北京胡同志》，如果从这四本书中看北京胡同名字的变化，是非常有意思的一件事情。

几百年的时间，风云变幻，朝代更迭，北京城的面貌和人的容貌一样，会发生沧桑的变化。这样的变化，连带着胡同和胡同的名字也随之发生变化，是正常的。这个世界，一切都在变化之中，不变倒不是正常的。问题是如何变化，变化得是不是让人觉得有失常理，有些面目皆非，甚至可笑之至。

从这四本书中，我们可以看到明朝定都北京以来胡同名字变化的清晰轨迹，从北京胡同名字的变化之中，更加清晰地认识这座城市，以及世道人心，乃至我们自己。遗憾的是，《北京胡同志》这本书编得有些粗糙，特别是没有将“文革”前后胡同名字的变化完全写进书中，让北京胡同名字更迭的历史中断了，从而影响了我们整体而全面地认识这座古城和我们自己。

好在时间过去还不算太长，很多事情，都是我们亲身经历过的，胡同名字的变化，是我们亲眼看见过的，甚至是我们亲自参与其中的。

如果仔细读这四本书，在这样前后远近的比较之中，你会感受到时代风云的变幻，真的就像风穿行在这些胡同名字的缝隙之间，扑打在你的脸上，让你感受得到它的冷暖。同时，你也会发现，似乎北京人最爱给胡同改名字。这其中，你还会发现，一个时代有一个时代的改法，但也有着某些共同的修改特点，这种共同之处，恰恰显现在北京特有的文化基因之中。

北京胡同改名字，主要在清末、民国、北平和平解放之后和“文化大革命”这样四个时期。特别是后三个时期，改名浪潮更加汹涌。

胡同的名字，就是一个符号。北京人为什么要改胡同的名字？在我看来，主要原因在于北京城最初建立，特别是明朝建都的时候，五城三十六坊，是有规划的，但由此繁衍而生的胡同，特别是清兵入关之后渐渐蔓延出的大小胡同，纵横交错，越来越多，胡同的名字，官起民也起，不仅没有规划，也没有一定之规，是随意的，随着时间的推移而慢慢约定俗成，口口相传地叫了起来。

最初给这些胡同起的名字，当然也有百花深处、花园大院、芳草地、杏花天、什锦花园这样文雅美丽、令人浮想联翩的名字。

但是，不可否认，这样好听的名字毕竟是少的，大多胡同的名字，出自居住此地的普通百姓，他们没有这样的文化与心境，也没有如今地产开发商那样“高瞻远瞩”，特别愿意给自己的地盘起一个“高大上”的名字，如同人靠衣服马靠鞍一样，以抬高自己的身份，哪怕只是临个浅水沟子，也敢叫亲水家园或塞纳河畔。那时候，人们给胡同起的名字，就像给自己的孩子起个“狗子”“傻蛋”“二妞子”“胖丫头”的绰号一样，越土越不嫌，就是一个名字嘛，一个代号而已，好懂、好记——出门还容易认得回家的路，来人好打听到要找的门。

所以，你看，以前胡同的名字，胡同里有卖什么的市场，就顺口叫什么市了——菜市、羊市、驴市、肉市、灯市、花市、骡马市、珠宝市、栏杆市、扇子市……什么市都有，不一而足。胡同里有小作坊，作坊做什么，胡同也就约定俗成地叫什么了：做纸马的，就叫汪纸马胡同，后来演绎成了汪芝麻胡同；做糖的，就叫糖房胡同；做扁担的，就叫扁担胡同。其他如笔管胡同、石板胡同、船板胡同、鞭梢胡同、煤铺胡同、鞋铺胡同、烧酒胡同、大席胡同、马尾帽胡同、染坊夹道、养蜂夹道……甚至胡同里有个算命先生，就叫阴阳胡同；有个妓女早年间曾经住在这里，就叫宋姑娘胡同。五花八门，杂花生树，不少胡同的名字都是这样叫出来的，住在那里的人，并没有觉得这样的名字丢了自己的脸。

也许，这些胡同的名字，都还可以说得过去，有不少胡同的名字起得可是比这些要粗俗得多，比如叫大嘴巴、大秃子、狗尾巴、猪尾巴、驴蹄子、牛犄角、羊肠子、鸡爪子、烂泥塘的，甚至叫狗窝的、屎壳郎的，叫巴巴（屉屉）的、粪厂的，也应有尽有，而今确实听听就让人脸红。

其实，这些名字，恰恰是当时北京胡同真实的写照。看《燕京杂记》，说清嘉庆时“便溺于通衢者，即妇女过之，了无怍容”。《天咫偶闻》里也说，即使是同仁堂药铺的门前，也成了人们的便溺之地。夏仁虎《旧京琐记》里也说同光年间“行人便溺多在路途”，还特别记载了光绪年间一件有意思的事，说某部一官憋不住，也在路上方便，正好被巡街的御史看见，“呼而杖，部曹不敢自明为某官，御史亦不询其何人，杖毕，系棍而去，人传以为笑”。后又看到日本和尚小栗栖香顶的《北京纪事》《北京纪游》，那里面不止一处记载着1873年北京城的大街小巷，人们就是这样随地大小便，街头粪便横流。看来，这确实是当时的实情，如夏仁虎所言：“颓风卒不可挽。”胡同被冠以上述那些名字，并非空穴来风，而是和胡同共生的一种社会风貌所致，这也是研究胡同名字的形成所必须正视的时代背景。

清末和民国时期，首先改的是上述这类胡同的名字。特别是民国时期，西风东渐、文化启蒙之后，觉得这样的名字实在有些不雅，与几百年的古都文明不符。人家问“你家住在北京哪儿呀？”，说住狗尾巴胡同？驴蹄子胡同？张秃子胡同？大哑巴胡同？……说不出口。就如同悔其少作，不再愿意让人家看自己的癞疮疤或光屁股照，这类胡同改名便是可以理解的事情。

于是，猪尾巴胡同改为了竹篱笆胡同，狗尾巴胡同改为了高义伯胡同，狗窝胡同改为了高卧胡同……这样的例子，还可以举出好多。*这样的改法，自有其道理，没有什么不好：为了文雅而让名字好听起来，并赋予其新的意义，同时也让胡同名字初始的朴素、顺口、易记，以及来自底层的民间与民俗元素，被剔除、被提纯、被文人化了。虽然大多是用谐音代替原来的名字，像是为其披上一层面纱，却总还能隐隐约约地感觉到它们原来的影子并没有离开我们太远，多少还可以意会，能够遥想当年。

从胡同改名中，也能看出人们的智慧，或者说北京人那股子机灵劲儿，居然把“屎壳郎”改成了“时刻亮”，“大哑巴”改成了“大雅宝”，“打劫巷”改成了“大吉巷”，“鬼门关”改成了“贵人关”，这得是多聪明的人才能想出来的呀——能够遮丑为美、看朱成碧，能够嘴不对着心，即使是再粗俗难吃的老咸菜疙瘩，也切成头发一样细细的咸菜丝，再浇上两滴香油，撒上点儿芝麻，让其美味可口一些；即便只是一根青菜叶子做成一碗汤，也敢起个堂皇的名字，叫“青龙过江”。

---

* 如：鸡爪胡同—吉兆胡同，擀面杖胡同—廉让胡同，大、小哑巴胡同—大、小雅宝胡同，张秃子胡同—长图治胡同，烧酒胡同—韶九胡同，烟筒胡同—言至胡同，厚大坑胡同—厚达里胡同，油炸果胡同—有果胡同，烧饼胡同—寿屏胡同，棺材胡同—光彩胡同，罗圈胡同—罗贤胡同，干鱼胡同—甘雨胡同，背阴胡同—惜阴胡同，阴阳胡同—照阳胡同，鸡毛胡同—锦帽胡同，喂鹰胡同—未英胡同，裤子胡同—库资胡同，吊打胡同—孝达胡同，炊帚胡同—垂露胡同，扁担胡同—平安胡同，打雀胡同—大桥胡同，苦水井胡同—福绥境胡同，豆芽菜胡同—民强胡同，屎壳郎胡同—时刻亮胡同，鬼门关胡同—贵人关胡同，豆腐巷—多福巷，打狗巷—打鼓巷，打劫巷—大吉巷，钱桌子胡同—潜学胡同，羊肉床胡同—洋溢滋胡同，猪市口—珠市口，猪槽街—珠巢街，猪营大街—珠营大街，鸡鸭市—集雅市，断魂桥—太平桥，闷葫芦罐—蒙福禄馆，等等。

二

细想一下，自清末以来，北京人如此爱给胡同改名，与其说是在文字游戏之间抖着北京人特有的机灵劲儿，不如说这里面更透着北京人的性格，也可以说是这座城市的性格吧。

清人将明代的干井胡同改为甘井胡同，柏树胡同改为百顺胡同，猪市口改为珠市口，无疑都是改得不错的，一字或两字之差，显示出心底的好意和智慧，也为大众所接受。

再以从前宣武区大吉巷和烂缦胡同改名为例，这是两条自明朝就有的老胡同。大吉巷最初叫打劫巷，大概是因为出现过打劫的事情吧，后来觉得这名字不大吉利，清末改名为大吉巷，提升了胡同的意境，变“打劫”这一具象概念为“大吉大利”这一抽象概念。大吉巷西边不远有条胡同，起初因为靠近护城河，地势低洼，成了烂泥塘，叫烂泥胡同，觉得不雅，后来改名为烂面胡同，一字之差，烂泥塘变成能吃的面条了，后来还是觉得不雅，到了清朝，改名为烂缦胡同，灿烂起来了，同打劫巷为大吉巷一样，也是从具象变为了抽象，透着体面，为着脸面。这样的改动，离胡同名字的本意，开始越来越远。文人为胡同改名的胆子或者

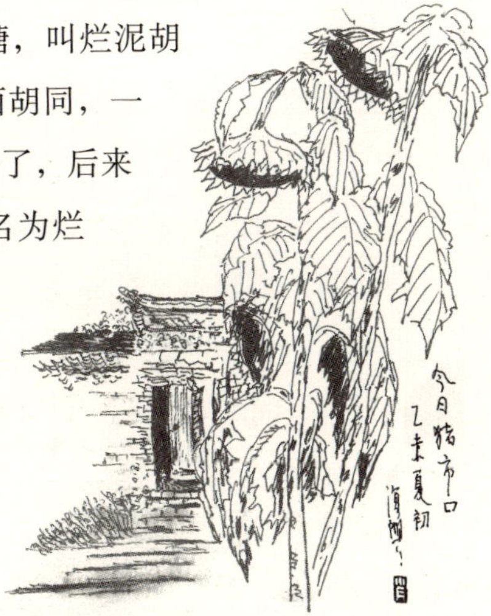

说魄力，开始越来越大。

看，都是清朝时候的事情。他们开了为胡同改名的先河。

这样的例子，可以说不胜枚举，可以看出，那时候，再怎么大胆地改，总还是万变不离其宗，还是在原来的名字周围打转，大多是用谐音改名，只不过有的谐音用得邪乎，如烂面为烂缦之类。不过，这是中国地名学问的一大特色，体现着汉字的魅力，透着北京人自以为是的聪明劲儿，也折射着人们潜意识里泛神的一种崇拜。“名不正则言不顺”，骨子里就是这样的重名轻实，虽然常常干着挂羊头卖狗肉的名实不符的事情，但起的名字、叫着的名字，得是响当当的。瞧着好看，叫着好听，北京人讲究的就是一个面子。

民国时期，有的胡同名字，改得带有时代特点，也是可以理解的。比如，原来靠近陶然亭的一条明朝老路牛血路，改为了留学路；原来西城清朝学部所在地学部街，改为了教育部街；原来的石大人胡同改为外交部街，麻线胡同改为法宪胡同，豆芽菜胡同改为民强胡同，粪厂大院改为奋章大院……都带有明显的民国时期特点，让人能够看到时代前进的脚步。

北京有很多以人名命名的胡同，表达着人们对或有名或无名者的爱与恨，应该说，这是北京胡同名字很有特色的一个方面，可以和那些粗俗的街名呈对称的两极显现。这一点，和其他国家的街名，如美国的罗斯福大道、俄罗斯的列宁大街相呼应，体现了人们共同的心理。

把铁狮子胡同改为张自忠路，南沟沿改为佟麟阁路，北沟沿改为赵登禹路，无疑，这些胡同名字的更改，都是无可非议的，因为这是对那几位民族英雄的纪念，吻合那个时代的特点和人们普遍的心理。

但是，有些胡同名字的改动，有些莫名其妙，比清时戴璐讥讽的不顾“故书载记”的“杜撰者”，还要大胆而有些肆意妄为。比如把李阁老胡同改为力学胡同，不知出于什么原因和心理。原名既不粗俗，改名也非谐音，为什么要这样改呢？“李阁老”指的是明朝的李东阳大学士入内阁，当年他就住在这条胡同里，改为“力学”，胡同名字所蕴含的历史信息全无，面目皆非。

更名李阁老胡同，不是个例。似乎北京人特别愿意给这些以人名命名的胡同改名字。比如，把吴良大人胡同，改为无量大人胡同，明初的功臣吴良的历史信息就没有了；把三宝老爹胡同改为三不老胡同，曾经下西洋的三宝郑和的历史信息也就荡然无存；而将魏阉儿胡同改为魏染胡同，原来居住在这里的大奸臣魏忠贤，人们鄙夷地称他“魏阉儿”这样的历史信息，连同对他憎恶的情感，都一并淹没了。我始终不明白，这个“染”字，以及上述的“力学”“三不老”，人们到底出于什么心理，才能创造出来这样的新名字。如果说“染”字和“阉”字勉强还有点儿谐音，“力学”“三不老”与“李阁老”“三宝老爹”，则一点儿都不谐音。

也有胡同名字不是以名人而是以普通人的名字命名的，张清常《北京街巷名称史话》一书，专门有一段写道：“其他贫苦百姓中的人物，见于北京街巷名称中的如：得名于卖唱盲女的伊先胡同（清讹榆钱胡同），得名于小手工业者的姚铸锅胡同（谐音为尧治国胡同，今为治国胡同），砂锅刘胡同（清讹为砂锅琉璃胡同，又讹为今大沙果胡同)。”这些胡同的改名，将胡同最初对那些无名者的感情色彩涂抹得一干二净，让今天的人走到那里莫衷一是，再也无法重回过去。“伊先”变为了“榆钱”，“姚铸锅”变为了“治国”，“砂锅刘”变为了“大沙果”，如此李代桃僵，真的令人匪夷所思。

我所知道的花市附近的汪太乙胡同（上中学的时候，几乎天天要穿过这条胡同)，以前叫汪太医胡同，说明胡同里曾经住过这么一位姓汪的太医，医术不错，附近的街坊四邻都知道。现在叫成汪太乙，什么意思呢？没有人明白了。

《燕都丛考》中记载，新街口西北，有条棚匠刘胡同，民国时改为棚奖胡同。这名字改得更让人看不懂了，“棚匠刘”，说明那条胡同里原来住着一位姓刘的糊顶棚的师傅。在那个年月里，糊窗户、糊顶棚，是常见的手艺活儿，特别是住家里的顶棚，一般都是纸糊在秫秸秆上的，糊顶棚师傅的手艺，决定着顶棚的质量。显然，这位刘师傅的手艺不错，人们才会把这条胡同叫成“棚匠刘”；更名为“棚奖”，莫非是要奖励这位刘师傅吗？再说，这个词也不通呀！

这样随意改动胡同名字的案例，当时数见不鲜。蝎子庙改为协资庙，石猴胡同改为石侯胡同，有这个必要吗？哪个更形象，不是一目了然吗？再说了，什么叫石侯呢？怎么也解释不通呀。难怪当地的老住户一直还是习惯叫石猴（儿）胡同，会在“猴”后面加一个儿话音，显得那样亲切。“石猴儿”还会让人联想起“孙猴儿”孙悟空。

大栅栏西有一条叫“王皮匠”的胡同，这个名字很清楚，说明以前那里住过一位缝制皮靴皮鞋手艺不错的姓王的皮匠，后来把“匠”字去掉，改成王皮胡同了，什么意思呢？以前，我上学的时候，去新中国电影院看电影，抄近道，常走这条胡同。这条胡同也被划入“八大胡同”之列，胡同里有三等妓院，因而这个“王皮”的名字，总给我这里曾经有过纠缠妓女的泼皮的感觉呢。

民国时期给胡同改名比清末更甚，他们延续了清末以谐音代替原名、用褒义词更换原来所谓粗俗不雅字眼的改名传统。除此之外，他们更加肆无忌惮、自以为是，于是愈发偏离了北京胡同名的本意与要义，让这些新改的胡同之名，不少失去了根，或冲淡或消解或颠覆了原本的文化与民俗含义。

1936年，张江裁在为明张爵的《京师五城坊巷胡同集》重印版题写的跋中，曾经针对民国时胡同改名而提出批评：“民国以来，官厅于此动辄以意更改……至十八年（1929）全市又一度易胡同之名九十二处。原意谓字面鄙俗，以俗易雅，只求谐声，置原意于不顾，兹可惜也。当时果一读此集，细加参考，何者可留，何者宜改，何者宜复其旧名，使旅居北平人士由顾名思义以添无限历史观感。”

这样为胡同改名，也受到同时期学人瞿宣颖（晚清军机大臣瞿鸿禨之子）的批评。他在《北京建置谈荟萃》一书中，对改奶子府胡同为迺兹府不满，认为“实可笑之至。梦余录：东安门稍北有礼仪房，乃选奶口以侯内廷宣召之所；有提督司礼监太监，有掌房有贴房，俱锦衣卫指挥。每季选奶口四十名养之，谓之坐季奶口；又别选八十名籍于官，谓之点卯奶口。”改成了迺兹府，这一切丰富的历史内容，便都荡然无存。

瞿宣颖对当时胡乱改名很是反感，他还提出这样的批评：“总部胡同应作总捕胡同，盖以官名者。大小雅宝胡同应作哑巴胡同。如此类者，虽名不甚雅驯而见于故书载记，胜于今人杜撰者，多皆不宜改也。”

针对民国时期如此肆意更改胡同之名的乱象，我读到的最有批判力量的是前辈学人林志钧先生的文字。他在1930年写给陈宗蕃的《燕都丛考》的序中借题发挥：“而近年以来，街市数更，新名林立，如鞑子桥之为达智桥，奶子府之为迺兹府，驴市胡同之为礼士胡同，灵济宫之为灵境，既随意赋名，失之不典。民国十七年国都南迁以后，旧京街名，又经剧变，如定府大街之为定阜大街，地安门内内府库之为纳福胡同，内宫监之为内恭俭胡同，西安门内赃罚库之为永祥里，东安门内宗人府东西巷之为孔德东西巷，乃至张秃子胡同（张文龙故居）之为长图治胡同，西官房中官房（地皆以宛平县官房得名）之为五福里、福寿里。类皆蹈袭前失，不知何所取义。历史观之薄弱，亦不学无术有以致之，此非细故也，北京地名凡某库某司某监某局者（如米粮库、惜薪司、司礼监、织染局之类），皆有关史乘，居今日而知数百年。”

林先生说得真好，“北京地名凡某库某司某监某局者（如米粮库、惜薪司、司礼监、织染局之类），皆有关史乘，居今日而知数百年”。林先生说得还不全，其他诸如营、卫、坊、寺、堂子等，也皆有关史乘，轻易将其芟夷或变更，历史的痕迹便也被清扫干净，胡同也就没有了根系，“居今日而知数百年”，便是痴人说梦。如此肆意更改胡同之名，林先生说得一针见血，是“历史观之薄弱，亦不学无术有以致之”。

三

林先生所批评的“历史观之薄弱，亦不学无术”，在北平和平解放之后，依然有意无意地在延续，到了“文化大革命”时期尤其为甚。

1965年，整顿胡同，将很多胡同的名字改了。其中，将所有以寺庙名字命名的胡同的“寺”“庙”“观”“宫”等字样一并删除，或者索性另起炉灶重新命名。前者如灵境宫改为灵境胡同，白云观改为白云胡同，能仁寺改为能仁胡同，真武庙改为真武胡同；后者如观音寺街改为大栅栏西街，舍饭寺胡同改为民丰胡同，宝禅寺胡同改为宝产胡同，阎王庙前、后街改为远望前、后街，大、小马神庙胡同改为培英、培智胡同，等等。这在当时的时代背景和政治气候下，是可以理解的。

有的则是为了避免重名，比如羊肉胡同，北京城有好多个，改是应该的。但前门外的羊肉胡同改名为耀武胡同，让我有些吃惊。可以改个柔和一些的名字，为什么偏要改成这样一个耀武扬威的名字呢？再细想，这条胡同紧挨着呈“丁”字形的另一条胡同，后者原来叫羊尾胡同，谐音改成扬威胡同，就明白了这条胡同改名耀武也是有来由的，“耀武”“扬威”连在一起嘛。只是不明白，是说以前卖羊肉的已经翻身做主人、扬眉吐气了吗？还是说卖羊肉的拿着剔骨刀有股子英雄气概呢？“扬威”还说得过去，“耀武”让人摇头，干吗非要耀武呢？民国时期，也曾经将东单的羊肉胡同改成过洋溢胡同，比“耀武”要多少靠谱些吧？这之中，体现了不同的智慧，当然，也体现了不同的政治头脑。

有的胡同名字的改动完全出于政治考虑，比如将大嘴巴胡同改为大星胡同，下洼胡同改为北兴胡同，烟囱胡同改为言志胡同，三府菜园改为三富胡同，火神庙街改为幸福大街，东、西皮条营改为东、西壁营，留守卫胡同改为青风巷，追贼胡同改为民康巷，等等。这样改动是可以理解的，尽管改得和原来的名字完全是两码子事了，但意思是好的，和新时代合拍。

但是，有的胡同的改名，让人莫衷一是。比如前门大街之东的南、北孝顺胡同改为南、北晓顺胡同，难道新时代我们就不要孝顺了吗？再比如把大栅栏之西的大、小李纱帽胡同改为大力、小力胡同，有必要吗？制作纱帽的小手艺者，也算是劳动人民，撑死了也只是小业主而已，怎么连提他们都犯忌讳了呢？大力和小力，比原来的名字更形象，还是更有意义？

把九道湾胡同改为弓字胡同，又是出于怎么样的考虑呢？它们之间有什么关联吗？类如八道湾、九道湾，难道不是北京胡同一个有趣的特点吗？把韩家潭胡同的“潭”字大手一挥给取消了，变为了韩家胡同，历史上这条胡同曾经有凉水河支流流过而积水成潭的地理面貌，完全蒸发干净了。

再看，将王广福斜街和李铁拐斜街，分别改成棕树斜街和铁树斜街，真是让我太“佩服”了。这两条街紧挨着，小时候跟我爸去给我妈上坟，每年清明起码要穿过这两条斜街一次，到广安门外我妈的坟地上去。十四年前，为写《八大胡同捌章》一书，我更常到这一带转悠。特别是李铁拐斜街，梅兰芳祖居的小四合院、北京城第一家女子澡堂子润身浴池，至今还都在这条老街上。那阵子，每次走在这两条老街上，我都得佩服当初为它们改动名字的高人。

这两条街已经不是第一次被人们改名了。王广福斜街，以前叫王寡妇斜街，觉得“寡妇”不中听，改为“王广福”，好听了，也吉利了。李铁拐斜街，以前叫李铁锅斜街，是因为原来这里住着一位制作铁锅的姓李的匠人，后来觉得都是姓李，李铁拐的名气更大，也具有仙气儿，便以讹传讹，叫成了“李铁拐”。这样的改动，多少还能触摸得到改动的缘由和心理。

如今，这两条街分别改作棕树斜街和铁树斜街，除了其中的一个“铁”字，还能模糊地找到老街的一点儿影子，其余已经面目皆非。从一个姓王的寡妇和一个姓李的铁锅匠两个具体的人，一下子变为了两棵树，这样的穿越，很有些神话的感觉。你不“佩服”能行吗？

有时候，我忽然会想，或许是这两条街旁边的杨梅竹斜街和樱桃斜街，燃起了改名者的灵感：同样都是斜街，它们可以以植物命名，为什么我们不可以？想起民国有为杨梅竹斜街和樱桃斜街写的竹枝词：“乡味称名也止渴，樱桃一路接杨梅。”如果当初这一片街区注重浓郁的乡味，一路都是这样以花木命名，当然是一种很好的设想呢，只是，这是如今我们马后炮的设想罢了。

原王寡妇斜街

另一处将胡同的名字改为植物的，是东城的糖房大院和糖房胡同合并之后，改名的棠花胡同。虽然还发táng音，却完全是风马牛不相及的两种东西了。这条胡同之所以叫“糖房”，是因为以前有过做糖的小作坊在此，这样的作坊一直存留到北平和平解放，健在的老人们还记忆犹新。现在，改名为“棠花”，怎么就一下子变成棠棣之花了呢？以后的人们到这里来，会以为这里以前真的有这样的树、开这样的花呢。胡同更名前后的纽带完全被切断，历史的信息也随之消逝殆尽。

这样改名，完全不考虑历史进展的前因后果，以及由此而形成的胡同肌理的脉络线索，胡同的名字可以像使用换头术一样，以一个和以前毫不相干的面貌，出现在新时代面前。胡同的名字，就像人们手里的扑克牌，可以任意重新洗牌，随意组合编排。林志钧先生说的“历史观之薄弱，亦不学无术有以致之”，说得严重吗？

四

北京改地名最盛、最疯狂、最离谱之时，大概得数“文化大革命”时期。这一时期的改名风潮，基本偏离了以前以谐音为主和所遵从的文化传统，而是以革命色彩为主要标准，不少胡同和街道的名字改为了向阳、向党、红卫、卫东、为民、永红、反修、反帝、兴无、灭资、学毛著、东方红、红到底等。

据民国时期统计，地名更改总计三百多条；张清常《北京街巷名称史话》中说“文革”时期街巷改名的有三百三十条。我觉得应该远远超过了这个数字，因为仅改用毛泽东的“东”字起名的胡同就有三百多条。这样庞大的数字，远超过民国时期的统计。这说明那时候的北京人是以胸怀天下为己任的，地名在北京人眼里，是服务于指点江山而粪土当年的一种指代，是应该横扫一切的“四旧”，是可以随叫随到而必须俯首称臣的一种象征。胡同的名字，就像当时人们身穿的服装一样，从中山装、布拉吉，一下子改穿时髦的绿军装，还得再扎上一条武装板儿带，以显示时代和自己的革命色彩。

张清常先生的这本书中，有一个“文革”前后街巷名称的变动对照表。张先生说：“由于‘文革’时期北京街巷改名太快太多，我看各位把那时的新名称也忘得差不多了，这里先介绍一些较有影响的，以地区排列。”张先生只是列举了当时城四区和朝阳、海淀两个近郊区一共六十七个街巷的名称改动，虽然只是一小部分，也足以触目惊心。我再精中选精，让大家看看当年北京人热血沸腾的疯狂和不管不顾的自以为是。

先看民国时期改名为张自忠路、赵登禹路和佟麟阁路的这三条有名的路，已经分别改叫工农兵大街、中华路和四新路。

再看下面我所精选出来的十二条街巷：东四北大街—红日路；王府井大街—人民路、革命大街；扬威路—反修路；西交民巷—反帝路；景山东街—代代红路；南池子大街—葵花向阳路；府右街—韶山路；百万庄大街—宇宙红大街；龙潭湖路—红湖北路；马家堡路—秋收起义路；珠市口西大街—红卫东路；中关村大街—文革路。

这些改动后的名字，会让我们这些经历过那个时代的人，一下子就触摸到那时的激荡风云和自己的怦怦心跳。现在，会觉得有些好笑，但当时只道是寻常。那些能够燃烧的革命词语，如同如今时髦的网络语言，成了一个时代的倒影，须眉毕现地映照出那个时代和我们自己的面容。

记得那时我住的大院附近的新开路，改名为新革路，当时有一帮红卫兵跑到那里摇旗呐喊。当初，这条路是因为同仁堂掌柜的乐家一家住在那里，并在那里开设制药车间而开辟出来的一条南北走向的新路，所以叫新开路。改名新革路，当时我们谁都懂，这个“革”字，暗示的是革命。那时候的口号是“做革命人，走革命路”。或许，如今的年轻人还以为“新革”指的是什么新的皮革呢。

那时，从我家到王府井很近，出后河沿，穿过台基厂路就到了。台基厂路也被改叫永革路。这个“革”和新革路的“革”是一个意思。如今谁还能理解呢？我们中学学校前不远的南下洼胡同，当时改名为学毛著胡同；还有一条耳朵眼儿胡同，改名为红到底胡同。如今又有哪个年轻人能懂得其中三昧呢？

将临近苏联大使馆的扬威路改为反修路的时候，我曾经跟随我们学校的红卫兵排着队举着旗，一起到那里，当时那里已是人山人海。我们高呼着口号，加入进浩浩荡荡的队伍之中，以为是干什么惊天动地的大事。由于出身问题，我不是红卫兵，能够参加这样被视为革命行动的活动，更感到是件值得骄傲的大事，却不知道这也成为日后让后人也让自己嘲笑的事情。

今天，重新看“文革”中这些改动的街巷名字，似看一幅幅的漫画，让人啼笑皆非，甚至羞愧得面红耳赤，而这却都是当时我们自己做的事情，并非个别人的所作所为。所有的历史，哪怕只是断史残简，也都是众人的脚踩出来的。那些历史的雪泥鸿爪，连带与地理相关的信息、民俗与文化的元素，以及前人的生活和感情轨迹，统统消失在这样政治化的名字里。在北京城为街巷改名的历史中，再没有比那时候更为膨胀、更为离谱、更为荒唐的大手笔了。

不过，只要想一想，当时，连父母给自己起的名字，看着都不顺眼，要拿着户口本，跑到派出所，说改就改了。一腔热血澎湃地给自己改名叫卫东、向东、卫红、永红、文革、卫兵、卫彪、卫青、要武、爱武……得有不少吧？对于地名又怎能在话下呢？说改不是更容易手到擒来就改了吗？行不改名、坐不改姓的传统已经丧失，蓬随风转的心思，如同气象台上的风向标和广场上的旗帜一样迎风招展，便一脉相承，有了心理和思想的联动关系和行动的基础。

可以看出，北京人对于改地名，一直是有历史、有传统的，是情有独钟的，“文革”时期出现的极端情景，只不过是特定历史时期这一现象的集中爆发而已。它体现了一直生活在天子脚下的北京人良好得有些膨胀和自以为是、愿意追逐新潮的心态和性格。

五

如今的北京城拆掉了很多老胡同，也建了一些新街巷，为这类新街巷起的名字，也非常有意思。比如，在北京CBD附近有一个新地名，叫财满地，无形中泄露了跨入新时代的北京人渴求物质财富的心理密码，其心目中的追求和价值观，在起地名的潜意识中宣泄无遗。

如果和与它近在咫尺的长安街、芳草地、神路街、雅宝路、秀水街这些古色古香的街名相比，简直不知倒退了几个时代。我忍不住想起民国时期将灌肠胡同改名为官场胡同的前朝旧事。尽管时代完全不同，但在地名之中隐含并泄露人们的心思这一点上，却有着异曲同工之妙。官场胡同与财满地，虽然一个是官、一个是钱，却是暗通款曲。如果和北京城最初给胡同起的那些最为俗不可耐的名字相比，再和“文革”时期我们改的那些政治色彩鲜明的街巷名字相比，就会更明显地感到，时代发展得真是飞快，让人们如鸟般插上了翅膀，一下子从世俗的泥沼中，飞到政治的泥漩涡中，又一下子飞跃到今日财富的软床上，几个维度，相映生辉。

北京胡同的起名与改名，成为我们北京人的一面凸透镜的正反两面，两面都映照着我们几代人不同的面容。

记得前几年，北京曾经出现这样一件事情：公交线路公主坟这一地名改与不改，保留还是不保留，一连多日得到人们的关注，在报端引起广泛的讨论，一时成了热点新闻，也作为尊重民意的民主案例而被赞扬。看到这样的消息，忍不住想起我们北京以往对地名更改的态度与作为。地名，是历史与文化的遗产，其符号式的象征意义，传承着民俗、地理与民间心理的信息和脉络。一次又一次更改北京老街巷名字的教训，难道还不够吗？

幸好，这次公主坟的地名没改。公主坟这个老地名保住了。

2018年1月

胡同五章

口袋底胡同

口袋胡同，在老北京有很多条；口袋底胡同，只有一条，在西城的砖塔胡同之西南。现在，砖塔胡同还在，口袋底胡同已经没有了。

这是清朝就有的一条老胡同，说起口袋底胡同，首先要说八大胡同，因为有了它，才有了后来的八大胡同；也因为有了它，才让八大胡同彻底地踏实，并且在日后发展壮大。前一点，是因为砖塔胡同元明两代是最早的红灯区，口袋底胡同正在这一带，可以说是八大胡同的前辈。

顺治五年（1648），清廷下令居住在内城的所有汉民官员一律迁到外城去，每间房子折合银子四两；康熙十年（1671），又禁止戏园茶肆、酒楼饭店和妓院在内城开设。于是，汉人住的会馆、宅院，开的买卖、茶园、戏楼、妓院，都集中到了前门一带。由此，八大胡同，才日益兴盛了起来。

八大胡同真正形成规模、走向鼎盛，应该是清咸丰中期到光绪年间完成的。这期间，八大胡同里的妓女数量在增多，且北上的南妓也在增多。（赛金花曾经说自己是第一位来自南方的妓女，其实并不确切。第一位来自南方的妓女叫素兰，湖北广陵人，戊戌变法之后来到北京，当时名噪一时，不少官宦子弟愿意去她那里捧场。）不过，在这急速发展的过程中，颇有些“萝卜快了不洗泥”，数量与质量的提升并不成正比。

当然，我们今天谈论所谓妓女的水平，并不是世俗意义上的在诸如长相、身材或性技巧等方面对妓女评头论足，而是从青楼文化的角度来探讨，并由此看待一个时代的投影。因为在青楼文化中，昔日的妓女真的和现今的不一样，那时的妓院也不仅仅是争逐性欲的风月场，而是兼有文化沙龙、商业交往，乃至政治上的起承转合功用的场所，情色只是它的一面鲜艳的外衣，或者只是一种功能而已。明白了这一点，便会明白在我们民族历史的传说和传统中，妓女的形象为什么和现在流行的妓女形象不尽相同——为什么会出现红拂夜奔，协助李靖成就开国之大业；为什么会出现巾帼中的英雄李师师，冒险为燕青巧做安排，让他和宋徽宗在自己的闺房中会见；为什么陈圆圆能够为后人叹为“恸哭六军皆缟素，冲冠一怒为红颜”。这些一般女人都难以甚至根本无法做到的事情，却奇迹一般发生在昔日妓女的身上，这往往寄托了人们的情感，超越了一般道德意义上的评判，也不是一般风花雪月所能够比拟和企及的。从青楼文化的意义上来考察八大胡同，也许才会让我们的眼光开阔一些，而非仅仅囿于暧昧的情色之间。

清代妓女的质量在清初到中叶最高。那个时期的妓女的文化水平和艺术水平都很高。这和自唐宋以来宫廷重视的传统有关，那时艺妓不分家，也有专门的机构负责管理，人们对待她们的态度，和我们现在看待妓女是不一样的。只有这样来认识，我们才会对琴棋书画俱佳的柳如是有所了解，明白清初的才子兼重臣钱谦益为什么说死说活非要娶柳如是不可；才会明白为什么在我们古典文学的画廊里，有了一代色艺绝代且气节逼人的李香君的故事，演她的戏剧《桃花扇》长盛不衰；也才会明白清初的礼部尚书龚鼎孳，为什么在其爱妾金陵名妓顾横波死后，出重金在长椿寺旁特意修建妙光阁，并情意殷殷地作祭诗“化为魂归无色界，悲来佛是有情人”，居然将佛和一个妓女相提并论。

那时候的妓女不少如柳如是、李香君或顾横波一样能诗能画，并且有着一般女人都没有的气节和骨气，并不仅仅靠出卖色相，也不仅仅只图高官厚禄，像现在被包的“二奶”似的，如金丝雀一样，只会躲在笼中撒娇卖相。

那时候的妓女可以演出李渔改编的连台本《游园惊梦》。清珠泉居士著的《续板桥杂记》中这样描写舞台上的她们：“含态腾芳，传神阿堵，能使观者感心娉目，回肠荡气，虽老伎师，自叹弗如也。”难怪乾隆爷都要亲自召见并款待她们。而文人更是为之题诗赠画，这在清《画舫录》上便可以查到。

这样的传统一直延续到清末，我们也就容易明白，同治戊辰科殿试一甲第一名的进士、后当过欧洲四国大使的洪钧，当年为什么在苏州一眼看中了赛金花——看中的是赛金花的色艺双全，才把她娶进门来，而且如正室夫人一样带着她出使欧洲四国，也才有了后来传说中德国攻进北京城、烧杀抢掠中面对德军元帅瓦德西时赛金花的表现。

可是，到了后来的小说《孽海花》中，赛金花变成了和仆人勾搭成奸、一起合唱下流小曲《十八摸》、故意从楼上甩下珠玉头簪勾引他人的形象。

也许，这样的赛金花形象，已经是八大胡同的形象。赛金花在八大胡同的出现，是她自己也是八大胡同质量急剧下滑的象征。妓女，便也从古典急剧滑落到现代，现代妓女的形象，是倚门卖俏，是旗袍开衩到大腿，一手夹着香烟卷一手拽着男人的衣角甚至要害处，是和金钱、花柳病相连的形象。上等的，是曹禺《日出》里陈白露的形象；下等的，是老舍《茶馆》里小丁宝的形象。

不过，到了这个时候，八大胡同已经快到尾声了。它的鼎盛时期，也就是从咸丰到光绪年间。尽管无法和清中期相比，但毕竟保存着一定的历史延续性，南北妓女的构成，以及出入八大胡同的人员，也还都保持着以往遗存下来的传统：妓女并非仅仅是为生活所迫而走投无路的贫苦妇女，造访八大胡同的人也并非仅仅是为发泄性欲而来的地痞流氓或军阀官僚。

这方面，我可以简单做一点儿具体的说明。关于出入八大胡同的人员，崇彝的《道咸以来朝野杂记》一书中的记载，就可以作为佐证。他曾为我们列举了一串名单："咸同以来，京城诸贵公子，多以轰饮征歌为乐。据予所知，以钟石帆方伯秀之子文兰畦，舒溪制府之四公子崇龄（即瑜太妃之父），松龄、惠年、益龄，及景星桥，征蓉塘兄弟为最。”

从新中国成立初期查封八大胡同妓院时所做的统计，还可以看出一些前朝的影子来。即使那时的八大胡同已是奄奄一息、走向了尾声，但雇农做妓女的只占0.1%，贫农当妓女的占1.7%，而地主、官太太、学生当妓女的分别占0.2%、3.6%和0.1%。

由此，只是想从一个侧面说明八大胡同鼎盛时期人员身份的组成，并不像我们想象中那样简单。同时，也想说明那时候的八大胡同和后来的八大胡同不尽相同。

《清稗类钞》曾经记录下那时八大胡同的辉煌：“道光以前，京城最重像姑（即男优），绝少妓寮……咸丰时，妓风大炽。胭脂、石头胡同，家悬纱灯，门揭红帖，每过午，香车络绎，游客如云，呼酒送客之声，彻夜震耳。士大夫相习成风，恬不为怪，身败名裂，且有因之褫官者。”

胭脂胡同、石头胡同，只是八大胡同中的两条，由此，我们可以窥一斑而见全豹，如果不是书中这样记载，我们现在真的很难想象当初那里的红火程度——居然每天刚刚过了中午就开始游客如织、门庭若市，而且，已经开始高声送客，迎接第二拨客人了。

从咸丰之末到光绪之初，这中间不过一二十年的时间，让八大胡同积攒了经验，积蓄了力量，网罗了人气，吸纳了势力，羽翼渐渐丰满起来。这是它的爆发期，此间，它像暴发户一样迅速地发达了起来。

于是，八大胡同觉得自己有了底气、有了资本，不满足于眼前的地位和态势，想发展、扩充自己的地盘，更想把原来老北京在东、西城曾经占有而后来失落的红灯区，像收复失地一样，重新夺回来。它不奢望自己“一夜恨不高千尺”，却也不想自己只是“小荷才露尖尖角”。

它开始了自己的反攻倒算。这样的反攻倒算，有两次——在八大胡同的历史中，是仅有的两次反攻倒算。

一次是光绪之初。当时妓院开始蔓延回西城的砖塔胡同、钱串胡同、三道栅栏、小院胡同、玉带胡同一带。这是自元代就有的老红灯区，因后来妓院逐渐转移东城，也因顺治帝坚决把汉人驱逐出内城而彻底败落。哪里想到会有这样一天，八大胡同的潜在力量，让它重见天日。据说，此地一时宗戚朝臣、名士商贾云集，趋之若鹜。

另一次是光绪二十五年（1899）。那年，妓院重新杀回西城，从传统地带砖塔胡同向西南延伸，占据了口袋底胡同。据说，那时口袋底胡同的大小玉凤名妓，被当时的达官贵人胜克斋和征蓉塘所包，一时地以人名，口袋底胡同声名大噪。这一次的声势比上一次更为浩大，而且妓院相对集中，成珠成串，卖淫卖唱，此起彼伏，声浪不绝。那阵势，因有了在八大胡同的演习和磨练，轻车熟路而显得有恃无恐，全无了以往岁月里妓女能诗会画以及唱全本《游园惊梦》的斯文与雅致。

当然，这是不能为清政府所容忍的，心说让你们在外城八大胡同里闹就不错了，你们却蹬鼻子上脸，越闹越不像话，居然自以为是，反攻倒算，跑到砖塔胡同不说，还跑到“口袋底”来了。

1954年旧刑部街一隅 Fuxing 2018.5.

这便是历史中有名的“口袋底事件”。口袋底胡同，成了那时不容侵犯的一种有些让人啼笑皆非的象征。

这样，八大胡同的两次反攻倒算，都以短暂的胜利、最后的失败而告终。第一次，是由御史上参而被清政府尽数驱逐内城，又返回八大胡同；第二次，是由步军统领载澜出面禁止而被驱逐内城，再次返回八大胡同。

就是在这第二次回合之中，拔出萝卜带出泥，把赛金花捎带上了。当时从天津初到北京的赛金花，开始住在八大胡同边上的李铁拐斜街挂牌接客，但她嫌那里吵，便搬到内城刑部街后面的高碑胡同。那时是光绪二十五年，谁想到，正赶上“口袋底事件”，不仅砖塔胡同、口袋底胡同不允许妓院存在，内城一律不允许设户立班。没有办法，赛金花虽然生意正火，也只好先回到天津避避风头。日后和大多数从内城迁回八大胡同的妓女一样，也在八大胡同之一陕西巷落户而重张艳帜，是庚子年间的事了。一代名妓，虽然从来没在口袋底胡同住过，却就这样和一条胡同扯上了命运相连的关系。

墙缝胡同

墙缝胡同，是一个有意思的胡同名字，意在形容其窄。在老北京，和它一样窄的胡同有好几条，比如同仁堂制药厂边上的乐家胡同、珠宝市街上的钱市胡同，但只有它叫墙缝胡同。何其原因?

墙缝胡同，在前门地区，是位于西打磨厂和崇真观（现在的兴隆街）之间的一条南北走向的胡同。它的名字后来改作翔凤胡同，从“墙缝”到“翔凤”的飞跃，其实，就是这条胡同的形成史。据我考察，翔凤胡同是明末清初建立起来的。明嘉靖年间《京师五城坊巷胡同集》里，没有它的名字。一直到清《京师坊巷志稿》里，才出现了它的名字。以我来看，是因为到了那时，前门地区的进一步繁荣，促使外地进京做买卖的人多了起来，明朝建立起来的西打磨厂和崇真观这样两条东西走向主要街道上的住房，住着好多买卖人家，因为住在这里，离前门很近，进出方便。这时候，这片地方显得有些挤了，于是，就要见缝插针，向两侧进军，在空地上盖房。这一点，和我们现在房地产开发的思路大致相同。

因为向北是护城河，余地有限，便向南，在打磨厂和崇真观之间大兴土木。如今这一片的洪福胡同、乐家胡同、堂子大院、南深沟，包括翔凤胡同，就是在这样的背景下陆续建起来的。翔凤胡同，可能要晚于另几条胡同，其原因，恐怕要说到未能列入《京师五城坊巷胡同集》的翔凤胡同的前身墙缝胡同这个名字了。

“墙缝胡同”，是当地人的叫法，这种叫法，一直延续到新中国成立以后。我小时候，家住西打磨厂，和它只有一步之遥，那时候，大人、孩子还是这么叫它。“翔凤胡同”，是书上的说法，是地图上的标识，大概嫌“墙缝胡同”不雅，取谐音，弄了一个学名，“墙缝胡同”便成了它的小名。

人们还是觉得叫它墙缝胡同更习惯，也更形象——窄如墙缝。可以想象，是由于两边盖的房子，它才被挤得这样逼仄。特别是胡同的南端，一尺来宽，只能走一个人，如果对面来人，双方得侧着身子，才能擦肩而过，如果来的人是胖子，那就麻烦了。这一段并不长，但到了晚上很黑，还没有路灯，小时候走这一段时常常很害怕，有的男同学专门蹲在这里扮鬼，吓唬女同学。

还有一点可以作为佐证，便是这条胡同的样子很特别，并非正南正北，而是弯曲形成一个不规则的“T”形，人们把它分成北墙缝、南墙缝和西墙缝三条盲肠似的小胡同。便也可以想象，如果不是四周盖起房子的挤压，不会挤出来这样一条分出岔来的胡同。它的样子和成因，和我们后来在大杂院里纷纷盖起了小房后，过道变得越发狭窄、只能过一辆自行车的情景，好有一拼。

这一点，在胡同南口体现得最为明显，因为那里最窄。别看窄，却内藏玄机。胡同西端是一家油盐店，东端是一家中药店，两店如哼哈二将为它站岗，正对着草厂三条的北口。紧把胡同口朝南的小院，院子很深，院墙几乎占满南墙缝胡同西侧的一整面墙。在我的记忆中，高台阶上两边蹲着抱鼓石门墩的那扇木门，似乎从来就没有开过，里面住的是什么人，对于我一直是个谜。不过，这也说明，后来在墙缝胡同里盖的房子越来越多，也越来越多样化，甚至不乏大宅院。

《京师坊巷志稿》里有关于它的记载："翔凤胡同，或作墙缝。旧有泸溪会馆。"泸溪会馆应该是当时的大宅院了。不过，它早已不存，猜想大概它当时应该是个恢宏的院落。院落肯定是藏在墙缝胡同的背后，不过是把门开在胡同里面罢了。这一点，应该和胡同北口西侧的董德懋诊所是一样的。董德懋诊所的院子很大，院子前面是诊所，院子后面的一座二层小楼是其住房。诊所的大门朝北，冲着西打磨厂街开，住人的院子小门朝东，冲着墙缝胡同开。所以，别看墙缝胡同表面很窄，包子有肉不在褶上，里面可是藏龙卧虎。

我小的时候，墙缝胡同最出名的早已不是泸溪会馆，而是董德懋诊所。老北京有句歇后语：打磨厂的大夫——懂得冒儿呀！意思是嘲笑那些什么也不懂却非要充大帽钉的人。其实，人家董德懋的家，门是开在墙缝胡同的，并非开在打磨厂。这句歇后语实在太伤害董大夫了，他一直非常苦恼。董德懋是位有名的中医，师从京城四大名医之一施今墨先生。董大夫向老师诉说苦恼，想改名字。施大夫不同意，觉得应行不改名、坐不改姓，关键看的是医术和心地。董大夫听从了老师的意见，坚持了自己的名和姓。我小时候见过董大夫，他穿西装，行中医，住小楼，坐轿车，为人和蔼，举止儒雅，非同寻常。董大夫高寿，一直活到九十多岁。

他的这个旧宅院一直存活到2005年我最后一次造访翔凤胡同的时候。不过，他家这个宅院早就卖掉了，曾经一度是街道的纸盒厂，后来几经易手。那次我去的时候，他家那座典型的四合院还在，开在北翔凤胡同的院门也还在，他曾经住过的二层小楼前面的旧式小楼是诊所，水泥沙砾抹墙，一派西式风格，依稀还在，只是房子出租给外地人，经营水果和日用百货了，而房前原来方砖铺地的空场，已经变得认不出来了，还种上了两株小松树，感觉怪怪的。

2005年我去的那次，董大夫诊所前的空地被竖起的铁栏杆围起来了，不知要做什么。翔凤胡同里面已经开始拆迁。翔凤胡同南口对面的草厂三条西侧的一面房子，基本上都已经拆干净了，草厂三条一下子变宽了。一打听才知道，整条翔凤胡同也要拆干净，和变宽的草厂三条取直，直通到两广大街上——这样一来，算上将要打通的前门东侧路、新开路和草厂十条，以及早已经打通的祈年大道，起码有这样五条连通前门大街与两广大街南北的新大道了。于是，打磨厂和兴隆街这两条明朝古街，就被腰斩成几截了。老街的肌理被彻底破坏，翔凤胡同也彻底消失了。

十三年过去了，前两天再次去那里，翔凤胡同和董德懋诊所早已经没有了。一条宽阔的大路横贯南北，从前门大街直通两广大街，这条新街道的名字，被命名为草厂三条，彻底将翔凤胡同连胡同带名字一起覆盖。

站在这条新时代的马路上，阳光灿烂得格外刺眼，路旁东侧停满了小汽车，忍不住想起在江苏同里古镇看到的和翔凤胡同一样窄小的巷子，叫作穿心巷。如今，这条巷子因其窄而出名，全国各地的游客慕名而去，为的就是在雨中撑一把油纸伞，走一走穿心巷。如果我们的翔凤胡同还在，不也是一样可以一巷穿心，和历史有一个别样的邂逅？如果董德懋诊所还在，后院的那座二层小楼还在，“小楼一夜听春雨”，即便不再有“深巷明朝卖杏花”，而只剩下关于董大夫的那句歇后语还回荡在胡同里，不也有一种别样的滋味？

可是，昔日的墙缝胡同没有了，董大夫的诊所没有了。岁月如流，浮生若梦，繁华事散，人老景老，谁知兴废事，今古两悠悠。

正义路

一直以为，城市的繁华，也许要靠高楼大厦和立交桥；城市的幽雅，却要看街心花园——它们是一座城市漂亮而含蓄的酒窝。

在北京城，正义路上的街心花园，不敢说是最老的，但也有着悠久的历史。清朝时，这里还是一条河，水是从天安门前的金水河里流过来的，流到这里的时候，在南端有一座御河桥。清末建六国饭店之后，桥没有了，水也埋在了地下，我猜想，正义路这条街应该是民国之后建立的（由六国饭店改建的华风宾馆还在它的路东），那时正是西风东渐的年代，才使得它的洋味儿在老北京城里格外明显吧。当然，“正义路”这样更带有现代意义的名字，肯定是后来所取的了。

它是一条带状的街心花园，路在花园的两侧，分单行线行车。路两旁种的都是槐树，夏天的时候，枝叶蔽天，浓荫匝地。那时候的北京，这样设置的一条街，或许很少，反正我没怎么见过。街心花园中间，是一条长长的甬道，说长，只是童年时的感觉，那时觉得它长长的，花木茂密的甬道，好像挺经走的。其实，它也就一里多长，一支烟的工夫，就走到头了。春尽心老，如今，距离计算的法则和儿时不一样了。

那时，我们大院离这里很近，穿过北深沟胡同，过护城河上的一座浮桥，再翻过明城墙的豁口，就到了正义路。我们大院的孩子，管那里的街心花园就叫正义路，说到正义路去，就是到那里的街心花园玩去。

那时，那里特别安静，没有现在的长椅，树很密，花也很多，尤其是春末的蔷薇，明黄，如同灿烂的星星，总是开在我的记忆里。星期天，家里又乱又挤，我常常到那里去温习功课，一坐就是一下午，一直到晚霞飘散，蒙蒙的雾霭和斑驳的树影模糊了书上的字迹。一地新绿鸟相呼，清风和以读书声，最美好的记忆全在那里了。

最有意思的是，第一次和女同学约会，选择的地方，也是在那里。那时，我们都上初三，因为马上就要考高中，我要考本校，她要考一所远在郊区、能住校的学校，分别之际，小小的心竟也缠绵起来，离分手时间还早，就跑到那里去依依话别。我们是一条街上的邻居，却做贼心虚地一个先来，一个后到，别人没笑话，自己先脸红了。其实，那时那里除了我们两人，根本没有第三个人，清净的感觉真好，心想亏了有这样一条正义路，让少年的情怀总是诗，有了这样一个依托，四周的鸟语花香，和心情吻合得那样熨帖。正义路的名字便就这样无法从记忆里抹掉。记忆清楚得像刻在石头上，那时是春天，我们就坐在蔷薇丛旁的石头上，柠檬黄的蔷薇开得正旺。

更有意思的是，谁能想到这一分手竟是二十多年，阴差阳错之中，人生不相见，动如参与商。突然，一个电话打来，她刚从上海回到北京，人正在崇文门地铁站。我来到崇文门，只觉得人事有代谢，往来成古今，二十多年的时光都浓缩在感慨和眼前车水马龙的喧嚣之中了。沿着前三门大街边走边说着话，不知不觉竟然走到了正义路，两人的眼睛不住地同时相互一望，瞬间链接到了可笑却也纯真的童年和少年时代，仿佛意外地和那时的朋友在街头邂逅。虽然已经找不到当年的石头，却还能看见蔷薇丛——一簇簇依然怒放着，只是不知道还是不是当年的花丛了，但那一棵棵枝叶繁茂的大树肯定还是当年的。

一个地方，就这样和一个人的记忆与生命联系在了一起，真是难以忘怀。一次次搬家，离正义路越来越远，但我还是愿意常去那里走走，总觉得北京城现在建设得越来越繁华，这样清净美好的地方越来越不多见。它是真正的闹中取静，北边是长安街，南边是前三门大街——在老城里最热闹的两条街之间，它却几十年来一直保持着难得的清幽，让人在这里触摸到一座城市幽雅的气质。

特别是它的林荫夹道，即使是炎热的夏天，也让那一树树的蝉鸣叫得凉爽了；即使大雪纷飞的冬天，这里一片凋零，但街心花园里甬道上铺满没有被车轮碾过的皑皑积雪，满眼耀眼的玉树琼枝，让人总有一种恍若走在树林里的感觉。儿子刚去美国留学的第二年冬天，来信说想家，想要看看我们的照片，我们便到了正义路——正是雪后的早晨，照片背景那一片挂满晶莹雪花的树间，夹杂着红叶和黄叶，在白雪的映衬下，色彩是那样的明艳。接到照片后，儿子都认不出北京居然还有这样漂亮的地方。

一座城市，在繁华拥挤、特别是寸土寸金的闹市中心，能不能创造出这样供人们舒展性情或亲密情感的空间，使得城市空间的价值不仅仅以建筑面积和使用面积的切割和计算来衡量，城市本身亦不仅仅是水泥森林和灯红酒绿的堆砌，这实在需要以一定的艺术修养作为支持。天津大学建筑学教授荆其敏先生将这样的城市建设布局称为“情事结点”和“亲密空间”。他曾经说：“许多城市中著名的情事结点多是自然形成并逐渐成为传统的，美好的亲密空间必然都有其良好的环境因素，建筑师要关注这种人类情感的需求，创造优美的城市情事结点和亲密空间。”

正义路，就是属于我的这样一个城市情事结点和亲密空间。

棉花胡同

北京有两个棉花胡同，一个在西城，护国寺以北；一个在东城，交道口往南。两个棉花胡同，都很有名。西城的棉花胡同，民国前叶曾经住过困顿京城的蔡锷将军，因而出名。如今，不知旧址是否还在，前些年，我去寻访时还在，虽变成了大杂院，但两百多岁的老槐树，依然枝叶茂盛。东城的棉花胡同，因有大名鼎鼎的中央戏剧学院而出名，曾经频繁出入这里的姜文和章子怡等众多明星的名气，早盖过了当年的蔡锷和小凤仙。西城的棉花胡同，是因为在清朝年间聚集弹棉花的手工业作坊而得名；东城的棉花胡同因何得名，我就无从知道了。

我在中央戏剧学院上过四年的学，又教过两年的书，对东城的这个棉花胡同熟一点儿。那时候，不是坐13路汽车从西口进，就是坐104路无轨电车从东口出，而且，好多时候，去小西天看内部电影，或到王府井看人艺的话剧，我们戏文系的学生，愿意和表演系的同学搭伴儿乘车，借着人家漂亮脸蛋的光，逃票蹭车，宽容的售票员常是有一搭无一搭的，不愿意当场揭穿我们的小伎俩，到站开门放人。

要不，我们就是骑着自行车，天天在这条胡同里窜来窜去，对这条胡同的枝枝蔓蔓，想不熟都不成。记得有一次骑车带着一个同学，刚刚骑出东口，就碰见了交通警察，警察问我们：哪儿的呀？我们一看不好，要罚款，只好老老实实地告诉他：戏剧学院的。他接着问：学哪个戏的呀？我们没敢告诉他我们是戏文系的，支支吾吾地说：没系。他一听乐了，说：哦，学梅派戏呀，然后连说两声“好好”，放行了。敢情他把“戏剧”听成了“戏曲”，而我们则把“戏”愣听成了“系”。满拧！

我已经好久没有去棉花胡同了，还是好几年前，大雪过后的一个晚上，余男的电影《惊蛰》和《月蚀》在棉花胡同西口戏剧学院的剧场放映，请我去看，我才重新踏进了二十多年前的旧梦之中。剧场就在棉花胡同西口，和南锣鼓巷交界。那时候，南锣鼓巷还没有今天这样被改造一新的热闹。记得挨近剧场有一家小饭馆，上学的时候，我们常到那里打牙祭，或简单地买个烧饼充饥。没有想到，那个小饭馆还在原地，没动。

因为去时晚了，匆匆地赶路，穿过棉花胡同的时候，一路没有注意看。电影结束后出来，才把这条曾经熟悉的胡同看了个仔细。母校又开了一个新门，对面建起了学生公寓。夜色中的校园很安静，很想走进去看看，一想守门的大爷早就换了新人，不认识了，免得费口舌，便没有进去。

站在校门口愣了会儿神，忽然想起，刚入学不久的冬天（我们是1978年11月入学），在学校大门口的垃圾箱前，停着一辆东城区清洁队的垃圾车。我走过去的时候，忽然听见有人叫我的名字，四下张望，从垃圾车上跳下一个身穿环卫工作服的工人，笑吟吟地站在我的面前，是和我在北大荒一个生产队的北京知青兼中学同学。他刚刚从北大荒回到北京，分配工作，有几个地方可以选择，他选择了清洁队，因为工资高，每天出车还有补助，他拖家带口，经济负担重。那时候，刚粉碎“四人帮”不久，正是百废待兴的时候，不管做什么，几乎每个人的心里都有个盼头，脸上也流露着朝气。我们好几年没有见面，以这种方式，在这样的场合重逢，让我想起入学之前的写作考试，题目就叫《重逢》。这样的重逢，如果换到今天，会是怎样的一种心境和心情，我不知道。我只知道，当时，我们都很兴奋，为彼此祝福。那一份祝福，是真挚的，是难忘的。

又想起另一件往事。在戏剧学院读了四年书，毕业考试的时候，我的同学陆星儿正巧刚生完孩子，其他各门课的考试都完成了，就差一门体育课，由于产后体质实在太弱，她便没有参加考试，是一千五百米的中长跑。教我们体育的是位严格而固执的老师，一点儿通融的余地都没有，非要她补考不可，否则，拿不到毕业证。没有办法，那年暑假结束的时候，陆星儿又回到学院补考，还是一千五百米，就是从学院的大门口，沿着棉花胡同，跑到前圆恩寺胡同再跑回来。她一个人孤独地跑在棉花胡同的时候，会是一种什么心情？以后，见到她的时候，我常拿这件事和她开玩笑，她只有苦笑。

如今的棉花胡同，多了几家小卖店，卖各种食品杂货，灯火通明的。狭窄的路旁，停满了各种牌子的小车，可以想见这些年的发展，也可以想见白天这里的喧闹——已经没有了当年的清静。记得我们那时的录取名单，就张榜在学校门口对面的墙上，我们的观看和行人的来往，可以相安无事。现在还能想象吗？每年春天来自全国各地的考生，人山人海的，还不把胡同堵塞成沙丁鱼罐头？

胡同的中央，悬挂着一个挺大的灯箱广告，在幽暗中很醒目，上面的三个大字“棉花塘”，我愣看成了“棉花糖”，心想，怎么还有专门卖棉花糖的？走近一看，才看清楚，是棉花塘，一打听，是如今京城里小有名气的酒吧，因为院子里有两个养着金鱼的鱼缸，便把鱼塘和棉花无技巧地剪接在一起，实名和意象齐飞，一下子叫响了。

墙根下，站着一对青年男女，像是戏剧学院的学生。女的穿着高腰皮靴，亭亭玉立，皱着眉头噘着嘴，不知闹了什么别扭；男的穿着一双运动鞋，虾米一样哈着腰，鸡啄米似的点着头，似乎在百般赔着不是，冻得直跺脚。

前面走着一对青年男女，不像是戏剧学院的学生，刚看完电影出来，个子高高的小伙子是个外国人，在小卖店前买了几串烤得香喷喷的羊肉串，分给姑娘几串，边吃边笑边跑，一直跑到胡同的东口。那里堆着一堆积雪，小伙子先是一个箭步，躬下腰来，把吃完的羊肉串的棍儿插在雪堆上，然后很得意地牵着姑娘的手又跑起来，向车站跑去，敞开的棉衣被风吹成了鸟一样的翅膀。有爱情催着，寒冷的夜晚，硬朗朗的夜风，也变得柔和起来。

无轨电车来了，还是104路，将两代人的青春链接在了一起，车厢之间手风琴似的松紧带颤动着，摇晃着，灯光迷离的，又从棉花胡同前闪过，让我不禁想起当年，我曾经多少次也是这样跑着赶车，乘坐在104路无轨电车上，摇晃着，颠簸着，度过了整个青春。

棉花胡同早晨 FUXING 2018. 4.

四块玉和三转桥

北京胡同的名字，有些起得非常美。记得诗人朱湘曾经说过：“京中胡同的名称，与词牌名一样，也常时在寥寥的两三字里面，充满了色彩与暗示……它们的美是毫不差似《夜行船》《恋绣衾》等等词牌名的。”他说得很对，引我共鸣，很多胡同的名字，确实和词牌、曲牌的名字一样美，比如“四块玉”，是北京胡同的一个名字，也是元曲曲牌中的一个名字。作为胡同名，它明朝时就存在。可见，四块玉是一条很老的胡同了。当初，为这条胡同起名字的时候，是不是想起了元曲曲牌《四块玉》这个名字，只能是一种揣测和联想了。

在我的想象中，这种揣测和联想是望文生义，是无厘头的。虽然那里离天坛东门很近，但在明代天坛是离皇城很远的郊外。从明代到清代到民国，一直到新中国成立之初，那一带都是一片菜地。“四块玉”之所以能形成一条胡同，是因为那里种菜的人渐渐多了，拉家带口，形成了居民区，也就是说，胡同是从菜地里生长出来的，类似如今城乡交界的棚户区、城中村。

所以，尽管“四块玉”的名字起得很雅，却只是南城的一条贫民胡同，和前门或后海一带的胡同，不可同日而语。胡同里也没有什么像样的四合院，拥挤在胡同两侧的院子，无论小院还是大杂院，都破破烂烂的，像是老舍先生写过的《柳家大院》中的情景。这样的状况，一直到前些年，也未见什么改观。“四块玉”这个名字，对于这条烂砖乱瓦堆砌起来的胡同，颇具反讽的意味。

曾经有这样的传说，说这条胡同曾有明永乐年间建天坛时剩下的四块汉白玉；也有人说清代时胡同里有一口井，井口镶有四块玉，所以才把胡同的名字称作四块玉。但是，我觉得这些传说，都不过是为了附庸风雅，过于夸张。明朝再奢侈铺张，也不会把四大块汉白玉，像扔垃圾一样，扔在荒郊野外不要了。我查清朱新一撰写的《京师坊巷志稿》，清时整条胡同也未曾有过一口井。

四块玉胡同，后来分为东四块玉和西四块玉，是因为新中国成立之初建体育馆而新辟出一条体育馆路，把四块玉胡同拦腰截断，一分为二。我对四块玉这条胡同真正有了感情，是在上个世纪90年代。那时候，我的儿子上小学四年级，他在光明小学读书，放学回家抄近道，就是走西四块玉胡同。那时候，他刚刚学会骑自行车，骑得正来劲儿，特别愿意在这样弯弯曲曲的胡同里骑车，“游龙戏凤”般显示自己的车技。一天下午放学，在西四块玉胡同一个拐弯儿的地方，看见前面走着一位老太太时，他的车已经刹不住了，一下子撞上了老太太。老太太倒没有被撞倒，但手里提着的一个篮子，被撞翻在地上，篮子里装满刚刚买来的鸡蛋，碎了好几个。

孩子下了车，知道自己闯下了祸，心里有些害怕，除了一个劲儿地道歉，不知如何是好。老太太一看，是个孩子，就把篮子拾起来，没有责怪他，只是嘱咐他骑车要小心，挥挥手让他走了。

那一年，孩子十一岁。这位老奶奶对他影响至深。以后，对他人需要善意和宽容，孩子格外在意。后来，每一次走进四块玉胡同，他都会忍不住想起这位老奶奶，而且，不止一次地对我说起这位老奶奶。

三转桥，也是北京一条胡同的名字，没有四块玉好听。相传这里曾有一座汉白玉的转角小桥。但是，三转桥的得名，和这里以前曾是旧河道相关，和四块玉无玉一样，这里并没有桥。桥和玉，都只是人们的想象。三转桥离四块玉不远，在四块玉的东北边。三转桥胡同的形成，应该晚于四块玉胡同。

明《京师五城坊巷胡同集》和清《京师坊巷志稿》记载有它的名字。不过前者记的是“三转桥文昌宫”，可见明朝时这里因文昌宫而得名；作为胡同，则始于明末清初。后者记述它说：“井一，无桥。有华严寺。”这一带确有不少寺庙，逢年过节，香火鼎盛，但住家不多。三转桥正经繁华起来，是在清末民初：这里作为寺庙的功能已经大大减退，而作为集市的商业功能逐渐显著。那时候，利恒泰、晋六居、合增店这几家南城有名的商店，都集中在这里，还有好多不知名的粮店、油盐店、绒线铺，也都挤在三转桥一条胡同里。南城有名的清光绪年间开张的合兴喜轿局，以及1910年开张的北京第一家理发店胡记理发店，同样是开在三转桥胡同。

三转桥胡同离我读书的汇文中学不远。读高三那一年，我才学会骑自行车，比儿子晚了八年。有一天中午，我借同学的自行车骑车回家吃午饭。回学校的时候，穿过三转桥胡同时，看见前面突然跑过来一个小男孩儿，心里一慌，没停下车来，一下子把小孩儿撞倒在地。我赶紧下车，扶他起来，倒是没有撞伤，但是，孩子的裤子被车剐开了一个大口子，孩子一下子就哭了起来。我忙哄他，问他家住在哪儿——就在附近不远，我把孩子送回了家。一路走，心里沉重得像压着块大石头，毕竟把人家孩子撞倒了，把孩子的裤子剐破了。家里，只有孩子年轻的妈妈在，我向她说明情况，一再道歉，听凭发落。她看看孩子，对我说：没事，快上你的学去吧，待会儿我用缝纫机把裤子轧轧就好了！她说得那么轻巧，一下子就把我心里压着的那块石头搬走了。

我常想，我和儿子的成长道路上，竟然有着这样多的相似。或许，是我们遇到的好人实在太多，让我和儿子都相信这个世界上尽管沙多金子少，但还是好人多于坏人，善良多于邪恶，宽容多于刻薄。

我常想，如果当初那位年轻的母亲，不是说了那样轻松的话，就把我放走，而是非要让我赔她孩子的裤子的话，会是一种什么样的结果呢？同样，如果当初那位老奶奶，即便不是讹孩子，像现在常见的“碰瓷儿”的老人那样倒在地上，非要他送她到医院，再找家长索赔一笔钱，而只是让他赔鸡蛋，又会是一种什么样的结果呢？——一个孩子，对这个世界和这个世界上的人与事的认知和理解，也许就会大不一样了。

这个世界上，存在着恶，也存在着善；人和人之间，存在着怀疑，也存在着信任。人们应该本能地善多一些、信任多一些，而如今人们身上的善和信任，却被恶和怀疑挤压得如茯苓夹饼里的馅。或许对于我们大人，一切都已经见多不怪；对于一个孩子，这样的凡人小事，却常常是他们进入这个世界的通道，从而见识到人生，以为世界和人生就是这样子的。儿子遇到的这位老奶奶，和我遇到的那位年轻的妈妈，让“让世界充满爱”不再仅仅是一句唱得响亮的歌词，而是如一粒种子，种在了我们的心头。对于我，已经是五十年过去了；对于孩子，已经是二十五年过去了，这位年轻的妈妈和这位老奶奶，一直没有让我们忘记。这粒种子发芽生根长叶，至今仍在我们的心中郁郁葱葱。

四块玉和三转桥，像古诗里的一副美丽的对仗。

2018年5月

1964年德胜门前的护城河 RuXING 2018.3.Bloomington

京都夏忆

一

在北京，真正热起来，应该是芒种之后。读中学的时候，每年暑假前都要有一次下乡劳动，一般都会选在芒种时节，因为这时候北京郊区的麦子黄了，正待收割。那时候，我们常去南磨房乡帮助老乡收麦子，吃住在那里，一干干一个麦收。在乡间，我从老农那里学到一个谚语“杏黄麦熟”，记忆特别深，因为当时我特别好奇，真的是麦子熟了杏就变黄了吗？收完麦子回家到市场一看，果然摊子上到处都有卖大黄杏的。我把学到的这个谚语“杏黄麦熟”写进作文里，得到了老师的表扬。

大概从那时候起，我特别喜欢吃杏，甚至觉得杏的香气比其他水果散发的香气要好闻。杏的清香，有股酸甜的意思，表面温存，内涵机锋，格外撩人。老北京人说八达杏好吃，所谓八达杏，知道是八达岭一带的杏，杏自然是山里的好吃，只是我没有吃过八达杏，如今也没见过有卖这种杏的。

《燕京杂记》里说："杏之种亦有二：紫杏，黄杏。"所谓紫杏，就是现在卖的红杏。《北平风俗类征》引《水曹清暇录》说："杏有三种，而黄杏最佳。"其实，杏远不止三种，我知道的就有红杏、黄杏、京白杏、火杏、八达杏、关老爷杏、胭脂红杏等多种。《水曹清暇录》里没有具体说有哪三种杏，但如今市场上流行的确实是三种：红杏、黄杏和京白杏。火杏、关老爷杏、胭脂红杏，大概都是红杏的变种而已。

这三种杏的香气，略有差别。红杏的香味淡，黄杏的香味浓，京白杏的香味最清雅。如果说红杏如夏天的清晨，黄杏就如同炽热的中午，而京白杏则像是清凉而弥漫着花香的夜晚。如果论好看，红杏当然像"红颜知己"；论好吃，《水曹清暇录》里说得没错，还得数黄杏，沙沙的，绵软可口。但如果论香气的好闻，得数京白杏。如今北京市场上，也有卖新疆哈密杏和甘肃金妈妈杏的，前者个儿小，貌不惊人，后者个儿硕大，颜色鲜亮，价钱都比北京本土的杏贵，但说实在的，都没有北京的杏好吃、好闻。

有意思的是，无论什么品种的杏，开的花都不香。曾经有一年的开春，路过怀柔，有一大片杏树林，漫山遍野开满如雪的白花，一点儿也不香。但到了杏黄麦熟的时节，再路过那片杏林，清香透人心脾，仿佛把香气像酿酒一样酿了整整一个春天，待到成熟的时候，才打开酒瓶塞子，举办属于自己的盛宴。

前些天，我买了一篮京白杏。买来的时候，杏还没有熟透，尖上还是青的，香味也还深藏不露。我把它们放在阳台上，准备过两天再吃。没有想到，第二天上午一开阳台的玻璃门，满阳台都弥散着那么浓郁的香味，而且，那香味像憋不住似的，立刻长上了翅膀一样飞进屋里，久散不去。真的，那是我闻到过的最好闻的杏香了。

入夏以后，京都多佳果，《水曹清暇录》里说："桃有八种，而肃宁最佳；梨有五种，而大谷最佳；葡萄有六种，而马乳最佳；枣有五种，而密云小者最佳；李有五种，而麝香最佳；瓜有九种，而蜜瓜最佳；奈有两种，而绿奈最佳；菱有三种，而小红最佳。"(这里说的奈，又叫槟子，我小时候还有卖的，如今已经见不到了。)

《帝京岁时纪胜》里将瓜和桃的品种补充得最为详尽，说："甜瓜之品最多，长大黄皮者为金皮香瓜，皮白瓤青者为高丽香瓜，其皮绿点者为芝麻粒，色青小尖者为琵琶轴，味极甘美。桃品亦多……纯白者为银桃，纯红者为五节香，绿皮红点者为秫秸叶，小而白者为银桃奴，小而红绿相兼者为缸儿桃，扁而核可作念珠者为柿饼桃，更有外来色白而浆浓者为肃宁桃，色红而味甘者为深州桃……"

这些品种繁多的美味水果，如今不少已经见不到了。不过，话又说回来，即使当时见得到，很多种水果，我也从来没有吃过，吃过的，印象最深的，还得数杏。

如果说，樱桃是四季里的百果之先，那么，入夏以后，杏则属于这些夏果和秋果之先。不知为什么，我一直对杏情有独钟。杏很不好保存，很容易烂，所以人们常说：宁吃鲜桃一口，不吃烂杏一筐。确实，杏烂一个，很快就会烂满一筐，像得了传染病。一般卖杏的小贩，都会把那些还未完全熟透的、带着青色的杏摆在摊上，你很少能够买到真正树熟的，除非到怀柔、密云山里的老乡家去买。去年，我在密云买了好多杏，不过一天的时间，回到家里，烂掉了一半。所以，杏的季节性很强，卖杏的人都不愿意把杏积压时间过长，砸在自己手里。你可以看到市场上卖苹果、香蕉甚至卖桃，能延续很长时间；卖杏，只在杏上市那短暂的一段时间，过了这村，没这店。

小时候，除了杏，夏天里的西瓜，印象也很深。当然，这是老北京人夏天里的家常瓜。街头巷尾，到处都有西瓜摊，到处都能听到卖西瓜的吆喝声。印象最深的是一种叫作黑崩筋儿的西瓜，黑皮红瓤，长圆形，黑子，如今这种瓜早就没有了。从黑崩筋儿，到早花，到京新，再到墨童、麒麟瓜，代表着几代北京人的童年记忆。西瓜品种的改良和进化，远远超过杏。在水果里，杏属于保守派，或者说得好听点儿，是古典派；西瓜、桃和苹果则属于与时俱进的改良派。

那时候，我父亲下班有时会买回一个黑崩筋儿来，总会先从自来水管子里接来一桶凉水，把瓜放进凉水桶里，泡上很长时间，起码要泡到吃过晚饭。“所谓浮瓜沉李，西瓜浮在水面上，一定是熟瓜。为什么是熟瓜呢？因为熟了的瓜，比生瓜要轻……”那时每一次吃瓜之前，父亲总忘不了一边擦拭我们家的那把菜刀，一边在自问自答里教育我和弟弟这样一番科学道理，全然不顾我们早已经迫不及待要吃瓜的蠢蠢欲动之势。

每一次吃西瓜之前，父亲总是这样从把西瓜泡进凉水桶里开始，不厌其烦地进行这样一系列繁文缛节的程序，让每一次吃西瓜都具有一种仪式感。长大以后，读唐诗，读到李颀写过这样一首："北窗卧簟连花心，竹里蝉鸣西日斜。羽扇摇风却汗珠，玉盆贮水割甜瓜。"由此知道了，在没有冰箱和冰块的条件下，这样用满盆满桶的凉水泡瓜，是早在唐代就有的传统了，便不再埋怨父亲。

我对挑选西瓜有一种与生俱来的异禀，从小就会挑瓜，特别是到北大荒去了六年，常到瓜地里偷瓜吃，更是在实践中锻炼并加强了挑瓜的本事。从北大荒回北京后的好长一段时间，西瓜刚刚上市的时候，下班回家的路上，我总要停下自行车，走到路边的西瓜摊或西瓜车旁，帮助瓜贩或瓜农卖西瓜。

那时，广渠门内白桥那里，常常会停着一辆马车，车上装满西瓜，趁着下班人流密集，卖瓜的瓜农站在车上，吆喝着卖西瓜。我来帮他们卖西瓜，卖瓜的自然很高兴——来了个不要工钱的帮手。关键是我挑瓜的手艺不错，总能够从瓜蒂的青枯、瓜皮纹络的深浅，或者轻轻地拍拍瓜，从瓜发出的声音、传递到手心的感觉，来断定瓜的好坏、瓜皮的薄厚，是沙瓤还是脆瓤，是刚摘的新瓜还是前好几天摘的陈瓜。开始，卖瓜的主儿含笑不语，买瓜的人满脸狐疑。好像在等待着一场好戏，等着意想不到的结局，或等着拾乐儿。被刀切开的一个个西瓜豁然露出那鲜红的瓜瓤，比什么都有说服力，铁证如山一般，让所有人哑口无言，脸上只剩下惊讶或赞叹。买瓜的高兴，卖瓜的高兴，顺便给自己挑一个

图 1957年拆后的广渠门箭楼 Fuxing 2018年2月 Bloomington

西瓜，夹在自行车后架上，一并驮着夕阳回家，家里人也高兴。那一阵子，下班路上，瓜车前面，夕阳辉映之下，我颇有些自得其乐的成就感。

如今，黑崩筋儿早见不着了，马车也已经不允许进城，白桥一带早已拆迁，变得面目皆非。原来这一带的女十五中，早改名为广渠门中学，整幢楼从南面移到了北面。世事沧桑中，我也廉颇老矣，偶尔在瓜摊前自以为是地挑个瓜，也不灵光，手艺潮了。挑瓜和唱戏一样，也得曲不离口、拳不离手，多年不练，武功尽废。

二

节气，真的神奇，像是一位魔术师，自然界一切都逃脱不了节气变幻的色彩晕染。芒种，乡间是麦子的一片金黄，城里没有麦子，也得派橙黄橙黄的杏来诉说这个节气中的一点儿心思。如果一年四季每个季节里都有专属于自己的颜色代表，无疑，金黄色是北京炽热夏天的象征。如果需要再为夏天加上一个象征的话，那就是西瓜了，得是黑崩筋儿瓜。

那时候，觉得南磨房乡离城里很远；现在，那里早已成为城区的一部分。我现在居住的潘家园，就隶属于南磨房地区。东三环内外，远近一片林立的楼群，原来就是我读中学时下乡收割麦子的田野。世事沧桑，城市化的飞速进程，让节气变得只剩下了日历上的一个符号，起码，芒种节气中，属于北方的那一片梵高才能挥洒出的金黄色，已经很难见到了。年轻人，大约只知道夏天，不少人几乎已经忘记了芒种对于夏天的意义。

紧接着，夏至到了。夏至这个同芒种一样专属于夏天的节气，大概也已经被不少人遗忘或忽略了。起码，记得夏至的，远不如记得情人节或愚人节的人多。

在周礼时代，夏至曾经被定为一个伟大的节日。白天祭地，夜晚焚香，祈求灾消年丰，这是农业时代人们心底普遍的愿景。我曾经猜想，之所以在那遥远的时代，人们将夏至作为一个盛大的节日，大概是因为这时候正是丰收的时节，却也正是夏天雨涝的时节。由此，才格外祈望丰收能够延续、灾难能够消除吧？节气里，总是蕴含着人们最为朴素的心情，那心情随老天爷阴晴变化而跌宕起伏。节气里的“气”，便不只是气候，也有人们的心气在里面。

对于老北京一般百姓而言，夏至这一天，更讲究的是民俗，民谚里说“冬至的馄饨夏至的面”，就是说夏至这一天要吃面条。夏至这一天，是要吃过水面的，就和头伏饺子一定要吃素馅的一样。至于为什么，我不清楚，这就是长期以来形成的民俗。清乾隆年间的《帝京岁时纪胜》一书中说：“(夏至）乃国之大典。京师于是日家家俱食冷淘面，即俗说过水面是也。乃都门之美品。向曾询及各省游历友人，咸以京师之冷淘面爽口适宜，天下无比。”极尽对夏至过水面的溢美之词；同时，也说明好吃而适时，是民俗得以形成的因素之一。

夏至这一天，老北京普通百姓还有一种吃食，是马齿苋，旧日老北京人称之为长命菜，要到天坛城根去挖，夏至这一天吃才有效。这一传统，依然和过水面一样，来自民间，延续了很久。我母亲在世的时候，每年这时候都要去天坛城根挖这种马齿苋。其实，就是一种野菜。

夏至这一天，如果不下雨，就是最好的时辰。传统民谚说：夏至到，鹿角解，蝉始鸣，半夏生，木槿荣。这谚语说得非常有意思，前半部分说物，鹿和蝉，一个动物，一个昆虫：鹿角成熟了，可以割角了；夏天炎热了，蝉开始叫唤了。这是夏至典型的标志，一个有形，一个有声，梅花鹿和金蝉，可以作为夏至的形象代言。

天坛一隅 丙申秋月
敬天

不过，我一直喜欢这个谚语的后半部分，这两句说的是花，半夏和木槿都要开花了，这让夏至一下子和春天有了对比和呼应，夏天不仅是丰收的季节，也是花开的季节。如今，在北京城里，半夏很少能见到，但是，木槿却是公园和住宅小区里常见的。其实，夏至之后，盛开的不仅有木槿，合欢、紫薇、玉簪……也都会相继盛开。

张恨水喜欢北京的夏天，他曾经说："花上这么两毛钱，买上两三把玉簪红白晚香玉，向书桌上的花瓶子一插，足香个两三天。"但是，民谚里不说别的花，为什么只选择半夏和木槿作为代表，是有讲究的。不说半夏的药用价值，单说木槿，木槿在夏天长得最为茂盛，如果不加剪理，不几天就会铺展长高，有点儿夏天狂放的野性劲头。说木槿荣，一个"荣"字，用得极好，真的是其他花都赶不上它。玉簪小家碧玉般矮矮的，守在阴凉处；紫薇有些笔管条直，显得拘谨；而合欢最难养活——我前几天去了一趟土城公园，二十多年前，我家住在它旁边，记得那时一进公园就是一片合欢树，夏天开满一片绯红的小绒花；这次一看，竟然一棵也不见了。至于张恨水说的晚香玉，过于小家子气，适合南方小城，不适合北京这样气派的古都。

夏至的天空，和夏至的花一样，在一年四季之中，是最为绚烂的。这时候，白天最长，夜晚最短；白天最热，夜晚最亮。

夏至的天空，因有了鹿和蝉的鸣叫，有了鲜花的盛开，而变得活色生香。想一想，鹿摇动着美丽的犄角，从青青草地上奔跑而来，蝉在树叶间比赛似的撒了欢儿地鸣叫，再有那些夏花之绚烂，争奇斗艳，真的是奏响了一支夏至交响曲，在整个天空中激情四溢地回荡。

夏至的天空，最美的时候，是夜晚。一年四季，夏至的夜晚是最短的，却也是最明亮的。这时候仰望夜空，星河灿烂，能看到很多一般日子里看不到的星星。即使不懂银河系里的各种星座，也可以清晰地看到北斗七星、牵牛织女星、天狼星和太白星。这对于雾霾横行的今天而言，是格外难得一见的盛景，是夏至和夜空相互给予的一种馈赠。我小时候，坐在四合院里，望着星光璀璨的夜空，认识并数点着那些星星，会从心里感受到宇宙的浩瀚和生活的美妙；如果，再能看到一次壮观的流星雨，便是额外的收获了。

当然，不仅仅局限于夏至这一天，整个夏天的天空，那时候，都是很美的。特别是七夕之夜，老北京人讲究乞巧。在我小时候，乞巧，有两种玩法：一种是拔下家里的一根扫帚苗，把它劈成薄薄的、细细的针尖形状，然后把它放进院子的鱼缸里或者水盆里，在月光的照射下，和邻居孩子比，看谁的扫帚苗在水里的影子长，谁就赢了，因为这样就和天上的织女对在一起了；一种是躲在葡萄架下听牛郎织女在由喜鹊搭的桥上说话，谁能听见，谁就有福气了。第一种，是女孩子的游戏。第二种，则男孩女孩都可以玩。那时候，我住的大院后院里，有一个葡萄架，那一天晚上，我们一帮孩子都会挤在葡萄架下，听牛郎织女说话，但从来没有听到过，便觉得那是大人骗我们的瞎话，大人们却说我们吵吵的，太乱，得细声屏气才可以听到。

长大以后，看民国时的《帝京岁时记补稿笺》，里面写到七夕这一天："月下穿针，花间斗草，水中泛花针，自作巧果，各出心裁，以示巧拙者。又使小儿者在葡萄架下井栏前偷听牛女哭声，又传喜鹊搭桥，次日视庭院喜鹊头必无毛。"由此，才知道这一天小孩子的玩法这样多，更是头一次知道喜鹊搭桥是用掉了自己的羽毛，第二天如果看到喜鹊的话，它们的身上是没有毛的。这是多么好玩呀，老北京的夏天，让这些美丽的传说生龙活虎起来；这些美丽的传说，也让老北京的夏天，特别是孩子们的夏夜，那样的色彩缤纷。

我小时候，在四合院里，整个夏天都还能看到萤火虫。这些发光的小虫，给我们孩子带来了欢乐。轻罗小扇扑流萤，是那时候最美的情景。看萤火虫在院子里的花间、草丛中飞舞，然后飞上天空，和星星对话，一起扑闪着明亮的眼睛，会让我觉得夜空真的非常美丽又神奇。这应该属于整个夏天给予老北京的最好的馈赠、最美的回忆了。如今，夏天这样美丽神奇的夜景，已经很难看到了。

三

在北京，最热在小暑和大暑。这是老北京人最难熬的时候。老北京，别看作为都城，到了盛夏，无论是皇上还是王公大臣，和平头百姓一样感到难熬。最有意思的是，到了这时候，皇上要给各位大臣颁发冰票解暑。《燕京岁时记》中说："各衙门例有赐冰。届时由工部颁给冰票，自行领取，多寡不同，各有等差。”

看这则旧记，我总想笑，在没有冰箱和空调的年代里，盛夏的日子，解暑唯有靠冰，居然由工部这样正儿八经的衙门颁发冰票，还得按官阶大小领取。这得让现在的孩子笑掉大牙——在封建社会里，老天爷洒下人间的热，也如此等级森严，那么不平等起来。

读过一本《北京民间风俗百图》，清同光年间版本，不知出自何人之手。其中有一幅题为《舍冰水图》，上有工整小楷题词：“凡三伏时，官所门首搭一席棚，木桶盛凉水，上置冰一块，棚上挂黄布四块，写‘皇恩浩荡’，民间施舍，写‘普结良缘’，以为往来人止渴。”能看出来，从乾隆到同光，不仅有衙门的赐冰，也有了官府的舍冰，冰从官员进入普通百姓之间。

在没有皇上的日子里，盛夏时人们再无须由工部颁发冰票取冰或者搭席棚舍冰，普通人家也可以到冰窖厂去买冰了；旧京都，一北一南两个冰窖厂，就都开始热闹起来了。专门在冬天结冰时将冰藏于地下的冰窖厂，就等着天大热的时节卖个好价钱。清时有竹枝词说：“磕磕敲铜盏，沿街听卖冰。”敲铜盏卖冰，成了那时京都一景。

由卖冰繁衍的生意，也逐渐多了起来，冰碗和铁皮冰箱是其中两种。冰碗，指的是几种夏季水果并置于碗中，碗的底部放着碎碎冰，是一种冰镇水果，又叫水果碗，很适合炎夏消暑。也有在碎碎冰上面，放新鲜的莲子、藕片、菱角肉、鸡头米，再在上面点缀鲜核桃仁和杏仁的——这种冰碗叫作河鲜碗。前辈邓云乡先生曾经专门写过文章，介绍什刹海夏天的荷花市场上卖的这种河鲜碗，认为它“是荷花市场最精美的食品”。然后，他引用《清稗类钞》中的一段话：“饤盘既设，先进冰果。冰果者，为鲜核桃、鲜藕、鲜菱、鲜莲子之类，杂置小冰块于中，其凉彻齿而沁心也。”正是这“彻齿而沁心”的感觉，让邓先生于老年之时依然念念不忘。

铁皮冰箱，张恨水做过专门的介绍，是一种“绿漆的洋铁冰箱，连红漆木架在内，只花两三元钱。每月再花一元五角钱，每日有送天然冰的，搬着四五斤重一块大冰块，带了北冰洋的寒气，送进这冰箱。若是爱吃水果的朋友，花一二毛钱，把虎拉车（苹果之一种，小的）大花红，脆甜瓜之类，放在冰箱里镇一镇，什么时候吃，什么时候拿出来，又凉又脆又甜”。

这样的铁皮冰箱，是如今冰箱的“前身”了。我没有见过，连听说都未曾听说过。这是有钱人的奢侈品，并不像张恨水说的“只花两三元钱”“再花一元五角钱”那样轻松。那时候，一般人家每月才挣多少钱呀。不要说这样的冰箱，就是冰碗，虽然见过，都从来没有吃过。那时候，对于如我一样家庭生活拮据的人来说，能够买一盘刨冰，就已经是夏天很好的享受了。这种刨冰，是用机器将冰块搅碎，再在上面浇上一层兑上了鲜艳颜色糖汁的食物。这对于我，已经很是“彻齿而沁心”了。

还有一种吃食，叫作冰角子。以前，我是听都没有听说过的。读《燕京杂记》，里面说：“冰角子，以面裹冰为小角，沸油煮之，内冷外热，亦甚可口。”猜想，这大概就和现在的油炸冰激凌有几分相像。不过，这也是有钱人才能吃上的玩意儿。

除此之外，很多时候，我吃的是那种不要钱的冰核儿。如今，“冰核儿”这个词很少用了。当初，卖冰核儿，是京城一景，也是京城独特一词。《燕京岁时记》里说：“京师数伏以后，则寒贱之子担冰吆卖曰‘冰胡儿’。胡者，核也。”《都门琐记》里说：“夏日沿街卖冰核，铜盏声磕磕然。”我小时候，这种敲着铜盏沿街卖冰核儿的景象，已经见不到了，但是卖冰的买卖还在，只不过不再做卖冰核儿这样的小生意了。

冰窖厂一直存活到北平和平解放之后，当时，那里还在存冰、卖冰，炎炎夏日，拉冰的板车常出入那里，东去三里河，西去珠市口，去各生意家送冰。我小时候，家离那儿不远，放学之后，我们一帮孩子常跟在车后面，手里攥着块砖头，偷偷砸下一块小冰块，塞进嘴里当冰棍儿吃。这就是属于我们这样的孩子的不要钱的冰核儿。如今，这两个地名一直还在。只是前些日子我旧地重游，冰窖厂街已经基本拆干净了。原来的冰窖厂，北平和平解放后变为了一所学校，如今，已经拆平，建成了宽敞的马路。

老北京盛夏，还有一景，如今更是见不到了，便是借太阳之烈来晾晒衣物，以防虫蠹，这很有点儿以毒攻毒的意思。老儒破书、贫女敝缊、寺中经文，都在晾晒之列。清时有诗说：“辉煌陈列向日中，士民至今风俗同。”不过，自从不少寺庙每年这时候成了晒经会之后，风俗便开始变了味儿，逐渐成了庙会，人代替了经书，美女更是比经书养眼。《天咫偶闻》中说，晒经会上“实无所晾，仕女云集，骈阗竟日而已”。这样的情景，和如今在夏日露腿的季节里，三里屯大长腿美女如云，有几分相似。不过，这也可以看出老北京人的生活情趣：贫也好，富也好，冷也罢，热也罢，无论在什么情况下，都能自寻其乐，用老北京话说，叫作“找乐儿”。

盛夏三伏天到来之际，早些年间，老北京人找乐儿最好的去处，是到东便门外的二闸游乐，和到宣武门外的护城河边看洗象。

二闸，又叫庆丰闸，在出东便门三里处。大运河到通州后，修通大通河之后到北京城，必要经过此地。当初从东便门的大通桥往东，一共修有五闸，都是为了蓄水，以防进入北京城的大通河水浅，妨碍船只的运输之需。《旧京风俗志稿本》里说：“所谓二闸者，即二道水闸也。闸前有水搭浮桥，闸堤甚高，由上至下，成一十余丈瀑布，河身深阔，河水清漪。”所以，清诗很直白地形容为“五闸屹屹蓄水利，奔流直下跳圆珠”。

因有如此水景，二闸成为五闸中最出名者，《天咫偶闻》中说：“二闸遂为游人荟萃之所，自五月朔至七月望，青帘画舫，酒肆歌台，令人疑在秦淮河上……午饭必于闸上，酒肆小饮既酣，或征歌板，或阅水嬉，豪者不难挥霍万钱。”足见那时候整个夏天二闸的鼎盛辉煌：不仅有酒肆茶楼林立，还有艺人演艺表演、人们泛舟游泳。特别有此地的小孩子，水性极好，外号叫水耗子，可以站在瀑布的高处，待游人扔入水中钱币乃至鼻烟壶或戒指之后，跳入水中，从水中捞出，这成为当时一项游人趋之若鹜的节目，可以和白云观打金钱眼的游乐项目有一拼，一时间很是热闹。清诗有句：“欸乃声中渔网急，恍惚身入江南图。溪桥小市足虾

北京城戊戌消夏
清末大运河流到

菜，人声往往杂燕吴。”《藤荫杂记》说：“城东卷地黄埃，一过大通桥，见水，顿觉心旷神怡。故二闸泛舟，都人目为胜游之地。”与《天咫偶闻》中的记录互证了二闸的一段风光历史。

对于老北京人而言，到二闸消暑游乐，在清末民初是和到什刹海齐名的。1927年，沈从文和胡也频曾经一起游二闸，那时候，还有孩子为他们表演跳水捞钱的传统游戏，而且，看到以前十来丈长的运粮船，改成了娱乐喝茶的场所，他还感慨这是在学天桥，把运河最后一段的“二闸赋予北京人意义，且富雅俗共赏的性质”。可是，民国中期之后，什刹海渐成气候，又近在内城，沈从文所说的二闸的这种性质与意义，便差了很多，日渐萎缩。特别是当大通桥随蟠桃宫一起被拆后，大通河消失，二闸彻底消亡。如今，在二闸处新修了一座庆丰桥遗址公园，勉强为人们提供一个老北京消夏的回忆之所。

到宣武门外的护城河看洗象，应该是更早的一个节目，而且是比二闸消暑游乐更为热闹的节目。那时候，皇宫里养的象，不是现在动物园里养的宠物，而是参与朝政礼仪的象，如清人书中记载：“午门立仗及乘舆卤薄皆用象。”夏天洗象盛景自明朝延续下来，明著名画家崔青蚓专门画有《洗象图》，清著名诗人吴梅村曾为之题有长诗记其盛况，其中有句：“京师风俗看洗象，玉河春水涓流洁。赤脚乌蛮缚双帚，六街士女车填咽。叩鼻殷成北阙雷，怒蹄卷起西山雪。”诗画相映，将当时看洗象的人和管洗象的人，以及大象在沐浴之中仰鼻喷水的壮观场面，都描写得极为生动。

旧日宣武门内大街 2018.5.

这样的盛景一直延续到光绪年间，因为战乱（从越南、缅甸进贡来的大象中断）而结束。清时养象的象房就在宣武门内，很近，每年盛夏，官校都要用旗鼓迎象出象房，再出城门，到护城河洗澡消暑，一路锣鼓喧天，旗帜招展。那时候，人热象也热，象多人更多，聚在河边看洗象，成了大暑天盛大的节日，真有点儿像现在节日里看烟花盛放和花车游行一般。有钱人，会如王士祯诗中所写的那样：“玉水轻阴夹绿槐，香车笋轿锦成堆。千钱更赁楼窗坐，都为河边洗象来。”没有千金可以坐在楼窗前最好的位置的穷人们，则可以不顾一身臭汗，拥挤着在河边看热闹。那时的情景，应该如现在看音乐会、歌剧一样，阔人有包间，穷人有站票，热热闹闹，也就不怕热了。

《旧京风俗志稿本》里说二闸“引动城内四乡喜于游乐之，观众万人空巷，纷至沓来”。这难免有些夸张，到宣武门外的护城河看洗象，那才真的是万人空巷。

四

盛夏之际，在老北京，什刹海是最为人们爱去之处。《天咫偶闻》一书便记述了清末光绪年间什刹海的情景：“长夏夕阳，火伞初敛。柳阴水曲，团扇风前。几席纵横，茶瓜狼藉。玻璃十顷，卷浪溶溶。菡萏一枝，飘香冉冉。想唐代曲江，不过如此是。”

特别是到了民国时期，一般人消暑度夏找乐儿，更爱去什刹海。民国有竹枝词说：“消夏何如什刹海，红菱雪藕不论钱。”可以说，这是一年四季里什刹海最火爆的时候，如同春节里的集市。当然，冬天也可以去什刹海溜冰，但那只是时髦年轻人的所好，不像盛夏，什刹海成为男女老少的所爱。这在沈从文写的文章里就可以看出来，他的小说《生》具体描写了什刹海，在那煤灰土地的小广场上放纸飞机、耍傀儡戏，是上个世纪30年代的情景。

那时候的什刹海，除了这样像天桥艺人练把式玩杂耍的之外，更引人注目的是在荷花盛开的水面上搭起的凉棚，如同水榭，设有茶座，湖岸是一溜儿林立的小摊，卖各种夏季时令小吃，琳琅满目，吃不胜吃。民国年间，有唱十不闲的小曲这样唱道：“六月三伏好热天，什刹海前正好赏莲。男男女女人不断，听完大鼓书，再听十不闲。逛河沿，果子摊儿全，西瓜香瓜杠口甜。冰儿镇的酸梅汤，打冰盏卖，了把子儿莲蓬，转回家园。”

子儿莲蓬，就是嫩莲蓬，如今人们不这样说了，这个词基本消失。唱词不说“买”把子儿莲蓬，而说“了”，这样的词，也很少能听到了。这是只有真正老北京人才能体味到的老北京话的味儿。这是卖子儿莲蓬的招呼顾客时说的话，如果是卖酸梅汤的，招呼顾客时就会换一种说法：闹一碗您尝尝！一个“闹”字，一个“了”字，尽显老北京市井风情和老北京人的性格。

今天的什刹海，依旧柳阴水曲，荷花满塘，还可以买到子儿莲蓬。炎热的夏天里，老北京人讲究吃子儿莲蓬。除了子儿莲蓬，还爱喝荷叶粥，嚼藕的嫩芽。《酌中志》里说大暑节气里要“吃过水面，嚼银苗菜，即藕新嫩秧也”。

看，老北京的夏天，大自然不仅给予我们最炎热的温度，还馈赠我们最美丽的荷花，而且，那荷花连叶带根带果实，都成了我们的时令食品；当然，别忘了再来一碗过水面——这样，在夏天这最炎热的日子里，我们就可以过得神清气爽些了。

老北京人的夏天吃食，可谓五花八门，过水面只是其中一种。北京人爱吃面食，早年间，老北京是把面食统统都叫成饼，分为胡饼、炊饼和汤饼三类。胡饼是舶来品，火炉里烤的，如现在吃的烧饼；炊饼是上锅蒸的，如现在吃的馒头；汤饼便是面条，当然还包括馄饨，《长安客话》里记载："水瀹而食者皆为汤饼。"

如今，北京人已经不叫"汤饼"了，"面条"从何时叫顺了口，我不大清楚，但清楚面条的种类虽然现在很多，但已经远不如以前丰富了。很多面条，如今吃不到了，手艺失传了，比如"蝴蝶面"和"温面"。《旧京记事》里说的"蝴蝶面、水滑面、手掌面、切面、挂面……"中，水滑面大约说的是过水面，手掌面说的是刀削面，这个蝴蝶面，我不知道究竟说的是一种什么面了。《旧京记事》里还说："刑部街田家温面，出名最久，庙市之日，合食者不下千人。"这么多人喜欢的田家温面，究竟是一种什么样子的面，我也不知道了。

很多老北京的吃食，现在都已经无法找到了。《北平风物类征》一书引《忆京都词注》说："京都多佳果，比如夏之火里冰，小于苹果，大于花红……皆南中所无。"不要说这个"火里冰"，就是"花红"是一种什么水果，我连听说都没有听说过。

如今，流传下来的仍然让北京人有口福且值得珍爱的夏季食品，在我看来，是奶酪、酸梅汤和果子干。

奶酪是牛奶的一种变体：将牛奶煮沸，加冰糖，点白酒，冰镇而成，有点儿像酸奶。这是清朝旗人入京后带来的夏季小吃，当时满语叫"乌他"，从皇宫流入市井，应该是清同治年间的事情。《都门纪略》里记有这样的竹枝词："闲向街头啖一瓯，琼浆满饮润枯喉。觉来下咽如脂滑，寒沁心脾爽似秋。"这足以证明，那时奶酪已经是街头常见的夏令食品了。

老北京人，尤其是旗人，最爱吃这一口，从清末到民国直到现在，对它一直赞不绝口。邓云乡先生就这样不吝美词地说它：“真是一种奶制的最好的夏季食品，用琼浆玉液来形容，是毫不为过的。”

比邓云乡先生对奶酪更加情有独钟的，是金云臻先生，金先生索性把奶酪称为“神品”。他说：“其苏滑细嫩的程度和特有浓烈的奶香和甜味，已不是任何已知的欧美式的奶制品所能比美。它的外形色泽有如酸奶，而其滋味，酸奶连其十分之一也比不上。”

奶酪的品种有很多，《东华琐录》里说：“有凝如膏，所谓酪也。或饰以瓜子之属，谓之八宝，红白紫绿，斑斓可观。”八宝奶酪，只是其中一种，还有山楂酪、核桃酪和杏仁酪多种。一般卖奶酪的店铺或小摊，还兼卖奶卷和酪干，特别是那种琥珀色的酪干，真是美味无比。能够将液体的牛奶做成半固态的奶酪，又能做成固体的酪干，真是将牛奶发挥到了极致。

这种酪干和奶酪，做起来很麻烦，而且，成本远高过酸奶。但是，确实味道独特，出了北京城，还真的吃不着了。我姐姐一直住在呼和浩特，好多年没有回北京，前些年好不容易回来一趟，我问她想吃点儿什么老北京的吃食，她说想吃核桃酪。我满北京城地转悠，也没有找到一处卖核桃酪的。

我的孩子读中学的时候，在崇文门西边的梅园，第一次吃到奶酪，觉得好吃，然后，就带着同学到那里去吃，一吃都“爱不释口”。大学毕业之后，孩子到美国留学，毕业后留在美国工作，每一年从美国回到北京，准会先跑到梅园，吃一碗奶酪，尝一尝酪干。这是属于他的少年时候的味道，也是属于他的北京的味道。

别处也有卖奶酪的，比如三宝乐，但尝后觉得还是梅园的味道好。梅园一度连锁店颇多，如今，不如以前多了，离我家不远原来有一家梅园小店，现在已经没有了；天坛东门对面路南的梅园，也没有了。幸亏崇文门的那家梅园还在老地方没动窝。

酸梅汤，老北京以信远斋和九龙斋最出名。民国时，徐霞村先生说："北平的酸梅汤以琉璃厂信远斋所售的最好。"那时候，有街头唱词唱"都门好，瓮洞九龙斋，冰镇涤汤香味满，醍醐灌顶暑氛开，两腋冷风催"，还有一首竹枝词说"止渴梅汤冰镇久，驰名无过九条龙"，说的都是九龙斋。似乎九龙斋曾经一时名气更大。信远斋在琉璃厂；九龙斋在前门的瓮城，民国时瓮城拆除后，搬到肉市胡同北口。九龙斋，我小时候还见过，但很快就销声匿迹了，信远斋则一直在琉璃厂开到80年代。前两年，九龙斋重张旧帜，派人找过我，让我带他们到前门指认老店旧址。

信远斋，最早开业于乾隆五年（1740），是一家老店，新中国成立以后，起码到上个世纪80年代，一直在琉璃厂，很长一段时间，店门口挂着溥仪的老师朱益藩题写的牌匾。梅兰芳、马连良等好多京戏名角，都爱到那里喝这一口。店里一口青花瓷大缸，酸梅汤冰镇其中，现舀现卖。有传说信远斋每天会在店门口洒好多酸梅汤，让其散发的芬芳气味来吸引人——这大概是夸张，爱这一口的，就算没有梅汤铺地，也照样熟门熟路去那里喝。信远斋的老板，原来在宫里的御膳房干过活儿，他做的酸梅汤得御膳房真传，质量自是不会错。"文化大革命"中，店名改了，酸梅汤还在卖，还卖一种梅花状的酸梅糕，颜色发黄，用水一冲，就是酸梅汤。插队时，我特意买这玩意儿，带回北大荒，用水冲成酸梅汤，以解思念北京之渴。

读金云臻先生的《饾饤琐忆》，才知道九龙斋和信远斋的酸梅汤各有各的讲究。九龙斋的，色淡味清，颜色淡黄，清醇淡远；信远斋的，色深味浓，浓得如琥珀，香味醇厚。现在，超市里都可以买到这两家标牌的酸梅汤，但是，已经看不出风格上的差别来了。

那时候，酸梅汤之所以被北京人认可，首要前提是原料选择极苛刻，如九龙斋和信远斋这样的有声誉的店家，乌梅只要广东东莞的，桂花只要杭州张长丰、张长裕这两家种植的，冰糖只要御膳房的……除选料讲究之外，制作工艺也是非同寻常的。曾看《燕京岁时记》和《春明采风志》，记载得并不详细，却大同小异，都是："以酸梅合冰糖煮之，调以玫瑰、木樨、冰水，其凉振齿。"看来，关键在"煮"和"调"的火候和手艺，于细微之处见功夫。这和完全靠配方大行其道的可乐的做法，是完全不同的。

果子干，以柿饼和杏干为主料，辅以藕片、梨片、玫瑰枣，用大力丸煮汤，冰镇而成。好的果子干，浓稠如酪，酸甜可口，上面要浮一层薄冰。与奶酪和酸梅汤相比，它没有那样高贵的出身和讲究，一般用吃饭的大碗盛，是地道的平民消暑食品，既可以解渴，又可以解饱。以前，在老北京夏天的街头常见。前辈学人刘叶秋老先生爱吃这一口，晚年回忆时说："我小时候，常在门口的小摊上，买一碗果子干，蹲在两棵大槐树的浓荫之下，快啖一番，作为午睡后的点心。今虽已老，犹不能忘情于童年的风味，以为精制之冰砖雪糕，尚不及此。”

如今，奶酪和酸梅汤都容易买到，而且，有自己专属的品牌。奶酪，到梅园的连锁店就可以尝到；酸梅汤，信远斋和九龙斋都有各自的专卖店。果子干，却不那么容易在北京的街头见到了，我只是前年在牛街的吐鲁番清真餐厅里吃到过一回，放在高脚杯里，完全是洋范儿的了。

记忆里吃的果子干最正宗的一次，是上个世纪80年代末，城南西罗园小区刚建成，四周还是一片木板围挡的工地，在工地的简易房里，见到一家专门卖果子干的小店，夫妻两人都刚刚下岗，开了这家小店。他们从父辈那里学来祖传的手艺，那果子干做得地道，好吃不说，光看表面那一层颜色，就让人佩服，柿饼的霜白、杏干的杏黄、枣的猩红、梨片和藕片的雪白，真是养眼。关键是什么时候到那里吃，果子干上面都会浮着那一层透明如纸、吹弹可破的薄冰。快四十年过去了，我再也没有见过这样漂亮可口的果子干了。

2015年6月至2018年4月

京都冬食

一

不时不食，是一句老话，讲的是我们中华民族悠久的民俗传统，即吃东西要应时令、按季节，到什么时候吃什么东西。最早说这句话的，是开业于明天顺二年（1458）老北京最老的一家叫聚庆斋的糕点铺的掌柜的。那时，聚庆斋恪守“不时不食”的规矩卖糕点，老百姓也照这样的讲究吃食物。

这样说是没有错的，一招一式不能乱。比如，元旦要吃驴肉，谓之“嚼鬼”；立春要吃萝卜，谓之“咬春”；三月要到天坛城根儿采龙须菜吃，图的是沾沾仙气儿；四月要吃京西的大樱桃，谓之尝一岁百果之先；五月不仅要吃粽子，还要吃新玉米，叫作“珍珠笋”；中秋节不仅要吃月饼，还要吃河里肥蟹和湖中莲藕；重阳节吃花糕，过去的竹枝词里说“中秋才过近重阳，又见花糕到处忙”，那是一种双层或三层乃至更多层的点心，中间夹着枣栗等果仁，意思是“层层登高步步高升”；到了春节，除了团圆的饺子之外，荔枝干、龙眼干、栗子、红枣、柿饼等杂拌儿，是不能不吃的，意思是“百事大吉”……一个民族所有的祈祷与祝福，都蕴含在那随节气而变化的吃食之中了。

再说吃食之中的点心，在我们的传统中更是什么时令吃什么，不能乱了套的。比如正月要吃元宵，二月要吃太阳糕，三月开春要吃榆钱糕，四月要吃藤萝糕和玫瑰饼，五月要吃五毒饼，六月入夏要吃绿豆糕、山楂糕、豌豆黄，七月要吃茯苓夹饼，八月要吃月饼，九月要吃花糕，十月要吃麒麟酥、蜜麻花，腊月要喝腊八粥，还要准备过年吃的喻示着“年年高升”的年糕和为先人与佛祖供奉的蜜供……

这可不是穷讲究，而确实是认真的讲究，每一种食物里都可以讲出一个动人的故事和传说，是和季节联系在一起的风俗，是漫长农业时代的一种文化积淀，透着现在越发缺少的与泥土和自然相亲近的感觉，更是渗透进我们肠胃和血液里的民族隐性密码，表达着我们的先辈对于大地的朴素的敬重感，维系着代代相传的胃的感觉和心的依托。无论我们走到世界上的任何一个地方，这样的饮食习惯和传统，能让我们找到自己的亲人和伙伴，找到我们民族的根，让我们即使天各一方，还能因此而紧密地守候在一起。春季里，花事繁盛，尽遇知味之士；冬季里，白雪红炉，畅饮怀乡之情。

如今，随着物质的丰富、科技的发达，我们想吃什么就吃什么，想什么时候吃就什么时候吃，手到擒来，随心所欲。反季节的食物更是随处可见，吃的是越发地花样翻新。但是，我们还是应该讲究一些我们民族“不时不食”的传统，不应该乱了方寸，将那几百年乃至上千年老茧一样磨出来的讲究和风俗一起渐渐失落。特别是在每一个传统节日到来的时候，在我们合家团聚的时候，更应该讲究这“不时不食”的传统，让我们的下一代知道这样的传统，让我们离乡土和大自然越来越近，让我们的心越来越近，让我们民族的情感越来越浓。即使远隔千山万水，中华民族是一个大家庭，民族情感的认同，来自对于民族文化的认同。“不时不食”，看似简单，却是联系着每个华夏子孙日常生活的文化根系，由此生长的大树才会随时令不同而丰富多彩，四季缤纷。

二

在老北京，即使到了冬天最寒冷的时候，街头卖各种吃食的小摊子也不少。不是那时候的人不怕冷，而是为了生计，便也成全了我们一帮馋嘴的小孩子。那时候，普遍经济拮据、物质匮乏，说起吃食来，就像上世纪70年代曾经流行过的被称为“穷人美”的假衣领一样，不过是穷人螺蛳壳里做道场的一种自得其乐的选择罢了。

那时候，街头最常见的摊子，是卖烤白薯的。

如今，冬天里白雪红炉吃烤白薯，已经不新鲜，大街小巷几乎都能看见立着胖墩墩的汽油桶，里面烧着煤火，四周翻烤着白薯。这几年还引进了台湾版的现代化电炉烤箱烤白薯，烤白薯立马丑小鸭变白天鹅一样，在超市里卖，价钱比外面的汽油桶烤白薯高出不少，但会用一个精致一点儿的纸袋包着，时髦的小姑娘跷着兰花指拿着，像吃三明治一样优雅地吃。

去年，我家住的那条街上新开张一家小店，取代了原来在这里卖了好多年的柳泉居豆包，专门卖电烤箱制作的烤白薯，比以前更高级，有漂亮的纸盒包装，还会给你一只小勺，那白薯不再是捧着啃，而是要用小勺抿着吃，就像吃冰激凌或蛋糕，端坐在透明的落地窗前、枝形的水晶吊灯下面，而不再只是迎着寒风边走边啃了。出身于简陋汽油桶里的平民烤白薯摇身一变，成了时髦的"文青"，乃至假贵族。

在老北京，冬天里卖烤白薯永远是一景。它确实是最平民化的食物了，便宜，又热乎，常常属于穷学生、打工族、小职员一类的人。他们手里拿着一块烤白薯，既暖和了胃，也烤热了手，迎着寒风走就有了劲儿。记得老舍先生在《骆驼祥子》里曾写到这种烤白薯，说是饿得跟瘪臭虫似的祥子一样的穷人和瘦得出了棱的狗，爱在卖烤白薯的摊子旁边转悠，那是为了吃点儿更便宜的皮和须子。

民国时，徐霞村先生写《北平的巷头小吃》，提到他吃烤白薯的情景。那时他当然不会沦落到祥子的地步，写自己吃烤白薯的味道时，才会那样兴奋甚至有点儿夸张地用了"肥、透、甜"三个字，真是很传神，特别是前两个字，我是从来没有听说过谁会用"肥"和"透"来形容烤白薯的。

但还有一种白薯的吃法，今天已经见不着了，那便是煮白薯：在街头支起一口大铁锅，里面放上水，把洗干净的白薯放进去

京都冬食 FUXING 2019.10.

煮，一直煮到把开水耗干。白薯里吸进了水分，非常软，甚至软成了一摊稀泥。徐霞村先生写到的“肥、透、甜”中那一个“透”字，恐怕用在烤白薯上不那么准确，因为烤白薯一般是把白薯皮烤成土黄色，带一点儿焦焦的黑，不大会是“透”的，而用在煮白薯上更合适。白薯皮在滚开的水里浸泡，犹如贵妃出浴一般，已经被煮成一层纸一样薄，呈明艳的朱红色，浑身透亮，里面的白薯肉，都能丝丝看得清清爽爽，这才是一个“透”字所表达的。

煮白薯的皮，远比烤白薯的皮要漂亮、诱人。白薯经过水煮之后仿佛脱胎换骨了一样，就像眼下经过美容后的漂亮姐儿，须刮目相看。水对于白薯，似乎比火对于白薯更适合、更相得益彰，让白薯从里到外地那样可人。煮白薯的皮，有点儿像葡萄皮，包着里面的肉，简直就成了一兜蜜，一碰就破。因此，吃这种白薯，一定得用手心托着吃。大冬天站在街头，小心翼翼地托着这样一块白薯，嘬起小嘴，嘬里面软稀稀的白薯肉，那劲头儿，只有和吃“喝了蜜”的冻柿子有一拼。

老北京人又管它叫“烀白薯”。这个“烀”字是地地道道的北方词，好像是专门为白薯的这种吃法量身定制的。烀白薯对白薯的选择和烤白薯的选择有区别，一定不能要那种干瓤的，选的是麦茬儿白薯，或是做种子用的白薯秧子。老北京话讲“处暑收薯”，那时候的白薯是麦茬儿白薯，是早薯，收麦子后不久就可以收，这种白薯个儿小，瘦溜儿，皮薄，瓤儿软，好煮，也甜。白薯秧子，是做种子用的，在老白薯上长出一截儿来，就掐下来埋在地里。这种白薯，也是个儿细，肉嫩，开锅就熟。

当然，这两种白薯，也相对便宜。烀白薯这玩意儿，是穷人吃的，比烤白薯还要便宜才是。我小时候，正赶上三年困难时期，每月粮食定量，家里有我和弟弟正长身体、要饭量的半大小子，月月粮食不够吃。只靠父亲一人上班，日子过得拮据，不可能像院子里的有钱人家那样去买议价粮或高价点心吃，就去买白薯，回家烀着吃。那时候，入秋到冬天，粮店里常常会进很多白薯，要用粮票买，每张粮票可以买五斤白薯。但是，每一次粮店里进了白薯，都会排队排好多人，都是像我家一样，提着筐、拿着麻袋，都希望买到白薯，回家烀着吃，可以饱一时的肚子。烀白薯，便成为那时候很多人家的家常便饭，常常是一院子里，家家飘出烀白薯的味儿。

过去，老北京城南一带，因为格外穷，卖烀白薯的尤其多。南横街有周家两兄弟，卖的烀白薯非常出名。他们兄弟俩，把着南横街东西两头，各支起一口大锅，所有走南横街的人，甭管走哪头儿，都能见到他们兄弟俩的大锅。过去，卖烀白薯的，一般都兼卖五月鲜、粽子，这两样东西也都是需要在锅里煮，烀白薯的大锅就能一专多能，充分利用。周家兄弟俩，也是这样，只不过他们更讲究一些，会用盘子托着烀白薯、五月鲜和粽子，再给人一只铜钎子扎着吃，免得烫手。他们的烀白薯一直卖到新中国成立以后公私合营、把这些小商小贩统统归拢到饮食行业里的时候。

五月鲜，就是五月刚上市的早玉米，老北京的街头巷尾，常会听到这样的吆喝："五月鲜咧，带秧儿嫩咧！"以前，卖烤白薯的一般吆喝："栗子味儿的，热乎的！"以当令的栗子相比附，无疑是高抬自己，再好的烤白薯，也是吃不出来栗子味儿的。烀白薯的，没有像这样攀龙附凤，吆喝的是："带蜜嘎巴儿的，软乎的！"他们吆喝的这个"蜜嘎巴儿"，指的是被水耗干后挂在白薯皮上的那一层结了痂的糖稀，对那些平常日子里连糖块都难得吃到的孩子们来说，这是一种挡不住的诱惑。

说起南横街东西两头的周家兄弟，想起了小时候我家住的西打磨厂街中央的南深沟路口，也有一位卖烀白薯的。只是他还兼卖小枣豆儿年糕，一个摊子花开两枝，一口大锅的余火，让他的年糕总是冒着腾腾的热气。无论买他的烀白薯还是年糕，他都给你一片薄薄的苇叶子托着，那苇叶子让你想起久违的田间，让你感到再不起眼的北京小吃，也有着浓郁的乡土气。

长大以后，我在书中读到这样一句民谚："年糕十里地，白薯一溜屁。"说的是年糕解饱，顶时候；白薯不顶时候，肚子容易饿。便会忍不住想起南深沟路口那个既卖年糕又卖白薯的摊子。他倒是有先见之明，将这两样东西中和在了一起。

懂行的老北京人，最爱吃锅底的烀白薯，那是烀白薯的上品。那样的白薯因锅底的水烧干，皮也被烧糊，便像熬糖一样，白薯肉里面的糖分也被熬了出来，其肉便不仅烂如泥，也甜如蜜，常常会在白薯皮上挂一层黏糊糊的糖稀，结着嘎巴儿，吃起来，是一锅白薯里都没有的味道，可以说是一锅白薯浓缩的精华。一般一锅白薯里就那么几块，便常有好这一口的人站在寒风中，程门立雪般专门等候着，一直等到一锅白薯卖到了尾声，那几块锅底的白薯终于水落石出般出现为止。民国有竹枝词专门咏叹："应知味美惟锅底，饱啖残余未算冤。"

三

这时候，老北京大街上，能和卖烤白薯和煮白薯的对峙的，是卖糖炒栗子的。有意思的是，卖烤白薯和煮白薯的，一般是在白天，而卖糖炒栗子的，是在晚上。《都门琐记》里说："每将晚，则出巨锅，临街以糖炒之。"《燕京杂记》里说："每日落上灯时，市上炒栗，火光相接，然必营灶门外，致碍车马。"那是清末民初时的情景了，巨锅临街而火光相接，乃至妨碍交通，想必很是壮观。如今北京卖糖炒栗子，虽然不再是巨锅临街、火光相接，已经改成电火炉，但糖炒栗子香飘满街的情景，依然还在。

早年间，卖糖炒栗子的，大栅栏西王皮胡同里的一家最为出名，那时候，有竹枝词唱道："黄皮漫笑居邻市，乌角应教例有诗。"黄皮，指的就是王皮胡同；乌角，说的就是栗子。

当然，这是文人之词，对于糖炒栗子，比起对于烤白薯或烀白薯，文人给予了更多更好听的描述，比如"栗香市前火，菊影故园霜"，将栗子和文人老牌的象征意象菊花叠印在一起，颇有拔高之处。不过，他说的由栗子引起的故园乡情，说得没错。我去过美国多次，没见过一个地方有卖糖炒栗子的，馋这一口，只好到中国超市里买那种真空包装的栗子，味道真的和现炒现卖的糖炒栗子差得太远。

有一年11月，我去南斯拉夫（那时候，南斯拉夫还没有变成塞尔维亚和黑山），在一个叫尼尔的小城，晚上，我到城中心的邮局寄明信片，在街上看到居然有卖栗子的，虽不是在锅里炒的，但也是在一个像咖啡炉一样的小小的火炉上烤的。那栗子个头儿很大，但那种棱角鲜明的形状，还有那鲜亮的颜色，还是让我想起了北京的糖炒栗子。我买了一小包尝尝，虽然赶不上北京的糖炒栗子甜，味道却一样，绵柔而香气扑鼻，一下子，北京的糖炒栗子摊，仿佛近在眼前。

其实，制作糖炒栗子并不复杂，《燕京杂记》里说："卖栗者炒之甚得法，和以沙屑，活以饴水，调其生熟之节恰可至当。”一直到现在，糖炒栗子，变煤火为电火，但还是依照旧法，只是有的减少了饴糖水这一步。如今，北京城卖糖炒栗子的很多，“王老头”是其中出名的一家，因为出名，还特意将“王老头”三字注册为商标。二十多年前，“王老头”的糖炒栗子，在栏杆市，是一家不起眼的临街小摊，因为他家的糖炒栗子好吃，四九城专门跑到那里买货的人很多。我也是其中之一，常常跑到他那里买糖炒栗子。确实好吃，不仅好吃，关键是皮很好剥开。栗子不好保存，卖了一冬天，难免会有坏的。因此，衡量优质糖炒栗子的标准，除了看坏的一定要少且肉要发黄，以证明其是本季新鲜的之外，再有就是皮要好剥。好多家卖的糖炒栗子的皮很难剥开，是火候的问题。可以看出《燕京杂记》里说的“调其生熟之节恰可至当”，是重要的技术活儿。“恰可至当”，不那么容易。

前些年修两广大街的时候，拓宽栏杆市，拆掉了沿街两旁的很多房屋，“王老头”搬至蒲黄榆桥北，靠近便宜坊烤鸭店，店铺虽然不大，但比以前气派得多，而且，门前还有显眼的“王老头”招牌。一家小店，坚持了几十年，还能如此红火，是今天王皮胡同的“乌角之诗”了。

京城卖糖炒栗子的有很多，让我难忘的，还有一家。说是一家，其实，就是一个人招呼。他是我在北大荒的一个荒友，同样的北京知青，上世纪90年代初，从北大荒回到北京，待业在家，干起了糖炒栗子的买卖。他在崇文门菜市场前，支起一口大锅，拉起一盏电灯，每天黄昏时候，自己一个人拳打脚踢，在那里连炒带卖带吆喝，以此维持一家人的生计。那里人来人往，他的糖炒栗子卖得不错。他人长得高大威猛，大锅前，抡起长柄铁铲，搅动着锅里翻滚的栗子，路旁的街灯映照着他那淌满汗珠的脸庞，是那样的英俊。如果看见我去了，他会对我摇摇手一笑，常让我的心里涌起一种难言之情。那时候，他不过三十多岁，正是好年华。

崇文门菜市场，后来拆迁了。他的糖炒栗子小摊也没有了。不仅小摊没有了，连他这个人也没有了。他患病，那样早就去世了。如今，每一次路过原来崇文门菜市场早已经面目皆非的老地方，我总会忍不住想起他和他的糖炒栗子。

四

在老北京的冬天，卖糖葫芦的，也永远是一景。糖葫芦品种很多，老北京最传统的糖葫芦，是用山里红穿起来的那种。山里红，又叫红果和山楂。北京人叫它山里红，地道的老北京人得把山里红中的“里”字叫成“拉”的音，而且还得稍稍带点儿拐弯儿。北京西北两面靠山，自己产这玩意儿。特别是到了大雪纷飞的时候，糖葫芦和雪红白相衬，让枯燥的冬天有了色彩。如今，北京也有卖糖葫芦的，但如今的北京少雪，有时候一冬天都难得见到雪花，便也就失去了这样红白相对的明艳色彩。

在我看来，山里红对北京人最大的贡献，是做成了糖葫芦。对山里红而言，借助于冰糖（必须是冰糖，不能是白砂糖，否则会绵软，不脆，也不亮）的外力作用，是一次链接，是一次整容，是一次华丽的转身。入冬以后，就会看到卖糖葫芦的，以前，小贩沿街走巷卖，会扛着一支稻草垛子或麦秸耙子，把糖葫芦插在上面，像把一棵金色的圣诞树扛在肩上。那时候，糖葫芦便宜，五分钱一串，属于贫民食品，别看在平常的日子里不怎么起眼，在春节期间却会攀到高峰，在庙会上，特别是在厂甸庙会上，一下子成为主角。那劲头儿，颇像王宝强上了银幕，从一个农民工突然之间成了明星。

在厂甸庙会上，卖的糖葫芦品种很多，有蘸糖的，也有不蘸糖的；有成串的，也有不成串的。更多的是穿成一长串，足有四五尺长，一串被称为一“挂”。如今以这样的传统，一挂一挂地卖的糖葫芦，只有在厂甸庙会才可以见到。民国竹枝词说：“正月元日逛厂甸，红男绿女挤一块。山楂穿在树条上，丈八葫芦买一串。”又说：“嚼来酸味喜儿童，果实点点一贯中。不论个儿偏论挂，卖时大挂喊山红。”说的就是这种丈八长的大挂的山里红。春节期间逛庙会，一般的孩子都要买一挂，顶端插一面彩色的小旗，迎风招展，扛在肩头，比自己的身子都高出一截，这永远是老北京过年时壮观的风景。

清时竹枝词有道：“约略酸味辨未知，便充药裹亦相宜。穿来不合牟尼数，却挂当胸红果儿。”说的是穿成珠串、圆圆一圈挂在胸前的糖葫芦鲜红耀眼，犹如佛珠，沾点儿佛味儿。不过，这种传统，如今几近消失。

过年卖糖葫芦，有插在麦秸耙子上的沿街叫卖，也有摆一个小摊、放一口油锅现蘸现卖的。讲究一点儿的人，会到店里买。以前，卖糖葫芦最出名的店铺，北面数东安市场里的一品斋，南面数琉璃厂的信远斋。信远斋的糖葫芦不穿成串，而是论个儿卖，一个个盛在盒子里，蘸好了冰糖，晶莹剔透，红得像玛瑙，装进小匣子里，用红丝带一扎，是过年时送人的最好礼品。如今，这样精致的糖葫芦，也已经绝迹。

老北京也有把山里红做成红果儿粘的，外面裹一层霜一样的白糖，但并不多见，多见的是在天津。老北京吃山里红最讲究的，是把山里红放在铁锅里，加上水和糖，还有桂花，熬烂成糊状，但不能成泥，里面还得有山里红的囫囵个儿。再有，不能熬煳，那样颜色容易变深，必得鲜红透明，如同隔帘窥浴。然后，装进瓶子里卖，叫炒红果，也叫温桲。可以说，山里红经过这么一折腾，就跟在太上老君的八卦老丹炉里炼了一番一样，成了仙，成了山里红的极品。过年的时候，它不仅是讲究人家的一道凉菜，也是解酒的一剂好药。即使是一般殷实人家，也要在年夜饭的大鱼大肉之外，备好这样一道菜。

以前，最地道的温桲，必得去信远斋买。如今，信远斋的店铺没有了，稻香村里有卖的，但是，味道偏酸、个头偏烂，颜色也不如信远斋的鲜亮。信远斋的温桲，即使不吃，光看就是那样的诱人。

如今，吃这一口，我家是自己做。要在山里红刚上市时买来那些个头大的、肉面的，一切两半，去核，在铁锅（不能是钢精锅，更不能是高压锅）里放足了水和冰糖，慢慢熬制，最后加糖桂花，凉下来后放进冰箱，凉透再吃——又凉又甜又有点儿微微的酸和淡淡的桂花香，是冬天解酒、解腻、开胃的一道难得的佳品。

金糕，也是老北京冬天里必不可少的一种吃食。这是用山里红去核熬烂冷凝而成的一种小吃，是山里红的另一种变身。为了凝固成形和色泽的光亮，里面一般会加白矾，所以过不了开春。这东西以前叫山楂糕，是下里巴人的一种小吃，后来慈禧太后好这一口，赐名为金糕，意思是金贵、不可多得。由此，金糕成为贡品，并摇身一变，成了老北京人过年送礼匣子里的一项内容。清时金糕很是走俏，曾专有竹枝词咏叹："南楂不与北楂同，妙制金糕数汇丰。色比胭脂甜如蜜，鲜醒消食有兼功。"

这里说的汇丰，指的是当时有名的汇丰斋，它在我小时候就已经没有了，但在离我家很近的鲜鱼口，另一家专卖金糕的老店泰兴号还在。就是泰兴号当年给慈禧太后进贡的山楂糕，慈禧太后为它命名金糕，还送了一块"泰兴号金糕张"的匾（泰兴号的老板姓张）。泰兴号在鲜鱼口一直挺立到上个世纪50年代末，到我上中学的时候止。

过去，老北京有一道有名的凉菜，用黄瓜丝、梨丝和金糕丝撒上白糖拌成，能够在冬天里吃出夏天香瓜的味儿来。所以，这道凉菜叫作"赛香瓜"。那时候，黄瓜和梨，在冬天里很金贵，我家退而求其次，就让我去金糕张那里买金糕，把它切成条，拌白菜心或萝卜丝当凉菜，虽然吃不出香瓜的味儿来，却也吃得格外爽口。金糕一整块放在玻璃柜里，用一把细长的刀子切，上秤称好，再用一层薄薄的江米纸包上。江米纸半透明，里面的胭脂色山楂糕朦朦胧胧，如同半隐半现的睡美人，馋得我还没到家就已经把江米纸舔破了。

如今，金糕张名号旧帜重张，依然在鲜鱼口的老地方，只是转角的八角小楼变成了四角小楼，换容一般步入新时代。而且，这样的传统金糕，也已经不再，和超市里一样，卖的都是包装好的金糕条和山楂片，千篇一律的精美面孔，包装了自己，却也很容易淹没了自己。我问金糕张店里的伙计，怎么没有原来那种现做现卖的金糕了，他告诉我因为卫生条件的限制，不能卖那种金糕了。他笑着说：在1958年大炼钢铁的“大跃进”年代里，主人家把熬山楂的大铜锅都献出去了，现在还上哪儿找这传统的制作工具去？

五

还有两种吃食，也是老北京冬天里常见的。一种是萝卜，一种是芸豆饼。

老北京，水果在冬天里少见，萝卜便成了水果的替代品，所以一到冬天，特别是夜晚，常见卖萝卜的小贩挑着担子穿街走巷地吆喝：“萝卜赛梨！萝卜赛梨！”老北京人管这叫“萝卜挑儿”，一般卖心里美和卫青两种萝卜。卫青是从天津那边进来的萝卜，皮青瓤也青，瘦长得如同现在说的骨感美人。北京人一般爱吃心里美——不仅圆乎乎的，像唐朝的胖美人，而且切开后里面的颜色也五彩鲜亮，透着喜气，这是老北京人几辈传下来的饮食美学，没有办法。

“萝卜挑儿”，一般爱在晚上出没，担子上点一盏煤油灯或电火石灯。他们是专门为那些喝点儿小酒的人准备酒后开胃品的。朔风凛冽的胡同里，听见他们脆生生的吆喝声，就知道脆生生的萝卜来了。那是北京冬天里温暖而清亮的声音，和北风的呼啸呈混声二重唱。民国竹枝词里也有专门唱这种“萝卜挑儿”的：“隔巷声声唤赛梨，北风深夜一灯低。购来恰值微醺后，薄刃新剖妙莫题。”

人们出门到他们的挑担前买萝卜，他们会帮你把萝卜皮削开，但不会削掉，萝卜托在手掌上，一柄萝卜刀顺着萝卜头上下挥舞，刀不刃手，萝卜皮呈一瓣瓣莲花状四散开来，然后再把里面的萝卜切成几瓣，你便可以托着萝卜回家了。如果是小孩子去买，他们可以把萝卜切成一朵花或一只鸟的形状，让孩子们开心。萝卜在那一瞬间成了一种老北京人所谓的“玩意儿”，“玩意儿”可就是现在我们所说的可以把玩的艺术品呢。

这是一门厨师祖辈传下来的手艺，萝卜花，曾经作为厨艺大赛的项目之一，是和红白案一样重要的。上个世纪80年代，我采访丰泽园年轻的厨师陈爱武，他跟师父学来了一手雕刻萝卜花的绝活儿，一时很是出名。如今，将近四十年过去了，再没有听到过他的消息，不知道他和他的萝卜花怎么样了。

前辈作家金云臻先生曾经专门写卖萝卜的小贩给萝卜削皮，写得格外精细而传神：“削皮的手法，也值得一赏。一只萝卜挑好，在头部削下一层，露出稍许心子，然后从顶部直下削皮，皮宽约一寸，不薄不厚（薄了味辣，厚了伤肉），近根处不切断，一片片笔直连着底部。剩下净肉心，纵横劈成十六或十二条，条条挺立在内，外面未切断的皮合拢起来，完全把萝卜芯包裹严密，绝无污染。拿在手中，吃时放开手，犹如一朵盛开的荷花。”

卖萝卜的不把萝卜皮削掉，是因为萝卜皮有时候比萝卜还要好吃，爆腌萝卜皮，撒点儿盐、糖和蒜末，再用烧开的花椒油和辣椒油一浇，最后点几滴香油，喷一点儿醋，又脆又香，又酸又辣，是老北京的一道物美价廉的凉菜。这是老北京人简易的泡菜，比韩国和日本的泡菜萝卜好吃多了。

芸豆饼这种吃食，没见清末民初的竹枝词里有过记载，没见《一岁货声》里记有对它的吆喝声，也没见《北平风物类征》一类的书里有过描述，但在我的儿时记忆里却印象颇深。

那时，特别是春节前的那些天，在崇文门护城河的桥头，常常有卖芸豆饼的。一般都是女人蹲在地上，面前摆一只竹篮，上面用布帘遮挡着，布帘下用一条热毛巾盖着，揭开热毛巾，便是煮好的芸豆。我到现在也弄不清，腊月底的寒风中，她们是用什么法子，让芸豆一直那么热乎乎的——什么时候买，只要打开布帘和毛巾，都冒着腾腾的热气，一粒粒，个儿大如指甲盖，玛瑙般红灿灿的，很得我们小孩子的心。几分钱买一份，她们在芸豆上面撒点儿花椒盐，用干净的豆包布把芸豆包好，然后把豆包布拧成一个团，用双手击掌一般夸张地使劲一拍，就拍成了一个圆圆的芸豆饼。也许是童年的记忆总是天真而美好，也没有吃过多少好吃的东西吧，至今依然觉得寒冬里那芸豆饼的滋味无与伦比。

一直到这则文章整篇写完之后，偶然翻到民国旧书《燕都小食品杂咏》，居然看到有一首题为《蒸芸豆》的诗：“云新豆蒸贮满篮，白红两色任咸干。软柔最适老人口，牙齿无劳恣饱啖。”诗后有注：“芸豆者，即扁豆之种子。蒸之极烂，或撒椒盐，或拌白糖均可。”虽然未说最后裹在豆包布里的那一拍，也没有说是芸豆饼，只是说蒸芸豆，但我觉得这里的描述和我吃过的芸豆饼很相似，忽然觉得有一种他乡遇故知的感觉——原来在民国时就流行起了这种芸豆饼。只是他说的芸豆红白两色、甜咸两味和最适合老人之口，与我吃过的不大相同。我见到的卖芸豆饼的，都是红芸豆，只撒花椒盐，而且，这样绵软烂透如泥的吃食，不仅适合老人，也是我们小孩子最解馋的一口呢。当然，这只是适合普通贫寒人家的老人和孩子的一种物美价廉的小食品，不是那种可以登大雅之堂的玉珍佳馐。

与此同时，我也生发了另外一种感慨：以前的文人，似乎比如今的文人更关注这些属于下里巴人的玩意儿，他们不是对之不屑一顾，而是肯于垂下身子为之写诗。仅仅在这本《燕都小食品杂咏》中，就有对豆汁、爆肚、炒肝、扒糕、凉粉、艾窝窝、豌豆黄、棉花糖、羊头肉、猪头肉、苏造肉、羊肚汤……众多老北京小吃的咏叹。今天，我是没有见过有人专门为这些小吃写诗的。但是，它们是普通百姓的生计，是老北京的民俗，是北京文化的一种写照。

我很庆幸，终于看到了这首“蒸芸豆”的诗。它让我不禁一步回到童年的记忆里，更让我触摸到老北京那种独有的文化滋味，亲切绵远，回味悠长。

六

当然，还必须得说一种吃食。虽然这种吃食延续至今，但却不像冬天的涮锅子那样被北京人认可，已经日渐被冷落在一旁了。这种吃食，便是大白菜。不过，我一直认为，尽管这涮锅子和大白菜都是老北京冬日传统的吃食，但涮锅子不属于一般穷人，而大白菜却是贫富皆宜，谁家里也少不了。

民谚说：霜降砍白菜。从霜降之后，一直到立冬，北京大街小巷，都在卖白菜，过去叫冬储大白菜：几乎全家出动，人们拉着平板，推着小车、自行车，甚至借来三轮平板车，一车车地买回家——这已成为北京旧日冬天一幅壮丽的画面，如果赶上下雪天，白雪映衬下绿绿的大白菜，更是颜色鲜艳。

那时候，大白菜的价格，国家有补贴，一斤不过几分钱。谁家不会几十斤、上百斤地买呢？买回家的大白菜，堆在自家屋檐下，用棉被盖着，要吃一冬，一直吃到青黄不接的开春。可以说，这是老北京人的看家菜。过去人们常说：萝卜白菜保平安。

大白菜，不是小白菜，不是奶油白菜，而是个头硕大、抱心紧实的白菜，一棵有十来斤重。在以往蔬菜稀缺的冬天，大白菜贫富皆宜，谁家也少不了。张大千和齐白石不止一次画过大白菜却从来没画过小白菜，更别说奶油白菜了。张、齐二人都钟情大白菜，张大千有诗赞曰：“沦落汤釜不改色，宫闱柴户亦关情。”齐白石干脆称之为“菜之王”。

清时有竹枝词说：“几日清霜降，寒畦摘晚菘；一绳檐下挂，暖日晒晴冬。”这里说的晚菘，指的就是大白菜。菘，是一个很古老的词，将大白菜说成菘，是文人对它的美化和拔高。“菘”字从“松”字，暗示着区区大白菜却有着松的高洁品格：隆冬季节里，一样绿色常在。

冬天吃白菜，在我们国家有着悠久的历史。新近读到我的中学同窗王仁兴刚出版的《国菜精华》一书，他所研究、收集的从商代到清代的菜谱中，白菜最早出现在南朝。贾思勰的《齐民要术》中就收录有白菜的吃法，叫作“菘根菹法”。这说明吃白菜可以上溯至公元6世纪，也就是说，有着一千五百多年的历史。《齐民要术》记载的白菜的吃法，是一种腌制法：菘根，就是白菜帮，将白菜帮“净洗通体，细切长缕，束为把，大如十张纸。暂经沸汤即出，多放盐……与橘皮和，料理满奠”。

清以来，文人对大白菜青睐有加，为它书写诗文的人很多。从清初诗人施愚山开始，极尽赞美之词：“滑翻老米持作羹，雪汁银浆舌底生。江东莼脍浑闲事，张翰休含归去情。”就连皇上也曾经为它写诗，清宣宗有《晚菘诗》：“采摘逢秋末，充盘本窖藏。根曾润雨露，叶久任冰霜。举箸甘盈齿，加餐液润肠。谁与知此味，清趣惬周郎。”到了近代，邓云乡先生也留下了咏叹大白菜的诗：“京华嚼得菜根香，秋去晚菘韵味长。玉米蒸糇堪果腹，麻油调尔作羹汤。”

细比较他们的诗，会很有意思。施诗人写得文气十足，就好像非要把一个不施粉黛的村姑描眉打鬓成俏佳人；而皇上写得却那样的朴实无华、接地气；邓先生则把大白菜和窝窝头（蒸糇即窝头）连在一起，写出了它的菜根味和家常味。

过去人们讲究吃霜菘雪韭，当然，霜菘雪韭，是把这种家常菜美化成诗的文人惯常的书写。不过，在霜雪漫天的冬季，大白菜和韭菜确实让人留恋。夜雨剪春韭，当然好，但冬韭更为难得，尤其在过去，这样的冬韭属于棚子菜，价钱贵得很。春节包饺子，能够买上一小把，掺和在白菜馅里，有那么一点儿绿，就已经很是难得了。大白菜不一样，在整个冬天都是绝对的主角，家家年夜饭里的饺子馅，哪家不得用大白菜呢？即使在遥远的美国，整个冬天里，中国超市都有卖大白菜的，尽管一棵大白菜要卖二十来块人民币的价钱，中国人也是要买来吃的。今年春节前，我到一家中国超市买大白菜，老板是个山东人，笑着问我："回家包饺子吃吧？"大白菜，永远是北京人的乡思，是一点儿也没错的。

大白菜，有多种吃法，包饺子只是其中之一。瑶柱白菜、栗子白菜，是白菜菜肴中的上品；芥末墩，是老北京的小吃；乾隆白菜，是老北京的一种花哨的吃法。——在大白菜身上确实做足了文章。

一般人家做得更多的是醋熘白菜，以及邓先生所说的"麻油调尔作羹汤"。白菜汤做好不容易，一般人家会在做白菜汤时配上一点儿豆腐和粉丝，条件允许的话，再加上一点儿金钩海米，没有的话，用虾米皮代替，味道会好很多。醋熘白菜，我在家里常做，素炒肉炒均可，我做时一定要用花椒炝锅，一定要加蒜，一定要淋两遍醋。如果有肉，在肉即将炒熟时加醋；如果没有肉，将葱姜蒜爆香后、下白菜前加醋。最后，淋一些锅边醋，点几滴香油，拢芡出锅。这道菜，关键在这两遍醋上，不怕醋多，就怕醋少。这成了我的一道拿手菜，特别是刚从北大荒回北京的那阵子，朋友来家里做客，兜里兵力不足，就炒这道最便宜的醋熘白菜，吃起来，谈不上“雪汁银浆舌底生”，却也吃得不亦乐乎。

《燕京琐记》里特别推崇腌白菜，说：“以盐洒白菜之上压之，谓之腌白菜，逾数日可食，色如象牙，爽若哀梨。”这是我看到的对腌白菜最美的赞美了。腌白菜，对于老北京人而言，是一种太普通的吃法，只是各家做法不尽相同。邓云乡先生在文章中介绍过他的做法：“把大白菜切成棋子块，用粗盐曝腌一二个钟头，去掉卤水，将滚烫的花椒油或辣椒油往里一倒，‘嚓喇’一响，其香无比。”

我的做法是，将白菜连帮带叶切成长条状，先用盐水渍一下，挤出汤水，将其放进水滚开的锅里，冒一下立即捞出，置入凉水中，再用手把菜里面的水挤净，加盐加糖，淋上滚沸的花椒油、辣椒油和醋。吃起来，特别脆，那才叫“爽若哀梨”。这样的吃法，可以说延续了贾思勰在《齐民要术》中说的“菘根菹法”。只是，不知道为什么上述做法均少了贾氏说的放橘皮这样一项。

《北平风物类征》一书引《都城琐记》中说的大白菜的另一种吃法：“白菜嫩心，椒盐蒸熟，晒干，可久藏至远，所谓京冬菜也。”这里说的是储存大白菜过冬的一种方法，即晾干菜。不过，用白菜心晾干菜，我从来没有见过，大概这是有钱人家的做法吧。我们大院里，人们晾干菜，可不敢这样奢侈，都是把一整棵大白菜切成两半或几半，连帮带叶一起晾晒。白菜心，我父亲在世的时候，都是糖醋凉拌，在上面再加一点儿金糕条，用来作为下酒的凉菜。

除了晾干菜，渍酸菜也是一种方法。这是两种不同的方法，都属于大白菜的变奏。前者变形不变味儿，后者变形、变色又变味儿；前者挤压成书签一样的形状，夹在我们记忆的册页里，后者换容术一般，变成里外一新的样子。两种方法，都将大白菜当成一方舞台，尽显其婀娜姿态，只不过，一个干瘪如同皮影戏，一个如同休眠于水中的鱼。

当然，这是物质不发达年代，为了储存大白菜，老北京人不得已而为之的方法，或者说是一种生活的智慧。如今，大棚蔬菜和南方蔬菜多种多样，四季皆有，早乱了时序与节气。有意思的是，如此风云变幻下，晾干菜已经很少见了，但是，酸菜常见，而且是人们爱吃的一道菜品，由此诞生的酸菜白肉、酸菜粉丝、酸菜饺子，为人们所称道。在大白菜菜品演进的过程中，酸菜算是为人们创造出来的一种贡献吧。

将普通的大白菜变换着花样吃，真亏得是北京人能想得出来。大白菜，也不尽然是寻常百姓家的最爱。看溥仪的弟弟溥杰的夫人爱新觉罗·浩写的《食在宫廷》一书，皇宫里对大白菜一样青睐有加。这本书中记录的清末几十种宫廷菜中，大白菜就有五种：肥鸡火熏白菜、栗子白菜、糖醋辣白菜、白菜汤、暴腌白菜。后四种，已经成为家常菜；肥鸡火熏白菜，如今很少见。据说，肥鸡火熏白菜是乾隆下江南时尝后之所爱，便将苏州名厨张东官带回北京，专门做这道菜。溥杰夫人记录的这道菜的做法并不新奇，只是要将肥鸡先熏好，然后和大白菜同时放进高汤里，用中火煨至汤尽。其中的奥妙，在读这本书收录的其他大白菜的做法时发现，宫廷里特别强调一定要将大白菜煮透。一个“透”字，看厨艺的功夫。透，不仅是断生，也不能煮烂，方能既入味，又有嚼劲儿。

不过，有一种大白菜的吃法，我是没有听说老北京曾经有过的。还是在王仁兴的这本《国菜精华》中，介绍了一种“山家梅花酸白菜”，他引用了南宋林洪的《山家清供》，说这种吃法是将大白菜切开，用很清的面汤先泡渍，再加入姜、花椒、茴香和莳萝等调料，以及一碗老酸菜汤腌制。关键是最后一步：“又，入梅英一掬。”所以，林洪称此菜为“梅花齑”。或许，这只是南方的一种吃法，北京有的是大白菜，却鲜有梅花。其实，在我看来，也不是鲜有梅花的原因，就跟我们做腌白菜不放橘皮一样，是想不到做酸白菜的时候可以“入梅英一掬”。我们北京人做菜还是显得粗糙了些，少了一点儿细节的关注和投入。

教我中学语文的田增科老师，曾经教过的一个学生的家长，是川菜大师罗国荣。罗国荣在上个世纪60年代担任过人民大会堂总厨。国宴菜品，都要由他排菜单、签菜单。他的拿手菜“开水白菜”，每次国宴必上，不止一次受到周总理和外宾夸赞。一次家访，罗国荣非要留田老师吃饭，他说：田老师，今天中午我留您吃饭，我用水给您炒盘白菜肉丝，准让您回味无穷。那年月粮食定量，买肉要肉票，田老师虽然很想尝尝这道出名的开水白菜，但怎能随便吃人家口粮，赶紧骑车溜走了。能用简单的白菜，做成这样一道味道奇美的国宴上出名的清水白菜，大概是将大白菜推向了极致，让它颇有些丑小鸭变成白天鹅，一下子走在奥斯卡红地毯上的感觉。

不过，在我心目中，将吃剩下的不用的白菜头泡在浅浅的清水盘里，冒出那黄色的白菜花来，才是将大白菜提升到了最高的境界。特别是在朔风呼啸、大雪纷飞的冬天，明黄色的白菜花，明丽地开在窄小的房间里，让人格外喜欢，心里感到温暖。白菜的叶子、帮子和心，都可以吃，白菜头不能吃，却可以开出这么漂亮的花来，普普通通的大白菜，由此真的升华为艺术了。

如今，全城声势浩荡的冬储大白菜，已经成为北京人的记忆。不过，即便全民冬储大白菜的盛景已经消失，大白菜依然是新老北京人冬天里少不了的一种菜品。一些与时令节气相关的吃食，可以随时代变迁而更改，却不会完全被颠覆或消失。这不仅关乎人们的味觉记忆，更关乎民俗传统的传承。

2015年12月至2018年5月

上元灯记

对于我们中国的春节，我一直怀有敬畏和好奇。传统的春节，正式开始都是从除夕之夜燃放鞭炮起，到上元节即正月十五元宵节看花灯止。一是震天的声响，一是绚烂的灯光，将春节这一幕大戏渲染殆尽。

我一直都很好奇，为什么会以这样的声音和色彩作为春节的一头一尾呢？没错，最初这都是农业社会里人们对于未知世界的天神的膜拜和祈祷。那么，这种膜拜和祈祷的表达，为什么选择用声音和色彩，去响彻和映衬节日首尾的天空呢？

有时候我想，这会不会和我们传统的婚礼仪式有相似之处呢（或者我们的婚礼仪式是从庆祝春节的方式中学习来的）？从鞭炮与唢呐锣鼓点儿齐鸣开始，到新娘新郎点燃红蜡烛、掀开红盖头的洞房花烛夜为止，也是以欢庆的声音和喜兴的彩色作为一头一尾。只不过，婚礼的一天浓缩了春节从除夕到十五的十几天而已，像是缩写版，让人生和节日有了呼应和契合。

真的，鞭炮和彩灯，一直都是悠久历史中我们民族喜庆节日里两种最富有代表性的象征物。我一直认为，这里面因为有我们中国人的智慧，才使得我们的春节格外具有特色。

在老北京，上元的灯，东风夜放花千树，曾经是多么辉煌灿烂。如果没有最后这样辉映整座京都的灯节，就像一出戏没有了名角出场唱的出彩儿的压轴戏一样，春节是无法落幕的。真的像是一出大戏终于落幕了，满场掌声响起来了，满场观众站起来了，满场灯光一下子亮起来了，那种灯火通明的感觉，就像天光璀璨，就像天光猎猎，就像天香浩荡。哪一个国家的任何一个节日的铺排，有我们这里的春节从除夕到元宵节这样的堂皇？

在老北京，上元灯节最早起于宫廷而逐渐流入民间，最辉煌要数明朝了。明末清初时，有竹枝词写出那时的辉煌："八宝龙灯午门回，烟光玓瓅白花台。夜明珠挂通明殿，烧海仙童月下来。"那时，灯节已经从皇宫里闹到了闹市中心，内城灯市口、地安门、东四牌楼一带，是灯海和人海交织、搅腾得最为热闹的地方，所以，才有了灯市口这样的地名，一直传到今天。

从清朝到民国，随着前门一带商业、交通和娱乐业的繁荣，灯市转移到了前门和琉璃厂一带。清竹枝词"细马轻车巷陌腾，好春又是一番增。今宵闲煞团圆月，多少游人只看灯"，说的是前门的盛况；"琉璃窑厂路西东，人在红云绛雾中。骄马如龙车似水，衣香鬓影惜匆匆"，则把琉璃厂的灯市写得更是热闹非凡。

在前门，灯火最为灿烂的，要数廊房头条、大栅栏、西河沿和西打磨厂这几条街，其中最热闹的要数廊房头条。廊房头条原来又被称为灯笼街，短短的巷子里，最多的时候曾经集中了二十多家灯笼铺子，可以说是鳞次栉比。可以想象到了灯节，那里各家灯笼铺子张灯结彩、纷纷亮出自家绝活儿时争奇斗艳的情景。清竹枝词“已无画鼓犹闻笛，只有红灯不见尘。彻夜喧阗浑似昼，点灯人即卖灯人”，说的就是那样的情景。

曾经有很长一段时间，到前门看灯，是春节节目单上必不可少的一个重要节目，也是最后一个节目。老北京人，一般管这叫“逛灯市”，或者叫“闹花灯”，也有叫“踏灯节”的，民国竹枝词里就有“银烛影中明月下，相逢俱是踏灯人”。无论是一个“逛”字，还是一个“闹”字，或是一个“踏”字，都体现了那时灯节的张扬劲头。我以为，只有立春被称为“咬春”“打春”“踏春”，才能够与之比拟。那种带有强劲感情色彩的动词，才配得上如此火爆的场面和劲头——类似西方的狂欢节吧？清末曾经有一首竹枝词说“二十四番芳信外，更添一番试灯风”，更是把上元时看灯升华为我国节气的第二十五番花信。上元灯火璀璨，确实是别一番如花盛开。

小时候，我家住前门楼子东边的西打磨厂胡同，上元夜也是灯火热烈的地方之一。前些日子，我去了一趟曾经住过的这条老街，尽管这条老街的西半截已经被改造得面貌一新，但现在叫草厂三条的新马路（拆掉了原来的墙缝胡同）以东，还有不少老房子，虽然已经破破烂烂，但是还看得见我们大院大门口房檐上挂灯的铁钩子。顺着老街望去，一排稀疏零落的院子，钢灰色鱼鳞瓦的房檐下，一溜儿生锈的铁钩子，间隔半米左右排列在那儿，弯弯地翘着，老式古朴的造型。快一个世纪过去了，它们依然残存，诉说着昔日的灯火辉煌。

我佩服中国人的智慧，简单的一盏盏灯，在我们手里，可以变化万千，展现着丰富无穷的想象。《京都风物志》中，这样记载上元灯："其灯有大小、高矮、长短、方圆等式，有砂纸、琉璃、羊角、西洋之别，其绘人物，则列国、三国、西游、风神、水浒、志异等图，花卉则兰菊、玫瑰、萱、竹、牡丹，禽兽则鸾凤、龙、虎以至马牛猫犬与鱼虾虫蚁等图，无不颜色鲜美，妙态纯真，品目殊多。"

此时，人们已是"看灯不是灯"，更多象征意义和美好祈愿寄托在了灯里面。缤纷的灯光幻影里，有中国的传统文化，包括审美、性情、志趣、祈愿与民俗诸多方面，众多的灯汇聚在一起，就是一部小百科全书呢。

那时候，除了大栅栏里火宝塔那样的巨型彩灯和廊房头条口谦祥益那样有钱的商铺外悬挂的富丽堂皇的宫灯之外，一般看见的，更多的是走马灯和一种叫作"气死风"的灯。

民国竹枝词"剪纸为轮制造精，飞绕人间不夜城。儿童更爱团团转，车驰马骤却无声"，写的便是最常见的走马灯。《燕京岁时记》里说："走马灯，剪纸为轮，以烛嘘之，则车驰马骤，团团不休。"可见靠的主要是灯里面一柄用铁丝绑着的可以转动的纸伞，和蜡烛点燃后造成的冷热空气的流动，让灯上的各种画面转动起来。走马灯，有大有小，大的九面或十二面，小的四面。大者，灯的四周可以工笔细描西厢红楼，转起来便如旋转舞台，成了连贯的一出戏，只可抬头观赏；小者则可以提着满街跑。

对于“气死风”，民国竹枝词也有记述：“一路两旁竟是灯，白蜡却居细纱中。任凭风吹偏不灭，原来它要气死风。”其实，一般的“气死风”，只是一种简单的圆形或椭圆形提灯。说它“气死风”，是说你提着它怎么跑，风也吹不灭。当然，这是夸张，这只不过是种纸做的灯笼而已，跑不了多久，只要风稍微一大，里面的蜡烛一歪，灯笼就着了。不过，这种“气死风”，一般物美价廉，有各种图案和造型，其中金鱼灯最受老幼的欢迎，老人图它个年年有余的吉利，孩子则图它好看，玩着痛快，即使最后被风吹得呼呼地燃着成一个火球，也会让孩子在大呼小叫中获得一种难得的快乐。

《春明岁时琐记》一书中记载，正月十五还有一种冰灯，说是：“最奇巧者为冰灯，以冰琢成人物、花鸟鱼虫兽状，像冰，以药固之，日久不消，雕刻玲珑，观者嘉赏。”夏仁虎在《旧京琐记》里也说：“有冰灯，镂冰为之，飞走百态，穷极工巧。”难怪那时有竹枝词好奇地写道：“冰能做灯真奇怪，并且还能各形态。”不过，这种冰灯，打我小时候就再也见不到了。如今，想看冰灯，只能到密云的冰灯节上看了。

很多上元节的花灯，如今都见不到了。当年米家灯很有名，曾经看到不止一首竹枝词里说到它：“堆山掏水米家灯，料丝图画更新兴。”“裁纨剪彩贴银纱，灯市争传出米家。”据载，这是一种以细绢为面、骨架以铁丝线掐制而成的精致花灯。清人有词专门咏米家灯：“百尺冰荷可喜，况满壁，尽张罗绮。剪縠为栏，堆纱作树，不数米家山水。”并特意做注：“有灯为宛平米氏所制，堆纱叠縠，做山水花鸟人物。”如此繁复，猜想价格不菲。

这种米家灯，我没有见过，何时渐渐失传，我不知道。只知道在廊房头条有制灯的老字号华美斋和文盛斋，当时非常有名。这是两家老店，开业于乾嘉年间，一直开到新中国成立以后公私合营为止。旧时京城做灯笼的人，大多在这两家学过徒，这两家可谓北京灯笼业的“黄埔军校”；上个世纪六七十年代，珠市口附近的水道子那儿有北京宫灯厂，制灯也是满北京城数一数二的，可以说是这一脉的延续。但是，再没有见到一个厂家可以制作米家灯这样的花灯了。

清末有一首竹枝词这样写道：“四门斗簇九莲灯，故事纷从盒子生。五夜鳌山真照眼，却忘天上月长明。”这四句诗里，写了三种灯：四门斗灯、九莲灯和鳌山灯。诗后有诗人的自注：“鳌山灯尤奇丽生动，然所费不赀，奢而无益，殊甚也。”九莲灯见过，但鳌山灯和四门斗灯，我没有见过。

在灯节里，除了观灯，看放花盒子，即上述“故事纷从盒子生”的盒子，也是一种讲究。《春明岁时琐记》里有详细的描述：“豪家富室，演放花盒，先是市中搭芦棚于道侧，卖各色花盒爆竹，堆挂如山，形式各目，指不胜屈。其盒于晚间月下，火燃机发，则盒中人物花鸟，坠落如挂，历历分明，移时始没，谓之一层大盒，有至数层者，其花则万朵零落，千灯四散，新奇妙制，殊难意会。”

《春明岁时琐记》里说的演放花盒子是富人的专利，还真是那么回事，没钱的人，只能围观看个热闹。我小时候，看过这种花盒子，是在大栅栏，同仁堂和瑞蚨祥的店家大门口：放这种花盒子前，早早就围拢着密密麻麻的人群，像看一场大戏一样，等待着看个热闹。这也是商家聚拢人气的一种办法。那是一种把烟花、鞭炮和灯合在一起放的玩法，三者结合，彼此呼应，相互的功能与作用整合在一起，算是鞭炮和花灯的升级版。

民国时有写放花盒子的竹枝词："九隆花盒早著名，美丽花样整四层。若问四层为何物，一字一楼二连灯。"这里的"一字一楼"，"楼"说的是花盒子的层，指的是每放一层的时候，会从盒子里飞迸出一幅大喜字，类如福禄寿喜之类的拜年话；这里的"灯"，就是最后出现的花灯照耀，应合着上元灯节的喜兴。

当年北京城做花盒最有名的店铺，不是诗中所说的九隆堂，而是吉庆堂。这是因为吉庆堂老掌柜，曾经专门为慈禧太后做过花盒，还进宫里放过，因此被赐予六品顶戴。他的最得意之作，是一个九层高的大花盒，那花盒里绘有彩画，含有机关，一层层并非一般的花盒只是单摆浮搁的热闹、彼此没有什么必然的联系。它的一层层则如链条一样紧紧连接起来，就像一整出连台本的大戏，点燃之后，每一层纷纷升腾，一层落下的是戏里的一个场面，这个场面和下一个场面犬牙交错，如层层剥笋，如环环相扣，如叠叠生波，最后是一团团灿烂的灯火。那场面，别说让老佛爷看呆了，搁到现在，就是想想，也是分外绚烂夺目、令人向往的。不知道这种做花盒的高超技术失传没有，也许我见识浅陋，不知这令人叹为观止的花盒，还有没有机会重新出现在我们正月十五的灯节里。

当然，那时候我们孩子，是买不起这些名家出品的花灯和花盒子的。记得小时候，即使再便宜的“气死风”灯，我也只有看的份儿，便只好用彩纸自己糊个简单的灯笼，在里面插上支红蜡烛，拎着它满院子、满街地跑。

我儿子小的时候，我也曾经如法炮制，帮助他用竹篾儿绑铁丝，在外面糊上一层彩纸，做过这样简单的纸灯笼。他照样提着满院子疯跑，一直到灯笼里的蜡烛歪倒，把灯笼点着为止。他跑回家冲我喊道：“爸，再给我糊个灯笼吧！”我对他说：“等明年这时候吧。”孩子的游戏，这才依依不舍地算是结束，上元的灯节连同春节，也才一起恋恋不舍地到了尾声。

2011年2月初稿

2018年2月改毕

1935年冬
北京外城西北角楼
FUXING 2018.5 BLOMINGTON.

前门看水

前门以前是有水的，不过，那是在明朝的正统年间，约五百七十年前的事情了。这在明史等很多书籍中都是有记载的。清《京师坊巷志稿》里面说：“明史河渠志：正统间修城壕，恐雨水多水溢，乃穿正阳桥东南洼下地开壕口以泄之，始有三里河名。”这便是前门最初的水。

去年，前门有水的消息在网上传开，并附有很多水光潋滟的照片，一时趋之者甚众。前两天，我也特意去那里看水，看见很多上了年纪的老街坊，对着水和水边残存的房屋指指点点，顽固地将过去的记忆与现实做对比。在新开辟的水旁，立有好几块牌子，写明水的历史，其中也引用了明史和《京师坊巷志稿》中的相关文字。

如今，前门的水，是以前几年新开辟的前门东侧路东边的长巷头条为起点。这里很好找，就在鲜鱼口东口的正对面，水光树影，人头攒动处便是。不明就里的人，面对这样一条横空出世的水流，会以为水本来就是以这里为开端的，也会有较真的人疑惑：

这水的水源来自哪里呢?

明《河渠志》明确指出，壕口是开在正阳门东南，为泄洪之用，引护城河的水，从后河沿往东南，过西打磨厂到北孝顺胡同和长巷上头条，才流到如今这块地方。当年之所以选择在那里开凿壕口，是因为那里地势低洼，至西打磨厂处，最为低洼，人们俗称这个地方鸭子嘴，水流过鸭子嘴，才会流到长巷上头条，然后流到鲜鱼口处的梯子胡同，大约流经一里地，才到达如今水出现的长巷下头条这个地方。

清楚了这段历史，我们就会明白，为什么如今的水从这里开始——因为，水源头的护城河早已消失，西打磨厂鸭子嘴以西，包括戥子市胡同、北孝顺胡同等处，以东到长巷上头条，一路蜿蜒，十几年前都还健在，虽然无水，但从旧河道便依稀可以遥想当年。尽管破旧不堪，但胡同的肌理，关乎着人文的命脉，可以让有心人触摸到前朝旧影。可惜的是，前几年整修前门大街和开辟前门东侧路时，这些老胡同都已经拆除殆尽。如今，前门的水，变成了一条断头水，无源之水，横空出世的水。

原来在这里，也就是长巷下头条胡同口的西边，长春堂老药铺紧挨着由天乐园改名的大众剧场，如今此处已经被马路取代，水便赫然露出了身段，在大马路上就能看见。顺着这条有意蜿蜒的水往前走，会看到长巷头条东西两边大多数院落已经拆空，个别镶嵌在水畔的房屋，有新修的长春别墅和正在翻修的泾县、丰城和汀州会馆南馆。明朝的旧影、清末民初的院落、如今新铺就的小路和草坪、经过现代化处理的中水，交错在眼前，穿越着几百年的时空，上演着一出混搭的杂剧。

再往前走一点儿，有一扇院门，还可以看到一副老门联："河纳家声远，山阴世泽长。"有意思的是，沧桑的老门联还在，门楣上的门牌却没有了。记得以前这里的门牌号是70号。现在，汀州会馆南馆是62号，丰城、泾县会馆分别是53号、60号，也就是说，53号之前和53号到60号之间的那些老院落，如今都已经没有了。十多年前，在58号院门上还可以看到"经营昭世界，事业震寰球"老门联；在更北边的20号院门上还可以看到"及时雷雨舒龙甲，得意春风快马蹄"老门联。如今，却是前度刘郎今又来，人面不知何处去，给人一种错位甚至面目皆非的感觉。

这个小小的细节，让我哑然失笑，而以后的来人，或许会以为地理的现实存在就是曾经的历史存在呢。改造后的地理，硬朗朗地在那里，日久天长，真的可以修改历史，并且，创造新的历史呢。

如今这条新开辟的水，依照旧名，还叫三里河，沿着长巷下头条的基本走向，有意改变了几道弯，水的两岸新栽种了花草树木，水中间设有小小的汀洲或亭台，并搭建有木桥和石板桥。整体按照园林设计，营造出一种小桥流水、路曲境幽、花木掩映的意境。在长巷下头条南头与芦草园接壤的部分，开辟了一个小小的广场，立有一块很大的影壁背景墙，上面雕有花饰，刻有《京师坊巷志稿》上介绍芦草园的文字。这里明显占去了芦草园、青云胡同和得丰巷的部分地盘，却成为如今三里河的中心位置，人们纷纷到这里驻足拍照。

原来，横空出世的水，也可以凭今人的意图而随意尽情流淌。

前门的水明朝才有 FUXING 2019.10.

一条泄洪用的实用之水，转眼之间，可以变成现代园林中艺术化的小桥流水。

再往东南一点儿，到前几年新开通的草厂三条宽马路，水就到头了，犹如一段盲肠，来无影，去无踪。或许，这只是重新开掘三里河工程的一部分，历史中的三里河应是再往东南方向流淌。明朝大运河终点码头南移之后，三里河在明成化年间确实是一条很宽的泄洪河，一直流过桥湾、金鱼池，通向左安门外的护城河，然后与大运河相汇合，三里河由此成名。三里河河名在先，而长巷头条地名在后。

过如今的草厂三条新路，再往前一点儿，在桥湾的地方，新建的铁山寺南侧，1953年修路的时候，曾经挖出汉白玉的三里河桥，又被原地埋下。据说桥有十三米长、八米宽，连接着北桥湾和鞭子巷。可以想象，那时候的河有多么宽，远非如今小桥流水般纤细。河两岸各有一座庙宇相互呼应，南岸的是明因寺，北岸的是铁山寺，都是明朝时建的古寺，《帝京景物略》和《宸垣识略》对此分别有所记载。如今，三里河在离原来三里河桥老远的地方，就戛然而止了。历史被抻出一个头儿来，就又缩了回去，让人们以为当年的三里河就是眼前这样一小段被整修得笔管条直的园林之水呢。

想想，如今的三里河多占一些芦草园等地方，是有道理的，而且，水还应该再宽、再大才是。最初有三里河的时候，还没有芦草园这些街巷呢；有了芦草园的街巷，三里河早已经干涸了。

在以后的日子里，也许，只有老北京人知道，如今这样园林式的、设计感很强的三里河，漂亮是足够漂亮了，却是我们想象出来的三里河，是我们改造后的三里河，甚至是我们创造出来的三里河，有些像新型社区里的水系设计。说它不符合历史，也不确切，因为历史上的三里河，如今的人，谁也没有见过，即使现在改造得有些“二八月乱穿衣”，但三里河毕竟在历史中存在过，而且大概的位置也是在这里。前来一睹三里河风采的几个老街坊对我说：甭管怎么说，改造了环境，比以前脏乱差的胡同强多了，让人们多了一个流连拍照的去处。这话说得也没错，但是，这样的水，却是以拆迁了好几条老胡同为代价的呀。如果要建一个公园，可以到别处建，而无须偏偏建在有历史意义的老街区。

世界上任何一座老城，在时代的演进过程中，都需要改造，问题是我们要把北京城，具体到前门地区，改造成以前哪一段历史的哪一种样子。明嘉靖三十二年（1553），北京城修了外城之后，三里河已经没有水了，水波荡漾的三里河，只存在了不足百年。这以后才在干涸的河道上有了长巷头条，有了长巷二条、三条和四条这样顺着三里河旧河道蜿蜒而成的老街巷。前门地区的老街巷，都是在这之后的明清两代逐渐形成的。我们不去好好保护已经存在的这些老街巷，相反却要拆掉这些老街巷，然后凭空想象，修建早已经不存在的一条三里河。这样做值得吗？我真的有些困惑。

十多年前，为写作《蓝调城南》一书，我常往前门一带跑，对这里几乎可以说了如指掌。为了这样的城市改造，我亲眼看见这里如此多的老街巷、老院落被拆毁。前门东西两侧，东侧的原崇文现东城，比西侧的原宣武现西城，魄力要大、手笔要大，仅西起前门、东到崇文门、南至如今的两广路，这方圆不大却是历史重要遗存的地区，从前门大街到鲜鱼口和台湾街，再从新世界商业圈到东侧路、草厂三条、新开路、祈年大道，真的可以说是大刀阔斧，这样一块历史老街区已经被大卸八块般切割得有点儿七零八落。

梁思成先生在世时曾经一再告诉我们：北京旧城区是保留着中国古代规制、具有都市规划的完整艺术实物。这个特征在世界上是罕见无比的，需要保护好这一文物环境。他强调这是一片文物环境。我们一边为全世界独一无二的北京城中轴线申遗，一边还在对中轴线两旁大动干戈，大建一批假景观。我们是不是应该重新回顾一下梁思成先生曾经给予我们的那些振聋发聩的建议和思想？如今，这一片历史老街仅存长巷、草厂、南芦草园、薛家湾几片相连，相对完整。我们是不是需要想一想梁思成先生讲过的话，做一种文物环境的整体性的保护和改造，而不是描眉打鬓一般，造几处人为虚拟历史的景点式点缀？

2017年4月初稿

2018年4月改毕

前门四街

在老北京，位于中轴线南端的前门大街，是一条重要的街道。对于这样一条大街，我见过写得最有感情、最有分量的，是李健吾先生的文章。他这样说："繁华平广的前门大街就从正阳门开始，笔直向南，好像通到中国的心脏。"

以前门大街为轴心，辐射东西，有西打磨厂、西河沿、鲜鱼口和大栅栏这四条老街，呈齐整的矩形，稳固地支撑起、拱卫着前门大街，才能够如李健吾先生所说，"笔直向南，好像通到中国的心脏"。

如果按功能划分，当时的西打磨厂是旅店街，西河沿是金融街，鲜鱼口和大栅栏是商业街，彼此的分工，是时光筛选的结果。当然，这样的分工并不是绝对的，而是交融在一起，你中有我，我中有你。

更让前门外这一带骄傲的是，自清初禁止在内城建戏园之后，北京外城所有的戏园子，全部都散落在这四条街上和它们的附近。以娱乐业为主的八大胡同和以书画业闻名的琉璃厂，也在这四条老街周遭不远的地方。当时的前门外这一带可谓“向夜月明真似海，参差宫殿涌金银”，足可以和后来上海灯红酒绿的大世界相媲美。那应该是前门大街东西两端最繁华的时候。

一

先说说西打磨厂这条老街。莫怪我偏心，谁让我从小就生活在这条老街上呢？一直住到二十一岁去北大荒，二十七岁回北京后又在这条老街上住了两年。在这条老街上，一天恨不得跑八遍，老街上的每一处拐弯儿、每一道皱褶，闭上眼睛，都能摸得很清楚。

老北京的大买卖，一般都开在明眼的闹市。但也别小瞧了那些蜿蜒逶迤的老街，那里面一样藏龙卧虎。很多老店、很多故事，甚至很多传奇，都曾经风生水起地发生在里面。比如中国最早出现的照相馆之一大北照相馆，藏在石头胡同里；北京第一家理发馆胡记理发馆，藏在三转桥胡同里；老北京最负盛名的龙顺成木器厂，藏在鲁班馆小胡同里；明末就开张的青山居玉器老店，藏在羊市口胡同里……这样的例子不胜枚举。

西打磨厂这条老街，一街店铺林立，除了旅店和饭馆之外，有名的老字号很多。刻刀张是藏在这条深巷中的一家。这条老街存有我太多的记忆了，值得一说的事情太多，我只说说刻刀张。

如今的人们，知道刻刀张的已经很少了。在我小时候，也就是新中国成立初期，刻刀张名气不小，一直顽强地挺立在西打磨厂96号。那时，我家住179号，相隔不远。记得它在南深沟西边

前门外瑞增祥号绸布庄前往里是西打磨厂

RuxinG 2018.3. Bloomington

一点儿，路北，门脸儿很小，上有“顺兴刻刀张”的匾额。它旁边几步，有一家小人儿书铺，我常去小人儿书铺租书看，一分钱看一本，便知道了它。

知道它，是因为听大人们说起过它的传奇。这个传奇，和大画家齐白石有关。说是齐白石的一个女徒弟买了他家生产的刻刀，送给齐白石，齐白石擅于治印，不知多少把刻刀经过他的手，如风过花，自是行家里手，比较之后，觉得不错，以后便专门用他家的刻刀。据说，上世纪30年代，齐白石让他这个女徒弟陪着他，专程来到我们西打磨厂刻刀张的小店拜访，不仅慷慨送给店家他画的三幅国画，还为店家题写了“顺兴刻刀”的匾额和对联“我有锤钳成利器，君由雕刻出神工”。

你得佩服刻刀张手艺精良，方才让齐白石为之折服；也得佩服齐白石礼贤下士，对一位普通刻刀匠也格外尊重。对联里的“我”指的是刻刀张，“君”指的是买刻刀的雕刻家，而“利器”则是对刻刀张的褒扬和赞美。在老北京众多的老字号里，这真是一段绝无仅有的传奇，这传奇中，有情节，有细节，有大人物和小人物的邂逅，指刀为诗，雕刻成画，更有艺人和匠人的惺惺相惜。

名人效应，让刻刀张名声大振，也让街坊们口口相传，成就了西打磨厂一条街的骄傲。应该说，自那时候起到北平和平解放初期，是刻刀张的鼎盛时期。不过，客观地讲，刻刀张并非仰仗齐白石的名声而成名，它的成名，实则要早得多。也就是说，先有了刻刀张的名声，才有了齐白石和它的传奇，齐白石是慕名而去，刻刀张亦不是如今一些店铺借助资本和权势请名人捧场的攀附与借水行船。

刻刀张的创始人，叫张正新，他是齐白石光顾刻刀张时的店主的爷爷。道光二十七年（1847），张正新从老家河北冀县来到北京，在一家打铁铺里学徒，主要学做镊子。这种镊子是修脚和开脸用的。张正新出徒之后，自己开店做镊子，店址选择在我们西打磨厂街，并不是机缘巧合，而是和这条街的历史有关。我们西打磨厂街是明朝建起的一条老街，之所以叫打磨厂，是因为一条街上打石磨的小店很多，连带着打铁铺也很多。老北京开店讲究群聚效应，一花带动百花开，刻刀张才会选择西打磨厂街。当然，这里离前门近，也是其中一个因素。尽管在陋巷之中，只要手艺好，酒香不怕巷子深。

张正新做镊子的手艺确实不错。他的店当初应该没有店名，镊子张，是老北京这类小店惯用的称呼形式，老北京人愿意将店主的姓氏放在他所做的产品后面，既形象，又一目了然，还好记。年糕杨、爆肚冯、羊头李、豆汁丁、葡萄常……都是这样的叫法。因为手艺好，在同、光两代，镊子张很出名，和当时的王麻子剪刀铺齐名，两家掌柜也成了好朋友。不过，同当时假王麻子剪刀铺忽然多了起来一样，前门一带涌出好多家镊子张，做它的仿品，卖得很是红火。同治年间有竹枝词这样写道："锤剪刀锥百炼钢，打磨厂内货精良。教人何处分真假，处处招牌镊子张。"

制造假货，从来都是不良商家发财的捷径。如此"处处招牌镊子张"，逼迫得真的镊子张想办法另求生路。张正新发现此时京城里石刻和刻字的市场很大，但所用的刻刀质量不行，也很少有专门的店铺打制刻刀。于是张正新改弦更张，改做刻刀。有了做镊子的手艺，他做的刻刀一样精良，为显示自己做的刻刀货真价实，不欺世骗人，也为了区别其他店家，尤其是假店，他在每一把刻刀上都刻有一个“不”字，从而得到人们的认可和欢迎，此字也成为那个时代专属于他自己的标识。光绪六年（1880），“张顺兴刻刀铺”的牌子，正式在西打磨厂街挂出。但这个名字叫起来长而拗口，随着生意的兴隆，“刻刀张”便叫顺了嘴。刻刀张，在前门一带很有些名气。人们提起它或问到它，一准儿会说“知道，打磨厂的刻刀张！”，就像当年一提全聚德，一准儿会说“肉市里的全聚德”一样，透着亲切劲儿。

其实，说是名气大，它只是家小店，连个门脸儿都没有，当时只有一间半房，还在院子里面，得走一条过道才到。说好听点儿，算是“室雅何须大，花香不在多”吧。

张正新掌门刻刀张的日子不长，1891年，张正新过世，店铺传给了儿子张德山。张德山把店铺扩大为三间，又雇了五六个工人，还在过道上搭起了顶棚，在门口挂起了自己书写的“张顺兴”黑底金字匾额。1925年，张德山把生意传给了自己的儿子张凤鸣。张凤鸣接手之后，把整个小院买下，店铺从三间扩大到七八间，工人也扩充到十人。在三代人的打磨下，刻刀张迎来了自己最好的年华。这时候，齐白石才出场。齐白石出场前，这一系列的铺垫，是刻刀张的前戏，充满艰辛和跌宕，方才烘托出齐白石出场时的光彩照人。其实，在齐白石出场之前，还有一位画家出场，只是因为没有齐白石名气大，他才被街坊们所忽略。但是，这位画家对于刻刀张的振兴起到了关键的作用。如果说，齐白石的出场，是给刻刀张锦上添花，那么这位画家的出场，则是为刻刀张响鼓重槌的关键一槌。这都是我长大后看资料知道的，小时候，大人们的传说里，只有齐白石和刻刀张的传奇。

这位画家即是木刻家郑野夫。20世纪30年代之初，郑野夫拿着一把从日本带来的木刻刀，来到刻刀张。那时候，木刻是洋玩意儿，人们最早见到的是鲁迅先生介绍的德国版画家珂勒惠支和比利时版画家麦绥莱勒的木刻版画。这种专门用于做版画的木刻刀，我们国家以前没有生产过。郑野夫希望刻刀张能够为他打造出和这把一样的木刻刀。那时候刻刀张的掌柜是张家第三代传人张凤鸣。是他经过在梨木版上刻印、在炉膛蘸火和淬火的反复实验，打造出了这种不仅在刻刀张没有过，同时在我们国家也没有过的木刻刀。他打造的木刻刀的质量一点儿不比日本的差，不卷刃，不出刺，很锋利，而且，他为郑野夫特意在木刻刀上配了一个仿古的把手，古色古香，精致趁手。

从此，刻刀张就有了新的品种，有了新的发展。经过张凤鸣的实验和实践，不仅可以生产木刻刀，还可以生产瓷刻刀、竹刻刀、金石刻刀、锌版刻刀、石膏雕塑刀、油画调色刀等等，系列产品纷至沓来，如花竞放。京城很多雕刻家都用过他家的刻刀。继而他家的刻刀也不再只是为打石磨、刻字或修脚所用，而是扩充了内涵与外延，成就了齐白石所说的“利器”和“神工”。

刻刀张在西打磨厂一直坚持到1956年公私合营，1958年，迁移到了顺义。那一年，我十一岁，读小学五年级，并不懂得世事沧桑的变化，不会意识到刻刀张已经无可奈何地走到了它的尾声。和树挪死的道理相似，老字号忌讳随意迁址。尽管1963年刻刀张另觅新址，在崇文门外大街的喜鹊胡同旁重张开业，但那只是它的回光返照而已。三年过后，它在劫难逃，彻底消亡。上个世纪80年代，刻刀张的门徒心有不甘，在前门一带将“刻刀张”的牌子再次立起，也只是昙花一现，乏善可陈，无力重挽旧日山河。一直住在南深沟的刻刀张的家人，搬到了通县（今通州区），刻刀张在西打磨厂这条老街上彻底销声匿迹。

十多年前，到西打磨厂去，还能找到老门牌96号（新门牌145号）的刻刀张旧址。虽然已经变成破烂不堪的小杂院，但依然可以让人迎风遥想当年。站在刻刀张旧址门前，我不住地想，那些曾经风靡京城的一把把刻刀，竟然就出自这样狭窄简陋的小院里；齐白石、郑野夫、李岘、古元、朱友麟……那些名噪一时的大画家，竟然都曾经出入过这样拥挤不堪的小院。这不是传奇，又是什么呢？

前些日子，我又去了一趟西打磨厂，那里，包括刻刀张的小院在内的好多院子，都已经被一道新砌不久的灰墙所替代，灰墙里面，是一片拆毁房屋后剩下的碎砖烂瓦。刻刀张的传奇，便埋藏在那片碎砖烂瓦里面。正是大雨过后，碎砖烂瓦之间，杂草丛生，长得很旺盛，绿得照眼。萋萋野草，随风摇曳，绿雾一团，迷离一片，让人恍惚，心生错觉。或许，月明星稀之时，雨落雪飘之际，会有幽魂出现，为后人讲述刻刀张那段旷世传奇吧。

只可惜，如今西打磨厂完全沦落，老店铺一个接一个地消失，已经成了命中注定的结局。尽管如今西打磨厂从南深沟以西一段被打造一新，好看了许多，但由于前些年新修的东侧路腰斩了西打磨厂的西头一段，老街最重要的西口完全不存在了，这条街就像一只缩头乌龟，缺少了元气和生气。

二

西河沿，对于我是一个亲切的名字。以前门楼子为中心，这条胡同和西打磨厂东西遥遥相对，像是前门楼子伸出来的一对手臂。护城河还在的时候，它们就像是河畔古船两支长长的老桨。

1947年，我刚满月，娘和姐姐轮流抱着我，从张家口坐火车来到北京，住在打磨厂。姐姐十五岁那年找到的第一份工作，就是在西河沿一个叫六联的证章厂里描绘各种徽章：把一种叫作烧蓝的东西（类似亮晶晶的玻璃碴儿），贴在徽章的模子里，用酒精喷灯把它烧化在徽章上面。姐姐做的就是这样的活儿，计件算钱，一天头也不抬，能做二百多枚徽章，一个月能拿上几十元工资，算起来，做一枚徽章只能赚一分钱。那时，父亲每月也就七十元工资。姐姐的钱，对于当时生活拮据的家，起的作用是很大的。我最早去西河沿，就是姐姐带我到这个叫作六联的证章厂。我记住了六联，也记住了西河沿。

那时，东口第一家是华北楼，这是一家老餐馆，“华北楼”是后来改的名字。《燕都丛考》中说：“斌升楼食肆原名龙源楼，清穆宗微行，尝饮宴于是。”不知说的是不是它。走过它便是当时鼎鼎有名的盐业大楼、交通银行大楼和劝业场，然后再走过当时北京城最大的菜市场，就快到六联了。仿佛华北楼、盐业大楼、交通银行大楼、劝业场和菜市场，是六联出场前一阵锣鼓点中先走出来摇旗呐喊的兵士，烘云托月地才把六联托出来。每次和姐姐去六联的时候，走进西河沿东口，都有这样轰轰烈烈的感觉。

同西打磨厂街一样，西河沿是一条老街，自明朝到清中叶，西河沿都是有名的书肆一条街，这名号让位给东打磨厂街和琉璃厂大街，是清末民初的事情了。所以，一直到清前期，这里是文人常到的地方，清顺治时的诗人王渔洋曾经专门为西河沿写下诗句："玉河杨柳见飞花，露叶烟条拂狭斜。十五年前曾系马，数株初种不胜鸦。"现在还能找到这样的景象吗？当初，河沿紧临着护城河，护城河那时宽可行船，清可数鱼，一岸烟柳飞花，书肆迤逦，风光和现在不可同日而语。我在一幅清代的乾隆南巡图中，看到那时的西河沿真的是水汪汪一片，宽阔的河两岸店铺云集，酒旗店幌，亭台楼阁，现在无法想象。如果说那时的情景和塞纳河畔的旧书市风景有一拼，大概并不夸张。

如今，在西河沿东口前，新修了月亮湾，有了那可怜巴巴的一点儿水，让人们可以遥想当年的一些影子，洇湿一点儿历史的衣襟。

对于我而言，西河沿的标志性建筑是劝业场。1952年，娘三十七岁，不幸英年早逝，父亲从老家带来我的继母，继母还带来了一个孩子，加上我的弟弟和姐姐，一家六口人，日子过得越发的紧巴。听来证章厂定做铁路徽章的一位铁路上的主任说，正在修京包线铁路，需要人，挣钱多，不听全家人的劝阻，姐姐飞快地从六联证章厂辞了职。那一天，姐姐带着我和弟弟先去证章厂办完手续，然后就去了旁边的劝业场，一人买了一双白力士鞋，当场换上，在劝业场二楼的照相馆里照了张相片，特意让人家照全身的，为的是照上新买的白鞋，算是给娘穿孝，也算是给她自己和我们兄弟两人留下分别的纪念。

第二年的春节，姐姐就回家来了，和她辞职时没有和家里商量一样，回家是来结婚的，父母都不知道，她是先斩后奏。姐姐是想早点儿成家，好和姐夫一起，每月给家里多寄一点儿钱，以解家里的燃眉之急。那一次，姐姐领着我和弟弟到劝业场，给我们一人买了一双皮鞋，那是我第一次穿皮鞋，因为怕我的脚随年龄增长而变长，买的鞋号码大了好多，穿在脚上直晃荡，上院子里的厕所，蹲起来刚要离开茅坑时，大皮鞋掉进了茅坑里。

那座光绪末年北京城第一座洋楼商厦，便这样永远存活在了我的记忆里。那一年，我才六岁。那时，王府井没有建百货大楼，西单也没有建西单商场，劝业场就是那个年代里我的“百货大楼”和“西单商场”。临街的巴洛克式的西洋柱子、宽敞的天井和四周有雕花铁栏杆的回廊，以及全部都是敞开式的柜台、柜台里琳琅满目的货物，都像是一张张老照片，深深地镶嵌在我童年的生命相册里。

一直到我的儿子落生，已经到了80年代初期，儿子才三四岁，第一双皮鞋，怎么这么巧，也是在劝业场买的，还是羊皮大盖鞋，新式样，儿子高高兴兴地穿到了上学前班。

我知道，关于劝业场一切的记忆、一切的感情，都源于十七岁就离开家而远去内蒙古的姐姐。所以，当我看陈宗蕃在《燕都丛考》中将西河沿和打磨厂做比较时说“西河沿，与打磨厂相对峙，而街道与商户则较打磨厂为稍强……而最足以令人注意者，则为该街极东之劝业场”，便觉得他说得那样对我的心思。他接着形容劝业场“层楼洞开，百货骈列，真所谓五光十色，令人目迷”，更完全是我童年中的印象了。

劝业场当年和王府井的东安商场、菜市口的首善第一楼、观音寺街的青云阁并列为京城四大商场，名气曾经冠盖京华。劝业场的建立和发展，和清末民初变革的时代密切相关。戊戌变法之后，清政府不得不实行一些维新之举，如学习日本，在全国各地先后新添劝业道和劝工局的设置，其宗旨是“振兴实业，发展工商”。当时，除了北京，天津、成都等地，也先后建起了中西结合的商业大厦，而且都取名劝业场，如此名字的雷同，与时代是契合的，如同新中国成立初期人们起名多叫“建国”或“建设”一样，涂抹上了那个时代鲜明的色彩。

民国时期，劝业场建起新旧结合的立体舞台，舞台后方画着刘海戏金蟾的背景；聘请当时在西长安街开张不久的新新大戏院（新中国成立以后更名为首都电影院）的经理万子和来打理，并将三楼进行了改造，东西新辟了书场和魔术场，南部扩大为游艺场，中间一圈跑马廊前为茶座，在商业功能之外，增添了娱乐功能。“劝人勉力，振兴实业，提倡国货”的口号，应该也是那时候提出来的。同时，还从天津的义记公司购买了厢式电梯，每层安装了消防器，开辟了天平门。这在当时都是新鲜玩意儿，来看热闹的人络绎不绝，一直到新中国成立初期，我还看到天平门上闪着红灯的醒目的指示牌。

我从小就住西打磨厂，七八分钟的路程，过前门大街往西，进西河沿，就到了劝业场的后门。所以，我是那里的常客，买东西是其次，主要是玩，放学之后，或是星期日，溜到那里，楼上楼下地疯跑，躲在大柱子后面、各个店铺里，和小伙伴们玩捉迷藏，那里是我的免费游乐园。民国时期有竹枝词："放学归来正夕阳，青年仕女各情长。殷勤默数星期日，准备消闲劝业场。"虽然说的是大一些的学生，但和我们那时候的情景很相似。

记得那时候，游艺场和新罗天都还在，那是民国时期在原来三层的基础上加盖的一层，主要为了在四层增加一个叫"新罗天"的剧场。道教里三十六重天最高的一层，称为大罗天，号称天玉清境，剧场取名新罗天蕴其美意，诗人王维曾有诗"大罗天上神仙客"，由此，来这里看戏的人便仿佛是神仙客。但那时候由于兜里没钱，没进去看过戏或曲艺。听说游艺场曾经是架冬瓜演唱滑稽大鼓、郭筱霞说梅花大鼓、郝寿臣说相声、连阔如说评书的地方，现在看来个个都是了不起的角儿；新罗天白天是鸿巧兰等人演评戏，晚上是刘宝全说京韵大鼓。鸿巧兰那时候和喜彩莲、小白玉霜号称京城评戏三大名角儿。那时候的鸿巧兰正是风华绝代的好年华，要扮相有扮相，要嗓子有嗓子；刘宝全一人单挑整个舞台，和白天的大戏抗衡，更是足见他当时的魅力。可惜，我都未能赶上。在我和小伙伴们在新罗天旁边疯跑的时候，上海的滑稽演员韩兰根专程前来，在那里演出过话剧《钦差大臣》。后来看到一个材料，说新罗天剧场能容纳五百个观众，心想这不就是今天红火的小剧场吗？

记忆中，劝业场留给我童年最有意思的印象，是我刚上小学不久，姐姐给我的一支钢笔的笔帽怎么也拔不下来了，我便拿着钢笔到劝业场——当时，进后门有高高的台阶，上去后才进入一层的商场，在台阶的两侧有一些小店次第排列，修钢笔的店铺就在靠右手的一侧；那个师傅接过我递给他的钢笔，划着一根火柴，让火苗在笔帽四周绕了几圈，又点着一根火柴，接着在笔帽四周绕，然后，拿过来一块绒布包裹住笔帽，就那么轻轻用手拔了一下，笔帽就下来了，也没跟我要钱，笑吟吟地把钢笔递给了我。当时，我觉得特别奇妙，觉得像看魔术一样。后来四年级上了自然课，知道这其实很简单，不过是热胀冷缩的原理。但当时劝业场留给我的奇妙印象，却一直存留到了现在，六十多年过去了，还依然清晰如昨。

劝业场门立面是巴洛克式，下有弧形的台阶，上有爱奥尼亚式的希腊圆柱，顶上还有拱形阳台；欧式花瓶栏杆和雕花装饰，包子褶似的，都集中在一起，小巧玲珑，有点儿像舞台上演莎士比亚古典剧的背景道具，尤其是夜晚灯光一打，迷离闪烁的，加上从前门大街传来的市声如音乐般起伏飘荡，真是如梦如幻。

如今，西河沿已经拆得差不多精光，新建成的“北京坊”，取代了西河沿的名字，一片西式洋楼，包裹着劝业场等几个硕果仅存的老建筑物——如同饺子的馅一样包在里面，看不大出来了，但饺子皮硕大，花边儿捏得也很漂亮。不知道姐姐来，还能不能找到她曾经最熟悉不过的劝业场和六联证章厂的位置了。

三

鲜鱼口被打造成了老北京美食一条街，已经好几年了，来鲜鱼口的人，还是很多。大多是外地人，看完前门大街和大栅栏，顺便逛逛鲜鱼口，往南一拐弯儿，还能看看残存的大蒋家胡同和新建的台湾街。前几年，孝顺胡同、新潮胡同等几条胡同被打通，连成一片，依托这里的台湾会馆，建起了台湾街。无疑，这是开发者改造老街的一种新思路。可以说，这造就了“大鲜鱼口”的概念；也可以说，是希望这个新建起来的台湾街，拔出萝卜带出泥，带出鲜鱼口的一种新姿态。可是，如今的台湾街已经倒闭，空无一人，寂静得犹如一条死街。

如今的鲜鱼口被定位为老字号美食街，和以前门框胡同的小吃街相比，名分大多了，店铺内外装潢也好了许多，但仅就小吃而言，品种则少了好多，也缺少了如爆肚冯、小肠陈一类平民小吃的支撑，显得高不成低不就，人气聚拢在外面而不在里面。

重打鼓另开张的鲜鱼口，新开张的十二家老字号，只有便宜坊、天兴居和金糕张这三家是鲜鱼口的老店，其余九家均不是。其实，历史上，鲜鱼口的老字号很多，店铺鳞次栉比，还可以重新挖掘，蓄势待发。

鲜鱼口应该不止于如今开张的这一段。明正统年间，因在正阳门东南护城河开口泄洪，方才有河水过西打磨厂和北孝顺胡同流经此地，先有了鱼市，后有了鲜鱼口的地名，兼有了梯子胡同和小桥的地名。梯子胡同是因河堤往上爬、呈梯子状而得名；小桥则是缘河而生，当初确实河上有桥，后来桥没有了，小桥的地名却一直延续到现在，那地方原来有个副食商店，我常到那里打酱油、买菜买肉，据说小桥就埋在商店下面。鲜鱼口，实际指的是小桥东西两岸。如今，新开发的鲜鱼口，仅仅是西岸的一截而已。

《京尘杂录》一书说："旧时档子班打采，多在正阳门外鲜鱼口内天乐园。"天乐园即新中国成立后的大众剧场，在小桥以东，这便说明旧时鲜鱼口是延续至天乐园一带的（如今新建的天乐园，已经不在原址，而是往西南方向移动了很远，且样子也面目全非，空荡荡地立在那里，从来没见里面演过戏）。

看清人《朝市丛载》等书，都有对鲜鱼口的记载。天乐园两侧分别有著名的药店长春堂和饽饽店正明斋，还有很多被我们遗忘的店铺：路口西南最有名的是杨小泉的黑猴毡帽店，东南则有袜子郭、南剪铺义和号，往西路南还有专门卖窝窝蜂糕的魁宜斋、专卖素点心的域盛斋、专卖药酒的天福堂、专卖江米白酒的东杨号，过小桥往西，在原会仙居旧址有民国时期开的联友照相馆，路北靠马聚源处有天成斋鞋店。

鲜鱼口的帽店和鞋店多。新中国成立初期，这里尚有七家帽店和九家鞋店。鞋店最著名的，当然要数天成斋，帽店最著名的，莫过于马聚源。老北京有民谚：头戴马聚源，脚蹬内联升。这里虽没说天成斋，但它足青布面的千层底鞋却是老北京人买鞋的首选。帽店还有杨小泉和田老泉两家老店，因这两家店门前都有木质黑猴坐镇，所以都被称为黑猴老店，它们几乎成了鲜鱼口的象征。两只木黑猴一直立在那里，直到1957年被人拉走，现仅存一只黑猴收藏在首都博物馆。一直到新中国成立以后，黑猴老店依然在鲜鱼口经营，甚至到了上个世纪90年代初，它们虽易名并改卖小百货，但仍然顽强地挺立在原处，老街坊们买布、买棉花、买针头线脑，依然会亲切地相互招呼："走，到'黑猴'去！"

特别应该说的还有紧挨着便宜坊东侧的一条窄如细韭的小胡同（这条胡同在鲜鱼口改造前还在），别看窄小，却别有洞天，内有一个曲艺社，说相声，演唱大鼓书，类似大栅栏里曾经有过的前门小剧场。

试想，如果能把这些老店相继挖掘、开发出来，该是一种什么样的情景？有吃有喝有玩，能听戏、听曲艺，外加能拍照，留下老北京的纪念。这样带有市井气息的平民化街景，才是鲜鱼口的特色。这种特色区别于街对面的大栅栏——同为商业街，大栅栏以瑞蚨祥为首的大买卖多，而鲜鱼口则云集着众多各具卖点的小店铺。以卖鞋为例，老北京人说官人和老板买鞋去内联升，卖力气的买鞋去天成斋。可以看出，这里的商业文化，讲究的是邻里关系，讲究的是薄利多销，讲究的是花香不须多，民德归厚，穿珠为串，水滴石穿。

北京老街的改造，面临着新旧选择的两难境地。但在我看来，老街之所以成为老街，就在于它的不可复制和唯一性。维新是举，对于老街的改造伤害最大；完全商业化地开发，老街本身所独具的历史和文化内涵，便容易成为涂抹在外的一层粉霜。这里涉及对于老街文化属性的认知，以及对于城市改造伦理的尊重。如果从这种认知和尊重出发，鲜鱼口老街，尽管以前也有吃有玩，但毕竟和门框胡同的小吃街不一样，它是以帽店和鞋店多而著称，弄成美食街，有悖于历史，也尴尬于现实。北京美食，特别是小吃，如今被弄得单调而品位下降，并不能挽救老街，观音寺街的青云阁改造成小吃城一年便关闭，则是警钟。并不是所有的老街都要千篇一律地改造成烟袋斜街或南锣鼓巷那样的商业街。老街的改造，值得从各方面仔细审视和研究。

老北京人，对鲜鱼口这样平民化的特点更为怀念。对我们这些老街坊而言，都会说“逛大栅栏”，但没有说“逛鲜鱼口”的，一般只说“去鲜鱼口”，这一字之差，尤为体现鲜鱼口自身的平易之处，它和老百姓的平常日子紧密相关。小时候，星期天，父亲总要带我先去兴华园浴池泡个澡，然后到紧挨着浴池东边的天兴居吃碗炒肝。洗个澡一毛五分钱（小孩儿不要钱），买碗炒肝八分钱，都不贵。如果是夏天的傍晚，还会在浴池门前花五分钱买一盘浇着鲜艳果汁的刨冰。我从小到二十一岁离开北京去北大荒之前，很多照片，都是在联友照相馆里照的。去北大荒之前，父亲带我到马聚源买的一顶皮帽子，一戴戴了六年，直到我离开北大荒之前，才送给了同学。而“黑猴”于我更是亲切无比，那是母亲去得最多的店铺，“黑猴”给了她最大的便利。印象最深的是最后使用棉花票的那一年，半斤棉花，母亲也要跑到那里买，一张豆黄色草纸在中间包着，两头露出的棉花，沾满母亲的身上，母亲像刚从棉花地里走出来似的。

以后，家搬得离鲜鱼口很远了，但我还常到那里去，有时是去买东西，有时什么也不买，却总觉得在那里还能看见母亲的影子。记得儿子刚上中学，要去军训，老师要求买军用水壶，几乎跑了半拉北京城，最后我说到“黑猴”看看吧，真的就在那里买到了。那是1992年的事了。一晃，日子过得飞快，提起“黑猴”，还是那么亲切，仿佛它就是我家的邻居。

重修鲜鱼口时，听说黑猴老店要在原址重张旧帜，并且要在店门前把那楠木的黑猴重新立起来。几年过去了，一切渺无踪影。想起清诗：“鲜鱼口内砌砖楼，毡帽驰名是黑猴。门面招牌都一样，不知谁是老黑猴？”那时候，黑猴是一块金字招牌，所以才会有那么多的冒名者，拥挤在鲜鱼口一条老街上。即使那样，老黑猴照样生意兴隆，经久不衰。

也是，对于老北京人而言，没有紧把着西口的黑猴，还能叫鲜鱼口吗？

四

以前在北京，无论外地人还是北京人，谁能不去大栅栏呢？为什么非要去大栅栏？就因为大栅栏里老字号多。以前的民谣说：“大栅栏里买卖全，绸缎烟铺和戏院，药铺针线鞋帽店，车马行人如水淹。”这里说的“买卖全”，所谓“买卖”，全都是老字号，可以说，在大栅栏，英雄必问出处，没有一家没有来头的，没有一家没卖出个特色来的。

从前门楼子往南开始数，和它平行的廊房头条、二条和三条，应该说最早和它是同时落生的亲兄弟，大栅栏以前就叫廊房四条，这四条胡同是平起平坐的。清乾隆时怕百姓造反，在它的东口和西口安上了高高的木栅栏，名字才改叫大栅栏的（这木栅栏在光绪庚子年间被义和团一把火烧干净，后来改建的铁栅栏，一直到新中国成立的时候还在）。

为什么原本都是风风火火的胡同，独大栅栏能够如此红火？在我看来，有这样几点原因：一是清时这里紧靠皇城，自然得风气之先；二是原来大运河的水运码头，从什刹海南移到城南大通河下，三里河就在它附近，后来的京奉、京汉火车站，也开在前门楼子一左一右，这里交通之便利，京城首屈一指；三是附近会馆多，北京城四百多家会馆，有三百多家在附近，商人往来多，商机自然也就多，买卖就容易在这里扎堆儿。大栅栏里有戏园子，附近又有八大胡同，娱乐业的发达，也是让它想不火都不行的一个因素。大栅栏比廊房其他三条胡同宽敞，大的店铺集中，且越发水涨船高，压倒其他三条胡同，就是自然的事了。

1949年2月3日，解放军从永定门城楼进入北平，据说，第一拨赶到前门大街旁欢迎解放军的人，是从大栅栏里涌出来的那些店铺里的学徒和伙计。因为他们离前门楼子近，便也就近水楼台，早早地跑出大栅栏东口。当然，更是因为他们对新北京充满了向往和感情。（新中国成立初期，政府对大栅栏的商家实行了当时有名的“四马分肥”政策，即店中赢利所得，一份上交国税，一份店家留存以备日后发展所用，一份店家自得，一份为伙计学徒的工资。一般伙计月工资五六十元；骨干八九十元，基本和当时一般的干部相等。那时我父亲为行政二十级的小干部，月工资为七十元。）

一座清末民初繁荣发达起来的老街，就是在这样的夹道欢迎中，迎来了自己的新生。

上个世纪50年代，尤其在王府井百货商场尚未建立之时，是大栅栏最辉煌的时期。那个时候，大栅栏里新老字号面貌一新。过去的大栅栏，一般是晚上比白天热闹，因为晚上有大观楼、广德楼、同乐轩、庆乐、三乐这五大戏园子演戏。而现在白天和晚上一样热闹，尤其到了星期天，更是人山人海，北京四九城的人要买点儿新鲜的好东西，没有不到大栅栏来的；外地人来北京玩，登完长城、逛完故宫、吃完烤鸭，也是没有不来逛逛大栅栏的。

大栅栏一条街，并不长，只有二百七十五米，宽也就是五米左右，这样一条街，是无法改造成现在的王府井大街的，更不可能改造为现代意义的商业街。在这样一条短短的街上，清末民初，两旁挤满了八十多家店铺，家家都是老字号，这在北京城是绝无仅有的奇观。

现在的大栅栏，尚存同仁堂、张一元、瑞蚨祥、祥义号（清末太监小德张开的买卖，北平和平解放之后，改为前门妇女服装店），特别是瑞蚨祥，连外面的罩棚和二楼地板上当年进口的德国花瓷砖，都基本原汁原味地保存了下来，可以说是大栅栏幸存的活标本。大栅栏虽经历史变迁，损失惨重，但如果整治好了，也会了不起，毕竟大栅栏一条老街还在那儿，老店老铺的位置，驴死不倒架，还立在那儿。

同仁堂和瑞蚨祥，自然是大栅栏里独领风骚的老字号了，说它们是大栅栏的两面大旗，是不为过的。当年我母亲就是买个治头疼脑热的药丸，扯上几尺海尚蓝的棉布，也要到它们那里去——出西打磨厂，隔着一条马路，抬脚就到了。那时，我还是个小孩子，但因为同仁堂的制药车间就在西打磨厂的乐家胡同，离我家不远，放学之后，我和同学常常跑到乐家胡同踢球，故意把球踢上他们车间的房顶，然后爬上去，偷晾在上面的甘草片吃，所以对同仁堂印象最深。后来听说，新中国成立后没几年工夫，同仁堂就研制出来了中成药银翘解毒片和黄连上清片，再不用我母亲用砂锅熬药那么麻烦了，一时很新鲜而有名。这两种药也成了我家的家常药，一直买到现在。那一阵子，同仁堂最为红火，我们院子里几乎所有人都知道同仁堂的老板叫乐松生，后来他还当上了北京市的副市长。提起他来，人们亲热得仿佛觉得是自己的街坊。

瑞蚨祥在我的印象里，要比同仁堂气派，也洋气。它里面的花砖地、走马廊、左右对称的木楼梯，外面的天井、门楼，都在大栅栏里首屈一指，起码和同仁堂可以对峙。印象最深的是，那时我姐姐结婚，特地从内蒙古来京，到它那里买布料做衣裳。说起瑞蚨祥的料子，就像现在说是皮尔卡丹的一样，觉得特别有面子。后来，我到北大荒插队，母亲怕那里天寒地冻，买了丝棉给我做棉裤，也是到那里买的料子。那时，丝棉还是稀罕物，比一般的棉花贵许多。

过去老北京人，讲究“头戴马聚源，身穿瑞蚨祥，脚蹬内联升，腰缠四大恒”。新中国成立之后，四大恒没有了，那时候，马聚源和内联升刚刚从鲜鱼口和廊房头条搬进大栅栏，一下子，这三家老字号云集大栅栏，人们到大栅栏来，可以将它们一网打尽，穿的戴的一水儿地解决。内联升以千层底鞋著名，当时很多国家领导人都穿它做的这种千层底鞋，郭沫若还专门给它题赞美诗：“任凭踏破天险，助尔攀登高峰。”马聚源以做帽子闻名，做的春秋瓜皮小帽和冬季的将军盔（又叫四季帽）声誉远播；可惜，新中国成立之后，这些渐渐都不时兴了，它便也渐渐改良，但做工的精细和选料的认真，还是秉承着祖训的。如今，北京冬天气候变暖，再好的皮帽，也没有了市场，马聚源只存下了一个老字号的名声。

我小时候，父亲喝茶穷讲究，好茶舍不得买，只买高末——茉莉花茶的茶叶末。但必须要到张一元去买。那地方，我常跟着父亲一起去，父亲每次买高末，不多买，只买一两，喝完了再去买。别看只是一两，人家包得也有棱有角，格外仔细。张一元在我出生那年着过一场大火，现在的茶庄是后建的了。火烧旺运吧，它的生意不错。有意思的是，关于老匾的传说不一，有说是在大火中烧毁，有说是在“文化大革命”中被毁。后来恢复店名，临时让街对面的儿童用品商店的一位美工随手写下的“张一元”三个字，一直挂到了现在，不少人都误以为那就是张一元的老牌匾。这样的说法，并不完全准确，新匾为美工所写没错，老匾实则没有失于火中，也没有毁于“文革”，它至今尚存于首都博物馆中，为民国时期书法家杨公度所题写。

前些日子来美国，去加州圣地亚哥，逛了那里的老城。美国的历史不长，和我们的老城无法相比，但是，毕竟它最早是西班牙人建造起来的城市，怎么也应该多些欧洲风情。谁想，除了老城前面那座白教堂，多少有点儿欧洲的影子，其余的房子大都是低矮的平房，如果不是墙体外面油饰一新，涂抹着鲜艳的色彩，与高大的棕榈树相映生辉，多了地中海的元素，竟然觉得和我们北京老城有几分相像。

看从老城游客中心领取的材料，这些房子，并非旧地改造或拆除后新建的做旧新房，都还是西班牙人和墨西哥人在1821年到1872年间建的老房子。就是在那个时候，加州成立，圣地亚哥是加州最老的城市，这里是圣地亚哥当年的城市中心，相当于我们北京的皇城根下，好比我们的前门和大栅栏。

忍不住想起我们的大栅栏，两相对比。1821年到1872年，相当于我们清朝道光、咸丰和同治年间，那时候的老房子，在北京，如今还保存着多少呢？仅就大栅栏一带看，还能找到哪些属于这些年间盖的老字号呢？大观楼是吗？广德楼是吗？六必居是吗？同仁堂是吗？除了瑞蚨祥是光绪二十一年（1895）建的，其余的都不是了。彼时的老字号都拆掉了，然后拔地而起了些莫名其妙的新店，拥挤在如今似是而非的大栅栏。

走在圣地亚哥老城这些并没有翻修成平坦的柏油马路、依然是石子铺就的老道上，老城的味道才不是从老照片中来，而是从这散发着的土腥味道中扑面而来。

老城原来的中心大街两侧，立有“圣地亚哥老城”醒目的标识。这条老街辐射四周，那些低矮起伏的房子，就是当年最早来这里建造这座城市的西班牙人、墨西哥人的住所。如今，这些房子，大多保留了下来，尽管很多房子变成了大小商店和咖啡馆，有一百五十家之多，与世界很多老城的改造思路一致，臣服于旅游业。但原来的老法院、老邮局、老医院、老剧院，还有一些老店铺，都尽可能地保留了下来，成了博物馆，里面保留着当年居住、办公和做工的样貌，陈列着当年用过的东西，包括马车、纺车、炊具……尽力钩沉着历史的轨迹，也尽力还原着历史的样子。

我去一家原来做肥皂的小店，看见师傅系着围裙、戴着手套，正在给好奇的围观者表演肥皂的原始制作方法。人们在这里可以买到手工制作的各式肥皂，店铺里摆放着各种味道和形状的肥皂。那些来自世界各地的围观的现代城市人，尤其是孩子们，感到格外新鲜，像在看什么新奇的表演。这样的大小博物馆，如今老城里有十七家。在这些博物馆里，人们不只是看到了老房子，更看到了老式的生活。历史和现实，在你走进走出的一瞬间，神奇地链接并交错，历史仿佛正和你擦肩而过，离你并不久远。这是文化的力量，不是商业的作用。

前些年，前门大街和大栅栏改造的时候，我就向有关部门提议加强对这个地区改造的整体规划，别像是切猪肉卖一样，分割得零零碎碎，然后招租成商店。如果能把大栅栏改造成明清时期的一条民俗街，把所有的或大部分的，哪怕只是一小部分的店铺，恢复原来的样子，里面不再仅仅是卖货，而是兼做展览，多给人们一些历史的信息和气息，不是为了伸手向游客衣兜里掏钱，而是主动给予游客一些东西，那么，整条老街，不就是一座最具老北京特色的民俗博物馆吗？其地理的价值就和历史的价值相交融，其商业的价值也就让位于文化的价值了。

试想一下，你可以在瑞蚨祥里看到当年山西人最初在附近的布巷子里是如何经营布匹的，又是如何创建了瑞蚨祥，直至它最后跻身北京“八大祥”的历史；你可以在天蕙斋里看到那些京剧界大腕儿和鼻烟共兴衰的历史，看到那些从料壶、瓷壶、翡翠壶、玛瑙壶到水晶壶等名目繁多、色彩纷呈的烟壶艺术，以及与此相关的典故逸事；你可以在同仁堂里看到一部比电视连续剧《大宅门》还要精彩、还要惊心动魄的发家史，是怎样一部与我们民族的兴衰密切关联的药业发展史；你可以在聚明斋和聚文斋扇庄里看到中国自明朝就有的折扇、团扇的传统工艺，看到那玲珑剔透的扇子是如何在匠人的手里巧夺天工地制作出来的；你可以在庆乐、同乐、三庆、广德楼、大观楼和广和楼里，看到一部自徽班进京两百多年以来国粹京戏的发展史和剧场的发展史……然后，你还可以到厚德福吃一回铁锅蛋，到张一元喝一壶纯正的茉莉花茶，到二庙堂的楼上品一回咖啡或老式的沙氏水，到聚顺和干果铺和长盛魁干果店买一点儿正宗的北京果脯和糙细杂拌儿，到聚庆斋饽饽铺或滋兰斋糕点铺买一包用老式蒲包装着、再盖上一层油纸和红纸的大小八件——那该是一种什么样的情景、什么样的滋味？

可如今呢？我们的大栅栏，也算得上是老北京的一个旅游景点，但只能算是一个低端的旅游景点而已，不是我崇洋媚外，而是如今这里呈现的样貌，确实无法和圣地亚哥老城的景观相比。

但是，我们大栅栏的历史可比圣地亚哥老城要悠久得多，也辉煌得多。清同治年间，《都门纪略》中，杨静亭特别作诗形容当时的大栅栏："画楼林立望重重，金碧辉煌瑞气浓。箫管歇余人静后，满街齐响自鸣钟。"想想，那是大栅栏的一种什么样的景象？

《帝京岁时纪胜》里说："正阳门之东，打磨厂、西河沿、廊房巷、大栅栏为最。"那时还有这样的民谣流传："大栅栏里观花灯，冰灯纱灯分外明，人群拥来又挤去，只见人头乱摆动。"说的是当年大栅栏观花灯的传统和盛况。那又是大栅栏的一种什么样的景象？

如果能在大栅栏逛完那么多大小不一的民俗博物馆之后，在大观楼看一场电影《定军山》，在三庆戏园子看一出京戏折子戏，品茗夜宵之后，走出剧场、茶馆、酒楼，蓦然看到灿烂的花灯如水般地流动，听到古老的自鸣钟声悠扬地响遍满街，那该是什么样的大栅栏呀！它展现的是历史，同时也是现实！会让你有一种穿越的感觉，感慨这才有点儿地道的老北京的味儿啊！

2018年5月

宣南文化三论

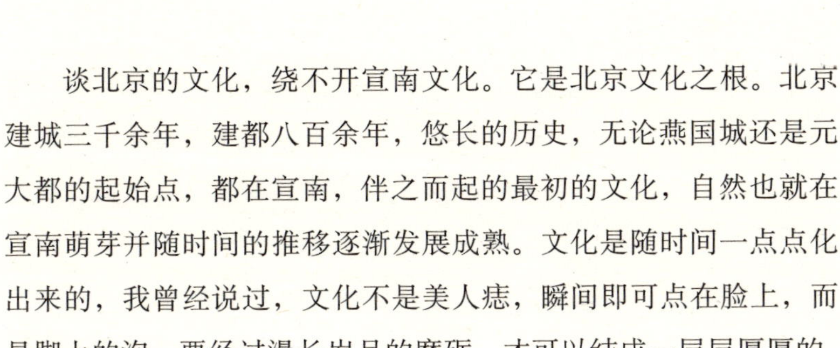

谈北京的文化，绕不开宣南文化。它是北京文化之根。北京建城三千余年，建都八百余年，悠长的历史，无论燕国城还是元大都的起始点，都在宣南，伴之而起的最初的文化，自然也就在宣南萌芽并随时间的推移逐渐发展成熟。文化是随时间一点点化出来的，我曾经说过，文化不是美人痣，瞬间即可点在脸上，而是脚上的泡，要经过漫长岁月的磨砺，才可以结成一层层厚厚的、结实的老茧。

宣南文化博大精深，有人说宣南文化包括皇家文化、士人文化和平民文化。这自然是没有错的。有天坛和先农坛，自然就会衍生出皇家文化；有天桥和铺陈市，自然就派生出平民文化。但是，在我看来，宣南文化最重要的还是士人文化。在谈论文化的时候，我不赞成把沾边儿的都尽可能多地揽在怀中，韩信点兵，多多不见得益善，相反容易顾此失彼，糖吃多了不甜，便难以突出重点，因此，应当挖掘我们现在最缺失的，得到我们最渴望得到的。

如果说皇家文化，故宫、颐和园里，更为得天独厚；如果说平民文化，也并非宣南独有，东城的隆福寺，西城的高梁桥，崇文的龙须沟和东晓市，都蕴含着丰富的平民文化。士人文化，当然，别处也不是没有，但都不如宣南这样集中而突出，且有一代代传承的鲜明轨迹和叠加的厚重年轮。因此，说士人文化是宣南文化拔地擎天的最高峰，是宣南文化的精髓所在，应该是有一定道理的吧。它实在应该是最值得探讨和研究的方向，也是最值得我们今天借鉴、学习和继承的方面。

同时，需要指出，这种士人文化，经过几代的传承和发展，到了清代之后，特别是晚清和民国初年，达到了最为鼎盛的时期。可以说，这段时间，是宣南文化的高潮，是喷发期，如同花朝之日花朵在怒放，且不只是一朵或几朵，而是万紫千红，蔚为壮观。

还需要指出，自此之后，宣南文化开始走下坡路，我们兴致勃勃地谈论宣南文化的时候，其实是在吃老本儿。因此，今天重新回顾并探求宣南文化，企望重振宣南文化，或者说，企望以宣南最为值得传承的优秀品质和传统来观照并烛照今天的现实，特别是在北京精神被彰显和明示的今天，是一件尤其有意义的事情。可以这样说，北京精神也不是凭空而来，而是有其渊源和基础，这个渊源和基础，其所涵盖的重要部分，就应该有宣南文化的一部分。

如果要我来概括宣南文化的特点，我认为有这样三点——

一是它的报国情怀。

这秉承了中国传统知识分子一贯的情怀，也是中国传统知识分子最可贵的品质，正如古人所谓“天下兴亡，匹夫有责”“赤心事上，忧国如家”。齐家治国平天下，是历来知识分子心底崇高的追求。明末的遗老亡臣顾炎武，在他的《日知录》里明确地表明了这种态度：“保天下者，匹夫之贱，与有责焉耳矣。”他立志探求“国家治乱之源，生民根本之计”的志向，一直绵延在日后有志报国的知识分子心中。可以说，直到清末民初，顾炎武的这一报国情怀，是为宣南文化的核心，支撑着知识分子的心，也支撑着宣南文化的脊梁。顾炎武当年曾在宣南的报国寺住过，进行他的治学研究；清末文人在报国寺之西兴建顾亭林祠，表达的是纪念和效法之情。我一直私下猜想，该寺乾隆年间重修时将原寺名慈仁寺改为报国寺，应该有这一层意思在里面，表达了人们对爱国情怀的普遍认同和推崇。

应该看到，这种报国情怀之所以能成为一种文化，报国寺不过只是它彰显的、外化的一种形式。更重要的是，清时由于政府“满汉分居，旗民分治”的政策，无形中造成汉人知识分子集中居住在外城，大多又集中在紧靠皇城根的宣南。当时，编纂《四库全书》的人员有四千二百多人，大多数居住在宣南。这是已经入仕的，还有大量在考科举、想入仕的，云集、蛰伏在宣南。当年，为从全国各地到北京赶考的秀才而建的会馆，在北京有四百多座，其中百分之七十在宣南，知识分子如此密集地集中在这里，是历史上极其特殊的现象。其学问是可以互相传递的，其心性也是可以彼此传染的。而且，他们不是被从内城赶出来的，就是无法进入内城的，都属于被边缘化的士人，一腔激愤燃起的报国情怀，往往会来得更为强烈。种种历史原因，造就了宣南文化这一地域文化的显著特征，其地理空间与思想、心灵空间多重维度的交叉融合，使得宣南文化这一特点，对比北京城其他地域文化，显得格外突出，以至绝无仅有。

还有一点，即前辈传承下来的报国情怀，在宣南这个地区，不仅蕴藏在他们的著述里，还潜藏在他们居住过的地方、讲过学的场所中，乃至纪念他们的祠堂里——这些都是可触可摸的，其潜移默化的作用，不可小视。它们为后人提供了一个可以触摸和缅怀的场所。知识分子在这样的环境中浸淫，会形成一股潮流和势力。

想想，清初的那些士人，不仅顾炎武一人居住在宣南，后来者如吴梅村在魏染胡同住过，龚鼎孳在宣武门住过，施润章在铁门胡同住过，王士祯在琉璃厂的火神庙住过，龚自珍在上斜街住过，朱彝尊和他的古藤书屋在海柏胡同，李渔和他的芥子园在韩家潭胡同……他们彼此往来方便，后人拜谒也近便，即使现在那些历史遗存大多被拆毁，只有那个地理上的空间还在，但走在那里，我们依然可以感受到他们的思想和感情的呼吸与脉动，我们依然可以想象那时的情景和他们的情怀，这一切与我们是那样的贴近、那样的亲切。

古藤书屋未拆时，我去看过，其实不过是三间南房，房间虽小，却曾经是朱彝尊和他的朋友吟诗抒怀、吞吐风云的场所。朱彝尊的好友查慎行当年写过的诗——“古藤书下三间屋，烂醉狂吟又一时。惆怅故人重会饮，小笺传看洛中诗”——依然荡漾在虽然破败却还在的胡同上空。而当年被康有为称为“七树堂”的那七棵树和那间被称为“汗漫舫”的如船小屋，虽然和古藤书屋一样，早已荡然无存，但是，我们仍然可以想象得到、感受得到它们的气息，仍然可以读出公车上书之前，康有为曾写下的诗句“上书惊天阙，闭户隐城南”。那一腔引而待发的报国情怀，真是喷薄欲出。

二是它的变革精神。

这种精神，在顾炎武时代就炽烈地燃烧，他从明朝灭亡的教训中谋求变革时代的方略。到晚清，继承这一脉香火的最重要一人，先是龚自珍，后是康有为和梁启超。是龚自珍最先预感并昭示了大清王朝必然灭亡的前景，他大胆直斥时弊，倡导变法，渴望“我劝天公重抖擞，不拘一格降人才”，渴望“九州生气恃风雷”，变革万马齐喑的时代。

然后，在宣南地区聚集的这样一批仁人志士，像暴风雨前聚集的越来越浓的云团，在清末内忧外辱的重大历史转折关头，上演了一出近代史上风云激荡的大戏，即戊戌变法。十八省上千名举人聚集在宣南达智桥的松筠庵，继而震惊朝廷的公车上书，是一次宣南士人要求政府变革的集体精神亮相，显示了士人的觉醒和力量。虽然戊戌变法失败了，康梁逃离国土，但康梁二人在我国近代史上的作用无人可以匹敌。他们所代表的一代士人要求时代变革的呼声与行动，敲响了清王朝走向灭亡的丧钟，成为五四新文化运动和新民主主义革命的前奏。

辛亥革命前后，孙中山三次来到宣南；“五四”前后，毛泽东来到烂缦胡同的湖南会馆从事反封建军阀的活动；鲁迅住进南半截胡同的绍兴会馆，写下他的第一篇小说《呐喊》；李大钊、陈独秀，还有一批革命党人散落在宣南的角落里办报创刊，开启民智，更是开创了一个新时代，传播着一种新思想。我曾经粗略地做过统计，仅从1900年第一种白话报《京话报》，到1919年李大钊创办的《少年中国》，其间就有七十四种报刊在宣南创办，并由此发行至全北京乃至全中国。从帝制被推翻到共和政体的建立这一系列惊心动魄的变革大戏，都是在宣南这片土地上运筹帷幄，春风化雨，并渐渐声势浩大地上演的。

想想，在清朝文字狱的阴云密布下，士人敢于谈论变革并将之化为行动，是多么了不起的事情。清文字狱多达一百六十起，且集中在清中期。面对那样大的压力，士人没有采取鸵鸟策略，两耳不闻天下事，一心只读圣贤书，也没有只是为考取功名，贪图享乐，旧交唯有青山在，壮志皆因白发休，而是敢冒天下之大不韪，和最高统治者叫板，这种变革的精神，才是真正的士人精神，因为他们将生死置之度外，将个人利禄功名抛在云外，他们不是坐而论道，空谈诗文，摆弄韵脚，更不是胆小如鼠，只蜷缩在官场的觥筹交错中献媚邀宠，在温柔乡的感官刺激中寻欢作乐。他们是将思想化为行动，将目光聚焦时代，将纸上谈兵付诸变革计划，甚至以自己的失败和头颅启发后代知识分子，为变革在风雨中飘摇的中国寻求新的出路。宣南这样一片并不大的地方，竟曾如此和整个中国命运相通，并能够迸发出如此强悍的力量，带动全中国的变革与革命。这是宣南文化中最值得骄傲的浓墨重彩的一笔。

三是牺牲的勇气。

宣南文化中最辉煌的一章，应该是士人为了自己的理想，为了国家的兴亡，为了民族的昌盛，所表现出来的牺牲精神。而且，他们也真的是为此而捐躯。最为难能可贵的是，这样的牺牲精神，不是以一两个人为代表，而是一代代的前仆后继。由此，这种精神才成为一种文化内涵，而不只是象征意义的点缀。

不用举太多的例子，只想说说谢叠山和杨椒山这两座“大山”。两位都是明代的士人。谢叠山率兵抗元失败后，无论元朝如何召他进京入仕，他都断然拒绝，最后诵以司马迁“人莫不有一死，或重于泰山，或轻于鸿毛”的名言，表示了誓死拒降的决心。无奈的是元朝廷把他强行押解进京，命他做官，他依然坚辞不就。被关押在法源寺时，他看到寺墙上刻有《曹娥碑》。曹娥是东汉一个十七岁的普通民女，她的父亲死于河中，为了尽孝，她在河边哭了十七天十七夜，为寻父亲的尸首而和父亲一起葬身水中。谢叠山看罢《曹娥碑》后泣曰：“小女子犹尔，吾岂不若汝哉！”最后，在法源寺中绝食而死。

为和大奸臣严嵩斗争，杨椒山在大狱中受尽酷刑折磨，临刑之前，有人送他蚺蛇酒，希望能为他减少一些痛苦，他拒绝了，他说：“椒山自有胆，何蚺蛇胆为！”临刑前，杨椒山夫人上书皇上请求代丈夫一死，不准之后，她在杨椒山死的同一天自缢而死。难怪事过经年之后，为纪念杨椒山兴建谏草堂时，请来一位布衣雕工临摹杨椒山的真迹，将当年上书皇帝历数严嵩五奸十罪的疏稿刻在碑上，这位倾注了情感的无名雕工刻完之后就死在碑前。

我想，这大概就是对这种牺牲精神的礼赞，是传承这种牺牲精神的最好象征。

在宣南，这样的传承，在地理上有着最好的彰显。

在北半截胡同，有戊戌六君子之一谭嗣同的故居，当年谭嗣同自己撰写了门联“家无儋石，气雄万关”。面对死神的降临，他留下了“我自横刀向天笑，去留肝胆两昆仑”的千古名句。在他生命的最后一天，他拒绝了梁启超一起出逃的劝告，而是将浏阳会馆的大门敞开，自己坐在门前摆一壶清茶喝茶待死，那一份从容与决绝，是谢叠山和杨椒山的近代史版的写照。

在魏染胡同，有邵飘萍和他的京报馆；在棉花头条，有林白水的故居和他的《社会日报》。他们都尊崇“说人话，不说鬼话；说真话，不说假话”的办报主张与人生信条，面对当时军阀的威胁而无所畏惧，乃至最后都遭残杀。两人的死，相隔不到一百天，所以，当时有“萍水相逢百日间”一说。那份义无反顾的前仆后继，是谢叠山和杨椒山，也是谭嗣同的现代史版的神灵再现。

当然，作为博大精深的宣南文化，这样抽茧剥丝一般，仅仅抽出三点，是远远不够的。但是，我觉得起码可以概括出宣南文化的精髓的一大部分。因为，我坚持认为宣南文化的精髓在于其士人文化，而这样的三点是士人文化的重要组成部分，它们之间是连在一起、相辅相成、不可分割的。

第一点，报国情怀，是以士人的知识底蕴为基础的，那些士人个个都是大学问家，所以才能成为思想家，才不至于将一腔报国情怀化为空谈，仅仅作为一种纸上的修辞。

第二点，变革精神，是以士人对现实的关注为出发点的，唯此，他们才不至于沉湎于灯红酒绿、纸醉金迷，为了一官半职或一点儿可怜巴巴的蝇头小利而计较。沉重的现实，让他们没有麻木，没有闭上眼睛，进而背过身去，躲在小楼成一统，筹划着他们如何换一套更大一点儿的房子，谋得更高一些的职位和更好一些的待遇，而是激发起他们变革现实、改造现实的信心和力量。

第三点，牺牲的勇气，是以士人的信仰为依托的，没有坚定的信仰，不会有必死的勇气。谭嗣同曾说："变法无不从流血而成。"一腔热血勤珍重，洒去犹能化碧涛。这是他们付出的勇气，也是留给我们的财富。

第一点出于知性，第二点出于感性，第三点出于血性。

第一点属于心，第二点属于眼，第三点属于气。

第一点像是激情洋溢的诗，第二点像是美好鲜艳的画，第三点像是荡气回肠的歌。

坦率而羞愧地讲，这样的宣南文化，是不是离我们越来越远了？这种文化，是否正如游丝一般飘曳在宣南这些已经被拆得一片零落的街巷之间？它们还能找到回家的路吗？我们还能找到它们古朴而珍贵的影子吗？

去年秋天，我再一次去宣南，两广大街南侧，大吉片已经完全拆成了一片瓦砾堆积的废墟；北侧棉花片的几条胡同、裘家街的半条街和山西街的半扇房，都已经消失不见了。往西走，过铁门胡同，胡同也委屈得只剩下盲肠般一截，胡同里尘土飞扬，胡同外就是菜市口大街，市声嘈杂，车声喧嚣。幸好，宣城会馆还在，便想起顺治年间诗人施愚山中了进士，从安徽宣城老家进京，住在这里时曾经写下的一联诗句："书声不敌市声喧，恨少蓬蒿且闭门。"不觉哑然失笑。便又想起那时的诗人王渔洋路过这里时写下的《过宣城馆有感》中的诗句："无复高人迹，空闻鸟声喧。"那时候，居然这里还有"鸟声喧"，而今，却只有市声，而且是市声已比书声喧了。重拾宣南文化，是一个多么沉重的话题。

2012年12月初稿

2018年4月改毕

附编

一笔占尽秋江月

——京剧人物画谈

一直以为，以中国画的水墨，画中国戏曲，尤其是京剧里的人物，最是相得益彰，因为骨子里都是中国最传统、最古老的玩意儿。这里有西洋画最难学得的神韵，犹如中国池塘里盛开的周敦颐的莲花，任是莫奈笔下的睡莲也无法比拟。

我爱看戏曲，尤其京剧，偶尔也染指笔墨画京剧人物，虽都是外行，却很喜欢，便也爱看一些画家画的戏曲人物。

京剧，原来是北京人最爱看的戏曲。相比京剧，话剧是个雏儿，因为它的粉墨登场，是京剧在北京红火过好多年以后的事情了。在老北京，京剧的票友多，戏迷更多，即便是在穷巷陋舍，也能听到咿咿呀呀的胡琴声和字正腔圆的京剧唱腔。京剧的火热，始于乾隆年间徽班进京之后，得益于慈禧太后的喜爱和支持。慈禧太后爱看戏，也懂戏，是她将四大徽班中众多一流艺人，如谭鑫培、陈德霖、王瑶卿、杨小楼，包括梅兰芳的祖父梅巧玲等一勺烩，请进宫里演出，不仅赏赐金银，还加官晋爵。无疑，本来属于花部乱弹的二黄戏，这才一下子提升为京剧——北京之剧，便是如今我们所说的国粹。

京剧人物画，便是在这样的背景中出现，可以说，没有京剧的辉煌，京剧人物画便谈不上。最早的京剧人物画，便是那时候沈蓉圃画的《同光十三绝》，将同治、光绪两代最为出名的十三位京剧名角一网打尽，统统以工笔画在画中，成为这一类画作的鼻祖。

家对门是潘家园旧货市场，到那里的旧书摊上，淘一些京剧人物画册，比样学着画，方才发现，和我同好者甚众，有名的、无名的画家，都愿意用自己的水墨到梨园里挥洒晕染，真的是大狗叫，小狗也叫，画多得琳琅满目，乱花迷眼。忍不住想起广和楼老戏台前的一副抱柱联："一声占尽秋江月，万舞争开春树花。"将其中的"声"改为"笔"字，便打通戏与画两界，彼此应和，交相辉映了。

无疑，画戏曲人物，当代最有名也最富有特色的画家，数关良、韩羽和高马得三位前辈。他们都属于返老还童的童稚派，不注重写实，不拘泥笔墨，老树虬枝，疏影横斜，自有暗香，属于大味必淡的那种。但细看，又有分别，风格各有异趣。关良的构图童真，更风趣，更有戏台上的感觉；韩羽的笔墨古朴，更简练，更抽象为简单的意象；高马得的线条爽朗，更有洋味，别有装饰之风。

以《霸王别姬》和《女起解》为例，尽管造型夸张变形，但关良的人物依然基本上遵循舞台上的位置与表情，甚至画的依然是虞姬舞剑的经典动作；韩羽则完全不是，他的霸王和虞姬呆若木鸡、并排而立，苏三和解差也是并排而立，苏三连枷都未戴，只是回头在看解差，面无表情；高马得的霸王很瘦，一改原本的壮硕，披戴的盔甲也删削得只剩下干净的线条，虞姬背身掩面而泣的动作和苏三披枷远去的身影，一样具有现代感，有一种曲终峰青的意境。

如果以世界戏剧三大表演体系做不伦不类的比附，关良更像梅兰芳，注重表演本身；高马得有点儿像斯坦尼斯拉夫斯基的体验派；而韩羽则是地道的布莱希特，间离的效果格外明显，多生象外之意。

相比较三位前辈，后来者画戏曲人物，独辟蹊径、让人眼前一亮的不多。有一位李文培，画得很多，所走的路数与三位前辈不同。看他的画，感到他很懂得京剧，生旦净末丑各个行当，无一不被他染指。这些演员所演出的经典曲目、拿手动作、人物性格表现的关键节点，他都门儿清，下笔爽朗，毫不犹豫，一下捅到腰眼儿，然后一气呵成，痛快淋漓。他的画，不求象外之意，更趋向舞台的真实；不走朴拙之路，而多一些西画的技法融于中国画的水墨之中。

由于画得过多，并非幅幅精彩，但看他画的《三岔口》，两个人物一前一后，施以墨色一浓一淡，不仅人物充满动感，更将人物此一瞬间的心情展现无余。他画的《锁麟囊》，长长水袖，淡如轻云，轻舞飞扬的感觉，虽是轻抹淡挑，却将中国水墨的功夫用得不凡不俗。他画的《谢瑶环》，皴墨淡墨相间，甩出的长发与飘荡中间的衣摆的墨色浓重而醒目，衣服四周的轮廓则以淡至若无的淡墨处理，让人物很有几分苍凉。

还看过董辰生和陈玉先的京剧人物画。二者的画，一个重静，一个重动；一个重造型，一个重线条；一个浑厚，一个灵动。只是前者过于写实，显得过于重；后者将戏曲画成现代舞蹈了，又显得有些轻。

我也看过少儿节目主持人董浩的画，他有家学，又想翻出新意，只是有些着意于夸张，画得太满，色彩运用繁复，密不透风，过于闹腾，减弱了戏曲本身潇洒写意的爽朗感觉。

有一位画家，应该和关、韩、高同辈，虽没有关、韩、高那样大的名气，我却很是喜爱，便是刘方平。老人笔耕不辍，自幼痴迷京剧，他的戏曲人物颇得其中的中和神韵和蕴藉仙气。我在潘家园旧货市场的书摊上，买到他的一本戏曲人物画册，爱不释手，曾经比照着学习画过好多张。

以线条的干练简洁而言，刘与关、韩、高一脉，只是他的人物更接近舞台，更多动感和表情，色彩浓郁，水墨恣肆，使得无象之处得象，让整个画面充满戏的想象和锣鼓点的回响，有一种坐在戏园子里看戏的现场感，能让你看得心动。

看他画的《武家坡》《三岔口》《草船借箭》《乌盆记》《宇宙锋》，真的让人会心，让人叹为观止。特别是《宇宙锋》和《乌盆记》，也曾看过别人画的，但他的处理颇不一样。画中赵高父女、刘世昌和张别古，各一对人物，色彩对比鲜明，却显得手到擒来，举重若轻，因为他格外注重并善于运用墨色本身。人物造型，都没有画满，而是随色彩流动，恰到好处，适可而止，颇似电影里的淡出。尤其是冤魂刘世昌，浑身墨色漆黑，肩头耸立，双袖直垂，下身皴笔渐次收尾，其苍劲与苍凉，仿佛能令人听出马连良或杨宝森的几声反二黄。赵高长袍的几笔淡淡的蓝色，蜿蜒流淌，渐渐隐秘消失，其奸诈尴尬之情交织，更显得浑身都是戏。他的这些画，像是特意推到你面前的戏里人物的特写镜头，一下子，近在咫尺，逼真得让你能看到人物眉宇之间瞬间的表情变化，感受到他们的怦怦心跳。

还有一位画家，也近乎被淡忘，他便是我的中学美术老师邓元昌。和刘方平老人一样，他也是自幼痴迷京剧，家中置办了大量戏装等一系列行头，与当年的张伯驹一样，曾经是京城名票之一，老生和净角兼修，登台演出过《霸王别姬》的霸王和《秦琼卖马》的秦琼。由于太喜欢，晚年病中术后坚持作画，自费出版《戏画白描——京剧名剧名家240出》。他的戏曲人物画，以净角别具特色，我还没有见过一位画家能够像他一般，如此淋漓尽致地将这样多性格不同、造型不同的净角，在纸上风姿绰约地尽情演绎。因为他懂戏，又专门研究并画过几百幅净角的脸谱，出版过专著《京剧净角经典脸谱》(为我国“十一五”重点图书，可谓京剧脸谱大全，此书还曾译介到国外出版)，所以，他的净角，有他的感情，有他的学问，无论行头还是脸谱，都一丝不苟，准确无误，为我们留下了宝贵的资料。

刘、邓二位，是我学画戏曲人物的老师，虽常常是照猫画虎反类犬，却自得其乐。私下比较二位：都是真正的戏迷，都是越老笔墨越老辣。刘十多年前下乡写生，邂逅一牧羊老人，和他同好，也是戏迷，知音难遇，便远避尘嚣，从城里搬出，住在山清水秀的王屋山下，从此再未出山；邓是不惜千金买宝刀，貂裘换酒也堪豪，为置办戏装而不顾一切。胸次不同，他们的画的韵味，方才与众不同。如果以诗相论，刘像是大隐隐于山林中的陶潜，邓则有些像苦吟写实的杜甫。

还得说一位画家，与作家张天翼同名，与我同岁。我在网上偶然看到他的一幅画，感觉格外打眼，便一下子忘不了。画的是一位旦角，除了朱唇一点樱桃红之外，全部都是黑色线条，浑圆、交错，随意挥洒，干净，爽朗，没有一点儿犹豫，却让我感到衣袂荡漾、水袖飘舞，感到不尽的动感，感到有风拂面、有弦似语。从来没见过有画家这样画戏曲人物，简单的线条，居然让我们的戏曲神清气爽，充满如此灵动的美感。我千方百计找来他几乎全部的戏曲人物画作，但还是喜欢以这种线条勾勒的画，尽管他画的《鼎盛三十六家图卷》造型端庄，须眉毕现，用色考究，气势磅礴，却似曾相识，不为新鲜。

2011年8月初稿

2018年2月改毕

寻常市井入丹青

——北京风俗风情画谈

一

说起北京风俗画，如今一般都会认为陈师曾的《北京风俗图》为开山之作。其实，在此之前，早在清同光年间，就已经有《北京民间风俗百图》出现。

陈师曾的《北京风俗图》，作于1914年至1915年之间；真正为世人所熟知，是1926年在《北洋画报》连载之后。《北京风俗图》历来受到重视，在当时，也得到众口一词的赞许。对于陈师曾和他的《北京风俗图》画作的这些赞扬，都是应该的，它确实让人耳目一新。但是，当时有人说它"观者以为《清明上河图》也可，以为《东京梦华录》《武林旧事》之插图也可"，则有些夸张。

这组《北京风俗图》，只有三十四幅，与《北京民间风俗百图》相比，显然在内容涵盖面上弱一些。后者百图，囊括小贩、艺人与市井景象，所表现的民俗风情更广泛一些。很显然，陈师曾在作这组画时，并没有《清明上河图》的宏志和为《东京梦华录》《武林旧事》插图的意图。他只是将他亲眼看到的京城风俗与人物，情动于心，意到于笔。此册页有潘语舲等人的题跋，其中潘跋说："此册于游戏之中，寓警世之意。此后京师风俗更如何，非有先知，不敢预测，师曾真有心人哉。"我觉得这说得更客观些，既说明其问世于当时的价值，又说明其影响于后世的意义。

我看《北京民间风俗百图》，无作者的署名，觉得出自画匠之手，更多的是民俗实际场景的描摹，客观和冷静得多，主观的感情色彩很少。在这一点上，陈师曾的《北京风俗图》显然更上层楼。这些画中，明显跳跃着陈师曾自己的感情与思想。当时，正是时局动荡、民不聊生的时代，他写过"阅尽山河涕泪长"的诗句，这和他的画作，是互为镜像的。其中，最为人赞赏的《墙有耳》，画得确实是好，将两个探子一样的人物站在茶楼格栅门外偷听的样子，特别是站在前面的那个戴着毡帽、穿着马褂的人侧耳偷听的样子，描摹得惟妙惟肖。更有意思的是，在门前悬挂着一方"雨前"茶牌的细节。这自然是雨前茶的招牌，却也可以预示"山雨欲来风满楼"，可以让人有偷听之后汇报结果的想象。"墙有耳"，如此现象，延续后世，便不仅仅是风俗，所谓"警世之意"，便在于此。

这样的画风，弥漫在《北京风俗图》之中。《卖烤白薯》中，在烤白薯的铁桶旁的小脚妇人，拉扯着两个白薯秧子一样弱小的孩子。人们会问：她家的男人哪里去了？《人力车》中，坐车人只以淡淡的墨色点出了一点儿鼻子，无眼无嘴，夸张而写意的头发被风吹起；拉车人五官凸显，大眼如硕大的眼镜，憋着气使劲在风中拉着车。有意的对比，将人与人之间的差异，以及画家自己的感情一笔勾勒。《糖葫芦》和《回娘家》则描绘的是地道的民俗，前者坐在大车上的小姑娘手举着两串长长的糖葫芦，是只有过年时才有的景象；后者戴红花的小媳妇和穿红袄的小姑娘，与走在路上赶驴的丈夫，让今天的我们想起曾经流行过的民歌《回娘家》。《淘粪工》中，那个身背大木桶、手持长柄勺的淘粪工，如今的年轻人会感到陌生，而对于我们这一代人，则是那样的熟悉。那时候，公共厕所很少，厕所大多在大院里，淘粪工对于北京人的生活便显得格外重要。记得我读高中的时候，劳动锻炼，曾经和当时得到过国家主席接见的淘粪工时传祥一起淘过粪，背的就是这样的粪桶，陈师曾画得真像，连拼接木桶的木条之间的木纹都画了出来。

从画风来看，《北京民间风俗百图》更为工整，《北京风俗图》逸笔草草。《北京民间风俗百图》更多的是民间年画和当时新传进并流行的西洋画法的杂糅，《北京风俗图》则更多地延续了中国传统文人画那一脉。陈师曾自己说，文人画“不求形似”，“盖其神情超于物体之外，而寓其神情于物象之中”。在《北京风俗图》里出现的人物，都是漫画式的、速写式的，但是，人物和四周的环境景物，是兼容的，体现了他所追求的寓意。所以，这一组画，画得都比繁复逼真得须眉毕现的《北京民间风俗百图》要简洁生动，更富于活生生的生活气息。鲁迅先生评价陈师曾的画，说是“笔简意饶”；为《北京风俗图》作跋的另一人王蓮，则说是“笔简意工”。二者说的是一个意思，确实可作为这一组画的特点。

看《北京风俗图》时，就像看活人在舞台上表演一样，真真切切，我常常会忍俊不禁，这是看《北京民间风俗百图》不曾有过的；看《北京民间风俗百图》就像是看画，而且是过去年代的画，看画的人和画面上的人与物一样客观而冷静。看《北京风俗图》，我对于陈师曾画的人物的面孔最感兴趣。他画的人物面孔，很多是模糊不清的，或是只有淡淡的眉眼，或者索性全无。《吹鼓手》中，那个收工归来的吹鼓手没有五官，背着装有家伙什的大布袋，显得那样步履沉重；最有意思的是那两只鞋，浓墨几笔，却四边奓着刺，鞋不是被穿破了，就是不合脚，由此画中人越发显得疲惫不堪。《赶大车》中的那个拉煤的车夫，只用了几笔湿墨，以没骨法淡淡地点染，中间露出了几道白，将人物煤染脸黑的样貌与人物的表情、心情，都交代得那样清晰而生动。在艺术的表现手法上，显然，《北京风俗图》要比《北京民间风俗百图》前进了很多。

《北京风俗图》还有一个《北京民间风俗百图》没有的特点，便是每一幅画都有当时文人题写的诗词，这是典型文人画的一个特点，诗文互现，相映成趣；而《北京民间风俗百图》则只有对民俗的直白的文字说明。

不过，坦率地讲，题写诗词者，虽都是名家，但真正写得吻合陈师曾画意与心意的不多。在我读来，除了程康写《卖切糕》“不忧衣寒忧饼冷”、写《乞婆》“垢颜蓬鬓逐风霜，乞食披尘叫路旁。此去回头君莫笑，人间贫富海茫茫”之外，写得最好的是姚茫父。

姚写《墙有耳》“啼笑犹能感路旁，闲来窃听话偏长，几人身后蔡中郎”；写《品茶客》“一钱能买，闲话街坊春似海，向夜泉香，多半红楼只应忙”；写《收破烂》“可怜望帝春风魄，泪里闻声声转恶。过时金紫更谁收，又况人间轻玉帛”；写《磨刀人》“低头日日寄人檐，倚肩泥水粘”；写《扛肩》“独戴二重天，都是一生衣食，空有满腔豪气，怎发冲冠直”……或是语含机锋，或是词出况味，或是画意的旁白，或是感情的宣泄，或有人生之叹，或有言外之兴，或有象外之意，写得都很有文采，并非只是捧场和形式上的旁白，难怪姚茫父是陈师曾的知心好友，诗画之间，互通款曲。

二

陈师曾《北京风俗图》最好的继承者是王羽仪先生。王先生的《旧京风俗百图》与《北京风俗图》呈双峰并峙，虽然遥隔七十年，却继承了《北京风俗图》的衣钵，像是对它的最为清澈的回声。前些年，重新出版《北京风俗图》时，老诗人刘征先生曾经有诗：“如梦风华忆旧京，寻常市井入丹青。百年一瞬沧桑眼，别有幽情画不成。”诗是献给陈师曾先生的，说是给王羽仪先生的，一样适合。

王先生虽师承画家王梦白，花卉画很有造诣，但他本人并不是职业画家。他早年留学美国，毕业于普渡大学，学的是工程技术，回国后一直在铁路部门工作。1934年，他三十二岁，在梁思成家里看到过陈师曾《北京风俗图》这一册页，便过目难忘。这一册页是梁思成的父亲梁启超花七百金买下的，当年，有日本人想出一千金购买，梁启超未卖。看到册页之后，王先生很是敬佩陈师曾能将市井风情入画，又觉得陈师曾画得太少，觉得可以入画的当有很多，于是便也试画几幅，那一年，陈师曾已经过世十一年，王先生比陈师曾小二十六岁，不过三十二岁的年纪，正是风华正茂的时候。遗憾的是战乱中断了王先生心中的宏愿。上世纪80年代初，是作家端木蕻良鼓励他重拾旧梦，才有了这本《旧京风俗百图》，共一百零三幅。

观这一百零三幅画作，可以看出王羽仪学习陈师曾的痕迹，传承关系很明显。《窝脖》与陈师曾《扛肩》的画面很相似，只是扛在肩上的方桌换成了箱子，不过，箱子上面的座钟这一细节，和陈师曾在画中的表现是一样的。《迎亲行列里的执事》和陈师曾《打执事》的构图也相似，只是将执事手中打的旗子换成了大扇子。《唱话匣子》和陈师曾的《话匣子》，画的都是人物的背影，肩头上露出了话匣子的大喇叭。《药铺》和陈师曾的《品茶客》，画的内容不同，但人物的造型和情绪是相似的，只是寒风中拿在手里的茶壶，换成了药包。

从内容看，王羽仪的《旧京风俗百图》，比之陈师曾的《北京风俗图》，明显要丰富许多。王先生的画，增添了很多陈画中没有的老北京的旧貌风情，特别是市井各类小贩、店铺、新设的游玩景点、琉璃厂和天桥当时的景观……很多不仅是《北京风俗图》中没有的，也是清时《北京民间风俗百图》中没有的。做到这一点，是不容易的，需要有生活的积累，特别是对老北京风俗文化发自心底的喜好和深入其内的了解，还需要怀有对下层百姓的同情和关注。

从画风看，王羽仪继承的是陈师曾简洁的风格。特别是人物造型，都取神似而不注重形似，同陈师曾一样扬长避短。和陈师曾不大一样的是，王画多了一些背景的衬托和渲染，这是陈画少有的。以这样的画法，有的画取得了良好的效果，比如《鸡毛小店》，房檐下垂挂的鸡毛和冰柱，无疑让画中衣衫褴褛的无家可归者更显凄凉。《冥衣铺》中的纸马、纸人、纸箱和“金童玉女，车船轿马”的招牌，当然将冥衣铺的形象展现了出来，但很多背景都过于写实，也显得过于热闹，倒不如陈画中的人物突出而有立体感。

在背景中，王画比陈画更多了一些花木点缀。如《二闸》中的兰花、《阅微草堂》中的紫藤、《法源寺》中的丁香、《崇效寺》中的牡丹、《探海侯》中的团城古松、《捏糖人》中的连翘、《篦子木梳店》中的几抹绿叶、《富裕人家》中的一枝石榴花……这些都是王先生拿手的，信笔画来，显得很有生气。

还有一点，与陈画不同的是，王画中的人物大多有五官，表情丰富，且多充满喜感。这是陈画中绝不存在的。《萝卜赛梨》《卖山里红》《磨剪子磨刀》《天桥的把式》中，人物嘴巴张大，近乎圆，其吆喝声，如在耳边。《风车》中的小姑娘、《粘扇面》中的小伙子、《喝豆汁》中的小贩，都显得很喜兴，即使《卖半空儿》中冬夜里的老婆婆，也少了沧桑，多了慈祥。

王画《泼街》中，泼水夫昂首挺胸，扬着水舀，水花四溅，颇具生气。陈画《泼水夫》，画中两个泼水夫则没有任何表情，有些呆滞，垂着脑袋，两只水舀伸进水桶里，虽未出现扬水浇路的场面，却显得疲惫而不那么情愿。再看姚茫父配的《双鸿鹈》的词（这词牌是有意的选择，对应画面中的一对泼水夫）："乍觉风清尘断，又是蹄飞轮碾。隔日午筹初转，劳劳依旧谁管？"两相对比，便觉得一动一静，一巧一拙，一明一暗，各具笔法和想法，以及不尽相同的心思与认知。

再看王画《桥头女乞》，同陈画《乞婆》取材一样，画法则相去甚远。《桥头女乞》中女乞身着的衣裳，虽点缀两块补丁，却像是戏台上《豆汁记》里主人公穿的带补丁的戏服。更扎眼的是，她的一只手里提着不知是什么的红色的东西，只用另一只手推车，桥头上坡推得却不显得吃力。关键是那一簇红色，实在让我不明其意，颜色跳得很，跳出画意之外。相比之下，陈画《乞婆》中那追赶洋车的小脚乞婆，则让人心伤，能够感到世态的炎凉。

还是觉得王画《胡同口》更为生动贴切。胡同口，卖白薯的女人、拉洋车的男人，都蜷缩着身子，揣着袖子，昏昏欲睡的样子，尽管两人没有任何的交流，却都透着为生活而奔波操劳的相似心境与心情，有了间离效果一样，让人能够看到画面之外的很多东西。尽管没有寒风的渲染，却让人能够感受到寒意逼人、人生的不容易。还有《捡煤核的孩子》，虽然没有画五官，但浓墨的头发、皴笔的裤子、淡墨的上衣、写意的煤核，都让人感到几分凄凉与悲伤。

同时，王画的色彩很鲜艳，而陈画基本是墨色的点染，很少用彩色。王画《捏面人》《冥衣铺》《水井》《傀儡戏》中，施以那样多明黄、朱红和鲜绿，让画面的色彩显得很跳，明显带有新时代的特点。时隔经年，回忆中的场景，是经过剪裁了的，色彩也不可避免地抹上了今日的想象。暗想，如果是陈师曾画这些画，起码不会用这样多过于鲜艳的颜色。起码，画《傀儡戏》时，可以让小孩子爬上树看，但不会让树的枝叶那样摇曳，那样绿如蓝，而会画枯树枝干。

同《北京风俗图》一样，《旧京风俗百图》也配以诗词。由于诗词是由作家端木蕻良一人所作，不仅量多，且时间紧迫，写得匆忙。但有些诗写得不错，如《迎亲行列里的执事》："绣府无瓤空排场，人摆执事半街长。红衣绿袄充门面，剥去号衣露丐装。"特别是最后一句，写出了执事的凄凉。迎亲行列里的执事是最低等的人，因为无须吹打乐器的技艺，只要扛着旗牌跟着走就行。一般都是老弱病残的人当执事，收入微薄，"剥去号衣露丐装"，道出了其中的辛酸。

不过，坦率地讲，端木的配诗，与《北京风俗图》中那些诗词，尤其是与姚茫父所配的词相比，显然是稍逊风骚。端木的配诗更多是对画面客观而实际的解说，少了些画内情感的解读和画外诗意的延伸。看他为《摇煤球》配的诗："乌金能储热，石头竟能言。堪羡摇煤手，能使火成团。"当然，这可以说是对摇煤球工人劳动的赞美，但少了对劳作辛苦的书写，赞美便显得多少有些局外人、隔着一层文人气的感觉。再看他为《鸡毛小店》的配诗："世间无端人最贱，鸡毛小店亦难安。今朝未卜明朝事，但计腰间借宿钱。”如果和王羽仪在《鸡毛小店》解说中所引前人写的“冰天雪地风如虎，裸而泣者无栖所。黄昏万语乞三钱，鸡毛店中买一眠”相比，便可以看出差异，也可以看出端木的诗少了一些什么。

倒是王羽仪在每幅画后面配的解说，写得很有意思。这些解说中，有他对北京民俗的感情与期待、累积和研究，写来言简意赅，不仅有史料的价值，还颇有情趣。很多是今人所没有道出的新鲜的东西，比如，菜市口为什么多棺材铺；换取灯的收来的废纸都卖给了谁，为什么换取灯的和卖半空儿的是以贫寒的老人居多；粘扇面的为什么要在身背的木箱上垂挂五六串铜铃；街头各类小贩手中的响器各有哪些不同。此外，还写了我们这一代人用过的铁皮煤球炉子的前身——白炉子，一种用石棉和锅盔木的耐火土制作的便宜的炉子，以及京城九门的“八点一钟”与泉眼里一只乌龟的传说……写得妙趣横生，丰富多彩。

可以说，王羽仪先生的这些文字解说与他的这些画作互文，共同映衬着一个逝去时代的民俗风情所引发的感喟与感情。也可以说，王羽仪先生的这些解说，是一部老北京简版的民俗风土志。

三

北平和平解放之后，尤其是近些年以来，关注北京风情画的人越来越多，拿起画笔来画的人也越来越多。大概，这是因为老北京被拆掉的街巷和四合院越来越多，人们能够见到的老物件越来越少。逝者所引发的普遍的怀旧之情，是老北京风情画这一脉得以延续下来的根源。这些画作，都越发体现了老北京文化独特的价值与意义。

老年之后的盛锡珊宝刀不老，重出江湖，坚持二十余年，画出一批北京风情画，共有六百余幅，出版有《老北京市井风情画集》《回望北京》等著作。在同类题材的绘画中，无论数量还是质量，或是影响力，我敢说任何一位画家都赶不上他。当年建筑大师张开济先生在《北京晚报》上看到了他的画，叹为观止，特意写文章称赞他："这些作品为我们这些老北京人提供了一个机会来重温旧梦。以老北京为代表的中国的历史文化传统，源远流长，博大精深。"

和前辈陈师曾与王羽仪相比，盛先生走的不是一路，虽都和市井相关，但他不以民俗民生市井百态为主，虽也画有人物，但他的人物大多不是画的主角，他画的主角是老北京的街巷、店铺、戏园子、庙会、园林……这一切色彩纷呈的景观，构成了一幅老北京风情画长卷。他的画，不是老北京的风土民俗志。

我有幸和盛先生有过一面之缘，那是在2012年的春天，在徐悲鸿纪念馆举办的盛锡珊画展"回望老北京"上，我见到了盛先生，并看到了老先生的大部分原作。老北京的那些老胡同、老字号、老戏园子、老牌楼、老城门，以及天桥艺人、厂甸庙会、市井人物等，一一被老先生描绘得笔笔不凡、须眉毕现，仿佛时光倒流，昔日重现。真的是很钦佩，不仅佩服老先生的笔力，更佩服他的毅力和对老北京的熟稔与一往情深。

盛先生出生于1925年，青年时期对北京的印象，在他的晚年得以复活，这种复活，一有年轻时亲历的现实的基础，二有因时间距离所产生的想象，对于一个画家，这种想象呈现在纸面上，便是艺术。它会让曾经经历过那个时代的人感到故人重逢般的亲切，也会让没有经历过那个时代的年轻人充满向往。这便是艺术的魅力所在。

盛先生的这些画都是彩墨，却又和传统中的彩墨画不同，无论笔法还是施色，都有西画的影子，像水彩，而比水彩多了明晰的线条，又没有水彩那样大面积的洇染。画中的建筑、店幌、旗子、胡同、街道……有时看来须眉毕现，有时看来有写意的点染。盛先生有意将写实与写意的界限打破，将二者结合在一起，不仅让画面好看，更让人觉得真实。

他所用的色彩，不像有些新派北京风情画那样，过于鲜艳簇新，炫目得有些张牙舞爪；但又不完全走做旧或写旧的怀旧之风，颜色运用的沉稳，看起来，让人感到舒服，觉得丰富，有一种人艺舞台上所展现开来的巨幅布景的感觉和效果，容易让人产生联想或想象。

这些画中常出现人物，特别是在庙会上，或在如大栅栏一样的商业街上，常是人头攒动，人满为患，人物拥挤在画面上。但那些人物，只是印象派那般影影绰绰，是速写式的笔到意到而已。他不是为了画人物，而是要让这些缥缈的人物同他所画的实在的背景，一起烘托出画面的氛围，那便是旧日京城的氛围。

他画的什刹海的莲花市场，右上方明亮的湖水几乎不着色，左上方的柳树墨色极浓，中间只见搭起的两排席棚，棚子之间，人密如蚁，只可意会，根本看不清模样，却将夏日什刹海热闹中的清静描绘得如在目前。再看他画的白塔寺庙会，高高耸立在蓝天白云之下的白塔和白塔寺画得很清晰，下面摊棚鳞次栉比，人影幢幢，画的只是意象而已，但这一切让我们感受到了那时的气氛。这一切所营造出来的氛围，溢出画面之外，如同北京人艺演出的话剧《茶馆》大幕拉开的瞬间，熙熙攘攘，嘈嘈杂杂，一股老北京的味向我们扑面而来。我以为，这是盛先生所画的北京风情画区别于他人之作的最重要艺术特点。

还有一位画家，叫张先得。由于学识的浅陋，以前我没有看过他的作品。这次来美国，在印第安纳大学图书馆里，看到一本《明清北京城垣和城门》。这是一本2003年由河北教育出版社出版的老书，为张先得编著。与瑞典人喜仁龙所著《北京的城墙与城门》相比，这本书没有它出名，却有着它所没有的特色，不仅有作者亲自的考察、具体的笔记，也不仅记述了北京的城垣与城门的历史变迁，乃至最后拆毁时的年代和背景，还记录了各个城门的规模和结构、尺寸。书中所收录的张先生作的九十幅水彩画，更是喜仁龙的书中所没有的。

这九十幅水彩画，画的是从皇城、内城、外城，到内城新辟的和平门、复兴门、建国门的北京城的全部城门，包括各个城门的箭楼、瓮城，以及东西南北四角的箭楼。此前，我还从来没有见过哪一位画家集中全力、毕其功于一役描绘北京的城门，尤其是以水彩这样的西洋画法。

最先吸引我的是张先生所画的前门，而且一画竟是八幅，是在他所画的城门中最多的。从1871年、1898年、1910年、1914年、1915年、1916年、1917年，到1922年，包括城楼、箭楼，瓮城、闸楼、五牌楼，以及正阳门与崇文门之间的水门，从各个角度展现了前门这座如今健在的城门的方方面面，可以见得他的用心之良苦和他对前门的记忆与感情之深厚。因为我从小在前门长大，自然对这样的画作格外留意和倾心。

他在这本书的后记中写道：

日本侵华，家道中落，十三岁辍学到天津当学徒，五年只回北京三次，每当火车经过永定门、东便门、东南角箭楼、崇文门时，虽然只是一闪而过，但总觉得心里阵阵发热，那些城门楼如同翘盼着游子归来的家人。走出北京站，正对正阳门箭楼、城楼，就觉得自己已经到家了。在我的心目中这些城楼代表着北京，也代表着家。

这段话，让我特别感动，这种城门如同家人的感觉，是只有老北京人才会情不自禁涌出的最为真挚的感情。

尤其他说的走出火车站迎面看到前门，就觉得自己到了家的感情，最让我怦然心动。因为我拥有着和张先生同样的经历和感情。上世纪50年代，我姐姐只身一人到内蒙古去修正在建设的京包线铁路。想念姐姐，暑假的时候，我会独自一人坐火车，到内蒙古看姐姐，包头、集宁、呼和浩特……去过京包线上很多姐姐曾经工作过的地方。那时候，我才读小学。每一次从内蒙古回到北京，走出前门老火车站，迎面看到高耸的前门楼子，和张先生一样，到家了的感觉油然涌上心头。

读中学的时候，看电影《青春之歌》，谢芳饰演的林道静回到北京，走出前门火车站，迎面看见的也是前门楼子，涌出的也是这样的感情。"文革"期间，读手抄本《第二次握手》，看到书中女主人公丁洁琼久别祖国，从国外回到北京，走出前门火车站，抬头看到的也是前门楼子，涌出的也是这样的感情。

我便理解了，前门楼子，不仅仅是独属于一人的情感象征，而是很多老北京人情感物化的一种意象。张先生说得好："这些城楼代表着北京，也代表着家。"

细读张先生这九十幅水彩画，会发现他所画的北京的所有城门和他所写的关于这些城门的历史材料，连接起来的其实就是一部明清以来北京的城门简史。所有这二十六座城门，如今只存有天安门、前门和德胜门箭楼、东便门角楼，其余已经毁于历史风烟之中了。除很少几座是民国期间烧毁或拆除的之外，大部分拆除于上世纪五六十年代。这其中的沉痛之情，溢于画面之外，却可以明显体味得到。张先生这些画作，不少是城门被拆之际的现场速写，这是张先生这组水彩画最值得称道的地方。画作的在场感，让艺术有了历史感，这种质感和北京城这些古老城门的沧桑感交融在一起，让我更加怦然心动。

张先得先生出生于1929年，和盛锡珊先生是同辈人。有意思的是，他们都是美术设计师，只不过，张先生搞的是电影美术设计，盛先生搞的是话剧美术设计。从影响程度而言，盛先生的老北京风情画更为世人所知。但是，张先生这组北京城门水彩画，同样值得珍视。

还有一位值得珍视的画家是关维兴先生。他画的也是水彩画，他为林海音的《城南旧事》所作的插图，不仅是我所见到的最美的图书插图，而且，也将北京的风情画画出了新境界。

由于是为小说作的插图，线性叙事的情节性、个性化的人物必须出现，这本容易限制画家，尤其是水彩画画家的发挥。但是，从这组插图可见，关先生的思路没有被限制，相反，他的艺术羽翼得到了扩展。除了前景人物，远景里的人物、背影中的人物，都画得恰到好处，尤其和环境水乳交融，让水彩画那种水洇洇的感觉，发挥得那样自然熨帖。胡同、四合院、门楼、街市、牌坊……其中花木的处理，最见功夫。那些盛开在四合院里的花朵、长在院门前的大树、蔓延在野地里的荒草，都被画得水渍色晕，仿佛摇曳在朦胧中，将水彩画的特长发挥得淋漓尽致，让寻常的市井生活有了风姿绰约的艺术感。那云烟野外、灯火街市，那院红花影、砌绿苔痕……尽管对以往老北京的市井生活进行了诗化渲染，却也将那种庸常的市井生活中最美好动人的一面挖掘了出来，特别是那种艰辛中的美好、美好中的忧郁感，是同类画作中少有的，也是难得的。

遗憾的是，我再也没能见到关维兴关于北京风情的其他画作。他画得太好了。他画得太少了。

2018年4月

几度沧桑感旧京

——老北京文化书写谈

一

为写老北京，这次来美国一个很大的目的，是到图书馆查询旧书，梳理一下京都历史往来的变迁之头绪。陆续借回很多旧书，看到自晚清以来，关注老北京的旧时文人很多，著述关于旧京景物以及民风民俗的各类杂书很多，其数目，其热情，其严谨，都可以说远远超过今日。这些书钩沉历史，收集典籍，网罗新闻，考察实地，为我们今天留下了宝贵的第一手资料，对于研究考察北京历史及民风民俗，是迈不过的一道门槛。如今出版的关于老北京的书籍，很多都是这一脉的延续，所引用的材料，莫不出其左右。

以民国时期为例，留给我印象最深的是陈宗蕃、张江裁、李家瑞和侯仁之四位前辈。

1930年出版的《燕都丛考》，是我的案头书。这本书的作者是陈宗蕃先生。对于他的经历，我不熟悉。时隔六十一年，1991

年，《燕都丛考》由北京古籍出版社点校重版（此次重版只发行1195册），书后附有郭久祺先生撰写的《陈宗蕃先生传略》，遗憾的是很简略。此次来美国，遍查各种渠道，未能查出更多的资料，只知道陈宗蕃先生是福建人，清光绪时最后一科进士，早年丧父丧母，生活颠簸，后官费留学日本，回国后在新旧几朝政府部门任职。北平和平解放之后，他在中央文史馆工作，直至1954年七十五岁时谢世。《燕都丛考》一书中介绍西皇城根米粮库胡同时的附注中说，他1923年在米粮库胡同买下十余亩地，自己设计，建造成拥有亭台楼阁、繁盛花木的淑园，并写下一篇《淑园记》，这大概是他生平鼎盛之际。

《燕都丛考》一书，就是他在淑园里积十年之功，水滴石穿写成的。有意思的是，《燕都丛考》写成之后，他将淑园转手，卖给了画家陈半丁，算是一得一失的平衡吧。

看来富裕的生活，并不都会消磨意志，是因人而异的。《燕都丛考》分为三编，分别纪为旧京沿革、城池宫阙苑囿坛庙，以及内外城街巷。在我读来，觉得它是清朱一新《京师坊巷志稿》的延续，在内容上却远远超越了朱一新之作。其所书写的京城历史与地理之沿革与变迁，所引用的材料之丰富与翔实，不仅超出《京师坊巷志稿》，也是后来者所少有的。可以毫不夸张地讲，如今所有书写或关注老北京的人，尤其是关注老北京城池与街巷的人，都不能不读这本书。

《燕都丛考》出版时候，有很多当时的名家为之写序和题诗，给予了由衷的赞叹和支持。这或许是当时出书借以造势宣传的一种风气。不可否认，这本书是当得起这一份声势与荣誉的。其中的首序是前辈学人林志钧先生（北京大学林庚教授之父）所写。（这篇序言写得极好，超出一般序言美言之旧格与陈词，充满对北京城的感情，讲述了当时北京城的状况，1991年《燕都丛考》重版时收有这则序。）他称赞并预言《燕都丛考》："书义例严整，取材之广博而审密，其为可传之作无疑。"林先生的预言，在他写序之后近九十年的历史中得到了验证。

陈宗蕃在自序中说："予居京师前后几三十年，见夫朝市之一盛一衰，与夫达官贵人之倏得倏丧，未尝不泫然流涕也。夫下泉之什，徒形寤叹，黍离之作，只写心忧，不有述者，后将悉志，是用排比前书，网罗近事，续春明之旧梦，补日下之琐闻。"可见他撰写《燕都丛考》一书时，既有补续《春明梦余录》《日下旧闻考》的雄心，又有面对动荡时局和旧城变迁时的复杂情感，否则，不会泫然流涕。

最后一句，自然是他的自谦、志趣与志向。他在此书的自题诗中写下同样的意思："饾饤续残篇，补苴望群力。"前辈学人王蝉斋曾为《燕都丛考》题写旧诗多首，其中有一首："旧京景物费搜寻，橐笔频年苦用心。记载分明类门别，一编杂记续藤阴。"说的也是这个意思。实际上，这本书所包含的新鲜内容，考证的众多材料，远超越了《春明梦余录》《日下旧闻考》和《藤阴杂记》诸书。

《燕都丛考》，相比之前的《京师坊巷志稿》和之后的《北京胡同志》一类的书，很多地方，不囿于街巷之地理的局限，而点缀有作者实际感情与感慨的抒发，让文字摇曳多姿，穿插书页之间，使得它比同类地方志图书多了一些情趣与文采。比如，他说："太庙中多灰鹤，社坛中多蛇。""天坛多益母草，此皆地秀所钟。"再比如，他说："庙社中宫鸦满树，每日晨飞出城求食，薄暮始返，结阵如云，不下千万，都人呼为寒鸦，往往民家学塾以为散学之候。"这些灰鹤、蛇、益母草和宫鸦，在这样枯燥的书中出现，一下子让书多了些灵性，这是很难得的，也是少见的。

对于《燕都丛考》，干蝉斋还有另一首题诗："几度沧桑感旧京，街衢宫苑总关情。吾家本有陈惊座，大著编成四座惊。"这样的赞许，应该说符合实际。"几度沧桑感旧京，街衢宫苑总关情。"没有这样一份感情和十年的坚持，不会有这样沉甸甸的一本大书。

二

我第一次知道张江裁（字次溪）这个名字，是十多年前到棉花头条看林白水故居后，查关于林白水的材料，读《燕都丛考》的时候，看到里面引张江裁《林白水故居记》：因为"其地为秦良玉屯兵之所，兵卒违反军法者，就戮于此，孤魂无归，时出为祟"，所以，他认为林白水住的这院子"为燕市凶宅之一，卜居之，多不利"。张江裁和林白水是同时代人，所说应是不假。我记住了这个名字。

林白水和他的故居都早已不在了，以为张江裁还在。这次来美国，在印第安纳大学图书馆里翻书，看到红学家周汝昌的一本书，里面有一篇题目就叫《张江裁》的文章，翻开一看，才知道张江裁早于“文化大革命”中过世。关于张江裁的死，周先生只写了一句：“死得很惨。”词语简洁，留白甚多。张江裁死时，才六十岁。

我对张江裁感兴趣，在于他对北京风土的关注在他们那一代人里是很突出的。这和他的家学有关，他的父亲是康有为的学生，他自幼跟随父亲进京，一直住在烂缦胡同的东莞会馆里，对老北京一往情深，尤其对北京风土感兴趣。他家藏书甚丰，有三万余册，不少为他搜罗的京津史地风土志之类的书籍。大学毕业之后，他曾在北平研究院工作，参与北京民俗的研究工作。我在《北平研究院北平庙宇调查资料汇编》一书中，看到了他参与其中的实地调查和文字记录工作。

我还看到，在他编写的书中，有陈宗蕃为之所作的好几篇序，看得出他和陈宗蕃很熟。不过，和陈宗蕃不同，他一生或编或印或写的书很多很杂，不像陈宗蕃毕其功于一役，沉潜十年，耐得住屁股下的冷板凳，专注地只为写一本《燕都丛考》。他比陈宗蕃小二十九岁，代际的差异很明显。

不过，看张江裁一生所编纂出版的书目，让人叹服，也让人感喟。1932年，他二十四岁，编印了一套“北京历史风土丛书”；1937年，他二十九岁，编印了一套“北平史迹丛书”；1938年，他三十岁，编印“京津风土丛书”；1939年，他三十一岁，编印“燕都风土丛书”。同时期，他还编印过“中国史迹风土丛书”、《清代燕都梨园史料》等多种，这些都是他二十多岁到三十多岁这十余年的成果，其间，他挖掘并重新出版的《帝京岁时纪胜》

《一岁货声》《燕市百怪歌》等，为今天研究老北京留下了宝贵的资料。迄今为止，除他以外，我没见过哪一位学人肯如此下力气，单凭一己之力，孜孜不倦地致力于北京风土志一类书籍的钩沉、挖掘与出版。陈宗蕃在为他编印的“中国史迹风土丛书”所作的序言中，称赞他对“京津风土之学爱如性命”。

特别是对于清人潘荣陛所著《帝京岁时纪胜》一书的发现和出版，很能说明他对“京津风土之学爱如性命”。张江裁在1936年底为此书所作的跋中，详细介绍了此书从发现到出版的过程。他早在《光绪顺天府志》中见到此书的目录，一直苦于找不到书。他在跋中首先感慨：“记述燕都岁时风物，向少专书。明人刘侗著《帝京景物略》，以之入春场篇。康熙二十七年，秀水朱彝尊纂《日下旧闻考》，以之入风俗篇。光绪十一年续《顺天府志》，以之入十八卷京师风俗门。皆零星胜记，语之弗详。”因此，对于《光绪顺天府志》中提到的这本流传甚稀的《帝京岁时纪胜》，他求之若渴，渴望以补京师岁时风物之缺。

还是在这则跋中，他写道：“适厂肆有潘书一部，余冒雨访之而先一夕为人攫去。曾与友人桥川时雄言之，一日访之于东城东厂胡同，君出示一帙，则潘书也。亟借归迻录。”简短的文字，道出两个细节：一是知道琉璃厂的书肆中有这本书，冒雨跑去，书于前一天已被人买走；一是从日本友人那里见到这本书，借回去连夜抄录，方才有了这本已经绝版的《帝京岁时纪胜》的重见天日，并由顾颉刚题笺出版。不能不说，这是他的功劳，更是他对风土之学“爱如性命”活灵活现的注脚。这里的“攫”字用得最妙，最能说明他的感情色彩。

不乏有人说张江裁编纂的书多，而自己写的书少。其实，他写的书也不算少，《北京天桥志》《燕都访古录》《北京旧时志》都是他写的。他还为康有为、李大钊、林白水、汪精卫写过传，并为他的东莞同乡袁崇焕写过《东莞袁督师遗事》。至今还在出版的《齐白石自述》，也是出自他的手笔整理而成的。不过是对于他一直倾心的北京风土，他只编写过《燕都访古录》《北京旧时志》这样两本而已。前者，是他二十一岁之作；后者，是他二十八岁之作。

《燕都访古录》是张江裁唯一一本基于实地考察而写出的北京风土之书，书虽然很薄，但还是留下了一些有意思的纪实性材料。比如，他说帅府园有汉白玉影壁，前公孙园有桃花石，石上有米芾的篆字。比如，他写道：正阳门街西刑部南向东有大理寺，“内有一碧绿菠菜色立石，高四尺六寸，两峰角立一窍中通锦文，粲然碧绿”。再比如，他写道：东四牌楼勾栏胡同为元时御勾栏，胡同有一小庙，内有“铜铸妓女崇拜之神像，高四尺八寸，方面含笑，头插花二枝，身着短衣露臂”。这些都是前人所没有记载过的京师旧景。可惜，1938年尚在的这些遗存，如今早已经荡然无存，便更见张江裁为之存照对于老北京的价值。前辈学人王人文为这本书题诗：“闲从逸老话兴亡，荆棘铜驼感帝乡。幸有张华勤笔记，千年城阙百沧桑。”说他“勤笔记”，名副其实。

《北京旧时志》出版时，有林志钧和郭家声两位前辈所作的序。林序指出：“今而吾复见东莞张君次溪《北平岁时记》之作，书得十二卷，卷以月分，史乘笔记，旁征博采，称为瞻洽。”并称其“补前人所未备”，“先哲风规，承平气象，以今视昔，诚使人睹代序而兴身世之感”。这样的称赞，当然有其道理，但是，和我看到的李家瑞所编的《北平风俗类征》第一卷“岁时篇”相比较，所谓“卷以月分”的编法是一样的；所谓“史乘笔记，旁征博采”，实在是并未超出《北平风俗类征》。“称为瞻洽”的赞许，稍有过矣。

郭序称赞他“多习往事”“尤勤考索”，认为此书以节为目，“月各一篇，先属词以寄意，复证实以群篇，无一字无来历焉”。这样说，倒是很准确的，与同类的岁时志相比，此书最重要的区别，是在每月之首，有张江裁自己所写的对这个月的综述，即“先属词以寄意”。这些文字，不仅有对一个月时令风俗的概括，还有他自己的见闻与理解，以及感时伤怀的怀旧之情。特别是每月对于京戏所要演出的应时应节之剧目的介绍，从中尤可看出他对京剧的喜好和学问。

对于张江裁的身份定位，有人说他是藏书家，有人说他是文献家，有人说他是学者。在我看来，他更是一位北京风土的出版家和资深研究者。起码张江裁在北京风土方面所做的贡献，一直到今天都没有得到应有的、充分的重视和评价。他所编纂和撰写的书籍，除《齐白石自述》（他的署名只在书的最后一行）外，如今很少见到再版。当然，这也不能完全归罪于人们的淡忘和薄情。张江裁倒霉就倒霉在日伪时期出任伪职。这一点，和瞿宣颖、周作人相似。便难怪1964年周作人曾有诗赠张江裁：“禹迹寺前春草生，沈园遗迹欠分明。偶然拄杖桥头望，流水斜阳太有情。”含蓄又委婉地表达了同病相怜的惺惺相惜之情。

陈宗蕃在为他的《燕都访古录》所作的序中说：“次溪之不合时宜也。”这是陈宗蕃在他二十一岁时说过的话，不想一语成谶。

三

上世纪80年代，天津的文化街刚修葺完毕。在一家门脸不大的书店里，我买到几本如今难得一见的老书。其中一本《北平风俗类征》，是上海文艺出版社1985年根据商务印书馆1937年版的影印本。这本书对我了解老北京的风土人情及习俗旧礼帮助很大，后来写作《蓝调城南》和《八大胡同捌章》时，它成为我的老师。

全书分上下两册，上册有岁时、婚丧、职业、饮食、衣饰；下册有器用、语言、习尚、宴集、游乐、市肆、祠祀及禁忌、杂缀，共十三个门类，构成一幅老北京的风情画。为查找各门类方便，在每页书眉上都有索引提示，每段摘要录文后都标有出处。编录此书的李家瑞先生，为这本书翻阅并抄录了上自周礼、下至清末民初的报刊书籍，其中所涉书籍包括史籍、方志、笔记、文人诗集、民间俚曲诸方面，共约有五百种。

看李家瑞先生的自序得知，这上下两册《北平风俗类征》是依据他的老师刘半农先生的建议，自1931年至1935年，历时四年，先后在这约五百种书籍中抄录四十余万字而编成的。这四年，他先后在北平、上海、南京三城居住工作，为此书遍寻书局报馆冷摊，并找到一些珍贵难觅的善本书籍。

此次来美国，没有带别的书，只带了这上下两册《北平风俗类征》。重读这两本书，让我心生感慨——不知时下还有多少如此认真编书的人？漫说耐下心来查阅五百种古书典籍，就是豁出去自己抄录四十余万字，又有多少编书者愿意并舍得花这工夫呢？在现代编书匠看来，李家瑞先生不是有些傻，也是有些愚。如今，编书已经程序化、简单化，在没有电脑的时候，但见一瓶糨糊、一把剪刀，即可“一夜怒放花千树”。有了电脑之后，越发便捷，连糨糊和剪刀都省了，只需手指轻轻触动键盘，名目繁多的各类“精选本”便孵将出来，拍拍翅膀飞入书店书摊。不用多看，只要看看每年好多出版社争相出版的各类文学选本，就可以一目了然。

如今，编书似乎不需要学问、不需要时间，而成为一种拆卸、组装的工匠活儿，甚至是电子时代“手指艺术”的一种。更有甚者将人家费时费力编好的东西，“公然抱茅入竹去”一般抱进自己的书中，一下子归为己有。想起不过是十几年前的事情：人民文学出版社资深老编辑季涤尘先生曾对我说，他编的散文选，其中有傅雷两则散文，是在看遍《傅雷家书》全书之后，代傅雷选出其书中的两段，加上题目而独立成篇的；如今，不止一种散文选本的编者毫不费力地便将这两篇照搬在自己的书中，剜到篮子里就成了自己的菜，令季先生感慨不已。编书变得如此轻巧，难怪人说：写书的不如编书的，编书的不如卖书的。编书的虽居中间，却远“胜过”写书的人，因为写书的人毕竟还要一个字一个字地写，编书的人如今已经依仗现代化电子手段，倚马可待，指日成功了。

谁还去干李家瑞先生的这种“傻”活儿、累活儿？编一本书，耗费四年时光，要在五百种书籍中一个字一个字地抄录四十余万字？当然，论程序，李先生人为地将编书复杂化了；论收益，李先生赚的钱赶不上如今一些“心灵手巧”的编书匠。但李先生编的书历八十余年依然存留了下来并且鲜活如昨，如今不少人编的书呢？能够活多久？

有时会想，仅凭一个人，博览群书，删繁就简，搜微探幽，钩沉稽考，而且，那个时代，完全靠着手笔劳动，这得有多么大的毅力和定力呀！

《北平风俗类征》是李家瑞先生三十八岁时的著作。可以毫不夸张地说，明清以来关于京师风俗一类的书，先后出版了很多，包括举国家或众人之力出版的《光绪顺天府志》和《日下旧闻考》，但都没有《北平风俗类征》丰富、翔实和全面。说它是老北京风俗的百科全书，一点儿不为过。在我看来，胡同志一类的书——陈宗蕃的《燕都丛考》，风俗考一类的书——李家瑞的《北平风俗类征》，都属于无人可以匹敌的扛鼎之作。起码对于我，这两本大书，可以百读不厌，每一次读，都会有不同的收获，并对他们二位心生敬意。特别是《北平风俗类征》中的《岁时》《职业》《饮食》《宴集》《游乐》《市肆》几卷，已被我翻烂。我在别的书中看到很有意思的东西，自以为是意外的发现，不禁赶忙抄录下来。不久，重新翻看《北平风俗类征》时，看到我所发现的地方，这本书中已经赫然在列，专候在那里嘲笑我。可以毫不夸张地说，在胡同志和风俗考方面，后人可以一版再版这两本书，却难有能够超越这两本书的新书问世。

李家瑞先生还有一本《北平俗曲略》。这是我国第一本研究包括北平在内的全国共六十二种民间曲艺的学术著作。作为一个学人，一辈子有堪称全国第一的这样两种专著，是了不起的。

李家瑞先生是白族人，家乡在云南剑川。那一年，我有幸来到剑川，这是一个山川秀丽的地方，却也是一个群山环绕的偏远地方。站在剑川县城中央的街道上，暮色如烟，远山如黛，行人很少，安静异常，我想起了李家瑞先生。“文化大革命”期间，年过七旬的李家瑞先生，被发配还乡，最终疾病缠身，就病逝在这一片山村里。望着远处烟霭和薄雾笼罩的山峰，不知道李家瑞先生家在何处，魂又在何处。他再也没有走出这片深山，重新回到他的研究岗位上。真的，那一刻，我的心里充满悲伤，我们为什么要这么的无情无义，这样对待一个曾经对我们有益的好人？

顺便说一句，前几年，北京出版社重新出版《北平风俗类征》，不是影印本，只是按照现代排版技术印制的新书，也是上下两册，定价九十八元。而当年我在天津文化街买的那两册《北平风俗类征》，只要八元五角。流年暗换之中，薄薄的两册书中，含有多少沧桑。

四

此次来美国小住，住处靠近大学图书馆，先到图书馆借来一批书，看的头一本是侯仁之先生的《北平历史地理》。这是外语教学与研究出版社2013年出的书，一直想看。此书是侯仁之先生在英国利物浦大学读书时的博士论文，作于1949年，他三十八岁时。

这本书很好读，北京人，对其尤感亲切。虽然是论文，却一点儿不枯燥，也不像如今有些论文那样故意跟你绕圈子，以显示其高深莫测。书是从英文翻译过来的，翻译得也好，尤其比如今不少文学书翻译得要好，文字干净利落，没有那些拗口和贯口的翻译腔调。

从早期的边疆之城，到元明清的王朝之都，从蓟城，到金中都城、元大都城、明清都城，侯仁之先生为我们清晰地勾勒出北京这座古城政治、历史与地理地位的变迁。他以人文地理与历史地理相结合的现代治学理念，写出了我国第一部关于一座城市的历史地理专著。其占有材料之丰富，实地田野考察与研究的功夫之深厚，加之精确的手绘图，起码在北京的历史地理方面，尽管已经过去了近七十年，迄今未能有一本书可以超越这部著作。而且，可以毫不夸张地说，迄今所有关于北京历史地理的林林总总的书籍，所论述的观点、所涉及的材料、所引用的典籍，都未能出其左右。这是这本书最令人叹为观止的地方。

这本书中，侯仁之先生特别强调地理中山脉、古道、水系对于北京城市发展的作用。地理的作用和历史的作用，互文而彼此渗透，让北京这座古城绵延了三千余年。这一点，也是最吸引我的地方。

非常有意思的是，这本书的结尾，便是收在水系方面。明入主北京之后，大运河已经无法再如元代那样进入积水潭，尽管明清两代曾经多次修复通惠河，即大运河从当时的通县到京城城内那一段，但效果都不大，最多只能达到护城河的大通桥，也就是如今东便门的角楼之下。是时代的变迁，特别是火车站在前门建立后，让北京这座古城随着水系的变化而变化多端起来。侯仁之先生写在书的最后两句是："铁路的引入，立刻改变了这片土地上交通运输的地理格局，也使得漕运系统于1900年终结。十一年后，清王朝被推翻，中华民国成立，中国历史与北京历史都进入新时代，随着这个新时代的开始，本文的研究也画上了句号。"这两句话，平易得如同大白话，却不动声色地将地理、历史与时代结合在一起，并将不尽的余味留给了后代的我们。

这本书的前言部分，特别值得一读。那是1942年侯仁之先生《北京都市地理（腹中稿）》的引言，是侯仁之先生的女儿于2010年收拾阳台时发现的一部旧稿，稿子全部以毛笔在宣纸上书写。1942年，因反日抗日之罪名被日本人关进监狱时打下的腹稿，缓刑期间侯先生在移居天津时将腹稿移记纸端。可以说，这部书稿，是七年之后他的博士论文的草稿。

其引言记述了侯仁之先生1931年高三时第一次从山东乘火车到北京的情景和感受：

那数日之间的观感，又好像忽然投身于一个传统的，有形的历史文化洪流中，手触目视无不渲染鲜明浓厚的历史色彩，一呼一吸都感觉到这古城文化空气蕴藉的醇郁。瞻仰宫阙庙坛的庄严壮丽，周览城关街市的规制恢宏，恍然如汉唐时代的长安又重现于今日。这一切所代表的，正是一个极具伟大的历史文化的“诉诸力”。它不但诉诸于我的感官，而且诉诸于我的心灵，我好像忽然把握到关于“过去”的一种实感，它的根深入地中。

他写得真好。这是他三十岁时的文笔。这座城市给予他感官与心灵的冲击，他说了一个词，叫作“诉诸力”。是这种“诉诸力”，让我们把握住北京这座城市的历史与文化，让这座城市的历史与文化有了一种实感。在这里，“诉诸力”如同城市抛给我们的球；把握住这种“实感”，等于你接住了这个球。这是城市与我们的互动，有了这种互动，才能感觉到这座城市的律动，从而让我们和侯仁之先生一样地心动。七十余年过去了，北京城还会给予我们这样的“诉诸力”吗？我们还能够把握住这座古城历史与文化的实感吗？

真的，一切热爱这座古城的人，尤其是古城的那些领导者、规划者、建设者，和如我一样对老北京文化感兴趣的人，都应该看看这本《北平历史地理》。它应该是我们的必备书，能让我们认识这座城市，并感悟到这座城市丰厚历史与文化的“诉诸力”。

2013年秋，侯仁之先生逝世的时候，其时我也正在美国，很巧，听到这个消息的时候，我正在读先生在三联书店出版的《北京城的生命印记》一书。放下书，思绪飘摇，写了一首小诗：

一卷古都辨从头，沧桑文字入高秋。
话燕说蓟寻烟树，裹药笺书诉帝州。
地理不辞足下苦，天心常上梦中忧。
后门桥记青春忆，到老中轴念未休。

如今，五年已过，重新抄录，作为我读完《北平历史地理》一书后对侯仁之先生的一份敬意的表达。

五

新中国成立之后，北京城作为首都，完全变了模样。梁思成的将新老北京分开进行建设和保护的设想虽没有得到实现，但在上世纪50年代乃至60年代、70年代，北京旧城除了城墙被拆以外，街道原始的肌理变化不是很大。真正的飞速变化是从90年代初开始的。我就是从那个时候开始，偶尔回到童年故地前门，看到了这样的变化。一条老街的墙上贴满了拆迁的公告，还有用白石灰刷上的大大的“拆”字，字的外面再画上一个圆圈。这样的情景，成了那个时代的标志性街景，像涂抹上的花脸一样，令我触目惊心。

就是在那时候，即1995年初，在前门大街路东的一家新华书店里，我买下了一本王永斌先生写的《话说前门》。那家书店，以前是一家旧书店，少年时代，我没少到那里看书和买书。一条前门老街，模样依旧，变化不大，让我感到亲切；在前门买到一本说前门的书，尤其让我感到亲切。

如今，马上就是北平和平解放的第七十个年头。在这七十年里，致力于老北京文化与民俗领域的研究者，包括新老几代人，出版的书籍很多。在我阅读的过程中，看到了真知灼见，其中不乏亲身经历与考察后的书写，且不仅在于那些耳熟能详的大家（他们的著作大多是旧书重印），而在于一些名不见经传的业余作者。他们给予了我一些新鲜的感觉。王永斌便是其中一位佼佼者。

虽然我从小在前门长大，但读了王永斌的《话说前门》，我感到我对于自以为熟悉的一切，其实只是一知半解。可以说，王永斌的《话说前门》，是我了解前门、重拾旧忆、开始关于北京写作的启蒙。这是一本薄薄的小册子，但容量很大：既有历史，又有地理；既有过去，又有现在；既有街巷店铺演变的故事，又有时间流淌的轨迹。即使已经出版了二十余年，想要了解前门、认识前门，这仍是一本必读书。

后来，我又买了一本王永斌写的《北京商业街和老字号》，它是《话说前门》的延续，或说是其姊妹篇。这部著作比《话说前门》厚很多，从前门商业街和老字号展开来，书写了崇文门外大街和西单、东四的几条北京主要的老商业街和老字号，显示了他历史研究和材料积累的功夫。在我看来，这是王永斌先生的两部重要著作，是他对于钩沉老北京文化史地与民俗做出的杰出贡献。

我和王永斌先生只有一面之缘。那是2005年秋天，中央电视台找我拍摄西打磨厂老街，我向导演推荐了王永斌先生，我对导演说，拍西打磨厂，乃至拍整个前门，你们应该找找王永斌先生。

导演告诉我：已经找了王永斌先生，王先生推荐了您，让我们找您！看来，我和王永斌先生神交已久。

导演说这个星期天他们要去找王永斌先生，问我要不要跟他们一起去拜访，于是，我在东城一个大杂院里见到了他。那时候，他已经年过七旬，但身体很好。我先对他讲起十年前买了他的《话说前门》，他对我讲起他的身世。他以前家住南河漕，北平和平解放前，他在大栅栏一家眼镜行里当过几年学徒，后考入北京师范学院历史系，毕业之后，在前门中学教历史，直到退休。因为长期生活和工作在前门一带，他对这一带很熟悉，也很有感情。他告诉我，下班之后，自己常常骑着自行车在前门一带转悠，遍访老店铺和老街坊。他是有心人，晚上回到家后，他把这些访问来的材料记录下来，为后人留下了珍贵的第一手材料。

那一天，他还向我推荐了几本关于老北京的老书，并对我说如果需要可以借给我看。他是一位忠厚的长者，很长一段时间，我总想起年轻时候的他下班之后，独自一人骑着自行车穿街走巷访问勘察，晚上在灯下记录的情景。那情景让我想起了清末时的朱一新编写《京师坊巷志稿》时，白天步行大街小巷、寻访居民，晚上查验古籍、笔底钩沉的样子。朱一新留下了一部《京师坊巷志稿》，王永斌留下了《话说前门》和《北京商业街和老字号》。这就足够了。

还有一位作者，叫朱锡彭。他一辈子钟情于研究宣南饮食文化，一辈子只出过一本《宣南饮食文化》。这一本书，可以说是宣南饮食文化之集大成者。朱锡彭经历不凡，命运坎坷，大半生在宣南餐饮部门工作，曾任宣南烹饪学会秘书长，这样的工作，给予了他得天独厚的便利条件。从事这方面工作的人很多，却只有他一人写成了这样一部著作，因为他是一个有心人。

他对于饮食文化有研究之心，查阅了很多古书、旧书，钩沉历史，并将其中关于饮食部分的诗文，一一记录在案，还记录下了宣南饮食历史的来龙去脉，记录下了那些传闻逸事，记录下了已经消失的那些老餐馆。比如，他详尽地考证了杨梅竹斜街上的祯源馆，主厨吴治平，原是杨梅竹斜街世界书局的厨师，做江苏菜拿手。祯源馆主卖烤鸭，当年和全聚德、便宜坊齐名，因在院子里只摆六张餐桌，号称“六国饭店”。这个祯源馆，我从来都没听说过。他的记录，有史有实，还有细节，很吸引人。

他更是有心遍访当时尚在宣南餐馆里做主厨的老厨师，如晋菜大师金永泉、丰泽园名厨王义均、谭家菜传人彭长海、全聚德总厨师长陈守斌、艺术拼盘大师张志广……并一一为他们写传。在记录老厨师的身世与技术两方面，朱锡彭坚持几十年，所做的工作之多、之广、之细，至今，我尚未见到第二人。

我尤其感兴趣的是他对清真餐馆和厨师的记录。因牛街在宣南，这一带回民餐馆很多，清真菜和北京小吃（北京小吃以清真为主）独具一格；在研究清真菜和北京小吃方面，朱锡彭为我们留下了宝贵的第一手资料。特别是他所撰写的清真菜一代宗师，原西来顺餐馆主厨褚连祥，真的是具有传奇色彩的人物，他在清真菜的基础之上，吸收了汉民菜和西餐的一些做法，开创了一批新派清真菜，令人口味一新，让西来顺名噪一时。特别是褚连祥对于清真菜汤的改良，真的是令人叹为观止。过去，清真菜不讲究吊汤，只讲究勾芡。鲁菜讲究吊汤，说是“唱戏的腔，做菜的汤”。苏菜也讲究吊汤，说是“味要浓厚，不可油腻；味要清鲜，不可淡薄”。褚连祥便向鲁菜和苏菜学习吊汤，让清真菜的味道更上一层楼。褚连祥后来说：人要有灵魂，菜也要有灵魂，菜的魂儿，就是菜的味道。

这样的话，我是第一次听到。好厨师，真的是一位人生的哲学家。为这些今天已经绝无仅有的厨师做传，让这样宝贵的烹饪技艺传承下去，朱锡彭先生做出了努力，取得了难得的成果，他这一辈子是值得的。

2005年底，《宣南饮食文化》出版之前，朱锡彭先生托人辗转找到我，嘱我为他的这本书写序。我和他素不相识，但我很愿意为他的这本心血之作写序，因为这样积一生精力研究一门学问、写作一本专著的作者，让我心生敬意。更何况读稿和写序的过程，也是学习的过程，朱锡彭像一位向导，牵引着我走在宣南饮食文化的路上，一路芬芳，认识了那么多老餐馆，认识了那么多老厨师，认识了那么丰富多彩的菜品和它们的魂儿——味道。

据说，拿到我写的这则小序，朱先生已经躺在病床上起不来了。他一连读了两遍，没过多久就去世了，没能看到他一生中唯一的这部书——《宣南饮食文化》出版。

还有一位作者，叫沙立功。他写了一本《刻在大门上的家风——北京门联集萃》。这是一本我渴望的书。2004年，我走访前门东西两方，看到当时崇文、宣武两区残存在老门上的那些老门联，曾经一一记录下来。当时，心想要是有能力把北京城所有还健在的老门联搜集起来，汇编成一本书，该多好呀。十多年过去了，看到这本书，真的有些喜出望外，涌出一种他乡遇故知的感觉。沙立功不是专业的研究者，只是一个普通的北京人，但他对门联充满感情，舍得下气力，满北京城地跑、拍照、记录，为我们编写成了这本书，填补了关于老北京门联的空白，也了却了我的一桩心愿。尽管书的编法不尽如人意，过于倾向家风，有些追赶风尚。其实，老北京的门联，不仅体现家风，更是北京文化的积淀，是北京历史活至今天的标本，是和老四合院、老街巷、老建筑一样亟须保护的遗存。

世上从来不以世俗的名利与成功模式论英雄，对于老北京文化的热情投入与深入研究，不仅仅局限于庙堂之高，更在于江湖之远。不管怎么说，如今想要了解前门风情，离不开《话说前门》和《北京商业街和老字号》；想要品味宣南饮食，离不开《宣南饮食文化》；想要探寻老北京门联，离不开《刻在大门上的家风——北京门联集萃》。能够拥有这样三位作者，是北京的荣幸。

2018年2月4日至5月12日写毕于布鲁明顿

2018年6月18日端午节改毕于北京

重获过去或阻止现在的流逝

（代后记）

1930年，林志钧先生为陈宗蕃《燕都丛考》一书所写的序言，开端先借题发挥，说了一段他曾经住过的宣武门外："老墙根地旷多坎陷，其接连上下斜街处，则低峻悬绝，考辽金故城者，辄置为辽南京金中都北城墙址。"接着，他历数上下斜街曾经的名人居处后，具体写了一段下斜街的土地庙："庙每月逢三之日，则百货罗列，游人摩肩接踵，与七八两日之西城护国寺、九十两日之东城隆福寺，同为都人趁集之地。"

读这些文字，可见得林先生对老北京的熟悉，更可见得林先生对于老北京的感情。这确实是只有对老北京非常熟悉并具有深厚感情的人，才可以如数家珍地说出的话。林先生的这番话，让我想起清人黄钊当年同样目睹这段辽金故城时，曾写下的诗句："辽废城边可放舟，章家桥畔想经流。百年水道几难问，空向梁园忆昔游。"

如今，还有多少人留心诸如宣武门外章家桥、梁家园这些老街巷变迁的历史呢？谁还会关心现在宽阔的宣武门外大街，曾经有过辽金时代的老城墙根、老河道，有过热闹的土地庙，云集过那样多的名人故居呢？喧嚣尘上、车水马龙的马路和马路两旁林立的高楼，早已经遮盖淹没了过去的一切；吹不散雾霾的风，却容易把依稀残存的记忆吹散得七零八落。

那天，读戴璐《藤阴杂记》，其中一段写道："京师戏馆惟天平园，四宜园最久，其次查家楼月明楼，此康熙末年之酒园也。查家楼木榜尚存，改名广和。余皆改名，大约在前门左右，庆乐中和似其故址。自乾隆庚子回禄后，旧园重整，又添茶园之座。"不禁感慨，旧时京城最老的戏园子天平园、四宜园，到了清末变化甚大，在旧址重建新楼，已经面目皆非。历史年头其次的查家楼，那时木榜尚存，如今不仅木榜早就见不到了，就连老戏楼也早已不存，后来复建的新楼也摇摇欲坠，一直在重修，高高的吊车，一直在剧场前立着，恐龙骨架一样，不知是在眺望过去的岁月还是未来的时光，总之，好多年过去了，只见它突兀地立着，未见广和楼立起来。

如今，硕果仅存的中和戏院，虽还在旧地，却早就关张，徒存旧名，有尸无魂。庚子大火，中和戏院和大栅栏一条街一起被烧毁，重建时颇费周折。那时，中和戏院是永定门外花炮制造商薛家的祖产，但临街门道那块地方另属他家，要价很高。最后，还是瑞蚨祥的孟老板出资摆平，方才使得中和戏院能够重张旧帜。不是瑞蚨祥的老板心疼中和老戏院而一掷千金，而是那时他正在热捧名伶徐碧云，中和重建之后，孟老板将投资的股份赠送给了徐碧云。这一切戏院内外发生的故事，又有谁记得、有谁关心呢？放翁诗说："八千里外狂渔父，五百年前旧酒楼。"说是戏楼，也正合适。而今，旧戏楼奄奄一息还在，如孟老板一样的狂渔父早已不在了。

戴璐所说的戏楼云集前门左右的盛景，只如前朝旧梦、明日黄花。如今不仅戏楼凋零，就连整个前门大街都被改造得二八月乱穿衣一样似是而非，仿旧的赝品排列成阵的老店铺里，今天卖这个，明天卖那个，变脸一般，让人莫衷一是，令前人不识故地，让后人误入歧途，如吴梅村诗中所叹："放衙非复通侯第，废圃谁知博士斋。"

那天，翻看《中华竹枝词全编（北京卷)》，忽然发现其中写青云阁的不少。青云阁作为清末民初北京四大商场之一，确实曾经名噪一时，其门额"青云阁"三个端庄有力的颜体大字，是当时书法家何诗荪所书。其中有这样两首："青云阁上客常满，青云阁下马如飞。一路青云闲到此，管他人事几芳菲。""青云阁矗正阳前，第一楼高插碧天。鬓影衣香消月夕，不教海上美青莲。"后者说的"青莲"，指的是上海福州路上有名的青莲阁茶肆，在这里是将青云阁与之媲美。前者则说的是青云阁当时的热闹非常，所谓"客常满"，不仅是吃喝购物，还有游乐，当时的诗人兼书法家萧湘（书法家萧劳之父）就有诗说青云阁"万种华洋货物储，打球人更乐轩渠"。

如今，青云阁尚在，在观音寺街和杨梅竹斜街，还可以看到它完整的前后门，门额上"青云阁"三个颜体大字也依然清晰。只是，有多少人记得，青云阁曾经有过如此的辉煌？当年，鲁迅、周作人、梁实秋、张恨水等人，是那里的常客。那里的玉壶春饭馆的春卷和虾仁面，曾经是鲁迅先生的最爱；那里的普珍园，传说是当年蔡锷和小凤仙相见的地方；那里的小舞台，梅兰芳和马连良都演过戏；那里一楼专门经营旧书的福晋书社，是很多爱书人光顾的地方。

又有多少人记得，北平和平解放之后，青云阁成了市政府的一个招待所。然后，很长一段时间，它没落了，大门紧闭，只剩下一个空壳。前几年，曾经雄心勃勃整修一新，重张旧帜，建起了小吃城，开门揖客，梦想梅开二度。谁想一年光景不到，北京小吃没能救得了它，它再次没落，彻底关门，只留下门额上“青云阁”三个大字，苍凉地面对如水残阳。

那天，偶然读到吴梅村和胡南苕关于金鱼池的诗。其中，吴诗：“金鱼池上定新巢，杨柳青青已放梢。几度平津高阁上，泰坛春望祀南郊。”胡诗：“日射朱鱼吹浪泳，花随彩燕扑帘飞。”想起《帝京岁时纪胜》里说到的金鱼池：“池阴一带，园亭甚多。南抵天坛，芦苇蒹葭，一碧万顷。”更有棋罢不觉人换世之感。吴、胡二位诗中所说的有燕、有柳、有花、有鱼、有阁、有坛的情景，会让今日人们难以想象；《帝京岁时纪胜》所说的“芦苇蒹葭，一碧万顷”，更会让人以为不那么真实似的。只要看过老舍的话剧《龙须沟》，就知道不过百年，曾经柳荫鱼影、游人摩肩接踵的金鱼池，早就变成了臭水沟，如今，又已经变成了改造后的居民小区。地理意义上的金鱼池，经过时代的变化、时间的发酵，已经有了历史意义上的新的概念与意义。

如果再看，金鱼池之北有金台书院，之东有药王庙，之西有精忠庙。金台书院旧址尚存，精忠庙却先变为工厂，后和药王庙一起履为平地。如今，走在天坛城根下，往北望去，谁还能想象得到金鱼池当年不俗的风光，想象得到金台书院曾有过的书声琅琅，想象得到每年4月药王庙要酬戏于百姓的盛况，想象得到当年北京城唯一一处祭祀岳飞的精忠庙，曾经有过老北京人独特的祭祀方式——“土塑秦桧以煤炭燔之至尽，曰烧秦桧”呢?

这样白云苍狗的变化之地，还可以举出很多。

比如，当年，崇文门内，同仁医院和利亚药房之西和之北，均是空地，八国联军入侵北京之后，成为各国洋人的跑马场和演兵场；而如今游人如织的天坛，旧时则被认为“距城较远，游者仍稀”；“永定门左安门后安门一带，仍多荒僻，苇塘菜圃与冢基相间。昔年官立多义冢，多在外城以内；施粥厂舍，亦均在南横街三里河各处，以其为贫民之所麇集也”。现在，走在这些早已经是楼群密集、人流如蚁的繁华地段，有多少人会知道、会想起这些陈年往事，由此感慨北京城如此翻天覆地的变化?

再比如，沿前门楼子一直向南，当年，永定门外的沙子口是赛马之地；南顶村是踏青之地；西南侧的南海子是皇家狩猎之地；正阳门之右的关帝庙，每年五月十三是进刀马于关老爷之地，《帝京景物略》中说：“刀以铁，其重八十觔，纸马高二丈，鞍鞯绣文，辔衔金色，旗鼓头踏导之。”如此之举被称为“单刀会”。

如今，走在这些旧地，还会有多少人知道这样的老故事、老传统、老礼数呢?前门楼子还在，其左右的关帝庙和观音寺都早已经不在，“单刀会”只存在于老戏文之中。南顶，先成为肉联厂——当时北京最大、最现代化的牲畜屠宰场；现在变成了四环旁的楼盘。南海子，如今成了湿地公园，四周商业楼盘林立，建成一片新的社区。

有一日，我去南顶旧地，找我的一位中学同学，当年，我去北大荒，他被分配到了南顶的肉联厂，围着一口硕大的铁锅炸丸子。而今，他住在肉联厂拆迁后分给他的一套楼房里。他开玩笑对我说：“炸丸子的车间，变成了我的住房！”想起民国时的竹枝词：“日丽风和天气清，城南十里小游亭。晚来共看飞车去，柳外一帘酒旆青。”那时的景象，实在难以想象，前朝旧影，今日新景，日落云归，人去梦来，不觉慨然。

同一天，从南顶回家，路过沙子口，那里我曾经是那样的熟悉，沙子口西口的北京第一食品厂和东口的沙子口医院，往里走的沙子口小学，从童年到年轻的时候，我去过很多次。如今，大街两旁高楼林立，宽敞的大道上车水马龙，过街天桥上的人群川流不息，想当年五陵年少扬鞭策马之地，如此的沧海桑田，使眼前的街景恍然如梦。

古诗说：“往来千里路常在，聚散十年人不同。”这个世界，一切都在变化之中，更何况经历过漫长岁月的北京，其中的沧桑变化是极其正常不过的。要看到，这些变化之中，有很多是新中国成立之后才会有的变化；同时，也要看到，这样的变化，多是以历史发展为依托的，而不是想当然的粗暴的变革。更重要的是，对于北京这样一座古都，不应忘记老北京悠久的历史和文化积淀；

在这些变化之中，要寻找到有规律的脉络，让后人依据历史的罗盘，还能够找到回家的路，感受到回家的路上扑面而来的浓烈的乡愁。

加拿大学者雅各布斯在她所著的《美国大城市的死与生》中写道："老建筑对于城市是如此的不可或缺，如果没有了它们，街道和地区的发展就会失去活力。"她特别强调："必须保留一些各个年代混合的旧建筑。保留这些旧建筑的意义决不是要表现过去的岁月留在这些建筑上的衰败的或失败的痕迹。……旧建筑是不能随意取代的。这种价值是由时间形成的。"她说，这些旧建筑"对一个充满活力的城市街区而言，只能继承，并在日后的岁月里持续下去"。

而如今走在北京，簇新的建筑比比皆是，甚至还有怪诞的建筑强暴地闯入眼帘，全然是一副国际大都市的风范。即使走在旧城的老街区，那些雅各布斯所说的"老建筑""旧建筑"，也已经所剩无几。在破旧立新、维新是举的城市建设伦理作用下，这些老建筑、旧建筑，已经破旧不堪、千疮百孔，并不值钱，命中注定要沦为推土机下的死魂灵，人们哪里会觉得它们的价值是"由时间形成的"，是无可复制的，是无与伦比的，是应被守护的城市发展的活力源泉呢？随着这些老建筑、旧建筑的消失，更可怕的是和它们连在一起的记忆，也一并消失，以为新改造完成的城市空间，就是以往老北京历史的倒影和地理的肌理。那么，老北京真的就彻底消失而无可追回了。

此次从北京来到美国，在孩子家住了小半年，主要做的事情，就是为三联生活书店写作这本书，就是希望以一己残存却顽强的关于老北京的书写，唤回我们对于老北京的记忆。我一直相信，记忆在，老北京就在。记忆，是能够让老北京复活并显影的最后一副筹码。

关于老北京的书，我已经写了《蓝调城南》《八大胡同捌章》《我们的老院》等几本书。我希望这本书能够写得好一些、深入一些，写出老北京从历史长河中延续下来、流淌下来的变与不变的辩证之流、交错之流，以及我们和这座古都有着切肤之痛的共同的情感，与这座古都血脉相连的共生共有的记忆。

逝者如斯，这将是我写作北京的最后一本书，下笔之前，颇有些犹豫踟蹰，便格外慎重一些。去年年底从北京来到美国，带来了部分写好的稿子需要重新改写和补充，而更多需要新写的篇章，该如何下笔，总觉得心里没底，便不忙动笔，先从图书馆里陆续借到很多的书，开始着手做写这本书的准备，希望准备得充分一些，下笔的底气能够稍足一些。如今，这本书终于完成了，我松了一口气。要感谢三联生活书店和本书责编李方晴女士的信任和鼓励。要感谢我的孩子和他所在的印第安纳大学图书馆的帮助。

来的时候，雪花纷飞；写完的时候，春雨潇潇。回到北京，重新修改一遍，已经是夏日炎炎时节。日子过得真快！不禁又想起了熟悉的布罗茨基的那句话："归根结底，每个作家都追求同样的东西：重获过去或阻止现在的流逝。"布罗茨基这句话的意味和针对性，无论对于我，还是对于在飞速变化中渐行渐远的老北京，都尤其应验。重获过去，或阻止现在的流逝——这本小书《咫尺天涯——最后的老北京》，我不知道能否做到。

2018年6月21日

写毕于北京

图书在版编目（CIP）数据

咫尺天涯：最后的老北京 / 肖复兴著绘. —北京：生活书店出版有限公司，2020.7（2021.1 重印）

ISBN 978-7-80768-295-0

Ⅰ.①咫… Ⅱ.①肖… Ⅲ.①散文集－中国－当代 Ⅳ.①I267

中国版本图书馆 CIP 数据核字（2019）第 074840 号

责任编辑　李方晴
装帧设计　刘　洋
责任印制　常宁强
出版发行　生活书店出版有限公司
　　　　　（北京市东城区美术馆东街 22 号）
邮　　编　100010
经　　销　新华书店
印　　刷　北京顶佳世纪印刷有限公司
版　　次　2020 年 7 月北京第 1 版
　　　　　2021 年 1 月北京第 2 次印刷
开　　本　880 毫米 × 1270 毫米 1/32 印张 13.625
字　　数　270 千字　图 36 幅
印　　数　5,001—8,000 册
定　　价　68.00 元
（印装查询：010-64052066；邮购查询：010-84010542）